Martin Meyer-Pyritz

Gefährlicher Einsatz

Mit einem Gastbeitrag von
Nina Hann, FFw-Oberelchingen

Gardez! Verlag

Das Buch basiert auf Einsätzen
der Feuerwehren, des THW und der Rettungsdienste
aus der Landeshauptstadt Düsseldorf
in Nordrhein-Westfalen

sowie einem Einsatz der Feuerwehr Heßheim
in Rheinland Pfalz

und der Feuerwehr Oberelchingen
in Bayern (Mittelschwaben).

Die Einsatzdaten, Namen von Geschädigten und deren Handlungen sowie die weiteren
Personen und Örtlichkeiten wurden aus datenschutzrechtlichen Gründen geändert.

© 2014 Martin Meyer-Pyritz

Alle Nutzungsrechte dieser Ausgabe bei
Gardez! Verlag Michael Itschert
Richthofenstraße 14
42899 Remscheid
www.gardez.de

Lektorat und Korrektorat
Matthias Heinrich

Satz und Umschlaggestaltung
Roland Reischl, Köln

Titelfoto
Fotolia-Foto © Fotodrachenei

Druck
GGP Media GmbH, Pößneck. Printed in Germany.

Originalausgabe, 1. Auflage 2014

ISBN 978-3-89796-254-5

Grußwort

Liebe Leserinnen und Leser,

mehr als 140.000 Feuerwehrfrauen versehen ihren Dienst bei Freiwilligen Feuerwehren, Berufs- und Werkfeuerwehren oder sind in der Jugendfeuerwehr aktiv, das sind fast 11 Prozent der deutschen Feuerwehrmitglieder. Beim THW ist der Prozentsatz nur wenig niedriger und bei den Rettungsdiensten sieht es nicht anders aus. Wir sind an fast jeder Einsatzstelle vertreten und leisten, ebenso wie unsere männlichen Kollegen, die tägliche Arbeit eines Feuerwehrmenschen. Man sollte annehmen, dass in Büchern, Filmen oder Berichten auch Frauen zu finden sind, die ihren Dienst tun. In der Realität spricht man jedoch heute fast immer noch von Feuerwehrmännern. Sogar in Kinderbüchern, stellen wir fest, sind die Feuerwehrfrauen so gut wie nie vertreten.

Als ich im Frühjahr 2013 den Anruf von Herrn Meyer-Pyritz mit der Bitte um ein Grußwort für sein neues Buch erhielt, war ich daher sehr überrascht und erfreut. In diesem Buch sollte es wieder um Erlebnisse von Feuerwehrleuten, THW-Helfern und Rettungsdienstmitarbeitern aus ihrem Einsatzalltag gehen – mit einem kleinen Unterschied. In dem Buch „Gefährlicher Einsatz" drehen sich die Geschichten um Frauen im Einsatzdienst. Nicht ausschließlich, nicht immer im Mittelpunkt, aber immer dabei. So wie es im alltäglichen Leben eben aussieht. Frauen vom THW, von den Rettungsdiensten und den Feuerwehren leisten ebenso wie Männer einen unverzichtbaren Beitrag für unsere Gesellschaft. Freuen Sie sich auf viele interessante Geschichten, die das tägliche Leben von Frauen und Männern im täglichen Einsatz erzählen.

Viel Spaß beim Lesen
Ihre
Susanne Klatt
Vorsitzende Netzwerk Feuerwehrfrauen e.V.

Inhalt

Anhang

Vorwort

Auch in unserer vermeintlich sicheren westlichen Welt können unvorher-sehbare Ereignisse jeden Menschen jederzeit bis tief ins Mark treffen. Unfälle und akute Notlagen zählen zu solch einschneidenden Ereignissen. Oft sind die Anrufer bei den Notrufzentralen aufgrund ihrer eigenen Stress-situation kaum in der Lage, eine qualitative Aussage bezüglich des gerade stattgefundenen Notfalls zu machen – dann liegt es im Geschick des Leit-stellenpersonals, ein Maximum an verwertbaren Informationen in mini-maler Zeit zu erfragen. Einer ihrer wichtigsten Sätze lautet daher auch: „Bitte bleiben Sie am Telefon und hängen Sie nicht auf." Leider geschieht aber genau dies immer wieder, sodass die notwendige Hilfeleistung wegen fehlender Informationen manchmal nur verzögert oder in schwerwiegen-den Fällen gar nicht erbracht werden kann. In der Regel funktioniert die Rettungskette zwischen dem eingehenden Notruf und dem rettungsdienst-lichen Fachpersonal jedoch reibungslos.

Die Landeshauptstadt von Nordrhein-Westfalen verfügt über eine der modernsten Leitstellen Europas. In der Zentrale an der Hüttenstraße wer-den alle eingehenden Notfallmeldungen von speziell ausgebildeten und qualifizierten Feuerwehrleuten, den Disponenten, entgegengenommen. Innerhalb kürzester Zeit werden die entsprechenden Einsatzkräfte auf den nächstgelegenen Feuer- oder Rettungswachen alarmiert. Oft ge-schieht dies schon, während das Gespräch mit dem Notrufteilnehmer noch stattfindet.

Über neunhundert Feuerwehrleute teilen sich bei der Düsseldorfer Berufsfeuerwehr in einem Zweischichtensystem ihren anstrengenden Dienst. Jeden Tag sind ihre neun Feuerwachen sowie die Feuerlöschboot-station im Hafen rund um die Uhr besetzt. Zusätzlich existieren in und um Düsseldorf zehn hoch motivierte freiwillige Löschgruppen, die unverzichtbar in das Sicherheitssystem der Landeshauptstadt integriert sind. Darüber hinaus unterhalten größere Werke wie Henkel oder Mercedes eigene Werksfeuerwehren, welche sich auf die Sicherheitsbelange ihres Betriebes spezialisiert haben.

Die Düsseldorfer Berufsfeuerwehr führt auch den Rettungsdienst der Stadt durch – ohne die tatkräftige Unterstützung der Hilfsorganisationen wäre das enorm hohe Aufkommen im Krankentransport und Rettungs-dienst jedoch nicht zu bewältigen.

Einen besonderen Schwerpunkt in der Zusammenarbeit nimmt das THW (Technisches Hilfswerk) ein. Es gehört in den Geschäftsbereich des Bundesinnenministeriums und verfügt bundesweit über rund achtzigtausend

Helfer; neunundneunzig Prozent von ihnen leisten ihre Arbeit ehrenamtlich. Mit ihrer hoch technisierten Ausrüstung stehen diese Männer und Frauen nicht nur bei einer Vielzahl von Notlagen im eigenen Land zur Verfügung, sondern verrichten ihre anspruchsvolle Tätigkeit sogar in weit entlegenen Krisenregionen unserer Erde.

Die Geschichte der Menschheit hat immer wieder große Vorbilder hervorgebracht. Im Gegensatz zu ihnen stehen die meisten Einsatzkräfte nur selten im Focus der Öffentlichkeit. Aber sie sind überall in unserer Gesellschaft zu finden, denn das Gute steckt ja schließlich in jedem von uns und jeder kann, ganz nach dem Ausspruch Martin Luthers – *und wenn ich auch wüsste, dass die Welt morgen unterginge, so würde ich noch heute ein Apfelbäumchen pflanzen* – wenn er gewillt ist, seinen Beitrag zum Wohle der Menschheit leisten.

Martin Meyer-Pyritz

Im Schneesturm

Ende der 1980er-Jahre tobte über halb Nordrhein-Westfalen einer der heftigsten Schneestürme, den die Region erlebt hatte. Bereits gegen Mittag hatte sich der bis dahin noch wolkenlose Himmel vollständig zugezogen. Die Meteorologen hatten die Schlechtwetterfront schon vor zwei Tagen angekündigt, dennoch überraschte ihre ungewohnte Heftigkeit nicht nur jene, die sich bei diesem Wetter vor ihre Haustüre gewagt hatten.

Nachdem die Temperatur innerhalb kürzester Zeit auf minus zwölf Grad Celsius gefallen war, frischte der Wind merklich auf. Kurz darauf fielen die ersten Schneeflocken. Eine halbe Stunde später war die gesamte Landschaft bereits in dichtes Weiß getaucht und die Kinder, die den Schnee herbeigesehnt hatten, zogen jubelnd mit ihren Schlitten nach draußen. Nachdem das Schneetreiben jedoch immer heftiger wurde und der Wind sich zu einem eisigen Sturm entwickelte, kehrten die meisten freiwillig wieder nach Hause. Die wenigen, die trotzdem draußen blieben, versetzten ihre Eltern in größte Sorge.

Zu ihnen gehörten auch Marion und Paul Hofmann. Frau Hofmann sah immer wieder mit bangem Blick aus dem Fenster. Ihr Mann, der Zeitung lesend in einem Sessel saß, versuchte sie zu beruhigen.

„Jetzt mach dir doch nicht so viele Sorgen, Schatz, der Junge wird schon noch kommen."

Seine Frau nickte gequält und versuchte ein Lächeln, aber ihr besorgter Gesichtsausdruck konnte ihre Angst kaum verbergen, denn die Nachbarskinder, mit denen ihr Junge losgezogen war, waren längst wieder zu Hause. Die Sorge, dass ihr kleiner Liebling in diesem fürchterlichen Schneesturm, bei dem man die Hand nicht mehr vor Augen sehen konnte, jetzt irgendwo da draußen alleine herumirrte, raubte ihr fast den Verstand.

„Also gut", sagte ihr Mann, nachdem er sah, dass seine Frau ihre Tränen kaum mehr zurückhalten konnte. „Ich werde jetzt rausgehen und den Jungen suchen."

„Aber wo denn, Paul, wo willst du ihn denn suchen? Du weißt doch nicht einmal, wo er hingegangen ist."

Paul Hofmann sah seine Frau Mut machend an: „Na, so viele Rodelplätze haben wir hier ja nun auch nicht. Außerdem kann ich ja mal bei den Nachbarskindern fragen, wo sie gewesen sind, dann werde ich deinen Schatz schon finden."

Kurz darauf verließ er, dick eingehüllt in einen Wintermantel und angetan mit Schal, Mütze und Handschuhen das Haus. Als er die Tür öffnete, blies ihm der eisige Sturm sofort ins Gesicht. Paul senkte den Kopf, zog die Schultern hoch und stapfte hinaus in den knöcheltiefen Schnee.

Mit bangem Herzen sah seine Frau, wie das dichte Schneetreiben ihren Mann schon nach wenigen Metern vollständig verschluckte.

Eine Stunde war seither vergangen, aber weder ihr Mann noch ihr achtjähriger Sohn waren zurückgekehrt. Marion Hofmann schwankte zwischen Hoffen und Bangen. In der nächsten halben Stunde wurde ihre Angst so übermächtig, dass sie die 112, die Notrufnummer der Feuerwehr, wählte.

In der Leitstelle der Berufsfeuerwehr an der Hüttenstraße „glühten" die Telefonleitungen. In den letzten eineinhalb Stunden waren mehr als dreißig Zentimeter Schnee gefallen. In diesem Chaos war es zu zahlreichen Unfällen gekommen, und laut aktueller Wetterprognose war noch lange kein Ende des Schneefalls abzusehen. Zudem hatte der ohnehin schon heftige Sturm an Intensität zugelegt und überall Schneeverwehungen aufgetürmt, die den Verkehr in und um die Landeshauptstadt zusammenbrechen ließen. Sämtliche Räumdienste waren im Einsatz, konnten aber der in kurzer Zeit gefallenen Schneemassen nicht so schnell Herr werden, wie neue dazu kamen. Der Betrieb am Düsseldorfer Flughafen war komplett eingestellt worden. Straßen- und S-Bahnen, Busse und Privat-Pkw steckten fest. Dennoch gab es immer noch leichtsinnige Fahrer, die trotz der schlechten Sicht- und Wetterverhältnisse mit hohem Tempo fuhren. Einige dieser Unbelehrbaren, von denen viele immer noch mit Sommerreifen unterwegs waren, hatten die Kontrolle über ihre Fahrzeuge verloren und zahllose Unfälle verursacht. Dabei gab es leider auch Verletzte, sodass die Ambulanzen der städtischen Krankenhäuser im Dauereinsatz waren. Laufend fuhren neue Rettungsfahrzeuge vor und brachten weitere Verletzte. Aber selbst die mit Schneeketten ausgerüsteten Rettungsfahrzeuge kamen in diesem Wetterchaos nur langsam voran.

Um 16.57 Uhr ging der Notruf einer besorgten Frau aus Angermund ein. Es war Marion Hofmann, die das Ausbleiben ihres Sohnes und Mannes meldete.

Klaus Binder, einer der diensthabenden Leitstellendisponenten, nahm den Notruf entgegen und versuchte die Frau zu beruhigen. Schließlich war es nicht ungewöhnlich, dass Kinder in diesem Schneegestöber draußen herumtollten. Außerdem gehörten Vermisstenmeldungen in den Aufgabenbereich der Polizei, an die er sie gerne weiterleiten würde. „Nur versprechen Sie sich bitte nicht allzu viel davon. Zurzeit ist die Polizei völlig überlastet und vielleicht hat ihr Mann ihren Jungen ja auch schon längst gefunden und hält sich wegen des Schneesturms irgendwo bei Freunden auf."

„Aber dann hätte er mich doch längst angerufen."

„Hm ... trotzdem, machen Sie sich nicht so große Sorgen. Laut unserem aktuellen Wetterdienst soll das Schlimmste innerhalb der nächsten zwei Stunden über uns hinweg gezogen sein, und ich bin mir sicher, dass Ihr Mann spätestens dann ..."

„Zwei Stunden!", rief Marion Hofmann entsetzt, „wissen Sie, was in zwei Stunden alles passieren kann?!"

Ja, das wusste der Feuerwehrmann nur zu gut, aber dazu schwieg er lieber. Stattdessen bot er ihr noch einmal an, sie mit der Polizei zu verbinden.

„Aber Sie sagten mir doch gerade, dass die Polizei zurzeit völlig überlastet ist. Dabei hatte ich so gehofft, dass Sie mir helfen, weil unser Junge doch auch in der Jugendfeuerwehr ist."

Oh Mann, auch das noch. Binder schluckte und malte sich aus, was wäre, wenn er die Frau jetzt so einfach abwimmeln würde und dann doch etwas Schlimmes mit diesem Jungen passieren würde.

„Also gut", lenkte er ein, „wenn es Sie beruhigt, informiere ich die Angermunder Feuerwehr und bitte sie eine Suchaktion durchzuführen! Einverstanden?"

Frau Hofmann atmete erleichtert auf. In ihr keimte wieder ein Funken Hoffnung. Sie bedankte sich. Endlich kam Bewegung in die Sache.

Unmittelbar nach diesem Gespräch kam es auf der Kalkumer Schlossallee zu einem folgenschweren Unfall zwischen einem Linienbus und einem Pkw. Hierzu liefen gleich mehrere, teils dramatisch klingende Anrufe auf der Rettungsleitstelle ein. Der Busfahrer wäre eingeklemmt hieß es, andere sprachen erregt von mehreren blutenden und verletzten Menschen.

Sekunden später heulten im Düsseldorfer Norden die Sirenen und bei den Einsatzkräften der Freiwilligen Feuerwehren Kalkum und Angermund summten und blinkten die Funkmeldeempfänger. Während sich die so alarmierten freiwilligen Kräfte unverzüglich zu ihren Gerätehäusern begaben, schaltete sich auch auf gleich drei Wachen der Berufsfeuerwehr das Alarmlicht ein. Unmittelbar danach ertönte durch sämtliche Räume und Gänge der Alarmgong – Zugalarm! Direkt im Anschluss erfolgte die Alarmierungsdurchsage der Leitstelle: „Einsatz für die Löschgruppe Kalkum und die Feuerwache 3 zur Kalkumer Schlossallee. VU mit mehreren Verletzten in Höhe Schlosskurve. Es rücken aus: von Feuerwache 1 der Feuerdienst und die erste und zweite Unfallreserve, von Feuerwache 3 das LF, die Drehleiter, der Notarzt und der RTW, von Feuerwache 4 die erste Unfallreserve."

In der Feuerwache 3 auf der Münsterstraße waren die großen Einsatzfahrzeuge noch an die Luftleitungen angeschlossen, die als Schläuche von der Decke hingen. Ein Feuerwehrwagen funktioniert, zumindest in Bezug auf seine Fahrzeugtechnik, genau wie jeder normale Lkw, der ohne den nötigen Bremsdruck nicht losfahren kann. Ohne diese permanente Luftzufuhr aus einem externen Kompressor müssten die Löschfahrzeuge und die Drehleiter zunächst einige Zeit im Stand laufen, um den Vorratsbehälter ihrer Bremsanlagen mit Luft zu füllen. In der privaten Wirtschaft mag das ja angehen, aber eine Feuerwehr konnte sich solche eine Zeitverschwendung natürlich nicht erlauben. Die Ausrückezeit nach einer Alarmierung betrug – egal, ob am Tage oder mitten in der Nacht – immer nur sechzig Sekunden! Danach mussten sie die Fahrzeughalle verlassen haben, das war Vorschrift.

Die Wachbesatzung, die an diesem Tag ihren 24-stündigen Dienst verrichtete, war, als die Alarmierungsdurchsage in die Fahrzeughalle dröhnte, mit einer für sie ungewohnten Arbeit beschäftigt – Schneeketten aufziehen. Für Stephan Boddem, einen jungen Feuerwehrmannanwärter, war dies sein erster Winter bei der Berufsfeuerwehr, aber nicht nur deshalb sollte ihm dieser Einsatz unvergesslich im Gedächtnis bleiben.

Mit hochgekrempelten Hemdsärmeln knieten die Feuerwehrmänner auf dem mit Steinplatten belegten Fahrzeughallenboden und befestigten die schweren Leiterketten auf den Antriebsrädern. Es war eine mächtige Plackerei, denn zu jener Zeit gab es noch keine Schnellspannketten. Erschwerend kam hinzu, dass die Hinterachsen ihrer Feuerwehrfahrzeuge Zwillingsreifen besaßen und diese erheblich größer als die eines Pkw waren. Unter der Anleitung seines Truppführers mühte sich Stephan vor der Hinterachse ihres Löschgruppenfahrzeugs, einem LF 16, ab.

Ob seine wintererprobten bayrischen, österreichischen und schweizerischen Feuerwehrkollegen wohl auch solche Probleme hätten? Vermutlich nicht, dachte Stephan. Wahrscheinlich ging den Alpenländlern die für ihn ungewohnte Arbeit wesentlich routinierter von der Hand. Aber das Rheinland in der Region um Düsseldorf und Köln war nun mal keine Alpenregion und als solche eher für milde und schneearme Winter bekannt. Entsprechend selten kamen hier die Ketten zum Einsatz. Dessen ungeachtet waren alle acht Düsseldorfer Feuerwachen natürlich dennoch für starke Schneefälle gerüstet und heute, da das Winterwetter die Stadt fest im Griff hatte und der Schnee sich bereits in den Straßen auftürmte, würden sie ohne diese Ketten wohl kaum weit kommen.

„Was ist Leute, habt ihr's bald?!", Ewald Werner, ihr Zugführer und Wachvorsteher, erschien in der Fahrzeughalle. In seiner Hand schwenkte er ein Alarmschreiben der Leitstelle, das soeben über den Fernschreiber der hauseigenen Zentrale hereingerattert war. „Schwerer Unfall auf der Kalkumer Schlossallee mit mehreren Verletzten! Also macht endlich diese verdammten Ketten drauf! In spätestens einer Minute müssen wir hier raus sein!"

Als ob sie das nicht selbst wüssten, dachten die Männer und waren heilfroh, dass der Einsatz sie nicht erwischt hatte, als sie die Ketten erst aus dem Lager im Keller heraufgeholt hatten; denn dann hätten sie wirklich ein Problem gehabt.

Stephan warf einen hastigen Blick über die Schulter zu den Kollegen von der Drehleiter. *Oh verflixt, die sind schon fertig.* Und jetzt kuppelten die Maschinisten auch schon die von der Decke hängenden Pressluftleitungen ab.

„Was ist, seid ihr soweit!?", dröhnte die fordernde Stimme des Zugführers erneut durch die hohe Fahrzeughalle.

Stephan hatte es fast geschafft. Er musste nur noch die Spannkette straff ziehen, verzurren und den Spannhaken einklinken, aber irgendwie wollten die widerspenstigen Kettenglieder einfach nicht weiterrutschen. Stephan zerrte verbissen. *Jetzt komm schon, du blödes Ding!* Plötzlich gab es einen Ruck und die Kette klemmte seinen Finger ein. Der Schmerz war so ähnlich wie ein Hammerschlag auf den Fingernagel.

„Was ist Stephan, wie lange brauchst du denn noch!?"

„Okay, bin fertig!"

Sein Angriffstruppführer, der mit den anderen bereits im LF saß, reichte ihm die Hand. „Na los, rein mit dir. Du bist der Letzte."

Stephan wurde mit Schwung in den Mannschaftraum gezogen, in dem er sich gleich auf die harte hölzerne Rückbank fallen ließ. An seinem geklemmten Finger hatte sich eine dicke Blutblase gebildet. Als er sich seinen ledernen Hakengurt anlegte, verzog er schmerzhaft das Gesicht, klagte aber nicht. Sein Nebenmann warf einen Blick auf die blutunterlaufene Blase und konstatierte trocken: „Ist nur faules Fleisch, Stephan. Wenn du den Handschuh drüberziehst, sieht das eh keiner mehr." Damit war die Sache erledigt.

Wirklich feuerwehrtauglich waren die mit langen Stulpen versehenen Rohrführerhandschuhe nicht. Bei Kontakt mit Wasser wurde ihr Leder so glitschig, dass man sein Strahlrohr nur mit Mühe festhalten konnte und bei Temperaturen um den Gefrierpunkt froren einem darin die Finger ein. Und bei Stephan hatte der aus hartem Spaltleder gefertigte Handschuh die Blutblase schnell aufreißen lassen. Nur, etwas Besseres gab es damals nicht und von einer hochwertigen Schutzbekleidung wie der heutigen war man ebenfalls noch sehr weit entfernt. Die Männer trugen lediglich dunkelblaue, mit einem tiefen V-Ausschnitt versehene Jacken und die waren, genau wie die dazugehörigen dünnen Tuchhosen, für harte Brandeinsätze mehr als dürftig und für solche winterlichen Temperaturen an diesem Tag erst recht nicht geeignet. Auch die dreiviertellange Lederjacke, die jeder Feuerwehrmann bekam, diente nicht wirklich als Wetterschutz: Für den Einsatz im Feuer eher ungeeignet saugte sie sich bei anhaltendem Regen voll und hing einem dann wie ein bleischwerer, nasser Sack am Körper.

Norbert Krämer, der Telegrafist der Feuerwache 3, hatte nach der Alarmierung von seiner kleinen, hauseigenen Zentrale die Verkehrsampel auf Rot geschaltet, sodass die übrigen Verkehrsteilnehmer warten mussten, bis die Löschfahrzeuge die Fahrzeughalle verlassen hatten.

Gerade eilte er zu den zweiflügeligen, hölzernen Ausfahrttoren und drehte deren Aluminiumknebel. Nachdem er so die Verriegelung gelöst hatte, rissen starke Zugfedern die hohen Torflügel nach innen auf. Als hätte der draußen tosende Sturm nur darauf gewartet, wirbelte er sofort jede Menge Schnee in die hohe Fahrzeughalle. Davon unbeeindruckt starteten die Maschinisten jetzt die gewaltigen Dieselmotoren. Ihr markiges Dröhnen ließ die Fahrzeughalle erzittern. Da es zu jener Zeit auch noch nicht die heute auf allen Auspuffrohren steckenden Absauganlagen gab, mischten sich dicke rußige Abgaswolken in die hereinwirbelnden Schneeflocken. Das schien die Feuerwehrmänner jedoch nicht im Geringsten zu stören, denn jetzt rollten ihre großen rotweißen Einsatzfahrzeuge mit blitzenden Blaulichtern und eingeschaltetem Martinshorn hinaus auf die tief verschneite Münsterstraße.

Vorneweg fuhr das erste Fahrzeug, ein LF16, gefolgt von einer mechanischen Drehleiter und ihrem auf dreißig Meter Höhe ausfahrbaren Leiterpark. Den Schluss bildete einer von zwei Rettungswagen, die ebenfalls hier stationiert waren. Ihr erster RTW befand sich, genau wie die Rettungswagen der Feuerwache 1 und 4, bereits irgendwo im Stadtgebiet im Einsatz. Aus diesem Grund hatte die Leitstelle zu diesem Unfall auch noch mehrere Krankenwagen alarmiert. Im Gegensatz zu den Rettungswagen, die mit fester Besatzung fuhren, mussten die Krankenwagen als Unfallreserve von zwei Personen aus der Löschmannschaft besetzt werden. Das bedeutete dann aber auch, dass dem Einsatzleiter bei einem Brandeinsatz genau diese zwei auf dem Löschzug fehlten.

Kurz nach Verlassen der Wache schwenkte der Löschzug 3 nach links in die breite Ulmenstraße ein. Von dort fuhren sie immer weiter in Richtung Norden. Ihnen voraus der mitalarmierte Notarztwagen – ein VW Passat. Der Notarzt, der genau wie die Feuerwehrmänner seinen 24-stündigen Dienst auf der Wache verrichtete, hatte mit seinem Fahrer bereits einige Sekunden vor dem Löschzug die Fahrzeughalle verlassen. Unter anderen Wetterbedingungen hätten Ewald Werner und sein Maschinist zumindest noch dessen Blaulichter sehen müssen, denn die Ulmenstraße verläuft schnurgerade, und sehr viel weiter konnte der NAW noch nicht gekommen sein. Aber der Schnee fiel so dicht, dass von einer Fernsicht keine Rede war.

Ewald Werner saß als Zugführer vorneweg im ersten LF. Er hatte das Starktonhorn zugeschaltet, deren markerschütterndes Dröhnen ihrem Löschzug für gewöhnlich freie Bahn verschaffte. Doch heute wurde die extrem laute Pressluftfanfare vom dichten Schneetreiben geschluckt. Aber das, so musste Ewald Werner frustriert feststellen, spielte bei diesem Wetter auch keine Rolle mehr. Mit den aufgezogenen Schneeketten durften sie ohnehin nur die Maximalgeschwindigkeit von fünfzig Kilometern pro Stunde fahren, doch selbst das verbot sich bei diesen ungewöhnlich extremen Schneemassen und den miserablen Sichtverhältnissen. Ewald Werner beugte sich weit nach links und starrte gebannt auf die Tachonadel.

„Mehr ist nicht drin", erklärte ihm Henry, sein Maschinist, mit entschuldigendem Achselzucken. „Solange die Straße noch nicht geräumt ist, können wir froh sein, dass wir überhaupt so schnell fahren können."

„Von wegen schnell", brummte Werner missmutig und dachte daran, dass die Freiwillige Feuerwehr also wieder vor ihnen an der Einsatzstelle eintreffen würde. Obwohl er nichts dafür konnte, wurmte das den routinierten alten „Feuerfresser" gewaltig. Dabei konnte er das „Rennen" überhaupt nicht gewinnen. Da den weit im Norden der Stadt gelegenen freiwilligen Feuerwehren der lange Anfahrweg aus der Innenstadt erspart blieb, trafen sie für gewöhnlich immer vor der Berufsfeuerwehr am Einsatzort ein. Es sei denn, dass dort aus irgendeinem Grund die Maschinisten fehlten, und dann konnte es schon einmal eng werden. Dies war auch eines der Hauptargumente, warum die Direktion der Berufsfeuerwehr immer wieder den Bau einer weiter nördlich gelegenen, neuen Wache forderte.

Während sich die Fahrzeuge der Feuerwache 3 immer noch durch die Schneemassen der Innenstadt kämpften, erreichten die ersten Einsatzkräfte der Freiwilligen Feuerwehren von Kalkum und Angermund schon ihre Gerätehäuser. Den Kalkumer Feuerwehrleuten schwante nichts Gutes, als sie in ihre Einsatzhosen stiegen. Wie bei fast allen Wehren standen diese einsatzbereit auf einem Lattenrost, die Hosenbeine über die Schäfte der

Feuerwehrstiefel gestülpt. In schmalen Spinden dahinter war der übrige Teil ihrer persönlichen Schutzausrüstungen untergebracht, darunter der schwarze, lederne Hakengurt mit dem angehängten Feuerwehrbeil, den ledernen Schutzhandschuhen und natürlich dem unverzichtbaren gelblich fluoreszierenden Feuerwehrhelm mit Nackenleder. Statt der schwarzen Lederjacke besaßen die Freiwilligen Feuerwehren als Wetterschutz eine dreiviertellange orangefarbene Jacke, die im Brandfall jedoch nicht getragen werden durfte, weil sie aus einem synthetischen Material bestand. Und weil diese Jacken weder besonders praktisch, geschweige denn schön waren, verzichteten einige sogar ganz darauf sie anzuziehen. Nicht so heute, als bei frostigen Minustemperaturen ein eisiger Sturm über die Stadt und das Land fegte. Und da sie zu einem Verkehrsunfall und nicht zu einem Brandeinsatz ausrückten, waren alle froh, sich ihre sonst so ungeliebten orangefarbenen Jacken überziehen zu können.

Einige Kilometer weiter nördlich scharten sich die alarmierten Mitglieder der Freiwilligen Feuerwehr Angermund um ihren Wehrleiter, der eine topographische Karte der näheren Umgebung vor ihnen ausgebreitet hatte. Aufmerksam lauschten sie seinen Anordnungen. Alle kannten sie die Hofmanns und natürlich auch ihren Sohn Thomas, der Mitglied in ihrer Jugendfeuerwehr war. Jeder wollte den vermissten Jungen und seinen Vater schnellstmöglich finden.

„Okay Leute, wir bilden Zweiertrupps. Jeder Trupp bekommt ein Funkgerät und gibt mir umgehend Meldung, wenn er einen der Vermissten gefunden hat."

„Und wenn sie längst irgendwo bei Freunden sind?"

Der Wehrleiter schüttelte den Kopf. „Dann hätte sich der Mann garantiert bei seiner Frau gemeldet. Ich habe aber eben noch mit Frau Hofmann telefoniert. Weder er noch ihr Sohn sind bislang wieder aufgetaucht. Sonst noch Fragen?"

Die Feuerwehrleute schüttelten die Köpfe.

„Also gut, dann teile ich jetzt jedem Trupp sein Areal zu, das er abzusuchen hat. In spätestens zwei Stunden wird es eh stockfinster sein, dann treffen wir uns hier wieder. Spätestens bis dahin müssen wir die beiden gefunden haben."

Draußen heulte der Schneesturm weiterhin mit aller Kraft. Die Truppführer hingen sich die mit einem breiten Riemen versehenen schweren Funkgeräte unter ihre Jacken, knöpften diese zu und schlugen die Kragen hoch; dann schwärmten sie mit ihren Truppmännern in verschiedenen Richtungen aus.

Die Kinder sahen verfroren aus. Der tiefe Neuschnee war noch nicht festgefahren und es fiel immer mehr, sodass ihre Schlitten nicht in Fahrt kommen konnten. Und als dann noch ein eisiger Sturm aufkam und ihnen die Sicht raubte, war ihnen die Lust am Rodeln vergangen. Mit triefenden Nasen, die verschneiten Mützen tief in die Stirn gezogen, stand das kleine Grüppchen zusammengedrängt am Fuß eines Hügels und wartete nur noch auf Thomas. Alle, bis auf Benno, der schon losgezogen war.

„Mensch Benno, jetzt warte doch." Der ältere Junge, der in der Gruppe das Sagen hatte, legte seine Hände trichterförmig an den Mund: „Thooomas! Koooohomm! Wir gehen!"

Aber Thomas reagierte nicht. Wahrscheinlich hatte er den Ruf durch den tosenden Sturm gar nicht hören können, denn er drehte sich nicht einmal um.

„Thooomas!"

„Also, ich warte nicht noch länger", sagte Benno trotzig und ging weiter.

„Wir auch nicht", sagten die anderen. „Lass ihn doch. Wenn der nicht will ..."

„Na gut", meinte daraufhin der Junge, der gerufen hatte, und zuckte mit den Achseln. „Wenn der merkt, dass wir weg sind, kommt der eh gleich hinterher gerannt."

Aber der kleine Thomas Hofmann kam nicht. Dass die anderen ohne ihn gegangen waren, hatte er überhaupt nicht mitbekommen. Nachdem er den Hügel erklommen hatte, hatte er zunächst seinen Schlitten gewendet, kurz Anlauf genommen und sich dann bäuchlings auf ihn geworfen. Aber aus der erhofften Schussfahrt wurde nichts, schon nach wenigen Metern blieb sein Schlitten stecken. Das ist doch doof, dachte Thomas und fand, dass das Schlittenfahren so keinen Spaß machte. Blinzelt sah er sich nach seinen Spielgefährten um, aber in dem dichten Schneetreiben war von denen weit und breit keiner mehr zu sehen. Nachdem ihm klar geworden war, dass sie ohne ihn gegangen waren, spürte er plötzlich wie kalt seine Hände und Füße schon waren. Dann rannte er den Hügel hinunter. Vor ihm lag das Feld, über das sie gekommen waren. Aber von dem Weg, der dort hindurchführte, war nichts mehr zu erkennen. Ratlos blieb Thomas stehen. In welche Richtung musste er gehen? Unsicher drehte er sich um seine eigene Achse. Als er weder Haus noch Hof, weder Strauch noch Baum unterscheiden konnte, bekam er große Angst, denn die Landschaft um ihn herum verschmolz mit dem Himmel zu einer einzigen weißen Wand.

In dieser weißen Hölle einen kleinen vermissten Jungen zu finden, war selbst für die ortskundigen Feuerwehrleute keine leichte Aufgabe. Nachdem sie jetzt schon über eine Stunde lang vergeblich suchten, fragten sich einige, ob es nicht besser gewesen wäre, diesen fürchterlichen Schneesturm erst einmal abzuwarten. Letztlich stapften sie aber doch weiter durch den immer höher werdenden Schnee. „Thooomas!" „Thooomas! Wo bist du?" Ihr lautes Rufen blieb jedoch ungehört. Der starke Sturm und der dichte Schneefall verschluckten jedes Geräusch.

Thomas' Vater befand sich schon viel zu lange in der klirrenden Kälte. Total durchgefroren stolperte er nur noch orientierungslos durch die Gegend. Die anfängliche Euphorie, seinen Sohn schnell finden zu können, war einer tiefen Depression gewichen, und er machte sich die schwersten Vorwürfe, nicht schon viel früher nach ihm gesucht zu haben. Schließlich blieb er entkräftet stehen und rang nach Atem. Verzweifelt legte er zum x-ten Mal seine Hände trichterförmig an den Mund und rief den Namen seines Sohnes. Aber seine Kehle war vom vielen Rufen längst heiser geworden und er brachte nur noch ein heiseres Krächzen heraus. Trotzdem lauschte er mit bangem Herzen in das Heulen des Sturms, aber die so sehnsüchtig erhoffte Antwort blieb wieder aus. Ratlos sah er sich um. Überall nur weiß, weiß, weiß. Seine von der Kälte tränenden Augen fanden keinen Orientierungspunkt mehr und Paul Hofmann erkannte resigniert, dass er nicht mehr wusste, in welche Richtung er sich jetzt wenden sollte. Schließlich stapfte einfach geradeaus weiter.

Nach ungefähr hundert Schritten stieg das Gelände plötzlich an. Mühsam erklomm er die nur etwa zwei Meter hohe Steigung, als er den Boden unter seinen Füßen verlor. Dann rauschte er auch schon die steile Böschung hinunter. Erschreckt riss Paul Hofmann die Arme hoch und stieß einen Schrei aus. Es krachte und splitterte, als sein Körper das Eis des gefrorenen Angerbaches durchbrach. Die Anger war an dieser Stelle zwar nicht sonderlich tief, dennoch steckte er mit den Füßen voran bis über die Knie im eiskalten Wasser. Bei seinem Versuch sich zu befreien, knickte sein rechtes Fußgelenk auf den am Grund des Baches liegenden unregelmäßig geformten Steinen um.

Paul Hofmann stöhnte auf. Der stechende Schmerz zwang ihn auf alle viere, sodass ihn das eiskalte Wasser jetzt vollständig erfasste. Verzweifelt suchte er den nasskalten Fluten zu entkommen. Raus, nur raus hier, schoss es ihm durch den Kopf, aber sein umgeknickter Fuß hatte sich zwischen zwei großen Steinen verklemmt. Nachdem er sich mühsam wieder aufgerichtet hatte, zerrte er trotz seiner rasenden Schmerzen wie wild an seinem Fuß. Aber der bewegte sich keinen Millimeter. Voller Panik tauchte er mit den Armen immer wieder in das eiskalte Wasser hinab. Vielleicht gelang es ihm ja, diesen verdammten Stein zur Seite zu drücken. Vergeblich, seine vom eiskalten Wasser gefühllosen Hände versagten. Paul Hoffmann keuchte vor Anstrengung, verzweifelt zerrte er wieder und wieder an dem festsitzenden Bein. Plötzlich raubte ihm eine Sturmbö das Gleichgewicht und kippte ihn erneut um. Die nasse Kälte war mörderisch und zehrte gewaltig an seinen Kräften. Nachdem er sich mit größter Mühe endlich wieder aufgerappelt hatte, erkannte er die ganze Tragweite seiner ausweglosen Situation. Er schrie, so laut es seine raue Kehle zuließ, in Todesangst um Hilfe.

Henry Droste, der Maschinist des ersten Fahrzeugs, warf aus den Augenwinkeln einen kurzen Blick auf seinen Wachführer, der mit verkniffener Miene auf dem Beifahrersitz saß und finster in das Schneetreiben starrte. Der Schneefall hatte sich verstärkt, woraufhin Henry die Geschwindigkeit noch weiter drosseln musste. Bisher waren sie ja noch mit halbwegs akzeptablem Tempo gefahren, aber davon konnte jetzt keine Rede mehr sein. Die Sicht durch die zweigeteilte Frontscheibe wurde immer schlechter und es war nur noch eine Frage der Zeit, bis die Scheibenwischer, die gegen die zusammengeschobenen Schneeberge in den Fensterecken ankämpften, ihre Arbeit einstellen würden.

Inzwischen hatten die Einsatzkräfte der Löschgruppe Kalkum den Unfallort fast erreicht. „Ab jetzt nur noch Schritttempo, Willi", wies der Gruppenführer seinen Maschinisten an. „Ich möchte nicht, dass wir bei der beschissenen Sicht auch noch einen umherirrenden Verletzten über den Haufen fahren."

Willi nickte konzentriert, trat das Kupplungspedal zwei Mal durch und schaltete das unsynchronisierte Getriebe ihres LF 16 TS mit Zwischengas in einen niedrigeren Gang.

Plötzlich tauchten wie aus dem Nichts die Umrisse des Linienbusses vor ihren Augen auf. Abrupt trat Willi auf die Bremse. Das schwere Löschgruppenfahrzeug bockte und die hinten im Mannschaftsraum sitzenden Männer fluchten, weil sie trotz der geringen Geschwindigkeit fast von den blanken Holzbänken gerutscht waren. „'Tschuldigung", rief Willi kleinlaut, „aber ich ..."

„Schon gut." Sein Gruppenführer winkte ab und drehte sich nach hinten, um der Mannschaft erste Einsatzbefehle zu erteilen. „Schlauchtrupp mit Warnlampen und Verkehrsleitkegeln die Unfallstelle auf beiden Seiten absichern! Macht den Laden aber diesmal gründlich dicht, damit uns niemand in die Unfallstelle rauscht. Und haltet ausreichenden Abstand." Während seine Männer schon ausstiegen, rief er ihnen hinterher: „Und achtet diesmal gefälligst auf euren eigenen Arsch, verstanden!" Seine drastische Ausdrucksweise kam nicht von ungefähr. Bei einem ihrer letzten Einsätze hatte ein unaufmerksamer Autofahrer ihre Sicherheitsabsperrung durchbrochen und beinahe mehrere seiner Männer über den Haufen gefahren. Beileibe kein Einzelfall, wie eine erschreckende Unfallstatistik zeigte. Und bei den heutigen Sichtverhältnissen, wobei von Sicht kaum die Rede war, konnten sie gar nicht vorsichtig genug sein. Die Männer zogen ab und er ordnete seinen Wassertruppführer an, ein C-Rohr und den Pulverlöscher bereitzuhalten – eine Standardsicherungsmaßnahme, die Feuerwehren bei vielen Verkehrsunfällen vornahmen. Danach begab er sich mit seinem Angriffstrupp nach draußen, um sich ein genaues Bild von dem Unfallgeschehen zu machen, denn bis zu diesem Zeitpunkt wusste noch niemand von ihnen, was genau passiert war, wie viele Verletzte es gab, geschweige denn, wie schwer deren Verletzungen waren.

Das dichte Schneetreiben hatte etwas nachgelassen, sodass Paul Hofmann seine Umgebung jetzt wieder einigermaßen erkennen konnte. Trotzdem half ihm das in seiner misslichen Lage nicht weiter, denn das eiskalte Wasser und der frostig beißende Sturm hatten ihn innerhalb kürzester Zeit in eine lebensbedrohende Froststarre versetzt. Anfänglich hatte er noch wie wild an dem Bein gezogen. Als alles nichts nutzte, hatte er solange vergeblich um Hilfe geschrien, bis ihm seine Stimme versagte. Danach hatte er nur noch geheult. Aufgrund der Kälte spürte er in seinem eingeklemmten Fuß keine Schmerzen mehr, und als seine Unterkühlung jenen gefährlichen Zustand erreichte, der ihn in eine lethargische Gleichgültigkeit versetzte, hatte er es aufgegeben, sich befreien zu wollen. Von diesem Zeitpunkt an war es nur eine Frage weniger Minuten, bis ihn auch noch seine letzten Kräfte endgültig verlassen würden, sodass er nicht einmal mehr aufrecht stehen konnte.

Aber spielte das überhaupt noch eine Rolle?, fragte er sich. Vielleicht habe ich noch zwei, höchstens drei Minuten, danach ist mein Schicksal doch eh unweigerlich besiegelt. Aber der grausame Gedanke, sein Leben in diesem nassen Grab zu verlieren, ließ ihn zutiefst erschaudern. Mit letzter Kraft bäumte er sich noch einmal auf und zerrte wild entschlossen an seinem festsitzenden Bein. Nachdem auch dieser letzte Versuch vergeblich war, schrie er verzweifelt um Hilfe und lauschte mit bangem Herzen auf eine Antwort, aber außer dem Heulen des Sturms war nichts zu hören. Das war es also. Es gab keine Hoffnung mehr, keine Rettung. Paul Hofmann hatte den Todeskampf aufgegeben. Völlig entkräftet knickten ihm die Knie ein und sein erschöpfter Körper sackte willenlos in die eisigen Fluten.

Die Lage an der Unfallstelle war schlimm, sehr schlimm sogar. Der Fahrer eines Pkws hatte mit überhöhter Geschwindigkeit leichtsinnig und in völliger Selbstüberschätzung die Kontrolle über sein Fahrzeug verloren und war in der Kurve der Kalkumer Schlossallee frontal mit einem entgegenkommenden Linienbus kollidiert. Der Zusammenstoß war so heftig, dass der Bus in den Straßengraben rutschte, dabei stürzten mehrere der stehenden Fahrgäste. Einige, die noch im Fallen versucht hatten, sich abzustützen, erlitten Handgelenks- und Unterarmbrüche. Andere, die saßen, stießen mit den Köpfen gegen die vor ihnen befindlichen Haltestangen, wobei sie sich schmerzhafte Prellungen zuzogen. Bei mehreren rann Blut aus aufgeplatzten Wunden.

Es herrschte ein heilloses Durcheinander. Der Bus war voll besetzt gewesen und jetzt schrien und wimmerten die Menschen vor Angst und Schmerzen. Der Busfahrer war wie durch ein Wunder unverletzt geblieben. Er stand aber unter Schock und war außerstande Hilfe zu leisten. Noch schlimmer stand es um die Insassen des Pkws. Ihr Wagen, ein Ford Taunus 17M, hatte sich nach dem Zusammenstoß einmal um seine eigene Achse gedreht und war dann mit der Beifahrerseite gegen einen Straßenbaum geschleudert. Als der mächtige Baumstamm vor ihren schreckensweiten Augen auftauchte, hatte Lisa-Marie nicht einmal mehr Zeit gehabt, ihre Arme schützend zu heben. Diese reflexartige Abwehrbewegung hätte den Tod des achtzehnjährigen Mädchens mit den blond geflochtenen Zöpfen jedoch auch nicht verhindern können.

Bevor sie mit Günter zu dieser Fahrt aufgebrochen war, hatte der ihr auf einem abgelegenen Parkplatz großspurig seine vermeintlichen Fahrkünste vorgeführt. „Im Grunde ist das ja ganz einfach", hatte er geprahlt: „Gas geben, kurz anlenken und dabei die Kupplung treten und durchgetreten halten; dann sofort hart gegensteuern und die Handbremse hochreißen." Lisa hatte vor Vergnügen laut gejuchzt, als der Wagen das erste Mal um hundertachtzig Grad herumschleuderte. Aber nachdem Günter das Spielchen immer wieder trieb, hatte sie doch Bedenken bekommen und skeptisch gefragt. „Du, schadet das denn nicht den Reifen?"

„Nö, ist doch alles vereist."

„Und dein Vater? Ich glaube nicht, dass er gutheißen würde, was du hier mit seinem Wagen treibst?"

„Musst du ihm ja nicht auf den Leib binden", entgegnete Günter mit breitem Grinsen und gab erneut Gas. „Im Übrigen hat er mir den Schleuderkurs letztes Jahr selber bezahlt. Brauchst dir wegen des Schnees also keine Sorgen machen, wer mit mir fährt, ist sicher." Bei seinen großspurigen Worten lächelte Günter seine Freundin jovial an. „Was ist Lisa, soll ich noch mal?" Lisa schüttelte den Kopf. „Na gut, dann holen wir jetzt die anderen und fahren nach Kaiserswerth."

Eine halbe Stunde später passierte der Unfall. Die Seitentüre des Ford leistete dem heftigen Anprall genau wie seine wesentlich stabilere Bodenplatte keinerlei Widerstand. Krachend presste sich der mächtige Straßenbaum in die Flanke des Autos. Blech kreischte, Glas prasselte, dann wurde die vordere Sitzbank mit brachialer Gewalt aus ihrer Verankerung gerissen. Das alles dauerte nur Bruchteile einer Sekunde. Lisa-Marie verspürte nicht mehr den Schlag, der ihr Schläfenbein und ihre Schädelbasis zertrümmerte und ihr die rechte Beckenschaufel abriss und den Oberschenkelknochen zermalmte. In tiefster Bewusstlosigkeit verblutete sie noch vor dem Eintreffen der Retter an der Unfallstelle. Auf der Rückbank saßen ihre Freunde Peter und Klaus. Im Gegensatz zu Lisa hatten sie den Unfall schwer verletzt überlebt, waren aber außerstande sich aus eigener Kraft aus dem zweitürigen, völlig verzogenen Autowrack zu befreien. Halb bewusstlos, blutüberströmt, eingeklemmt und vor Schmerzen stöhnend konnten sie nur noch hilflos auf Rettung von außen hoffen.

Das dichte Schneetreiben hatte überraschend nachgelassen, sodass die Sicht jetzt wieder einigermaßen war. Plötzlich blieb Gitti stehen und fasste ihren Kameraden am Jackenärmel. „Du, sei mal ganz still. Ich glaube, da hat gerade jemand um Hilfe gerufen." Die beiden jungen Feuerwehrleute horchten angestrengt, ob sich der Ruf noch einmal hören ließ, aber jetzt war wieder alles genauso still wie zuvor.

„Hast du das nicht auch gehört, Rolf? Da hat doch jemand um Hilfe gerufen."

„Schon, aber ..."

„Was aber?"

„Na, ich weiß nicht, für mich klang das nicht wie ein Hilferuf, eher wie das heisere Krächzen einer Krähe."

„Auf jeden Fall kam das von dort drüben." Gitti deutete nach links.

„Ne, da vertust du dich. Ich bin mir sicher, das kam von rechts."

Suchend schauten sich die beiden um, konnten aber niemanden entdecken.

„Komm, lass uns in die Richtung gehen. Da drüben hinter der Böschung fließt die Anger, und hier ist eh nur Acker."

„Na gut. Ich hoffe nur, unsere Gesuchten sind nicht in den Fluss gefallen."

„Ist doch nicht tief. Da kommt man leicht wieder raus."

„Von wegen. Es sind auch schon welche in 'ner Pfütze ertrunken. Und bei dem frostigen Wetter ..."

„Mensch Rolf, mal den Teufel nicht an die Wand."

Nach wenigen Schritten stießen die beiden auf eine tiefe in den Schnee gezogene Spur, die sich die Böschung zur Anger hinauf zog. Unwillkürlich hielten sie in ihrem Schritt inne. „Oh Mann, das sieht nicht gut aus", sagte Gitti sorgenvoll und sah ihren Kameraden an. „Denkst du auch, was ich denke?" Sie wartete die Antwort erst gar nicht ab, sondern stürmte auf die Böschung zu. Rolf hetzte hinter ihr her.

Schnell hatte Gitti den oberen Rand erreicht. Als sie hinunter blickte, sah sie den gesuchten Paul Hofmann regungslos bis zum Bauch eingebrochen im eisigen Wasser der Anger. Gitti stockte der Atem. Um ihn herum war die Eisdecke weitgehend zerstört. Falls er noch leben sollte, verdankte er sein Leben nur dem Umstand, dass sein nach vorn gekippter Oberkörper auf einer unversehrten Eisscholle Halt gefunden hatte. Ohne diese Eisscholle wäre sein Gesicht unter die Wasserlinie getaucht und er wäre jämmerlich ertrunken. Aber lebte er wirklich noch? Es gab nur eine einzige Möglichkeit dies zu erkunden und Gitti zögerte keine Sekunde. Ehe Rolf sie daran hindern konnte, rutschte sie auch schon auf dem Hosenboden die steile Böschung hinunter. Das eiskalte Wasser lief sofort in ihre Stiefel, davon unbeeindruckt tastete sich die junge Feuerwehrfrau mutig weiter. Die Anger besaß an dieser Stelle eine Breite von höchstens vier Metern. Da Paul Hofmann in unmittelbarer Ufernähe durch das Eis gebrochen war, war es Gitti zunächst unverständlich, wieso sich dieser große, kräftige Mann nicht selber hatte befreien können. Das Wasser reichte ihr jetzt bis über die Knie. Die Kälte war mörderisch und die Strömung war erstaunlich stark. Der Boden der Anger war glitschig und mit unzähligen Steinbrocken übersäht. Gitti konnte daher nur ganz kleine, vorsichtige Schritte machen und musste verdammt aufpassen, nicht zu stürzen. Nachdem sie einigermaßen festen Stand gefunden hatte, tastete sie den Hals des Verunfallten nach seinem Puls ab. Plötzlich platschte es neben ihr laut auf. Erschreckt riss Gitti den Kopf zur Seite. „Mann Rolf, hast du mich erschreckt! Ging das nicht etwas vorsichtiger?"

Rolf grinste frech und fragte: „Und? Was ist? Lebt er noch?"

„Und, hast du die Kameraden informiert?"

„Klar. Hab auch gleich gesagt, die sollen 'nen RTW anfordern. Was ist jetzt, lebt er noch?"

Gitti schüttelte den Kopf. „Kann ich nicht genau sagen, ich finde keinen Puls." Sie versuchte es noch einmal.

„Vergiss es Gitti, wir müssen ihn zuerst hier rausholen. Los, nimm du ihn unter den Achseln, ich versuche, ihn an seinem Gürtel zu packen."

Rolf stand seitlich neben dem Bewusstlosen, seine Kameradin stand hinter dessen Rücken. Es würde eine schwere Arbeit werden, Paul Hofmann aus dem Fluss zu tragen, zumal sich auch noch seine Kleidung mit Wasser vollgesogen hatte. Aber mit vereinten Kräften glaubten sie es schaffen zu können. Rolf tauchte seine Hände tief in die kalten Fluten und tastete nach dem Gürtel. Der lange Mantel, den Herr Hofmann trug, behinderte ihn dabei sehr. Endlich hatte er es geschafft. „Okay Gitti. Ich hab ihn. Bist du soweit?"

„Ja, los."

„Auf drei. Eins, zwei, drei!"

Obwohl beide aus Leibeskräften zogen, gelang es ihnen lediglich den schweren Mann aufzurichten, aber danach ging nichts mehr.

„Was ist Gitti, warum ziehst du nicht weiter?"

„Mach ich doch!", keuchte Gitti und strengte sich noch mehr an.

Rolf keuchte ebenfalls und fluchte: „Verdammt, der muss irgendwo festhängen. Schaffst du es, ihn für einen Moment alleine zu halten? Ich geh runter und sehe mir das an."

„Wie, runter?"

„Na unter Wasser. Ich muss prüfen, wo er festsitzt. So bekommen wir ihn hier nie raus."

„Dann mach, aber beeil dich. Mir frieren nämlich schon die Füße ein und lange kann ich sein Gewicht alleine auch nicht halten."

„Alles klar, ich beeile mich." Rolf riss sich die Mütze vom Kopf und warf sie an Land. Dann bückte er sich und tauchte unter Wasser. Die Sicht war gut, aber die Eiseskälte erfasste ihn wie eine Schraubzwinge. Am liebsten wäre er sofort wieder aufgetaucht, doch dann sah er den eingeklemmten Fuß. Er steckte zwischen zwei Steinbrocken. Mit aller Kraft versuchte Rolf einen der Steine zur Seite zu ziehen – vergeblich, er bewegte sich keinen Millimeter.

Gitti hatte sich weit nach hinten gelehnt und hielt den Mann im Rautekgriff. In dieser Stellung lastete sein Hauptgewicht auf ihren Oberschenkeln. Nur so vermochte sie ihn eine Weile zu halten.

„Geht nicht", keuchte Rolf, nachdem er schwer atmend wieder neben ihr aufgetaucht war. „Sein linker Fuß sitzt fest und die Steine bekomme ich nicht bewegt. Ich funke unsern Wehrleiter an, damit die uns ein Brecheisen bringen."

Gitti stöhnte: „So lange kann ich den Mann aber nicht mehr halten, Rolf. Guck doch mal oben auf dem Damm, da hab ich Reste von 'nem niedergetretenen Zaun gesehen. Vielleicht findest du da was Brauchbares."

„Okay, ich versuch's. Kannst du noch?"

Gitti lächelte gequält. „Muss ich ja wohl, oder?"

Nachdem Rolf aus dem Fluss gestiegen war, kroch er so schnell wie möglich die Böschung hinauf. Oben auf dem Damm traf ihn die volle Wucht des Sturms und er empfand die schneidende Kälte doppelt schlimm. Einen Moment lang rang er auf allen Vieren keuchend nach Luft. Die schwere Arbeit in dem eiskalten Wasser hatte gewaltig an seinen Kräften gezehrt. Seine Hände und Füße schmerzten und fühlten sich an wie Eisklumpen. Aber noch schlimmer erging es seinem triefnassen Kopf, auf dem der eisige Wind das Wasser in seinen Haaren gefrieren ließ. Am liebsten hätte Rolf sich irgendwohin verkrochen, irgendwo wo es warm war. Aber es gab hier weit und breit nichts und selbst wenn, er durfte sich nicht ausruhen. Unten im eiskalten Wasser stand Gitti alleine mit ihrer schweren Last und wartete händeringend auf seine Hilfe.

Einige Meter von der Stelle, an der er sich befand, entdeckte er tatsächlich die Reste eines ehemaligen Zauns. Rasch sah sich Rolf nach etwas Verwertbarem um. Ein angerosteter Zaunpfahl ragte aus dem Schnee hervor. Er wirkte noch halbwegs stabil und schien ihm genau das richtige Werkzeug zu sein. Rolf benötigte nur wenige Tritte, dann hatte er das am Boden festgefrorene Metall freibekommen. Nur gut, dass dem Pfahl kein Zaungeflecht mehr anhaftete, sagte er sich und eilte damit so schnell er konnte zurück. Bei der Vorstellung, seine Beine erneut in das eiskalte Wasser tauchen zu müssen, dachte er wehmütig an die Watthose, die sie auf ihrem LF mitführten. *Mann, wie gut könnte ich die jetzt gebrauchen.*

Gitti hielt noch immer durch, aber lange würde sie die schwere Last nicht mehr alleine halten können. Ihre Füße und Beine spürte sie schon nicht mehr und es wurde ihr immer schwerer, den Oberkörper des Verunfallten mit ihren Armen zu umklammern. Als Rolf mit dem metallenen Zaunpfahl erschien und erneut seinen Kopf unter Wasser tauchte, flehte sie inständig, dass es ihm gelingen würde, den Fuß des Mannes zu befreien, und sie hoffte, dass ihnen die anderen ganz schnell zur Hilfe kommen würden.

Bei dem Anblick, der sich den Kalkumer Feuerwehrmännern an der Einsatzstelle bot, erfasste sie das kalte Grauen – kälter noch, als der Sturm, der ihnen eisig in die schreckensbleichen Gesichter blies. Die Schlosskurve wurde von vielen Fahrern unterschätzt, daher kam es hier immer wieder zu Unfällen. Einige Feuerwehrmänner hatten in den vergangenen Jahren mehrfach Verunfallte aus ihren misslichen Lagen befreien müssen, aber das hier war schlimmer als alles, was sie bislang gesehen hatten. Der verunfallte Pkw hatte sich so um den mächtigen Straßenbaum herumgezogen, dass von der Beifahrerseite fast nichts mehr zu erkennen war. Die lebensfrohe Lisa-Marie, die vor wenigen Minuten noch dort gesessen hatte, war tot. Durch die Wucht des Aufpralls war ihr mädchenhaft schlanker Körper vom Stammholz zerschmettert und gegen den Fahrer gepresst worden. Es schien, als wären die blutüberströmten, leblosen Körper der beiden jungen Leute zu einer einzigen undefinierbaren menschlichen Masse verschmolzen. Es war unmöglich zu sagen, ob einer von ihnen noch lebte, aber ihr Anblick war so furchtbar, dass keiner der Feuerwehrmänner daran glauben mochte. Ähnlich verhielt es sich mit den beiden auf der Rückbank sitzenden Jugendlichen. Auch sie waren voller Blut und gaben kein Lebenszeichen von sich.

Nach der ersten Lagebeurteilung war dem Wehrleiter sofort klar, dass sie mit der alleinigen Bewältigung dieser extrem schwierigen Einsatzstelle völlig überfordert waren. Mit ihren begrenzten technischen Möglichkeiten würde es verdammt lange dauern die vier jungen Menschen aus ihrem, mit dem Baum „verwachsenen" Autowrack zu befreien. Sorgenvoll blickte der Wehrleiter in das Schneetreiben. Es hatte inzwischen ein wenig nachgelassen, und so hoffte er inständig, dass die Kollegen der Berufsfeuerwehr, denen andere technische Geräte zur Befreiung der eingeklemmten Personen zur Verfügung standen, möglichst rasch eintreffen mögen. Die Entscheidung, die er treffen musste, war hoch emotionell und schmerzlich.

Es gab einfach zu viele Verletzte, als dass er mit seinen wenigen Männern allen zugleich helfen konnte. Sie konnten sich entweder um die Verletzten im Bus kümmern, oder versuchen, die eingeklemmten Personen aus dem Pkw zu befreien. Beides zugleich war nicht möglich. Die Befreiung der eingeklemmten Personen aus dem Pkw würde mit ihren begrenzten technischen Möglichkeiten eine sehr lange Zeit in Anspruch nehmen. Angesichts der Tatsache, dass die Berufsfeuerwehr mit ihrem schweren Equipment jeden Moment hier eintreffen müsste, entschied er sich für die Erstversorgung der Verletzten im Bus.

Und selbst für diese Maßnahmen waren sie eigentlich zu wenige, denn die beiden Männer, die er zur Unfallstellenabsicherung abgestellt hatte, konnte und durfte er nicht abziehen. Zu groß wäre die Gefahr, dass ihnen ein weiteres Fahrzeug in die Unfallstelle hineinrauschen könnte. Die verheerenden Folgen, die dabei entstehen konnten, mochte er sich gar nicht ausmalen. Und sein Mann am Strahlrohr und dem bereitstehenden PG12 durfte seinen Posten ebenfalls nicht verlassen. In der Nähe des Pkw roch es auffällig nach Sprit. Die Situation war höchst brisant, denn wenn sich der Sprit entzündete, und so etwas konnte sehr schnell geschehen, würde die Lage hier unweigerlich eskalieren. Ständiges Beobachten mit der

Möglichkeit des sofortigen Eingreifens war daher unerlässlich. Der Wehrleiter schärfte daher seinem Strahlrohrführer noch einmal größte Wachsamkeit ein. Dann überließ er die eingeklemmten Personen seiner Obhut. Diese Entscheidung war ihm weiß Gott nicht leicht gefallen, aber er sah keine andere Möglichkeit.

Während der Wehrleiter der Freiwilligen Feuerwehr von Kalkum seine wenigen, ihm verbliebenen Männer zur Rettung der Verletzten im Linienbus einteilte, befanden sich die Fahrzeuge der Feuerwache 3 auf der Niederrheinstraße. Bis zur Einsatzstelle hatten sie noch geschätzte zwei Kilometer zurückzulegen. Der Schneefall hatte nachgelassen, sodass die Sicht jetzt wieder besser geworden war. Henry, der Maschinist des ersten Fahrzeugs, gab daher mehr Gas und Ewald Werner atmete erleichtert auf. Endlich konnten sie wieder etwas schneller fahren. Ihr bisheriges Schneckentempo war einfach nur quälend gewesen, besonders nachdem sie über Funk die erste Rückmeldung von der Unfallstelle mitgehört hatten. Neben einer hohen Zahl von Verletzten in dem Linienbus, der in den Straßengraben gerutscht war, sollte es vier eingeklemmte Personen in einem Pkw geben, welche die Freiwillige Feuerwehr mit ihren technischen Möglichkeiten aber nicht befreien konnte. Ob diese vier, es sollte sich um junge Menschen handeln, überhaupt noch lebten, oder wie schwer sie verletzt waren, ging aus der Rückmeldung nicht hervor. Spätestens jetzt war allen klar, dass ihre Hilfe an der Einsatzstelle dringend benötigt wurde.

Rolf tauchte seinen Kopf erneut in das eiskalte Wasser der Anger. Die Kälte war mörderisch. Er hatte ein Gefühl, als müsse sein Schädel jeden Moment platzen, aber er biss die Zähne zusammen. *Jetzt bloß nicht aufgeben. Nicht jetzt, wo ich dieses Werkzeug habe.* Aber seinen vor Kälte tauben Händen gelang es nicht, den metallenen Zaunpfahl zwischen den beiden Steinbrocken zu platzieren. Er musste dringend noch einmal auftauchen und Luft holen.

„Mach bloß schnell", stöhnte Gitti, „ich kann fast nicht mehr."

Rolf antwortete nicht, der kalte Wind raubte ihm fast die Luft, dennoch tauchte er noch einmal unter. Diesmal gelang es – der Pfahl, den er als Hebelarm benutzen wollte, war platziert. „Ich hab's geschafft, Gitti!", jubelte Rolf und drückte sein ganzes Körpergewicht gegen den aus dem Wasser ragenden Metallpfahl. Gitti konnte sich nicht mehr über seinen Erfolg freuen. Sie war am Ende ihrer Kräfte. „Rolf", hauchte sie nur noch, dann fiel sie erschöpft und kraftlos mit Tränen in den Augen samt ihrer schweren Last rücklings in die nasskalten Fluten der Anger.

Entsetzt schrie Rolf auf und versuchte verzweifelt seine junge Kameradin, die unter dem schweren Mann lag zu befreien. Aber auch er war am Ende seiner Kräfte angelangt und seine vor Kälte erstarrten Hände versagten ihm den Dienst.

„Gitti! Neiiiiiiin!" Rolf war vor Angst wie von Sinnen. Jegliche Vorsicht missachtend hetzte er auf seinen tauben Füßen über den glitschigen unebenen Grund. Hoch spritzte das Wasser um ihn herum auf, weiteres Eis zerbrach, er stolperte, stürzte und spürte, wie er sich dabei die Knie aufschlug. Egal, hoch, nur schnell wieder hoch! Rolf kam wieder auf die Füße und schließlich schaffte er es irgendwie, hinter die beiden vom Wasser bedeckten Körper zu kommen. Um Gittis Oberkörper und den auf ihr liegenden Mann aus den eiskalten Fluten über die Wasseroberfläche zu heben, musste er sich selbst hinknien, dabei reichte ihm das eiskalte Wasser fast bis zur Brust. Alleine war Rolf mit der neuen Situation völlig überfordert. Sein froststarrer Körper hatte längst einen Zustand erreicht, in dem er nicht einmal mehr in der Lage war, sich selbst zu retten, geschweige denn, zwei weitere vom Tode bedrohte Menschen diesem nassen Grab zu entreißen. Aber in diesem Moment beherrschte ihn nur ein einziger Gedanke – stirb nicht! Bitte, bitte, Gitti, du darfst nicht sterben! Und er flehte zu Gott, dass ihm seine Kameraden ganz schnell zu Hilfe eilen würden, denn jede weitere Sekunde, die er in dem eiskalten Wasser kniete, schwächte seine ohnehin schon fast aufgezehrten Kräfte. Er spürte, dass seine gefühllosen Arme die schwere Last nicht mehr länger halten konnten. Vor Kälte schlotternd und von Todesangst erfasst, brach das ganze Elend seiner hoffnungslosen Situation über ihn herein. In höchster Not schrie der verzweifelte Feuerwehrmann so laut er konnte um Hilfe.

Dem Sicherungsposten der Freiwilligen Feuerwehr war es schweinekalt. Um sich ein wenig aufzuwärmen, hüpfte er auf der Stelle. Plötzlich stellte er sein Hüpfen ein und lauschte auf ein auf- und abschwellendes Geräusch. Als er zunächst nur den Notarztwagen herankommen sah, machte er ein etwas enttäuschtes Gesicht. Aber einige Minuten später vernahm er es ganz deutlich. *Ja, das mussten die Martinshörner der näher kommenden Feuerwache 3 sein.* Kurz darauf konnte er auch schon ihre zuckenden Blaulichter erkennen und räumte ein zweites Mal eilig die Verkehrsleitkegel zur Seite, mit denen er die Straße abgesperrt hatte.

„Fahr mal langsamer Henry, vielleicht hat der Mann uns was zu sagen." Ewald Werner hatte sein Seitenfenster heruntergekurbelt. Sein Maschinist nickte und schaltete einen Gang runter, aber außer einem Gut, dass ihr endlich kommt! Noch hundert Meter, erhielt er keine neuen Informationen.

Der verfroren aussehende Sicherungsposten winkte die Fahrzeuge der Berufsfeuerwehr mit seiner Flagge durch und stellte die Verkehrsleitkegel wieder auf. Scheiß Job, sagte er sich, und begann wieder zu hüpfen. Die anderen können sich wenigstens warm arbeiten, aber ich frier mir hier den Arsch ab. Wenn er gewusst hätte, wie belastend die Arbeit seiner Kameraden gerade war, hätte er vermutlich anders über seine Aufgabe gedacht.

Die Lagebeurteilung zwischen dem Zugführer der Feuerwache 3 und dem Wehrleiter der Freiwilligen Feuerwehr fiel kurz und präzise aus. Genau wie dessen Schilderung über die Maßnahmen, die er bisher vorgenommen hatte. Schnell hatten sich die beiden Männer über ihr weiteres Vorgehen verständigt. Am dringlichsten war die Befreiung und Versorgung der vier im Pkw eingeklemmten jungen Menschen. Das sollte Aufgabe der LF-Besatzung werden. Die Drehleiterbesatzung, die bei dieser Arbeit nicht benötigt wurde, sollte die Freiwillige Feuerwehr und den kurz vor ihnen eingetroffenen Notarzt bei ihren bereits begonnenen Rettungstätigkeiten für die verletzten Businsassen unterstützen. Entsprechend dieser Entschlüsse erteilte er der Mannschaft seine Befehle.

Rolf kniete noch immer im eiskalten Wasser der Anger. Sein unterkühlter Körper zitterte wie Espenlaub und seine Zähne klapperten laut aufeinander. Er war völlig am Ende seiner Kräfte und wusste, dass er Gitti und das schwer auf ihr liegende Gewicht des Mannes mit seinen zu Eis erstarrten Armen nicht mehr länger über der Wasseroberfläche halten konnte. Plötzlich ein Rufen: „Halte durch Rolf! Wir kommen!" Und dann rutschten auch schon mehrere seiner Kameraden die steile Böschung hinunter. Um ihn herum spritzte das Wasser hoch und hilfreiche Hände befreiten ihn von seiner schweren Last. Das war buchstäblich Rettung in letzter Sekunde.

Oben auf der Böschung erschienen jetzt weitere Feuerwehrleute, die zwei an Fangleinen befestigte Krankentragen die Böschung hinab ließen und irgendjemand rief laut: „Wir brauchen noch eine dritte!" Doch das bekam Rolf schon nicht mehr mit. Auch nicht, wie sie ihn auf einer der Tragen festbanden und die Böschung hinaufzogen. Als er das erste Mal wieder die Augen aufschlug, befand er sich in einem Rettungswagen des Malteser Hilfsdienstes. Die Rettungssanitäter hatten ihn bis auf die Unterwäsche entkleidet und in warme Decken eingepackt, aus denen seine Arme und Beine jedoch herausragten. Eine Vorgehensweise von größter Wichtigkeit, damit das erkaltete Blut aus seinen Extremitäten sich nicht mit dem noch warmen Blut seiner inneren Organe vermischte, was einen

Bergungstod zur Folge haben könnte. „Was ist mit Gitti?", fragte Rolf den neben ihm sitzenden Rettungssanitäter mit vor Angst erstickender Stimme. „Hat sie überlebt?"

Da der es selbst nicht wusste, es aber auch nicht für angezeigt hielt Rolf eine beunruhigende Antwort zu geben, erklärte er diplomatisch: „Keine Sorge, deine Kameraden haben sie genauso aus dem Fluss geholt wie dich und den Mann, den ihr retten wolltet. Sie sind beide in Sicherheit und befinden sich genau wie du auf dem Weg ins Krankenhaus."

Rolf hatte die Nacht tief und fest geschlafen. Als er am nächsten Morgen die Augen aufschlug, sah er sich zunächst etwas desorientiert in dem Zimmer um. Dann tauchten die Ereignisse des gestrigen Abends in erschreckend realen Bildern vor ihm auf und er fragte sich mit bangem Herzen, was wohl aus seiner Kameradin Gitti geworden sei. Hatte sie die schrecklich lange Zeit in dem eiskalten Fluss der Anger wirklich überlebt? Immerhin hatte ihr Kopf mehrere Sekunden lang unter Wasser gelegen. Und was war mit dem Mann geschehen, den sie retten wollten? Quälende Fragen, für die er noch keine Antwort hatte, bis, ja bis es leise an der Tür klopfte und der Kopf seines Wehrleiters vorsichtig um die Ecke lugte. „Ah, unser Retter ist also schon wach. Was ist, darf ich rein kommen, oder?"

Rolf blickte freudig auf und nickte.

„Ich hab dir auch noch jemanden mitgebracht." Der Wehrleiter drehte sich um. „So, dann will ich dich mal reinschieben, Gitti. Ich glaube niemand wird sich mehr über deinen Besuch freuen als unser Rolf."

Gitti saß, eingehüllt in einen langen flauschigen Bademantel im Rollstuhl. Ihre Hände und Füße waren dick bandagiert. Sie schob einen fahrbaren Infusionsständer vor sich her und blickte Rolf verlegen an, dann zeichnete sich auf ihrem blassen Gesicht ein schwaches Lächeln ab. Als ihr Blick jedoch auf die gleiche fünfprozentige Glucose-Infusion fiel, wie sie auch an ihrem Infusionsständer hing, konnte sie ihr Schluchzen nicht mehr länger zurückhalten. Der Wehrleiter sah von einem zum anderen, und als er bemerkte, dass Rolf ebenfalls Tränen in den Augen standen, sagte er zartfühlend: „Na, ich glaube, ich lasse euch zwei Hübschen erst mal alleine und werde mir kurz die Beine vertreten. Ich schau dann gleich noch einmal rein. Muss die Gitti ja schließlich wieder auf ihr Zimmer bringen, nicht wahr Mädel?"

Als der Wehrleiter einige Minuten später erneut das Krankenzimmer betrat, stand Gittis Rollstuhl dicht neben Rolfs Bett und Rolf hielt eine ihrer bandagierten Hände.

„Ich hoffe, du hast noch nicht alles ausgeplaudert, Gitti?"

Die Feuerwehrfrau sah ihren Wehrleiter freudestrahlend an und schüttelte verneinend den Kopf.

Der zog sich einen Stuhl heran, setzte sich und erklärte dem fragend blickenden Rolf: „Schön, dann habe ich ja noch das Vergnügen, ihm die guten Nachrichten zu überbringen."

Die guten Nachrichten waren schnell erzählt. Herr Hofmann hatte sich bei seinem gefährlichen Sturz in das eiskalte Wasser der Anger den Fuß gebrochen. Dass er überlebt hatte, verdankte er einzig dem beherzten und selbstlosen Einsatz der beiden jungen Feuerwehrleute, die genau wie er mit leichten Erfrierungen, aber einer lebensbedrohenden Unterkühlung ins Krankenhaus eingeliefert worden waren. Auch er befand sich schon wieder auf dem Weg der Besserung, würde mit seinem gebrochenen Fuß aber noch einige Tage länger das Bett hüten müssen.

„Und was ist mit seinem Sohn, dem Thomas?", fragte Rolf.

„Genau, der Thomas, wegen ihm ist die ganze Aufregung ja entstanden, die beinahe ins Auge gegangen wäre. Der Junge war ganz schön weit weg von Zuhause auf dem Hof der Köttings gelandet. Wie er uns später selber erzählte, muss er wohl zunächst ziemlich lange orientierungslos in dem dichten Schneetreiben und der Kälte umhergeirrt sein. Irgendwann war er auf die Scheune getroffen und hatte sich an der Wand entlang getastet. Die Tür war nicht verschlossen. Hier hatte sich der völlig durchgefrorene Junge dann verkrochen. Später hatte ihn die Bäuerin schlafend im Stroh gefunden und natürlich gleich bei seiner Mutter angerufen. Ich brauch dir ja wohl nicht zu erzählen, wie erleichtert wir alle waren, nachdem wir diese gute Nachricht erhielten. Trotzdem waren die Kameraden aus Sorge um euch ziemlich gedrückt."

Dann lachte der Wehrleiter kurz auf und meinte scherzhaft: „Einige deiner Kameraden mussten sich ja unbedingt ebenfalls nasse Füße holen. Aber ich hab denen schon gedroht, es sollte sich keiner unterstehen deswegen krank zu werden – von wegen bei so 'nem Sauwetter in der Anger spazieren zu gehen."

An der Unfallstelle Kalkumer Schlossallee trafen die Unfallreserven der Feuerwachen 1 und 4 und der Feuerdienst von Wache 1 ein. Achim Pfeifer, der heute den Feuerdienst hatte, ließ sich sofort vom Zugführer der Feuerwache 3 über den Stand der bisherigen Maßnahmen in Kenntnis setzen. „Hm, du willst also wirklich zur Befreiung der eingeklemmten Personen das Katastrophenschneidgerät verwenden?" Das war mehr eine Feststellung als eine Frage, aber Ewald Werner wusste genau, worauf sein Vorgesetzter hinaus wollte. Sie hatten es hier mit auslaufendem Kraftstoff zu tun, die Flamme des Scheidbrenners stellte somit ein erhebliches Risiko dar. „Wir haben leider keine andere Wahl, Achim. Es sei denn du bestimmst, dass meine Männer mit Blechreißer und Brechstangen arbeiten. Aber guck dir die Karre doch an." Der Zugführer deutete mit ausgestrecktem Arm auf den Wagen und schüttelte den Kopf. „Um die vier jungen Leute mit so einfachen Werkzeugen da rauszuholen, bräuchten wir Stunden. Das ist ja auch der Grund gewesen, warum die Kalkumer auf uns gewartet und nur gesichert haben." Der Feuerdienst lenkte ein. „Weiß ich doch, Ewald. Mir wäre es auch lieber, wenn wir den Rüstwagen hier hätten, aber ..." Er zuckte mit den Schultern. Der Rüstwagen, von dem er sprach, war an Feuerwache 1 stationiert und war das bislang einzige Fahrzeug der Düsseldorfer Feuerwehr, welches über ein schweres hydraulisches Rettungsgerät verfügte, eine Schere und einen Spreizer der Firma Hurst. Aber darauf konnten sie nicht zurückgreifen, weil sich der Rüstwagen an einer anderen Unfallstelle im Stadtgebiet im Einsatz befand.

Ewald Werner besaß daher keine Alternative und war froh, dass heute wenigstens Heinrich Offermann im Dienst war. Der ältere Oberbrandmeister war ein gelernter Maschinenschlosser und Herr über die Schlosserei an seiner Feuerwache. Da er zweifelsfrei die größte Erfahrung im Umgang mit dem Katastrophenschneidgerät besaß, sollte er auch diese kritische Arbeit durchführen. Trotzdem mussten Sicherungsmaßnahmen getroffen werden, und so wies Ewald Werner seinen Wassertrupp an, mit einer Kübelspritze darauf zu achten, dass sich im Bereich um die heiße Flamme des Brenners nichts entzündete.

Heinrich und Stephan, sein junger Feuerwehrmannanwärter, zogen das Schweißgerät aus einem Staufach des LF und setzten den schweren Metallkorb in der Nähe des verunfallten Pkw ab. Während Stephan die Schläuche mit dem daran befestigten Schweißbrenner auslegte, band sich sein erfahrener Angriffstruppführer eine lange lederne Schürze um und öffnete die Ventile der Acetylen- und Sauerstoffflaschen. Anschließend justierte er die beiden Druckmanometer auf die zum Trennschweißen notwendigen Drücke.

Inzwischen war es dem Schlauchtrupp durch das zerborstene Seitenfenster gelungen, eine Löschdecke zum Schutz über den Fahrer zu legen, und der Wassertrupp stand mit der Kübelspritze und einem zwölf Kilogramm schweren Pulverlöscher bereit, sofort einzugreifen, falls es während der Rettungsaktion kritisch werden sollte. Stephan hielt sich ebenfalls unmittelbar neben dem Unfallwagen auf. „Guck da besser nicht rein, Junge", hatte ihm der Schlauchtruppführer zugeraunt. „Die armen ‚Schweine' sind alle in deinem Alter und es sieht verdammt nicht gut aus." Stephan hatte trotzdem genau hingesehen. Danach hatte sich seine Hand um den Schweißbrenner gekrampft. Diesen schlimmen Anblick würde er sein Leben lang nicht vergessen.

„Alles klar, Stephan?"

Statt einer Antwort reichte er Heinrich stumm den Anzünder und die Schutzbrille mit den dunklen Gläsern.

Die Feuerwehrmänner hatten mächtig Tempo gemacht. Sie wussten, es ging um jede Sekunde, trotzdem waren sie diesmal nicht so schnell wie gewöhnlich, da sie sich auf der vereisten Straße nur sehr vorsichtig bewegen konnte. Aber jetzt waren die Vorbereitungen abgeschlossen und damit stand die kritische Phase der Rettung unmittelbar bevor. Normalerweise hätten sie den Bereich um den verunfallten Pkw mit Schwerschaum abgedeckt, um damit die Gefahr der Durchzündung der ausdünstenden Benzingase zu verringern. Als der Feuerdienst den Zugführer auf dieses vermeintliche Versäumnis ansprach, erklärte er grimmig: „Weiß ich auch, Achim, aber wenn wir den Wasserdurchfluss nicht ständig aufhalten, friert uns der Zumischer ein, und ich will mir hier nicht noch eine zusätzliche Eisfläche schaffen. Ist eh schon alles sauglatt. Außerdem haben wir nicht genügend Schaummittel."

„Dann lass wenigstens abstreuen."

„Klar, mach ich, wenn ich 'nen Mann frei habe", antwortete Ewald Werner sichtlich gereizt. „Aber nicht jetzt, du siehst doch was ..." Er brach mitten im Satz ab und der Feuerdienst war klug genug, seinen unter höchster Anspannung stehenden Zugführer nicht noch weiter unter Stress zu setzen. Stattdessen winkte er seinen Fahrer herbei.

„Chef?"

Der Feuerdienst nahm seinen Fahrer, der ebenfalls Feuerwehrmann war, etwas zur Seite, sodass sein bisheriger Gesprächspartner nicht hören konnte, was er ihm zu sagen hatte. Unmittelbar danach ließ dieser sich von Henry, dem Maschinisten des LF eine Schaufel und die Kiste mit trockenem Sand geben, und begann, die spiegelglatte Fahrbahn abzustreuen.

Heinrich war soweit. Den Schweißbrenner in der linken Hand haltend und die miteinander verbundenen roten und blauen Acetylen- und Sauerstoffschläuche über der Schulter, ließ er zunächst ein wenig Sauerstoff aus der Brennerdüse strömen. Dann öffnete er die Stellschraube für das Acetylengas und schlug den Anzünder gegen den kupfernen Brennerkopf. Funken sprühten. Sofort entzündete sich das laut ausströmende Gasgemisch und bildete zunächst eine flackernde, unregelmäßig abbrennende Flamme. Heinrich dosierte daraufhin die Sauerstoffzufuhr, sodass die Flamme nun einen sauber umrissenen Kegel bildete, dann klappte er die dunklen Gläser seiner Schutzbrille herunter und führte den Brenner dicht an die zu trennende Stelle. Der Schmelzpunkt von Stahl liegt zwischen 1.450 und 1.520 Grad Celsius. Der 3.200 Grad heißen Flamme genügten wenige Sekunden. Als das dünne Autoblech blendend hell aufglühte, öffnete Heinrich die Zusatzdüse für den Schneidsauerstoff. Im Bereich der Schnittstelle verflüssigte sich das Metall und der Schneidsauerstoff erzeugte einen Funkenregen, dessen glühende Schweißperlen in alle Richtungen stieben. Etliche fielen in das Wageninnere, andere versanken zischend im Schnee. Das war der kritische Moment. Die Innenverkleidung fing sofort Feuer und brannte mit rußig schwarzem Qualm. Kleine Wolken stieben auf und es stank nach verbranntem Kunststoff. Aber der Wassertruppmann stand mit der Kübelspitze bereit. Aus dem Mundstück seines D-Rohrs sprühte er gezielt Wasser über die gefährdeten Stellen.

Das Feuer erlosch. Trotzdem war die Gefahr noch nicht gebannt, denn erneut setzte Heinrich den Schweißbrenner an. Seine Arbeit war aus zweierlei Gründen gefährlich. Der Wagen hatte sich durch den Unfall völlig verzogen, wodurch sämtliche Metallteile der Karosserie unter Spannung standen. Beim Durchtrennen konnten sie unkontrolliert aufspringen und einem unmittelbar davor Stehenden schlimme Verletzungen zufügen. Heinrich musste also höllisch aufpassen und genau wissen, wo und an welchen Stellen er den Brenner anzusetzen hatte. Gut, dass er über diese Kenntnisse verfügte und er durch die vielen Jahre im Alarmdienst reichlich Erfahrung für solch gefährliche Arbeiten besaß. Keinen Einfluss hatte er hier hingegen auf die Gefahr, die von den Dämpfen des ausgelaufenen Kraftstoffs ausging. Jederzeit konnten sie von den glühend zu Boden fallenden Schweißperlen entzündet werden. Und im schlimmsten Fall, dann nämlich, wenn es zu einer schlagartigen Durchzündung dieser Dämpfe kommen sollte, hätten die im Pkw eingeklemmten Personen kaum mehr eine Überlebenschance. Und ob er, der er dicht an der Karosserie mit dem Schweißbrenner hantieren musste, mit heiler Haut davon käme, lag einzig an der Wachsamkeit und Reaktionsschnelle seiner Feuerwehrkollegen.

In höchster Konzentration beobachteten die beiden Männer daher auch den Bereich um und ganz besonders unter dem verunfallten Pkw. Dabei lastete die Hand des einen einsatzbereit auf dem Öffnungshebel seines unter Druck stehenden C-Strahlrohrs. Ein kurzer 90-Grad-Schwenk zur Seite würde genügen, um aus dem angekuppelten C-Schlauch ein mögliches Flammenszenario sofort bekämpfen zu können. Sein Kollege verfolgte die Arbeit mit dem Schweißbrenner ebenso angespannt. Er hielt einen ebenfalls unter Druck stehenden zwölf Kilogramm schweren Normalbrandpulverlöscher einsatzbereit im Anschlag.

In dem dieselbetriebenen Bus war die Lage nicht ganz so dramatisch. Hier stand die hohe Zahl der verunfallten Passagiere und deren Versorgung zunächst im Vordergrund. Gott sei Dank gab es keine lebensbedrohlichen Verletzungen. Die Feuerwehrmänner und die inzwischen eingetroffenen Rettungssanitäter erhielten dennoch reichlich Arbeit. Druckverbände mussten angelegt und gebrochene Gliedmaßen geschient werden. Und auch bei denen, die nicht unmittelbar verletzt waren, gab es mehrere, die aufgrund des Erlebten unter Schock standen und in dem noch herrschenden Chaos betreut werden mussten. Der Wehrleiter der Freiwilligen Feuerwehr erwies sich besonders in den ersten Minuten dieser dramatischen Phase als ein sehr umsichtiger Mann. Er koordinierte mit Ruhe den Einsatz seiner Leute und fand dabei sogar noch Zeit, sich um den reibungslosen Abtransport erster, bereits versorgter Patienten zu kümmern. Mit dem Eintreffen des Notarztes und des Feuerdienstes wurde er von seinen umfangreichen Aufgaben soweit entlastet, dass er die Zeit fand, die Kollegen der Feuerwache 3, die mit Hochdruck an der Rettung, der im Pkw eingeklemmten Personen arbeiteten, aufzusuchen.

Heinrich hatte zunächst das obere und dann das untere Türscharnier herausgetrennt. Die mithilfe des Schweißbrenners geschaffene Zugangsöffnung war fast fertig. Gott sei Dank war es bisher nicht zu der befürchteten Durchzündung der Benzindämpfe gekommen. In dem Moment, als der Wehrleiter von Kalkum zu ihnen stieß, klappte Heinrich die dunklen Gläser seiner Schutzbrille gerade wieder hoch und wischte sich mit dem Jackenärmel den Schweiß von der Stirn. Auf diesen Moment hatte der Schlauchtrupp die ganze Zeit voller Ungeduld gewartet. Endlich konnten sie mit der langen Brechstange die Fahrertüre auf der Scharnierseite soweit aufhebeln, bis ein genügend breiter Spalt entstand, in den man hineingreifen konnte. Das verzogene Metall ächzte und kreischte, als die Männer die Fahrertüre mit brachialer Gewalt in Richtung Türschloss aufrissen. Ewald Werner winkte dem bereitstehenden Notarzt. „Doktor, jetzt sind sie dran." Bereitwillig traten die Feuerwehrmänner zur Seite, um dem Mediziner Platz zu machen. Man hatte sich darauf verständigt, dass er zunächst nur eine Kontrolle der Vitalfunktionen durchführen sollte, um festzustellen, ob und wenn ja, wer von den vieren überhaupt noch lebte, da während der bisherigen Rettungsaktion von keinem der Insassen auch nur das kleinste Lebenszeichen ausgegangen war.

„Der Fahrer lebt noch!", rief der Notarzt, „aber die junge Frau neben ihm ist tot. Zu den zweien auf der Rückbank kann ich noch nichts sagen. Um zu denen zu gelangen, müssen erst die beiden hier vorne raus."

„Danke Doktor. Leute, ihr habt gehört, was der Doc gesagt hat. Holt die zwei heraus, aber geht vorsichtig mit dem Fahrer um, er lebt noch."

Den Hinweis hätte er sich natürlich sparen können, denn jeder hatte die Worte des Notarztes nur allzu deutlich verstehen können. Die Vorstellung, dass die junge Frau, die fast noch ein Mädchen war, tot war, versetzte die Einsatzkräfte in bedrückendes Schweigen. Aber zumindest lebte der Fahrer noch und dieses Wissen beflügelte sie in ihrem Handeln. Allerdings gestaltete sich die Arbeit wesentlich schwieriger, als sie es zunächst angenommen hatten, da sie äußerst behutsam vorgehen mussten, um jede unnötige Bewegung des schwer verletzten Mannes zu vermeiden. Endlich hatten sie es geschafft. Mit vereinten Kräften hoben sie ihn auf die Vakuummatratze, die auf einer bereitstehenden Krankentrage lag, deckten ihn provisorisch zu und halfen den Rettungssanitätern den Schwerverletzten in den RTW zu tragen. Anschließend zogen sie die tote Lisa aus dem Wagen und legten sie ebenfalls auf eine Trage.

„Okay Doc, Sie sind wieder dran. Doktor!? Ewald Werner sah sich hastig um. „Weiß einer, wo der Notarzt ist?!"

„Der ist im RTW bei dem Verletzten!", rief Henry. „Soll ich ihn holen?"

„Nein lass, ist gut." Ewald Werner winkte ab, da er sah, wie bereits einer der Rettungssanitäter in den Wagen kroch und sich über die vordere Rückenlehne nach hinten beugte. Warum also den Arzt von einer vielleicht lebensrettenden Arbeit wegholen, sagte er sich. Feststellen, ob die beiden Männer auf den Rücksitzen noch lebten, konnten seine Leute schließlich genauso gut, denn auch für solche Aufgaben waren sie ausgebildet. Nachdem die Nachricht kam, dass die beiden zwar noch lebten, aber schwer verletzt und tief bewusstlos waren, nahm die Rettungsaktion noch einmal an Fahrt auf. Leider war der Ford Taunus nur ein Zweitürer und besaß zudem eine durchgehende vordere Sitzbank. Sie als Ganzes auszubauen war nach dem Unfall schier unmöglich.

„Den einen Holm der Rücklehne könnte ich mit dem Schweißbrenner durchtrennen", erklärte Heinrich. „Da komme ich noch ganz gut dran."

„Was ist mit dem anderen?"

„Keine Chance, Ewald, da ist alles zusammengestaucht." Heinrich schüttelte den Kopf. „Aber wenn ich den vorderen hier durchtrenne, lässt sich die Rücklehne soweit vorbiegen, dass wir vielleicht genügend Platz bekommen, um die zwei rauszuholen.

„Also gut, machen wir es so. Aber einer von uns muss dabei im Wagen bleiben."

„Das kann ich ja machen!", rief Stephan.

Ewald Werner schüttelte den Kopf. „Kommt nicht infrage, das ist Aufgabe der Rettungssanitäter. Und außerdem bist du noch Anwärter." Damit war für ihn die Sache abgetan und der Rettungssanitäter, der gerade noch die Vitalfunktionen überprüft hatte, kletterte erneut in das Autowrack.

„Hier, nimm die Löschdecke und deck sie über die beiden, damit ich keinen mit der Schweißflamme verbrenne."

Die Befreiung der beiden jungen Männer gelang, nahm aber fast eine halbe Stunde Zeit in Anspruch, da sie sich durch deren schwerwiegende Verletzungen äußerst kompliziert gestaltete. Am nächsten Tag erfuhren die Feuerwehrmänner, dass nur einer den Unfall überlebt hatte. Der Fahrer und auch einer der beiden Männer von der Rückbank waren noch vor der OP im Krankenhaus ihren schwerwiegenden Verletzungen erlegen. Somit hatte sich die Zahl der Toten auf drei erhöht! Drei von vier jungen Menschen, die noch ihr ganzes Leben vor sich gehabt hatten, dazu fast zwanzig verletzte Personen in dem Bus – eine grausame Bilanz, die nur durch den jugendlichen Übermut und die Selbstüberschätzung eines Einzelnen entstanden war und die bei vernünftigerer Fahrweise sehr leicht hätte vermieden werden können.

Déjà-vu

Dreißig Jahre nach diesen Ereignissen tobte ein ähnlich schlimmer Schneesturm über der Region um die Landeshauptstadt. Und genau wie damals hatte sich innerhalb kürzester Zeit eine über zehn Zentimeter dicke Schneedecke gebildet und immer noch war kein Ende des dichten Schneetreibens abzusehen. Überall im Stadtgebiet versuchten die Räum- und Streudienste die Lage in den Griff zu bekommen, aber die Flocken fielen so dicht, dass sie gegen die gewaltigen Mengen nicht ankamen. Die Schneedecke, die sich wie weiße Watte über das Land legte, wurde dicker und dicker!

In den Fahrzeughallen der Berufsfeuerwehr herrschte emsige Betriebsamkeit. Unabhängig davon, dass die meisten Fahrzeuge inzwischen Schleuderketten besaßen, waren die Einsatzkräfte damit beschäftigt, ihren Rettungs- und Löschfahrzeugen Schneeketten aufzuziehen. Das galt auch für die auf der Technik- und Umweltschutzwache an der Posener Straße stationierten Wechsellader und weitere Sonderfahrzeuge wie den Kran- und Rüstwagen. Wenn gleich die Notwendigkeit mit Ketten zu fahren in dieser eher milden Region nach wie vor die Ausnahme bildete, ging den Wachmannschaften die Arbeit dank der relativ leicht zu handhabenden Ringleiterketten diesmal schneller von der Hand. Hingegen hatte sich das risikoreiche Fahrverhalten einiger leichtsinniger Verkehrsteilnehmer in all den Jahren nicht gebessert. Und immer noch waren viel zu viele Autofahrer mit Sommerreifen unterwegs – Unbelehrbare, die den widrigen Wetterverhältnissen zum Trotz glaubten, auf Winterreifen verzichten zu können, oder wie jedes Jahr mit grenzenlosem Erstaunen feststellten: Donnerwetter, ist schon wieder Winter!?

Ja, es war schon wieder Winter, aber anstatt sich rechtzeitig darauf einzustellen, schimpften viele dieser Zeitgenossen auf die überlasteten Reifenhändler und Werkstätten, wenn man ihnen nicht noch am selben Tag ihre Reifen wechselte. Und natürlich gab es auch immer noch jene, die glaubten, den Gesetzen der Physik trotzen zu können und mit unverminderter Geschwindigkeit über die vereisten und schneebedeckten Straßen hinweg brausten. In der Folge kam es zu Unfällen, die nicht nur mit einem zu verschmerzenden Blechschaden endeten.

Ronny Hövelers fuhr einen getunten Ford Escort mit 205er Niederquerschnittsreifen. Allein die auf Hochglanz polierten Alufelgen hatten ihn drei Monatsgehälter gekostet. Jetzt stand der tiefschwarz metallicfarbene Wagen an der Zapfsäule der Tankstelle. „Mit den Schluppen liegt der wie ein Brett auf der Straße", prahlte Ronny. Dass seine Breitreifen wesentlich anfälliger für Aquaplaning waren als die Reifen der werksseitigen Grundausstattung, interessierte den 22-jährigen nicht. Und, dass er sich durch die verringerte Bodenfreiheit vergangene Woche in einer verkehrsberuhigten Zone auf einem dieser, wie er meinte, verdammten Buckel nicht nur seinen Nachschalldämpfer abgerissen hatte, verschwieg er lieber. Die Reparatur hatte ihn richtig was gekostet. Aber da er nicht wie einige seiner Kumpel nur so eine optisch aufgemotzte Karre fahren wollte, achtete er sehr darauf, dass sich sein Wagen auch technisch in einem einwandfreien Zustand befand. Eigentlich hätte er sich auch noch gerne einen Satz Winterreifen zugelegt, schon um seine teuren Alufelgen vor dem aggressiven Streusalz zu schützen, aber durch die Reparatur war er zurzeit etwas klamm.

Klack machte es, als sich die Zapfpistole automatisch abschaltete. Der Liter Super hatte einen neuen Höchststand von einem Euro zweiundsiebzig null neun erreicht. Ronny steckte die Zapfpistole in die Halterung zurück. Beim Blick auf den Preis fluchte er laut über die verdammten Ölmultis. „Warum kann denen nicht endlich mal jemand in den Arsch treten?"

„Da kannste lange drauf warten", grinste sein Kumpel Dieter, der auf dem Beifahrersitz saß. „Solange unsere Regierung kräftig daran mitverdient ..."

Mit 38 Litern mehr im Tank, aber 65,39 Euro weniger im Portemonnaie rutschte Ronny aufstöhnend in den Schalensitz hinter sein Sportlenkrad. „Dann muss den Politikerfuzzis eben auch mal jemand in den Arsch treten, klar?"

„Ist klar Ronny", betonte Dieter ironisch, „aber ich glaube mich schwach daran erinnern zu können, dass du mir mal gesagt hast, du würdest nur noch die Grünen wählen." Dabei lachte er laut auf und versetzte seinem Kumpel einen Boxhieb gegen den Oberarm. „Ronny, du Irrer! Die Grünen, das sind doch die gewesen, die damals für einen Spritpreis von fünf Euro plädiert hatten."

„Mark, du Blödmann, das war noch D-Mark", konterte Ronny sauer. „Den Schwindeleuro hat es da noch gar nicht gegeben."

„Na und! Ist doch eh das Gleiche. Die haben doch einfach nur die Preise verdoppelt, das weiß doch jeder."

Na ja, ganz so war es wohl nicht gewesen, glaubte Ronny zu wissen. Immerhin verdiente er seither ja auch mehr. Aber mit Dieter über Politik zu diskutieren, brachte sowieso nichts, deshalb verkniff er sich seinen Kommentar und gab lieber Gas. Sie waren eh schon spät dran und der

Flieger, mit dem seine Schwester aus Teneriffa kam, sollte um viertel nach neun auf dem Düsseldorfer Flughafen landen. „Das könnte eng werden", meinte Dieter, der mit Ronnys Schwester befreundet war und zum wiederholten Male nervös auf seine Armbanduhr schaute. „Kannst du nicht etwas schneller fahren?"

„Wie denn?", sagte Ronny gereizt. „Vielleicht geht es schneller, wenn wir auf der Autobahn sind."

„Ähhhh ... auf der A52 soll Stau sein ... wegen Schnee ... haben sie zumindest im Verkehrsfunk gesagt."

Ronny riss den Kopf herum und starrte Dieter wütend an. „Na toll. Und warum sagst du mir das erst jetzt. Wann kam die Durchsage denn?"

„Vorhin, als du getankt hast", bekannte Dieter kleinlaut. „Meinst du nicht, es wäre besser, wenn wir über Duisburg-Großenbaum fahren und die Landstraße nehmen?"

„Klar, du Schlaumeier. Natürlich fahren wir jetzt über die Landstraße. Obwohl, ich glaub nicht, dass wir da wirklich schneller vorankommen." Ronny hob entnervt die Arme. „Guck dir die lahmen Säcke doch an, die kriechen alle nur noch. Scheiß Wetter!"

Nachdem Dieter zunächst eine Weile geschwiegen hatte, glaubte er sich verteidigen zu müssen. „Hättest ja auch was eher aufstehen können, dann ..."

„Was? Dann! Jetzt bin ich es also schuld, oder wie?"

„Ich meinte ja nur, dass ... also wenn du nicht so spät ... ach vergiss es."

Stefanie Solka war Krankenschwester. Eigentlich hätte sie an diesem Morgen zur Arbeit gemusst, aber heute war der Tag, an dem sie ihr Pferd bei Bauer Hütting abholen konnte. Der Hof lag auf halber Strecke zwischen ihrem Wohnort Angermund und dem Nachbarort Kalkum. Genau wie Wittlaer und Kaiserswerth waren diese kleinen, ehemals selbstständigen Gemeinden 1975 im Zuge der Angerlandreform der Landeshauptstadt zugesprochen worden. Ihren dörflichen Charakter hatten sich diese vier, nunmehr Stadtteile genannten Gemeinden aber dennoch behalten – genau wie ihre schlagkräftigen Feuerwehren. Angermund besaß 31 Aktive, darunter vier Frauen. Stefanie war eine von ihnen.

Es passte ihr ganz gut, dass sie sich den Tag heute freigenommen hatte, denn heute war auch ihr Übungsabend. Alle 14 Tage trafen sie sich, immer in den geraden Wochen und immer um 19.30 Uhr, es sei denn, es stand etwas Besonderes an. Etwa wie die letzte Übung, da hatten sie sich schon früher getroffen. Eisrettung stand auf dem Plan, draußen im Freien, und das sollte schließlich nicht im Dunkeln stattfinden. An dem vereisten Baggerloch war es saukalt gewesen, alle hatten gefroren, aber Stefanie fand die Übung trotzdem gut. Aber in echt – nein danke, hatte sie anschließend laut gesagt – in echt wollte sie so etwas nicht erleben.

„Was ist Stefanie, soll ich dich nicht doch besser fahren. Den Anhänger habe ich schnell angekuppelt!"

„Danke Papa, ist wirklich lieb von dir, aber ich nehm lieber den Bus!"

„Denk dran, draußen ist es schweinekalt und die sagen, es soll noch mehr Schnee kommen."

„Ich weiß, aber ich find's toll draußen und freu mich schon auf den Weg zurück. Außerdem will ich vorher noch eine Freundin besuchen."

„Na, wenn du meinst. Aber zieh dir bitte die dicke Jacke an, hörst du! Nicht, dass du dich noch erkältest. Und wickele dir auch den langen Wollschal um! Er liegt in der oberen Schublade der Kommode."

„Jaaa!"

Stefanie stand vor der Kommode und musste in den darüber hängenden Spiegel lächeln. Ihr Vater machte sich noch immer so viele Sorgen, dabei war sie doch schon über zwanzig. „Außerdem bin ich nicht aus Zucker, sondern eine Feuerwehrfrau", sagte sie zu sich selbst und wickelte den langen Wollschal dreimal um den Hals.

„Und vergiss auch die Handschuhe nicht!"

„Tschüss Papa!", rief Stefanie und zog schnell die Haustür hinter sich zu, bevor ihr besorgter Vater auf die Idee kommen könnte, ihr noch weitere Kleidungsstücke zu verpassen. Dann machte sie sich auf den Weg zum Bus.

Draußen schneite es kräftig, dazu frischte immer wieder ein böiger Wind auf, der die dicke Schneedecke verwirbelte, um sie an anderer Stelle hoch aufzutürmen. An der Bushaltestelle warteten schon mehrere Menschen. Dick vermummt standen sie, den Rücken in den Wind gedreht, um ihre Gesichter nicht der eisigen Kälte auszusetzen. Eine Autoschlange fuhr quälend langsam an ihnen vorüber. Die meisten Fahrzeuge trugen hohe weiße Schneekappen und einige leichtsinnige Fahrer, die zu faul gewesen waren, ihre Scheiben vom Schnee zu befreien, besaßen nur winzige Gucklöcher.

Hoffentlich kommt der Bus pünktlich, dachte Stefanie und trampelte mit den Füßen. Bei solch einer Kälte lange auf der Stelle zu stehen und warten zu müssen, machte auch ihr keinen Spaß.

Für Ronny und Dieter war nicht nur draußen Eiszeit. Nachdem sie sich in gegenseitigen Vorwürfen ergangen waren, wer die Schuld an ihrer Verspätung trug, herrschte zwischen den beiden Freunden auf den nächsten Kilometern ein bedrückendes Schweigen. Das hielt solange, bis Dieter sich schließlich räusperte und meinte: „Vielleicht hat der Flieger wegen des Wetters ja auch Verspätung."

„Hm."

„Könnte doch gut sein, oder?"

„Hm."

„Na ja, ich mein ja nur. So doll, wie das schneit."

„Mensch Dieter, labere mich nicht voll mit so 'nem Müll. Meine Schwester kommt aus Teneriffa, und da hat es garantiert nicht geschneit."

„Weiß ich doch, weiß ich doch auch, Ronny", beeilte sich Dieter zu sagen. „Aber es könnte doch sein, dass der Flieger hier wegen des Wetters Probleme bekommen hat. Findest du nicht?"

„Was soll das? Willst du mir jetzt Angst machen? Vergiss es, Mann. Das schaffst du eh nicht."

„Wetten doch?"

„Wetten nicht!"

„Blödmann."

„Selber."

Plötzlich mussten beide lachen.

„Lohnt eigentlich nicht, sich noch länger darüber zu streiten."

„Streiten, worüber?"

„Na, übers Wetter zum Beispiel."

„Sehe ich genauso."

„Und warum hast du dann damit angefangen?"

„Wer, ich?"

„Na, etwa ich?"

„Pass bloß auf, du."

Erneut mussten die beiden Freunde lachen.

Kaum einer der Wartenden hatte damit gerechnet, dass der Bus pünktlich kam. So auch ein älteres Ehepaar. Beim Einsteigen hörte Stefanie, wie der Mann vor ihr erstaunt zu seiner Frau sagte: „Weißt du, Mäuschen, manchmal frage ich mich wirklich, wieso die Bahn es nie schafft, pünktlich zu sein. Der Bus bekommt das doch auch hin, trotz Schnee und Eis."

„Wahrscheinlich, weil der nicht an die Börse will", erklärte sein „Mäuschen" treffend und wuchtete ächzend ihre hundertzehn Kilogramm Lebendgewicht in den Bus. Die Frau hat den Durchblick, dachte Stefanie und setzte sich direkt hinter die beiden.

Am Düsseldorfer Flughafen waren die Räumfahrzeuge schon seit den frühen Morgenstunden im Einsatz, um die beiden Start- und Landebahnen von den Schneemassen zu befreien. Aber trotz all ihrer Bemühungen musste der Flugbetrieb eingeschränkt werden. Während die ankommenden Maschinen noch landen durften, wurden sämtliche Starts gecancelt und auf unbestimmte Zeit verschoben. Die einzige Maschine, die an diesem Vormittag noch eine Genehmigung zum Start erhielt, war ein Lear-Jet der Deutschen Flug-Ambulanz.

Vor den Abfertigungsschaltern der Airlines hatten sich lange Schlangen gebildet, und obwohl es um ihre Sicherheit ging, zeigte nicht jeder der dort Wartenden Verständnis für die Wetter bedingten Ausfälle.

Die Maschine aus Teneriffa, mit der Ronnys Schwester kam, landete mit einer Verspätung von knapp zehn Minuten. Die Abfertigung an den Gepäckbändern dauerte heute jedoch erheblich länger als gewöhnlich. Schuld daran waren auch hier der eisige Wind und der dicht fallende Schnee, welche die Arbeiten auf dem Flugvorfeld enorm erschwerten. Trotz dieser Verspätungen musste Sylvia noch eine geschlagene dreiviertel Stunde auf Ronny und Dieter warten. Die Zeit wurde ihr jedoch nicht lang, denn die Flughafengesellschaft gab sich alle Mühe, ihren zahllosen Gästen die Wartezeit so angenehm wie möglich zu gestalten. Überall in den Abfertigungshallen boten dienstbare „Geister" Tabletts mit belegten Brötchen und heißen Kaffee und Tee an. Für die Kinder gab es Kakao und Limonaden und kleine Spiele, mit denen sie sich die Zeit vertreiben konnten.

Dieter entdeckte Sylvia, wie sie in der Menge auf ihrem Koffer saß und gerade genüsslich in ihr zweites Brötchen biss. Er winkte. „Hi Sylvi! Mann, freu ich mich, dass du wieder da bist!" Er gab seiner Freundin einen Kuss und sagte entschuldigend: „Tut mir leid, dass wir so spät kommen, aber das Wetter hier ..."

„War nicht weiter schlimm, Diddi, wie du siehst, werden wir hier bestens versorgt." Lachend hielt sie ihm ihr angebissenes Brötchen unter die Nase. „Hier, beiß ab." Ihr Freund biss herzhaft zu. „Ja, toll, lecker. Aber lass uns jetzt trotzdem gehen." Mit kauenden Backen drängte er zum Aufbruch. „Dein Bruder wartet nämlich draußen mit laufendem Motor auf uns ... im Halteverbot."

„Oh! Na dann. Nimmst du meine Koffer?"

„Klar."

Der Sturm hatte an Intensität zugenommen und auch das Schneetreiben wurde heftiger. Brandoberamtsrat Stephan Boddem saß in seinem Büro auf der Feuerwache 1 und sah besorgt aus dem Fenster. Heute würde es wieder vermehrt zu Unfällen kommen. Zwei ihrer Rettungswagen waren bereits vor einer halben Stunde mit eingeschalteten Sondersignalen zu Verkehrsunfällen ausgerückt. Manche Autofahrer lernen anscheinend nie, dachte Boddem. Nachdem er sich wieder seiner Arbeit zugewandt hatte, ahnte er nicht, wie grausam sich seine Befürchtungen noch an diesem Vormittag erfüllen sollten.

Es war gegen 11.00 Uhr, als der Vierfachgong auf gleich mehreren Feuerwachen ertönte, so auch im Verwaltungsgebäude der Feuerwache 1. Während die Stimme des Leitstellendisponenten noch über sämtliche Gänge und in sämtliche Büros drang, eilten die Feuerwehrmänner im vorderen Wachgebäude bereits in ihre Fahrzeughalle. Im Norden von Düsseldorf, auf der Kalkumer Schlossallee war es zu einem folgenschweren Unfall zwischen einem Linienbus und einem Pkw mit mehr als zwanzig zum Teil schwer verletzten Personen gekommen. Nachdem mehrere ähnlich lautende Notrufe fast zeitgleich eingegangen waren, hatte die Leitstelle gemäß Einsatzplan für den Massenanfall von Verletzten MANV III ausgelöst! Das bedeutete Großalarm, in dessen Folge mehrere Feuerwachen der Berufsfeuerwehr und die vier Freiwilligen Feuerwehren im Norden der Stadt alarmiert wurden.

Stephan Boddem legte seinen Stift aus der Hand und lauschte gebannt auf die Durchsage. Erinnerungen an die lange vergangene Zeit, als er noch Feuerwehrmannanwärter auf der Feuerwache 3 war, stiegen in ihm hoch. Damals war sein Wachvorsteher Ewald Werner gewesen. Achim Pfeiffer hatte den Feuerdienst. Inzwischen hatte er diese Position selbst inne, nur nannte man sie nicht mehr Feuerdienst, sondern A-Dienst. Der Verkehrsunfall auf der Kalkumer Schlossallee war jetzt schon Jahrzehnte her, aber er war einer seiner schlimmsten gewesen, und die Bilder der toten jungen Menschen standen ihm trotz der vielen verflossenen Jahre noch immer deutlich vor Augen. Ja, er konnte sich sogar noch an diese Blutblase erinnern, die er sich bei der Montage der Schneeketten zugezogen hatte. Heute montierten andere Feuerwehrmänner moderne Ringleiterketten auf, von denen sie damals noch nicht einmal träumen konnten.

Auch die Arbeit vor Ort hatte sich verändert. Wenn sie früher an eine Unfallstelle kamen, standen ihnen fast nur einfache Handwerkszeuge zur Verfügung. Heute besaßen ihre Löschgruppenfahrzeuge Aggregate mit hydraulisch betriebenen Scheren und Spreizern, und das waren nur die augenfälligsten Geräte. Durch ihr umfangreiches Equipment waren die inzwischen auf jeder Wache eingesetzten HLFs weit mehr als „nur" Fahrzeuge zum Feuerlöschen. Aber trotz aller technischen Neuerungen war der Stress, dem die Einsatzkräfte vielfach ausgesetzt waren, noch immer der gleiche, denn Menschen bestanden nach wie vor aus Fleisch und Blut und ihr schmerzhaftes Stöhnen, ihre verzweifelten Schreie, ihr hilfloses Wimmern und ihre vergossenen Tränen, all dies würde sich nie ändern, auch nicht bei noch soviel innovativer Technik. Und, wenn die Feuerwehrmänner und -frauen professionell retten wollten, mussten sie das aushalten, so wie er es ausgehalten hatte und noch immer aushielt, wenngleich seine Aufgabe heute auch eine völlig andere war.

Plötzlich wurde die Tür zu seinem Büro aufgerissen und ein junger Mann stürzte aufgeregt herein. „Herr Boddem, haben Sie die Durchsage nicht gehört!?"

Natürlich hatte er die Durchsage gehört, sofort seinen Computer heruntergefahren und wollte gerade sein Büro verlassen. Als er die Tür hinter sich zuzog, stürmte der angehende Brandreferendar, immer gleich zwei Stufen auf einmal nehmend, bereits weit vor ihm die Treppe hinunter. Stephan Boddem erreichte das Erdgeschoss weit weniger risikoreich, denn obwohl die Alarmierungsdurchsage allen Grund zu ernster Sorge gab, schien es ihm trotz der notwendig gebotenen Eile nicht geraten in Hektik zu verfallen. Das, so wusste der Mittfünfziger, würde der noch unerfahrene Brandreferendar mit der Zeit genauso lernen müssen, wie fast alle jungen Feuerwehrleute, die am Anfang ihrer Karriere standen.

Carsten Heine, ein junger Brandmeister in Feuerwache 3, hatte diese Phase schon überwunden, dennoch ging es ihm immer noch wie den meisten seiner Kollegen und vermutlich würde es auch immer so bleiben. Jedes Mal, wenn der Vierfachgong ertönte und sich das automatische Alarmlicht einschaltete, stieg sein Adrenalinspiegel. Am stärksten spürte er die Wirkung nachts, wenn die Alarmdurchsage aus den Lautsprechern in ihre Ruheräume drang und ihn und seine Feuerwehrkollegen jäh aus dem Schlaf riss. Von diesem Moment an blieben ihnen nur noch neunzig Sekunden – neunzig Sekunden, in denen sie in die Fahrzeughalle laufen, ihre schwere Feuerschutzbekleidung anlegen, die Einsatzfahrzeuge besetzen mussten, um in Windeseile mit eingeschalteten Sondersignalen den Feuerwehrhof zu verlassen. Neunzig Sekunden, wie so viele vor ihm hatte Carsten das immer und immer wieder trainiert.

Im Laufe der Zeit hatte sich sein Körper darauf eingestellt, sofort hellwach und einsatzbereit zu sein. Dennoch waren die nächtlichen Alarme wesentlich belastender als die am Tage, besonders, wenn man in einer Tiefschlafphase erwischt wurde, obwohl die sehr selten vorkamen, denn auf einer Wache der Berufsfeuerwehr schlief man längst nicht so tief und fest wie im heimischen eigenen Bett. Feuerwehrleute reden daher auch nicht von ihren Schlafräumen, sondern von Ruheräumen. Bei rund tausend Einsätzen, die jeder Feuerwehrmann und jede Feuerwehrfrau in Düsseldorf pro Jahr fuhr, kann man von erholsamem Schlaf ohnehin kaum reden!

Als der Alarm ertönte, war Carsten von dieser Größenordnung allerdings noch weit entfernt, denn das neue Jahr hatte gerade erst begonnen. Und er konnte auch nicht wissen, dass dieser erste Einsatz des heutigen Tages einer der schwersten seiner noch jungen Laufbahn werden sollte.

Im selben Moment, als Ronny ihn sah, wusste er, dass der Polizist ihn im Visier hatte. *Scheiße, der kommt garantiert, weil ich in zweiter Reihe stehe.* Einen Moment war er versucht ganz schnell seinen Wagen zu starten und einfach davonzufahren, aber wie sollten ihn dann Dieter und seine Schwester finden? Außerdem war es dafür bereits zu spät. Der Polizist hatte ihm demonstrativ den Weg versperrt und sich dann neben seinem Seitenfenster aufgepflanzt. Als er Ronny deutete die Scheibe herunterzulassen, verhieß sein Gesichtsausdruck nichts Gutes.

Leise summend senkte sich die Seitenscheibe nach unten.

„Sie wissen aber schon, dass Sie hier nicht halten dürfen?"

„Ja schon, aber ..."

„Hm. Wenn Sie es doch wissen, wieso halten Sie dann trotzdem hier?"

„Hören Sie, Herr Wachtmeister", Ronnys Stimme hatte einen bittenden Klang. „Ich warte hier auf meine Schwester, sie muss jeden Moment kommen und ..."

„Nein", unterbrach ihn der Polizist energisch, „jetzt hören Sie. Wenn Sie nicht möchten, dass ich Ihnen eine gebührenpflichtige Verwarnung erteile, sollten Sie Ihren Wagen jetzt besser starten und einen der dafür extra vorgesehenen Kurzparkplätze aufsuchen. Haben wir uns verstanden?"

Ronny erkannte, dass es keinen Sinn hatte, sich mit dem Polizisten anzulegen. Mühsam schluckte er seinen Ärger hinunter und nickte stumm. In diesem Moment sah er seine Schwester. „Ronny!" winkte sie, „Juhu Ronny!"

„Äh ... Herr Wachtmeister! Sehen Sie, da kommt meine Schwester schon. Sie lassen mich doch noch ... oder?"

Als der Polizist einen hinter Silvia schwer bepackt herbeieilenden Mann aus der Menge auftauchen sah, rang er sich ein Lächeln ab. Er deutete auf Dieter, der ziemlich außer Atem war. „Gehört der ebenfalls zu Ihnen?"

Ronny nickte.

„Also gut, aber beeilen Sie sich. Und nachdem Sie Ihr Gepäck eingeladen haben, will ich Sie hier nicht mehr sehen, verstanden."

Ronny nickte brav wie ein Erstklässler. Minuten später, als er zusammen mit Dieter und seiner Schwester den Bereich vor der Ankunftshalle verließ, sah er noch einmal in den Rückspiegel. Ein anderer Pkw, der ebenfalls in zweiter Reihe parkte, wurde gerade an den Haken genommen und abgeschleppt. Ronny atmete tief durch, heilfroh selbst glimpflich davon gekommen zu sein.

In seinen Augen spiegelten sich Unglauben und blankes Entsetzen. Mitten in der Kurve kam ihm in einem riskanten Überholmanöver ein Pkw entgegen. Der Busfahrer der Linie 56 trat sofort hart auf die Bremse und besaß sogar noch die Geistesgegenwart das Lenkrad herumzureißen, um dem drohenden Zusammenstoß so vielleicht doch noch entgehen zu können, aber auf der mit Schnee bedeckten, vereisten Straße brach sein Heck aus und er verlor die Kontrolle über sein tonnenschweres Fahrzeug. Mit einem gewaltigen Schlag krachte der Bus gegen den wesentlich leichteren Pkw und fegte ihn wie ein Spielzeug von der Fahrbahn.

Die Fahrgäste, die den Zusammenprall mit angesehen hatten, schrien noch auf, da krachte es erneut. Mit vor Angst geweiteten Pupillen sah der Busfahrer einen Straßenbaum vor seiner Frontscheibe auftauchen. Vergeblich riss er die Arme schützend vor sein Gesicht. Blech kreischte, Glas splitterte und Blut spritzte, als sich der mächtige Stamm knirschend in den Fahrgastraum hineinbohrte. Die meisten Fahrgäste wurden dabei von ihren Sitzen geschleudert. Diesmal schrien alle. Danach herrschte sekundenlang eine gespenstige Stille.

Stefanie saß auf der Fahrerseite am Mittelgang in einer der hinteren Reihen. Unmittelbar vor ihr hatte das ältere Ehepaar Platz genommen, wobei ihr das mehr als füllige „Mäuschen" die Sicht nach vorne versperrte. Genau dieser Umstand und ihr dreimal um den Hals gewickelter Wollschal bewahrte die junge Feuerwehrfrau vor schweren Verletzungen.

Kurz bevor der Unfall passierte schaute Stefanie noch verträumt aus dem Fenster und stellte sich vor, wie sie nachher auf ihrem Pferd durch diese herrliche Winterlandschaft nach Hause reiten würde. Ach, wie sehr hatte sie sich schon auf diesen Tag gefreut. Plötzlich wurde sie jäh aus ihren träumerischen Gedanken gerissen. Der Busfahrer machte eine heftige Lenkbewegung und fast gleichzeitig tat es einen lauten Schlag. Einige Fahrgäste auf den ihr gegenüberliegenden Sitzen schrien laut auf. Stefanie schnellte wie eine Feder von ihrem Sitz hoch. Aber bevor sie erkennen konnte, was geschehen war, geriet der Bus auch schon gefährlich ins Schlingern. Instinktiv versuchte Stefanie, sich an einem Griff festzuhalten, doch da war es bereits zu spät. Mit voller Wucht krachte der vollbesetzte Bus gegen einen mächtigen Straßenbaum. Das ohrenbetäubende Kreischen und Splittern von Glas und Metall vermischte sich mit den ängstlichen Schreien der entsetzten Fahrgäste. Stefanie schrie ebenfalls laut auf, aber daran konnte sie sich später nicht mehr erinnern, auch nicht, wie sie, immer noch aufrecht stehend, über die Sitzlehne katapultiert wurde und gegen das korpulente „Mäuschen" prallte. Das „Mäuschen" selbst spürte davon aber schon nichts mehr. Ihr Oberkörper war so brutal gegen die vor ihr befindliche Haltestange geschleudert worden, dass ihr das Brustbein und mehrere Rippen brachen. Dabei schoss eine stechend heiße Welle des Schmerzes durch ihren Körper und raubte ihr das Bewusstsein.

Stefanie war Sekunden lang völlig desorientiert. Um sie herum herrschte Chaos. Überall gab es Verletzte. Es dauerte eine geraume Weile, ehe ihr bewusst wurde, was geschehen war. Verstört schaute sich die Feuerwehrfrau um. Kaum jemand saß noch auf seinem Platz. Die meisten Menschen lagen am Boden oder klemmten seltsam verkrümmt zwischen den Sitzen. Viele schrien vor Angst und Schmerzen, andere wimmerten leise vor sich hin und überall war Blut, jede Menge Blut. Stefanies banger Blick suchte den Fahrer, aber sie konnte ihn nicht mehr sehen. Dort, wo er eben noch gesessen hatte, ragte rau und dunkel der Stamm eines gewaltigen Straßenbaumes bis weit in Bus hinein. Die große Frontscheibe war bei dem Aufprall zerborsten. Wie ein gläsernes, tausendfach gesplittertes Leichentuch hatte sie den vorderen Bereich und damit alles und jeden, der sich dort befunden hatte unter sich begraben. Entsetzt wendete Stefanie ihren Blick ab. Dann begann sie vorsichtig, ihren Kopf und ihre Arme abzutasten. Ungläubig stellte sie fest, dass sie bis auf schmerzhafte Prellungen kaum ernsthaft verletzt worden war. Sie spürte zwar sämtliche Knochen im Leib, aber anscheinend hatte der weiche, nachgebende Körper des „Mäuschens", gegen deren Rücken sie geprallt war wie ein Airbag gewirkt. Der Gedanke, dass sie der Körperfülle der Dicken möglicherweise ihr Leben verdankte, während andere schwer verletzt oder gar tot waren, löste in Stefanie eine Schockwirkung aus. Aber es war nicht jene gefährlich kritische Schockwirkung, die traumatisierte Menschen oft apathisch niederwerfen, sondern ein Schock, dessen Adrenalinstoß in ihnen ungeahnte Kräfte freisetzten.

Schlagartig besann sich Stefanie auf ihre Fähigkeiten als Feuerwehrfrau, und als Krankenschwesternschülerin verfügte sie über Kenntnisse in der Notfallmedizin, die ihr jetzt zugutekamen. Trotzdem zitterten bei dem, was sie in den nächsten Minuten leistete, ihre Hände, denn so vielen, zum Teil schwer verletzten, blutenden und vor Angst und Schmerzen schreienden und wimmernden Menschen auf engstem Raum völlig auf sich alleine gestellt zu helfen, das wäre selbst für einen erfahrenen Notfallmediziner eine Überforderung gewesen.

Ronny schaltete das Autoradio ein. Sofort dröhnte harter Punk aus den überdimensionierten Lautsprechern. „Muss das jetzt sein?", rief seine Schwester verärgert, „ich wollte euch doch noch mehr von meiner Reise erzählen und mir nicht dieses Gegröle anhören müssen."

„Mensch Silvi, das ist 'ne CD, die geht bei mir automatisch an und außerdem ist das kein Gegröle ... auch, wenn *du* das anscheinend nicht kapierst. Im Übrigen wollte ich nur kurz den Verkehrsfunk hören. Vielleicht kann man ja wieder auf die Autobahn. Diese Kriecherei über die Landstraßen geht mir nämlich gewaltig auf den Sack. Heee, jetzt zieh doch nicht gleich so 'ne Schnute. Bist ja schon genau so 'ne Mimose wie dein Schnulli-Dieter."

„Nimm das sofort zurück, Ronny!", rief Dieter gekränkt von der Rückbank, „sonst ...!"

„Was? Sonst? Ich sag nur, wie es ist. Oder hast du auf dem Hinweg vielleicht nicht herumgestänkert?"

„Hallo! Du tickst wohl nicht mehr ganz richtig. Wer hier rum gestänkert hat, das war ja wohl ein anderer."

„Was soll das denn jetzt heißen? Hab *ich* etwa gepennt, als die den Stau auf der Autobahn durchgegeben haben oder du?"

„Schluss jetzt!", rief Sylvia aufgebracht. „Das reicht. Müsst ihr zwei euch eigentlich immer gleich für jede Nichtigkeit streiten. Ich denke, ihr seid Freunde!?"

„An mir liegt das jedenfalls nicht", maulte Dieter.

„Ach, dann soll ich deiner Meinung nach wohl jetzt der Buhmann sein?" Ronny warf einen giftigen Blick in den Rückspiegel und fuhr dann seine Schwester an. „Kannst deinen sauberen Freund ja mal fragen, wieso wir so spät gekommen sind."

„Jetzt ist es aber gut Ronny!"

„Ist es eben nicht. Na los, frag ihn schon."

„Nee, sehe ich gar nicht ein." Sylvia hatte ihre Schultern hochgezogen und hielt die Arme vor der Brust verschränkt. „Ihr tickt ja anscheinend beide nicht mehr ganz richtig und deshalb werde ich Dieter auch nicht fragen. So, und damit Ende der Diskussion."

Ronny, der genau wusste, dass er bei seiner wortgewandten Schwester in einer weiteren Diskussion den Kürzeren ziehen würde, zog es daraufhin vor zu schweigen. Dafür ließ er jetzt seine Wut an seinem Vordermann aus. Der Fahrer in einem schwarzen Audi Q5 nervte ihn schon geraume Zeit durch seine, wie Ronny lauthals schimpfte, extrem schleichende Fahrweise, dabei waren die Straßenverhältnisse aufgrund des ungewöhnlichen Winterwetters nach wie vor alles andere als sicher. Ronny fuhr extra dicht auf, viel zu dicht, wie seine Schwester vorwurfsvoll bemerkte.

„Halt du dich da raus", zischte ihr Bruder und betätigte wild die Hupe. „Jetzt fahr schon endlich, du Arsch! Ist doch alles frei vor dir."

„Ronny!"

„Was!?"

„Du benimmst dich einfach unmöglich. Schalt mal 'nen Gang zurück und komm endlich wieder runter. Ich hab keine Lust, wegen deiner Stinklaune noch im Graben zu landen."

Leider verfehlten die mahnenden Worte seiner Schwester ihre Wirkung. Im Gegenteil, als der Fahrer des Audi vor der Kalkumer Schlosskurve provokant die Bremsleuchten aufblitzen ließ, wie Ronny meinte, verlor er endgültig die Nerven. „So, jetzt reicht's mir aber!" Wütend gab er Gas und scherte zum Überholen aus. Als sich sein Wagen auf gleicher Höhe mit dem Audi befand, warf er dessen Fahrer einen abfälligen Blick zu. Aber der schien ihn gar nicht zu beachten. Beide Hände um das Lenkrad gekrallt starrte er mit angstvoll aufgerissenen Augen auf den ihnen entgegenkommenden Bus. Sylvia stieß erschreckt einen warnenden Schrei aus und warf sich geistesgegenwärtig ihrem Bruder ins Steuer. Der Escort machte daraufhin einen wilden Schlenker. Durch den ruckartigen Richtungswechsel wären sie fast an dem Bus vorbeigekommen, doch da brach plötzlich dessen Heck aus und rammte ihre rechte hintere Seite. Dann ging alles ganz schnell. Wie von einem Katapult geschleudert, schlidderte der Escort über die vereiste Fahrbahn und schoss seitlich in den Straßengraben, flog, sich mehrmals überschlagend, über das verschneite Feld, wo er schließlich auf seinem Dach liegen blieb. Bei den Überschlägen auf dem hart gefrorenen Acker brach die A-Säule auf der Fahrerseite – das Todesurteil für Ronny, denn trotz angelegtem Sicherheitsgurt, automatischem Gurtstraffer und ausgelöstem Airbag hatte sein ungeschützter Kopf der massiven Gewalteinwirkung, die ihn dabei traf, nichts entgegenzusetzen.

Stephan Boddem schwang sich hinter das Lenkrad eines Mercedes Kombi und schaltete den Funk ein.

„Äh ... Sie fahren selbst?"

Er quittierte die erstaunte Frage seines verwunderten Zöglings mit einem Lächeln. „Und wollen Sie deshalb nicht einsteigen?"

Sichtlich verlegen nahm der junge Brandreferendar auf dem Beifahrersitz Platz und sagte entschuldigend: „Ich hatte geglaubt, dass man, äh, in Ihrer Position einen Fahrer hätte."

Boddem ließ die Worte unkommentiert. „Sie wissen, was MANF III bedeutet?" Eigentlich war dies mehr eine Feststellung als eine Frage, auf die ihm ein schlichtes Nicken genügt hätte, dennoch sah sich der junge Brandreferendar genötigt, zu antworten. „MANF ist ein Kürzel und bedeutet Massenunfall. Und MANF III bedeutet, dass es mehr als zwanzig Verletzte gegeben hat, zu denen neben den Einsatzkräften der Berufsfeuerwehr auch mehrere Hilfsorganisationen und Krankenhäuser in Alarmbereitschaft versetzt werden."

„Und", ergänzte Boddem, „in Düsseldorf verfügen wir über mehrere SEGs. Sondereinsatzgruppen von Rettungsassistenten und Ärzten aus der Freizeit, die wir zusätzlich aktivieren können. Diese haben zwar eine gewisse Vorlaufzeit, aber im Bedarfsfall können wir so auf ein weiteres Potential von ausgebildetem Fachpersonal zurückgreifen."

„Verstehe", nickte der Brandreferendar, „damit Sie den normalen Rettungsdienst im Stadtgebiet weiter aufrechterhalten können."

„Genau. Denken Sie nur an das Zugunglück vor Jahren in Enschede. Solch große Schadenslagen binden erfahrungsgemäß extrem viele Rettungskräfte, die meist auch über einen sehr langen Zeitraum gebunden bleiben und somit dem normalen Tagesgeschäft nicht mehr zur Verfügung stehen. Mit unseren SEGs, die sich übrigens schon bestens bewährt haben, sind wir dafür gut gewappnet."

„Und trotzdem sind Sie auch noch auf die Unterstützung der anderen Hilfsorganisationen angewiesen?"

„Unbedingt", erklärte Boddem und lenkte den Mercedes mit eingeschalteten Sondersignalen durch den dichten Verkehr. „Ohne die tatkräftige Mitarbeit der Hilfsorganisationen von ASB, DRK, JUH und MHD wären wir nicht in der Lage das tägliche Aufkommen an Krankentransporten und Rettungseinsätzen zu gewährleisten."

„Tatsächlich?"

„Allerdings. In den letzten Jahren hatten wir ein Aufkommen von über neunzigtausend Einsätzen jährlich. Und das sind nur die Zahlen unserer eigenen Rettungsfahrzeuge, die der Hilfsorganisationen nicht eingerechnet."

„So viel?"

„Die Tendenz ist sogar noch steigend", betonte Boddem ernst und bremste ab, weil die Ampel vor ihm rot zeigte, „aber unsere Statistiken sollten ihnen doch eigentlich bekannt sein."

„Ja ja, natürlich", beeilte sich der Brandreferendar zu sagen, „es ist nur, weil ..." Plötzlich brach er mitten im Satz ab und rief erschrocken: „Vorsicht! Motorrad von rechts!"

Boddem trat hart auf die Bremse. Wuuuusch! In tief geduckter Haltung schoss ein Motorradfahrer zwischen den wartenden Autofahrern hervor, rauschte mit hoher Geschwindigkeit in die Kreuzung und flog wie ein Schatten an ihnen vorüber. Während sich die beiden Feuerwehrmänner noch fassungslos ansahen, verebbte das Dröhnen des getunten Motorradauspuffs bereits in der Ferne.

Boddem blies den Atem durch seine geschürzten Lippen. „So ein Irrer. Das war knapp. Der Typ hatte bestimmt weit über hundert Sachen drauf."

„Gut, dass ich ihn noch gesehen hatte und Sie rechtzeitig warnen konnte."

Dass der A-Dienst Mann den Motorradfahrer ebenfalls bemerkt hatte, erwähnte er nicht. Wozu auch, es hätte sowieso nichts verändert. Alarmfahrten, so wusste er, stellten immer ein hohes Risiko dar, besonders wenn man sich, wie sie gerade, einer roten Ampel nähert und sicher glaubt, dass die anderen Verkehrsteilnehmer einen gesehen haben und stoppen, um ihnen das gesetzlich zugestandene Vorfahrtrecht zu gewähren. Aber dieses Recht ist kein Freifahrtschein, und daher war er froh, durch seine besonnene Fahrweise und ihre gemeinsame Aufmerksamkeit einem Unfall in letzter Sekunde entgangen zu sein. Nachdem sie die Kreuzung überquert hatten, murmelte Boddem mehr für sich: „Ist doch interessant, die Geschichte wiederholt sich immer wieder."

„Was sagten sie? Welche Geschichte?"

„Ach, nichts Besonderes, ich habe nur laut gedacht."

Mittlerweile hatten sie den innerstädtischen Bereich hinter sich gelassen und befanden sich in nördlicher Richtung auf dem Kennedydamm.

„Was war denn jetzt mit der Geschichte? Erzählen Sie doch mal."

„Also gut. Sie kennen doch sicher den alten Sauerbruch."

„Den Medizinprofessor?"

„Genau den. Also es heißt, dass er seinem Fahrer auf einer eiligen Fahrt zum Krankenhaus einmal gesagt haben soll ‚Fahren sie langsam, wir wollen ankommen.' Ich finde, daran hat sich bis heute nichts geändert."

„Außer, dass der Gesetzgeber uns heute vorschreibt, dass wir jeden Einsatzort innerhalb von acht Minuten erreichen müssen."

„Stimmt, wenngleich im dichten Berufsverkehr und bei solch extrem weiten Anfahrten ..." Boddem hatte den Satz kaum ausgesprochen, da sah er vor sich die Bremslichter aufleuchten. „Oh Stau, das fehlt uns gerade noch." Während er sich mit herabgesetzter Geschwindigkeit dem Stauende näherte, bildeten die ersten Autofahrer vor ihm eine Gasse. Plötzlich dröhnte in ihrem Rücken das Starktonhorn eines anrückenden Löschzuges. Der Brandreferendar drehte sich um. „Entweder Wache 1 oder Wache 3. Kann man noch nicht genau erkennen."

„Ist Wache 3", sagte Boddem ohne einen Blick in den Rückspiegel zu werfen, da er sein Augenmerk weiter hochkonzentriert auf die Fahrzeuge vor sich gerichtet halten musste, wo einige nervöse Autofahrer die abenteuerlichsten Lenkbewegungen vollführten.

„Na, wenigstens schaffen wir den Kollegen so freie Fahrt."

„Das denke ich nicht. Sehen Sie nur die Schneemassen, die die Räumfahrzeuge am Straßenrand aufgetürmt haben. Die Straße ist dadurch so schmal geworden, dass die Gasse gerade für unseren Wagen reicht. Da kommen die großen Löschfahrzeuge nicht durch. Ich schätze, die werden gleich auf die Gegenfahrbahn ausweichen."

„Sollten wir vielleicht auch?"

„Ja", nickte Boddem. „Sie haben recht. Sich hier weiter durchzuquälen, macht keinen Sinn." Er signalisierte, dass er nach links ausweichen wollte. Einige Autofahrer hatten kapiert, was er wollte, und ließen eine Lücke, durch die der Wagen des A-Dienstes auf die Gegenfahrbahn gelangte.

Stefanie Solka glaubte schon, sich nach dem Unfall wieder fest im Griff zu haben, aber jetzt spürte sie, wie ihr Puls zu rasen begann und sie am ganzen Körper zitterte. Es waren die typischen Anzeichen eines neurogenen Schocks, die sie bislang nur aus der Literatur und von einigen ihrer Krankenhauspatienten kannte. Mach jetzt bloß nicht selber schlapp, sagte sie zu sich selbst und zwang sich langsam und bewusst zu atmen. Danach ging es etwas besser, aber die Bilder der Szenerie vor ihren Augen waren nicht geeignet, sie wirklich ruhiger werden zu lassen. Nachdem eine weitere Minute verstrichen war, hatte die junge Feuerwehrfrau ihren beginnenden Schwächeanfall soweit im Griff, dass sie sich stark genug fühlte, gezielt helfen zu können. Nur wo anfangen?

Stefanie blickte entsetzt um sich. Der ganze Bus war eine einzige Unfallstelle. Überall gab es verletzte Menschen. Viele bluteten, viele schrien um Hilfe, andere saßen traumatisiert zusammengesunken auf ihren Plätzen und starrten nur stumm ins Leere, und einige lagen seltsam verkrümmt am Boden und regten sich nicht mehr. Was mit denen im vorderen Teil des Busses war, konnte sie von ihrem Platz aus nicht erkennen. Sie sah nur, dass dort, wo gerade noch die große Frontscheibe gewesen war, der Stamm eines mächtigen Straßenbaums weit in den Bus ragte. Und der Fahrer? Bei dem Gedanken daran, wie es um ihn wohl stand, setzte bei

Stefanie erneut das Zittern ein. *Reiß dich zusammen. Reiß dich zusammen. Wie es aussieht, bist du die Einzige, die nicht verletzt ist und vielleicht bist du sogar die Einzige, die den anderen noch helfen kann.* Unter der Erkenntnis zog sie ihr Handy aus der Jackentasche und wählte den Notruf der Feuerwehr. Als sie die 112 eintippte, zitterten ihre Hände.

Egon Pöhl, der Zugführer und Wachvorsteher der Feuerwache 3 beugte sich vom Beifahrersitz zur Mitte des LF und rief nach hinten in den Mannschaftsraum: „Sind alle an Bord?"

„Ja, alle da, Chef! Kann losgehen!"

Sein Maschinist, ein älterer erfahrener Hauptbrandmeister, hatte längst den schweren Dieselmotor gestartet und hielt den Blick fest auf die vor ihrer Feuerwehrausfahrt installierte Ampel gerichtet, deren Licht durch den dichten Schneefall kaum zu erkennen war. Durch die geöffneten Hallentore trieb ihnen der Wind die weißen Flocken wie wirbelnde Kaskaden entgegen. Dann schaltete die Ampel auf grün und er gab vorsichtig Gas. Knirschend wälzten sich die mit Schneeketten bewehrten Zwillingsreifen über den gefliesten Hallenboden. Wie immer auf Alarmfahrten hatten die Fahrzeuge des Löschzugs ihr Fahrlicht eingeschaltet, dazu zuckten im Heck- und Frontbereich eingebaute Blaulichter. Das durchdringende Tatütata der ebenfalls laufenden Martinshörner, von denen sich manche Menschen, besonders des Nachts, gestört fühlten, wurde von dem dichten Schneetreiben fast völlig verschluckt. Egon Pöhl schaltete daher kurz vor der ersten Ampelkreuzung Moltke-/Ecke Münsterstraße das Starktonhorn zu. Berni, sein Maschinist, sah ihn daraufhin etwas schräg von der Seite an.

„Was denn?"

Berni zog eine Unschuldsmiene und erklärte kopfschüttelnd: „Mehr als fünfzig darf ich mit Ketten eh nicht fahren, wobei ... bei dem Wetter schaffen wir die sowieso nicht."

„Ich weiß. Deshalb hab ich das Presslufthorn auch nicht zugeschaltet."

„Sondern?"

„Weil ich davon ausgehen muss, dass die anderen unser Martinshorn bei dem Schneetreiben kaum rechtzeitig hören. Und ich will kein Risiko eingehen, deshalb."

„Ist schon klar", nickte Berni und dabei lächelte er wie einer, der es besser wissen musste. Dann betätigte er den Blinker und lenkte links in die Roßstraße.

Obwohl die Fahrzeuge des städtischen Fuhrparks schon seit den frühen Morgenstunden im Dauereinsatz waren und sämtliche Hauptstraßen bereits zum zweiten Mal geräumt hatten, hatte sich auf der Fahrbahn erneut eine dichte Schneedecke gebildet. Entsprechend zäh floss der Großstadtverkehr durch die Straßen. Sie fuhren jetzt über den Kennedydamm. Hier lief der Verkehr besser, doch dann passierte es. Kurz vor Erreichen der großen Kreuzung zur Danziger Straße staute sich der Verkehr auf beiden Fahrspuren.

„Ach du Scheiße. Hoffentlich kein Unfall. Das hätte uns gerade noch gefehlt." Erst als sie sich dem Stauende bis auf wenige Meter genähert hatten, sahen sie voraus die zuckenden Blaulichter des A-Dienst-Wagens. Pöhl deutete nach vorne, wo die Autofahrer eine geöffnete Gasse gebildet hatten, die sich aber schon wieder zu schließen begann. „Sieht verdammt eng aus. Was meinst du, kommen wir da noch durch, Berni?"

„Klar", grinste der Maschinist frech, „wenn du mir erlaubst, dass ich denen ihre Seitenspiegel abrasieren darf, überhaupt kein Problem."

Pöhl legte den Kippschalter für das Presslufthorn um, sodass der Lärm, der die ganze Zeit nervtötend in das Fahrzeuginnere ihres LF gedrungen war, Ruhe gab. „Ich schalt besser ab, sonst flippen die Autofahrer vor uns noch aus."

„Das wird uns auch nicht weiter helfen", meinte Berni, zuckte resigniert mit den Achseln und sah seinen Chef an: „Also, was ist jetzt? Wenn du nicht willst, dass wir hier stecken bleiben, muss ich rüber auf die Gegenfahrbahn."

„Du weißt aber schon, dass das verdammt riskant ist."

„Klar, aber ansonsten kommen wir nur noch im Schritttempo voran, wenn überhaupt ... es sei denn, du schaltest dein geliebtes Presslufthorn wieder ein."

„He, werd nicht frech, du."

„Ich doch nicht", betonte Berni und machte ein Gesicht wie ein unschuldiges Kind.

„Okay, also rüber. Aber sei bloß vorsichtig, verstanden. Bei den meisten Autofahrern liegen bei dem Scheißwetter die Nerven eh schon blank. Nicht, dass außer uns noch einer mit ausschert."

„In den Gegenverkehr? Das sollen die Mal schön bleiben lassen", knurrte Berni trocken und lenkte das riesige LF geschickt unmittelbar vor dem Stauende durch die Schneemassen auf die Gegenfahrbahn. Egon Pöhl streckte den Arm aus. „Scheint als hätte unser A-Dienst ebenfalls erkannt, dass man hier besser vorankommt. Da, siehst du? Er will auf die Gegenfahrbahn."

„Hab ich nix dagegen einzuwenden. Wenn er vor uns fährt, haben wir freie Bahn."

56

„Hoffentlich bleibt er nicht im Schnee stecken."

Die Befürchtung des Zugführers kam nicht von ungefähr. Für den Mercedes Kombi war es wesentlich schwieriger als für die Ketten bewehrten Reifen ihres Löschgruppenfahrzeugs die seitlich aufgetürmten Schneeberge zu überwinden. Aber der Wagen des A-Dienstes meisterte diese Herausforderung ohne Probleme.

In gemäßigtem Tempo rollte der Löschzug jetzt hinter dem A-Dienst an der Autoschlange vorbei. Nachdem sie die Kreuzung erreichten, sahen sie die Ursache des Staus. Der Anhänger eines Lkws hatte sich quergestellt. Vier Pkws hatten daraufhin nicht mehr rechtzeitig bremsen können. Der vorderste war mit seiner Motorhaube unter den Anhänger geraten, die anderen waren aufgefahren. Zum Glück hatte es nur Blechschaden gegeben. Mehrere Polizisten warteten auf die Abschleppfahrzeuge und regelten den sonst durch Ampeln gesteuerten Verkehr, der sich jetzt im Schneckentempo und nur noch einspurig an der Unfallstelle vorbeiquälte. Als die Polizisten die Martinshörner hörten, stoppten sie die anderen Verkehrsteilnehmer und winkten die Feuerwehrfahrzeuge durch.

Nachdem der Wagen des A-Dienstes die Kreuzung mit dem Unfallbereich hinter sich gelassen hatte, lief der Verkehr wieder flüssiger, sodass Boddem wieder Gas geben konnte. Kurz darauf erreichte er die Niederrheinstraße und etwas später den nördlichen Stadtteil Kaiserswerth. In Höhe Clemensplatz erklärte Boddem seinem jungen Kollegen: „Wir sind gleich da, die übernächste Straße rechts ist die Kalkumer Schlossallee."

Carsten Heine war heute im Angriffstrupp. Genau wie sein Truppführer saß er mit dem Rücken zur Fahrtrichtung und rüstete sich während der Fahrt zur Einsatzstelle aus. Obwohl sie zu einem Verkehrsunfall unterwegs waren, gehörte diese Vorgehensweise zum üblichen Standard. Anders als im Fernsehen und im Kino gerieten verunfallte Fahrzeuge zwar nicht so schnell in Brand, dennoch wäre es nicht das erste Mal, dass ein Wagen Feuer fing, und darauf mussten sie vorbereitet sein. Deshalb war das Anlegen der Atemschutzgeräte für wenigstens einen von ihnen Pflicht. Da es sich bei diesem Unfall aber um einen Bus handeln sollte, hatte der Zugführer die Order gegeben, dass sich beide Männer des Angriffstrupps mit Atemschutzgeräten ausrüsten sollten. Statt gegen ein Rückenpolster lehnten sie gegen die Pressluftatmer, welche in einer Halterung in den Sitz eingebaut waren. Fast gleichzeitig legten sie sich die Tragegurte über ihre Schultern und zogen sie stramm. Nachdem sie das Gleiche auch mit ihren Beckengurten getan hatten, erfüllte diese „Bebänderung" quasi auch die Funktion von Sicherheitsgurten. Trotzdem schrieben die Sicherheitsvorschriften vor, dass sie auch noch den Sicherheitsgurt anlegen mussten. An der Einsatzstelle angekommen, brauchten sie dann nur noch die seitlich in Sitzhöhe angebrachte Arretierung zu lösen und standen ihrem Zugführer sofort zur Verfügung.

Diesmal hatten sie eine lange Anfahrt vor sich und durften sich mit dem Ausrüsten Zeit lassen – ein Luxus, den sie sich nicht oft leisten konnten, denn die meisten Einsatzorte erreichten sie in relativ kurzer Zeit. Und als Angriffstrupp musste man sich schon mächtig sputen, um am Einsatzort rechtzeitig fertig ausgerüstet zu ein. Carsten zog gerade die schwarze, das gesamtes Gesicht bedeckende Atemschutzmaske über den Kopf. Nachdem er die daran befestigten Gummibänder straff gezogen hatte, führte er die obligatorische Dichtprobe durch. Dazu drückte er seine innere Handfläche gegen das Anschlussgewinde der Maske, in das er später bei Bedarf den Lungenautomaten eindrehen würde. Indem er tief einatmete, überprüfte er den Luftabschluss.

Würde die Maske nicht dicht sitzen, würde irgendwo noch Luft eindringen, was im Einsatzfall fatale Folgen hätte, denn Brandrauch stellt auch für einen Feuerwehrmann eine der größten Gefahren dar. Und wenn man erst einmal seinen Feuerwehrhelm aufgezogen hat, ist es nur unter hohem Zeitverlust möglich, seine Atemschutzmaske nachträglich dichtzuziehen. Unter Umständen ist man dann aber auch schon nicht mehr in der Lage dazu, denn nicht selten enthalten Brandgase Ultragifte, die schon in geringsten Konzentrationen zu Bewusstlosigkeit, schweren gesundheitlichen Schäden, bis hin zum Tod führen können. Aber auch weniger gefährlicher Brandrauch führen zumindest eine erhebliche Belästigung wie Hustenreiz, tränende Augen und Atembeschwerden herbei, und das in einer Situation, in der von den Einsatzkräften ihre volle körperliche Leistungsfähigkeit verlangt wird. Carsten war daher, wie jeder, der ein Atemschutzgerät trägt, gut beraten, die Maskendichtprobe vor dem Aufsetzen seines Helmes konsequent durchzuführen.

Stefanie schätzte den Jungen auf neun, höchstens zehn Jahre. Er war bewusstlos. Vermutlich war sein Kopf gegen eine der Haltestangen geschlagen, denn über seiner linken Schläfe klaffte eine stark blutende Wunde mit einer Schwellung, die sich weit bis in seine Stirne zog. Als sich Stefanie zu ihm in den Mittelgang kniete, fiel ihr die widernatürliche Haltung seines rechten Unterarms auf. Bestimmt gebrochen, sagte sie sich, aber bevor sie sich um diese weitere Verletzung kümmern konnte, musste sie zunächst seine Blutung stillen, das war vordringlicher. Wie viele Feuerwehrleute hatte auch Stefanie immer zwei Verbandpäckchen in einer ihrer Jackentaschen stecken. In ihrem Bekanntenkreis hatte man sie deswegen schon aufgezogen. Nachdem Stefanie erklärt hatte, dass sie als Feuerwehrfrau einfach nur in der Lage sein wollte, im Notfall sofort helfen zu können, hatte ihr das weiteren Spott eingebracht.

„Wow, Stefanie, unsere tapfere Heldin. Stets bereit zum Kampf gegen die Katastrophe." Solche Sprüche kannte sie als Feuerwehrfrau leider nur zu Genüge, und obwohl sie das schon etwas ärgerte, ließ sie sich dennoch nichts anmerken. Jetzt, als sie dem Jungen mithilfe ihrer beiden Verbandpäckchen einen Druckverband anlegte, erhielt sie die Bestätigung, dass sie eben nicht den „Feuerwehrspleen" hatte, den manche ihr andichten wollten. Sie fragte sich, wie wohl ihre überheblichen Kritiker in dieser Ausnahmesituation reagiert hätten. Vielleicht wären sie nicht einmal in der Lage oder Willens gewesen, halbwegs fachgerecht Erste Hilfe zu leisten. Ja, vielleicht hätten einige von ihnen sogar ihr Heil in der Flucht gesucht, um ja nur die eigene Haut zu retten. Schließlich konnte jederzeit ein weiteres Fahrzeug in die Unfallstelle hineinrasen. Der Bus war also alles andere als ein sicherer Ort, und je nachdem, wie schwer er bei dem Unfall beschädigt worden war, konnte sogar ein Feuer ausbrechen.

Stefanie war sich all dieser Gefahren sehr wohl bewusst, trotzdem hatte sie keine Sekunde daran gedacht, sich selbst in Sicherheit zu bringen und die verletzten Fahrgäste ihrem Schicksal zu überlassen. Ohne zu zögern hatte sie das einzig Richtige getan und als Erstes den Notruf getätigt. Allerdings war ihr danach auch schmerzlich bewusst geworden, dass sie bis zum Eintreffen professioneller Helfer auf sich alleine gestellt war, und das würde, das wusste sie, bei dem ungewöhnlichen Wetter mit den extremen Schneeverhältnissen lange dauern können. Und jetzt? Ihre beiden Verbandpäckchen hatte sie verbraucht, und um sie herum gab noch viele weitere Verletzte. Sie musste unbedingt an den Verbandkasten gelangen, aber der befand sich beim Fahrer. Stefanie warf einen bangen Blick dorthin, wo der Bus völlig zerfetzt war.

Bei dem Gedanken, diesen vorderen Bereich aufsuchen zu müssen, graute es ihr. Sie fragte sich, was mit dem Busfahrer geschehen war, denn dort, wo er vor wenigen Minuten noch gesessen hatte, ragte ja bedrohlich und Angst einflößend der Straßenbaum bis weit in den Bus hinein. *Wo also war der Fahrer? Hatte es ihn bei dem Aufprall gegen den mächtigen Stamm etwa hinausgeschleudert? Lebte er überhaupt noch? Vielleicht war er ja auch von diesem gewaltigen Stamm zerquetscht worden oder lag verletzt und blutend unter der gesplitterten Windschutzscheibe begraben?*

Am liebsten wäre Stefanie nicht weitergegangen, aber sie wusste, dass sich vorne ein Verbandkasten befand, den sie dringend benötigte. Aber dazu musste sie ihr Grauen überwinden und über die Körper mehrerer verletzt am Boden liegenden Menschen steigen. Plötzlich klammerte sich eine Hand um ihr linkes Bein. Stefanie zuckte zusammen. Die Frau, die ihr Bein festhielt, war durch den Unfall wie die meisten von ihrem Sitz geschleudert worden. Bei dem anschließenden Sturz hatte sich die Spitze ihres Regenschirms in ihr rechtes Auge gebohrt. Die Wunde musste ihr höllische Schmerzen bereiten, denn sie stöhnte laut. Blut rann über ihr Gesicht. Ihr unverletztes Auge traf Stefanie mit einem flehenden Blick, dann stieß sie einen markerschütternden Schrei aus und verlor ihr Bewusstsein. Stefanie spürte, wie die Hand der Frau kraftlos wurde, und zog vorsichtig ihren Fuß frei.

Neben der Frau regte sich jetzt ein ebenfalls verletzt am Boden liegender älterer Mann, der bei ihrem grauenvollen Anblick sein Gesicht entsetzt abwendete. Fest entschlossen den vorderen Teil des Busses zu erreichen, machte Stefanie einen großen Schritt über den Mann hinweg. „Nein, nicht weggehen", ächzte der Mann, „bitte ... helfen Sie mir."

Stefanie zerriss es fast das Herz, aber sie ging weiter, denn wenn sie den verletzten Menschen helfen wollte, und das wollte sie, musste sie unbedingt an den irgendwo vorne beim Fahrer befindlichen Verbandkasten kommen.

Die Kalkumer Schlossallee befand sich weit von der Innenstadt entfernt in dem noch ländlich geprägten Teil der Landeshauptstadt. Hier im Norden waren die Freiwilligen Feuerwehren für gewöhnlich die Ersten am Einsatzort. Stephan Boddem hatte daher die letzten Minuten gespannt auf deren Rückmeldung gewartet und wunderte sich, dass diese bislang noch immer ausgeblieben war. Als er seinem jungen Brandreferendar eine diesbezügliche Bemerkung machte, meinte der: „Vielleicht stecken die mit ihrem LF irgendwo im Schnee fest oder die Leute haben aufgrund der Wetterverhältnisse ihre Wache noch nicht erreichen können. Wäre doch möglich, oder?"

„Will's nicht hoffen, denn wenn das zuträfe, wären wir die Ersten an der Einsatzstelle."

Der Brandreferendar zuckte daraufhin mit den Schultern. „Na und, der Löschzug von Wache 3 fährt doch direkt hinter uns."

Boddem schaute in den Rückspiegel, konnte in dem dichten Schneetreiben aber weder die Alarmfahrzeuge noch ihre zuckenden Blaulichter ausmachen.

Der Zugführer der Feuerwache 3 kniff seine Augen zusammen und blickte angestrengt durch die Windschutzscheibe, deren Scheibenwischer unablässig neue Schneemassen zur Seite schaufelten. Er saß im ersten Fahrzeug des Löschzugs, der hinter dem Wagen des A-Dienstes fuhr. Aber so sehr sich Egon Pöhl auch bemühte, von dem vorausfahrenden Mercedes war nichts mehr zu sehen. „Der Boddem hat anscheinend mächtig auf die Tube gedrückt. Jedenfalls kann ich ihn nicht mehr erkennen, oder siehst du ihn noch, Berni?"

Der Maschinist schüttelte den Kopf. „Nö, der ist weg. Ich werde deshalb aber trotzdem nicht schneller fahren. Ist mit unserer schweren Kiste zu riskant."

„Das hab ich damit auch nicht sagen wollen", erwiderte sein Zugführer und schaltete erneut das Starktonhorn zu.

„Ist 'n prima Spielzeug, ne?" Bernie grinste.

„He, werd nicht frech, du."

„Ich doch nicht." Bernie grinste noch mehr, aber sein Zugführer nahm ihm das nicht übel. Solche Wortgefechte und harmlosen Kabbeleien waren unter Feuerwehrleuten nichts Außergewöhnliches und gehörten genauso zu ihrem Alltag, wie der Stress an der Einsatzstelle, und von dem, da war sich Wolfgang Röhr ganz sicher, würden sie bald eine ganze Menge bekommen.

Aber mit Stress wussten er und seine Männer umzugehen, schließlich waren sie Profis und als solche konnten sie schon einiges wegstecken. Mussten sie auch, wenn sie Menschenleben retten wollten. Denn darauf kam es schließlich an in ihrem Job – Menschenleben zu retten, egal, wie hart oder schwierig es auch immer würde, dafür waren sie ausgebildet, dafür trainierten sie – jeden Tag, immer und immer wieder. Und dass sie gut waren und wirklich alles gaben, hatten sie schon oft unter Beweis gestellt.

„Sind gleich da", meldete sich Berni jetzt wieder zu Wort. „Da vorne kommt schon der Clemensplatz."

„Hmm ...", brummte Pöhl und zog ein bedenkliches Gesicht.

„Was, hmm?"

„Na, mich wundert's, dass wir noch keine Rückmeldung von der FF gehört haben. Eigentlich müsste die längst da sein."

„Und wenn die bei dem Scheißwetter selber einen Unfall hatten."

„Mensch Berni, mal den Teufel nicht an die Wand. Aber ich frag mich schon, wo die so lange bleiben, für gewöhnlich sind die doch immer schon vor Ort, wenn wir eintreffen."

Die Sorgen des Zugführers von der Feuerwache Münsterstraße waren nicht unbegründet, denn fast immer, wenn sie in die entlegenen nördlichen

Stadtteile ausrücken mussten, waren die Einsatzkräfte der Freiwilligen Feuerwehren schon vor ihnen da. Das lag in erster Linie daran, dass diese nicht die weite Anfahrt hatten wie ihre Kollegen von der Berufsfeuerwehr. Unabhängig davon trafen die Männer und Frauen der Freiwilligen Feuerwehren bei einem Alarm aber auch sehr schnell bei ihren Gerätehäusern ein. So auch heute. Kurz, nachdem der letzte Ton der dreimal aufheulenden Feuersirene verstummte, erreichten die Ersten trotz des widrigen Winterwetters bereits ihre Wache. Unter ihnen befanden sich Christoph Kann und Claudia Sonnen.

Die Kaiserswerther Feuerwache mit der vorgebauten Fahrzeughalle und den angrenzenden Räumlichkeiten lag zentral in einer der schmalen verwinkelten Straßen, die den Charme der Kaiserswerther Altstadt ausmachten. Da das Wachgebäude zurückgesetzt lag und tiefer war als die davor verlaufende Straße, besaß es einen abschüssigen vorderen Hofbereich. Seine Zufahrt wurde durch ein breites, aus Gitterstäben bestehendes Tor verschlossen. Als die Feuerwehrleute eintrafen, lagen Hof und Einfahrt unter einer dichten Schneedecke und vor den Ausfahrttoren hatte der Sturm hohe Verwehungen aufgetürmt. Die Tore mussten unbedingt freigeschaufelt werden. Das Gleiche galt für ihre Hofeinfahrt. Christoph holte sofort einige Schneeschieber aus dem Gerätelager. Laufend kamen weitere Kameraden auf die Wache, die sofort mit anpackten. Als kurz darauf auch ihr Löschgruppenführer eintraf, hatten sie die Hallentore und die Einfahrt von den Schneeverwehungen bereits befreit.

„Was ist mit dem Hof, Herbert? Sollen wir den auch noch freischaufeln?"

„Vergiss es, wir haben Alarm! Den Schnee könnt ihr auch noch später wegmachen. Ich denke, der dürfte unseren Fahrzeugen jetzt kein Problem mehr bereiten! Oder, was meinst du, Torti?"

Torsten Winkels, einer ihrer Maschinisten, dem sie den Spitznamen Torti verpasst hatten, nickte zustimmend. „Kein Problem, solange der noch keinen halben Meter hoch ist, walzen wir den einfach platt."

„Also dann! Schaufeln in die Ecke und aufsitzen!"

Hatten die Männer und Frauen der Freiwilligen Feuerwehr von Kaiserswerth die Arbeit des Schneeschaufelns schon in einer rekordverdächtigen Zeit verrichtet, so legten sie jetzt, als sie ihre Fahrzeuge besetzten, noch einen Zahn zu. Sie wussten, dass nur wenige Kilometer von ihnen entfernt ein Bus verunfallt war, mit Menschen in Not, die jetzt händeringend auf ihre Hilfe warteten. Dass sich unter ihnen auch eine Kameradin aus der benachbarten Löschgruppe von Angermund befand, ahnte keiner von ihnen, und genauso wenig ahnten sie, dass sie ihren Feuerwehrhof nicht verlassen würden, weil ihnen das Schicksal einen gewaltigen Strich durch die Rechnung machen sollte.

Dieses Schicksal bahnte sich in Gestalt eines schwer beladenen Lkw gerade seinen Weg durch die enge Friedrich-von-Spee-Straße, in der sich auch ihre Feuerwache befand. Der Fahrer des Lkw hätte sich am liebsten selber geohrfeigt, weil er zu früh abgebogen war. Als er seinen Fehler bemerkt hatte, war er, in der Hoffnung wieder auf die Hauptstraße zu kommen, in die enge Friedrich-von-Spee-Straße gefahren. Wie gesagt, dafür hätte er sich am liebsten geohrfeigt, aber selbst das konnte er nicht, da er wegen der extrem glatten Schneedecke beide Hände am Lenkrad halten und ständig gegenlenken musste. Seit den frühen Morgenstunden war er nun schon mit seinem Gespann unterwegs und die ganze Strecke immer mit Licht und laufenden Scheibenwischern. Und jetzt, kurz vor Erreichen seines Zielortes, er hätte nur wenige Kilometer weiter im Stadtteil Lohausen abbiegen müssen, hatte er einmal nicht aufgepasst. Er fluchte und starrte angestrengt in das erneut aufkommende Schneetreiben. Vermutlich hätte er noch viel lauter geflucht, wenn er gewusst hätte, dass die für seinen Lkw viel zu enge Straße an ihrem Ende auch noch rechtwinkelig abknickte. Aber bis zu dieser Stelle sollte er nicht mehr gelangen.

Manuelas Mutter war es gar nicht Recht, dass sie den Kleinen ihrer Tochter heute nehmen sollte. „Och Mama, ist doch höchstens für zwei Stunden", bettelte Manuela. „Ich muss dringend etwas erledigen, wobei ich den Kleinen wirklich nicht mitnehmen kann. Ich beeile mich auch und hole ihn nachher wieder ab, versprochen."

„Na meinetwegen, Kind, aber du weißt schon, dass ich heute Vormittag auch noch einen Kuchen für meine Nachbarin backen muss."

„Jaaa", dehnte Manuela, „wegen ihres Geburtstags, zu dem sie dich eingeladen hat."

„Genau", sagte Manuelas Mutter leicht gekränkt und ihre Stimme klang etwas pikiert.

„Weiß ich doch, Mama", sagte Manuela unbeeindruckt. „Aber ihr feiert doch erst heute Nachmittag und da bin ich doch schon längst wieder zurück." Mit diesen Worten nahm sie ihren Sohn aus dem Kinderwagen und hielt ihn ihrer Mutter entgegen. Als der Kleine seine Oma sah, strahlte er übers ganze Gesicht und streckte ihr seine Ärmchen entgegen.

„Na, komm schon her, du kleiner, süßer Racker, du." Frau Hüttemann nahm ihren Enkel zärtlich in ihre Arme, das Eis war gebrochen.

„Ihr könntet ja, solange bis ich zurück bin, in den Park gehen und einen Schneemann bauen."

„Aber Kind, doch nicht bei diesem Wetter."

„Ach Mama, der Paul ist doch nicht aus Zucker. Nicht wahr mein Kleiner?" Manuela rubbelte mit beiden Händen seine rosigen Wangen. „Außerdem, es ist sein erster Winter mit Schnee ... und ...", mit einem Blick in das blasse Gesicht ihrer Mutter, „dir würde etwas frische Luft auch gut tun."

Einige Minuten, nachdem ihre Tochter das Haus verlassen hatte, hatte Frau Hüttemann es sich überlegt. Sie zog sich Schal, Mütze und Mantel an und streifte sich ihre neuen, selbst gestrickten Handschuhe über. Als sie die Haustüre öffnete, setzte gerade ein erneutes Schneetreiben ein. Der eisige Wind stach ihr wie Nadelstiche ins Gesicht und wehte Schneeflocken ins Treppenhaus. Schon bereute Frau Hüttemann dem Vorschlag ihrer Tochter nachgekommen zu sein und zögerte. Sollte sie wirklich bei diesem Wetter ...? Aber dann schob sie den Kinderwagen mit ihrem Enkel doch auf den verschneiten Gehweg. Als sie die Tür hinter sich zu zog, hörte sie von rechts jemanden laut Rufen: „Rex! Rex! Kommst du wohl zurück! Rex bei Fuß!" Aber Rex gehorchte seinem Herrchen nicht. Der schwarzbraune Dobermann hatte sich losgerissen und flog in langen Sätzen, die Leine hinter sich her schleifend, direkt auf den Kinderwagen zu. Als der Hund zum Sprung ansetzte, stand Frau Hüttemann zunächst wie versteinert. Es sah fast so aus, als wolle der Hund direkt zu Paul in den Kinderwagen springen. Im letzten Moment löste sich Frau Hüttemann aus ihrer Erstarrung. „NEIIIIN!" Mit einem lauten Aufschrei stieß sie in einer reflexartigen Bewegung den Kinderwagen mitsamt ihrem Enkel auf die Straße – der Dobermann sprang ins Leere.

Die Hallentore der Kaiserswerther Feuerwache standen weit offen. Die Maschinisten starteten ihre Fahrzeuge, deren Blaulichter sie schon eingeschaltet hatten. Den Aufschrei des Entsetzens auf dem Gehweg der gegenüberliegenden Straßenseite hatten sie nicht gehört. Er war im Dröhnen ihrer Dieselmotoren untergegangen. Aber dafür sahen die Feuerwehrleute einen Lkw, der wie ein riesiger Schatten plötzlich und unvermittelt vor ihrer Einfahrt auftauchte. Dann geschah das Unfassbare: Der Lkw raste frontal gegen ihr geöffnetes Hoftor. Der Aufprall war so heftig, dass der tief im Beton verankerte Torpfosten mit einem fürchterlichen Knall aus dem Erdreich gerissen wurde. Sekundenbruchteile danach schleuderte der Anhänger von der Wucht des Aufpralls ausgebremst quer zur Fahrtrichtung. Die Deichsel des Anhängers verbog sich als bestünde sie nur aus Gummi. Metall ächzte und kreischte. Die Ladung des Anhängers bestand aus Paletten mit Konservendosen. Die Dosen konnten den dabei auftretenden, enormen

Fliehkräften nicht standhalten und durchschlugen die Plane. Wie Geschosse flogen sie durch die Luft und landeten auf der Straße und dem Gehweg. Eine traf den Dobermann am Kopf und zertrümmerte dessen Schädel. Der Hund war auf Stelle tot. Eine andere Dose flog haarscharf an Frau Hüttemann vorbei. Aber das registrierte sie kaum. Sie stand, kreidebleich und geschockt am ganzen Körper zitternd, noch immer an der gleichen Stelle, an der sie ihren Enkel mitsamt dem Kinderwagen auf die Straße gestoßen hatte. Paul, was war mit Paul? Plötzlich knickten ihr die Beine ein und sie brach dort, wo sie stand, in sich zusammen.

Von einer Sekunde auf die andere sahen sich die Feuerwehrleute mit einer völlig neuen Situation konfrontiert. Ihre Ausfahrt, die gerade noch weit offen stand, war komplett blockiert. Ein Ausrücken zu dem Einsatz auf der Schlossallee war somit unmöglich geworden. Zunächst starrten alle fassungslos auf den Lkw und dessen zertrümmertes Führerhaus. Sie wussten weder wieso der Fahrer die Kontrolle über sein tonnenschweres Gefährt verloren hatte, noch ahnten sie etwas von den dramatischen Geschehnissen auf der ihnen gegenüberliegenden Straßenseite. Doch dann kam Bewegung in die Truppe.

Stefanie hatte das vordere Ende des Busses erreicht. Sie stand jetzt unmittelbar vor der Stelle, vor der es ihr am meisten graute. Wie ein düsteres Mahnmal, so, als wolle es sagen „gehe ja keinen Schritt weiter" hatte sich der Straßenbaum in den Bus hereingepresst. Stefanie glaubte Blut auf seiner aufgeplatzten Rinde zu sehen – das Blut des Busfahrers? Aber wo war er? Sie konnte weder ihn noch den Sitz erkennen, auf dem er noch vor wenigen Minuten gesessen hatte, so zerquetscht und zusammengestaucht war dieser Bereich. Wenn es den Busfahrer bei dem Unfall nicht hinausgeschleudert hat, ist er garantiert tot, dachte Stefanie voller Grauen. Und dann fragte sie sich, wie es wohl um ihn stand, sollte er tatsächlich durch die völlig zerstörte Windschutzscheibe hinausgeflogen sein? Vielleicht lag er schwer verletzt irgendwo draußen im eiskalten Schnee und brauchte ebenfalls Hilfe.

Aber Stefanie konnte unmöglich allen gleichzeitig helfen – dem Jungen mit dem gebrochenen Arm, der Frau mit dem zerstochenen Auge, dem Mann, der sie so flehentlich um Hilfe angebettelt hatte und all den vielen anderen, nach denen sie noch nicht gesehen hatte. Und wenn der Busfahrer vielleicht genau in diesem Moment draußen verblutete? Der Gedanke war so niederschmetternd, dass sich die junge Feuerwehrfrau am liebsten ganz weit hinten auf der Sitzbank verkrochen und hemmungslos losgeheult hätte. Und plötzlich wurde ihr klar, dass sie völlig auf sich alleine gestellt war. Dieses Bewusstsein traf sie lähmend wie eine schwere Last, die sie niederdrückte. Sekundenlang stand sie wie betäubt, aber dann riss sie sich zusammen und rief sich selbst zur Ordnung. *He, du bist eine Feuerwehrfrau und du bist eine fertig ausgebildete examinierte Krankenschwester, also konzentriere dich auf das, was für dich im Moment machbar ist!*

Nachdem es Stefanie gelungen war ihre lähmenden Gedanken zu verdrängen, suchte sie mit wachsamen Augen die noch halbwegs erkennbare vordere rechte Seite des Busses ab. Irgendwo dort musste sich der Verbandkasten befinden. Schließlich erblickte sie auf einer schmalen, türähnlichen Klappe ein weißes Kreuz. Stefanie atmete erleichtert auf. Das musste er sein, aber als sie sich bückte, um die Klappe mit dem dahinter vermuteten Verbandkasten zu öffnen, ließ sie sich nicht öffnen. *Verdammtes Mistding, jetzt geh endlich auf.* Stefanie zerrte mit aller Kraft, aber all ihre Bemühungen waren vergebens. Die Klappe hatte sie sich bei dem Unfall verzogen und ließ sich keinen Millimeter öffnen.

Dr. Soffke arbeitete im Düsseldorfer Gesundheitsamt und fuhr seit Jahren auf einem Notarztwagen der Berufsfeuerwehr. Darüber hinaus begleitete der versierte Notfallmediziner Patienten auf den weltweiten Rettungsflügen der Deutschen Flug-Ambulanz, die ihren Sitz am Düsseldorfer Flughafen hatte. Heute war sein freier Tag und er hatte die Herrenabteilung eines großen Kaufhauses aufgesucht, um sich eine Hose zu kaufen. Gerade als er sich in der neuen Hose im Spiegel betrachtete, bekam sein Funkmeldeempfänger einen Alarm. Das Geräusch war völlig anders als die Klingeltöne eines Handys, irgendwie durchdringender, sonst hätte ihn der Verkäufer vermutlich auch nicht darauf aufmerksam gemacht.

„Äh ... Entschuldigung, da piepst was in Ihrer Kabine."

„Danke, hab's schon gehört. Ist mein Pager."

„Ihr, bitte was?"

Aber der Mediziner war längst in die Kabine geeilt und quittierte den Alarm. Sofort verstummte das durchdringende Piepsen. Dann las er die Laufschrift auf dem grünlich leuchtenden Display: MANV III, Unfall mit Linienbus, Kalkumer Schlossallee.

Ähnliche Vorgänge spielten sich gleichzeitig an vielen Stellen im Stadtgebiet ab und bald darauf verließ ein als Großunfallrettungswagen ausgebauter, vollbesetzter Bus der Düsseldorfer Berufsfeuerwehr mit eingeschalteten Sondersignalen die Umweltschutzwache an der Posener Straße. In ihm saßen die alarmierten Rettungsassistenten und Notärzte, die sich, genau wie Dr. Soffke, in ihrer Freizeit der SEG zur Verfügung gestellt hatten. Statt ihrer vorherigen zivilen Kleidung trugen sie jetzt eine einheitliche funktionelle Einsatzbekleidung, die sie als Rettungsdienstpersonal kenntlich machte. Niemand von ihnen wusste, was genau sie in den nächsten Minuten erwarten würde, aber alle waren Profis auf ihrem Gebiet und darüber hinaus besaßen die meisten eine langjährige Erfahrung im Rettungsdienst.

Neben Dr. Soffke saß eine junge Ärztin, die er noch nicht kannte. Sie hatte den Fensterplatz und konnte ihre Anspannung nur schlecht verbergen.

„Und, nervös?"

„Ein wenig schon", die junge Ärztin lächelte verlegen. „Ist mein erster Einsatz mit der SEG. Und bei Ihnen?"

„Na ja", sagte Soffke, „ich will nicht behaupten, dass das hier Routine für mich wäre, denn so oft werden wir als SEG ja nun auch nicht alarmiert." Gott sei Dank, fügte er noch hinzu und erklärte: „Die kritischste Phase trifft sowieso immer die ersteintreffenden Rettungskräfte vor Ort. Aber ich kann Sie beruhigen, wenn wir kommen, ist die Chaosphase meist schon überstanden."

„Nett, dass Sie mich beruhigen wollen, aber wir wissen doch beide, dass die Besatzungen der ersten Rettungswagen oft völlig überfordert sind. Und wenn MANV-Alarm ausgelöst wird, geschieht das ja wohl auch kaum zum Spaß. Oder sehen Sie das anders?"

„Nein, natürlich nicht, ist aber kein Grund nervös zu werden."

„Hmm. Das sagen Sie. Es hat ja auch schon genügend schlimme Unfälle in der Vergangenheit gegeben, bei denen sich solche Einsätze über viele Stunden hingezogen haben."

„Sie denken dabei wohl an Eschede und ähnliche Katastrophen."

„Zum Beispiel."

„Sicher, solche Einsätze sind natürlich extrem, aber dennoch möchte ich Ihnen in einigen Dingen widersprechen. Schauen Sie, es macht doch einen Unterschied, ob in einer dünn besiedelten Gegend ein Unfall passiert, oder in einer Großstadt."

„Finden Sie?"

„Aber sicher. Nehmen wir alleine unseren Fall. Wir haben es mit einem Linienbus zu tun. Die Leitstelle löste MANF III aus, das heißt, wir werden voraussichtlich auf bis zu zwanzig verletzten Personen treffen."

„Es könnten aber auch mehr werden", warf die junge Ärztin ein.

„Gut, erhöhen wir die Zahl auf dreißig. In aller Regel sind die ersten Rettungskräfte innerhalb weniger Minuten vor Ort und ..."

„Wären damit völlig überfordert."

Dr. Soffke schüttelte den Kopf. „Nur, wenn sie die gesamte Versorgung und den Transport in die Krankenhäuser alleine bewältigen müssten, aber diese Leute sind bestens ausgebildet und ..."

Erneut wurde er unterbrochen. „Na hören Sie mal, wenn man Ihnen in die Notaufnahme Ihrer Klinik von einer Minute auf die andere zwanzig oder mehr zum Teil Schwerverletzte einliefern würden, dann möchte ich Sie aber mal sehen. Oder wollen Sie allen Ernstes behaupten, dass Sie damit nicht überfordert wären?"

„Der Vergleich hinkt liebe Frau Kollegin. Teil der Triage ist ja auch niemals übermäßig viele Verletzte gleichzeitig in ein Krankenhaus zu transportieren, sondern, wenn nötig, auch die im Umfeld liegenden Krankenhäuser mit einzubeziehen."

„Sie weichen meiner Frage aus."

„Nein, ich stelle nur klar, dass es eine solche Situation hier nicht geben würde."

„Denkbar wäre sie aber doch. Stellen Sie sich nur vor, eine Bombenentschärfung innerhalb des Stadtgebietes misslingt und es gäbe Tote und hunderte Verletzte und ..."

„Frau Kollegin", jetzt war es Soffke, der unterbrach. „Gaaanz ruhig. Die Düsseldorfer Feuerwehr verfügt über hervorragend ausgebildetes Personal. Glauben Sie mir, man wird uns in jeder Hinsicht zuarbeiten und uns natürlich bei der Versorgung der Patienten fachkompetent unterstützen."

„Entschuldigung, es ist nur ...", die Ärztin atmete tief durch. „also, ich habe noch nie außerhalb unserer Klinik ..."

„Verstehe ich doch", beruhigte Soffke, „aber sehen Sie sich doch einmal um. Alle diese Frauen und Männer hatten irgendwann genau wie Sie ihren ersten Einsatz und bestimmt waren sie ebenfalls schrecklich nervös. Aber Sie haben sich doch schon in Ihrem Krankenhaus bewährt, wo Sie in der Ambulanz diverse Verletzte versorgt haben. Und ich bin mir sicher, dass Sie das bestimmt sehr gut gemacht haben."

„Ja schon", meinte die Ärztin und wirkte etwas verlegen, „aber ich habe zuvor noch nie direkt an einer Unfallstelle arbeiten müssen."

In der hinter ihr befindlichen Sitzreihe hatten die Rettungsassistenten das Gespräch mit anhören können. Jetzt beugte sich einer der beiden vor und sagte: „Keine Sorge, Frau Doktor. Ich habe Ihre Befürchtungen mitbekommen, dass die ersten Einsatzkräfte vor Ort überfordert sein könnten. Aber da kann ich Sie beruhigen. Meist ist es so, dass bei unserer Ankunft unsere Kollegen die Unfallstelle schon recht gut strukturiert haben."

Die Ärztin drehte sich um und sah in das Gesicht eines etwa vierzig-jährigen Mannes. Es strahlte etwas von jener Sicherheit und Ruhe aus, die die Erfahrung mit sich bringt, die ihr noch fehlte. Trotzdem gelang ihr ein schmales Lächeln.

„Sie beide geben sich ja wirklich alle Mühe mich zu beruhigen. Vielleicht sollte ich am besten immer in Ihrer Nähe bleiben."

Stephan Boddem kannte die Gefährlichkeit der Kalkumer Schlossallee nur zu Genüge. In der Vergangenheit hatten schon viele Fahrer deren einzige Kurve unterschätzt und waren bei zu hoher Geschwindigkeit von der Fahrbahn abgekommen oder mit anderen Verkehrsteilnehmern zusammengestoßen. Deshalb hoffte er inständig, dass der jetzige Unfall vielleicht doch glimpflicher verlaufen war als es die eingehende Notfallmeldung erwarten ließ. Sorge bereitete ihm aber auch die längst überfällige Rückmeldung der Freiwilligen Feuerwehr von Kaiserswerth, deren meisten Mitglieder er sogar persönlich kannte.

Eigentlich müssten sie längst eingetroffen sein, sagte er sich. Es war mehr als ungewöhnlich, dass sie sich noch immer nicht gemeldet hatten. Was mochte da nur vorgefallen sein? Bevor er sich jedoch in sinnlose Spekulationen verlor, forderte er seinen jungen Brandreferendar auf, die Rettungsleitstelle anzufunken. „Bitten Sie sie Kontakt mit den Kaiserswerthern aufzunehmen und sagen Sie, ich möchte wissen, ob, und wenn ja, warum es dort eine Verzögerung beim Ausrücken gegeben hat."

Unmittelbar nach der Funkanfrage erreichte er mit seinem A-Dienst-Wagen die Stelle, an der er von der Niederrheinstraße rechts in die Kalkumer Schlossallee abbiegen musste. Hätte nicht erneutes Schneetreiben eingesetzt, hätten die beiden Männer kurz nach Überqueren der Stadtbahngleise den verunfallten Bus schon sehen können, denn bis zu der gemeldeten Unfallstelle trennten sie jetzt kaum mehr hundert Meter. So aber war ihnen die Sicht verwehrt. Und weil sie davon ausgehen mussten, als Erste dort einzutreffen, war die Spannung, was sie erwarten würde, deutlich auf ihren Gesichtern abzulesen.

Stephan Boddem drosselte die Geschwindigkeit des Mercedes, näherte sich betont langsam der Unfallstelle. Der erfahrene Einsatzleiter war Praktiker genug, um zu wissen, dass ihm so nahe der Einsatzstelle jederzeit verletzte oder im Schock verwirrt umherirrende Unfallopfer in den Wagen laufen konnten. Es war daher höchste Aufmerksamkeit geboten.

Unvermittelt tauchten die Umrisse des verunfallten Linienbusses in dem weißgrauen Schneetreiben auf. „Da ist es!", rief sein Brandreferendar zeigte mit dem ausgestreckten Arm nach vorne.

„Sieht aus, als seien wir tatsächlich die Ersten", sagte Boddem. „Halten Sie die Augen auf. Ich werde langsam an der Unfallstelle vorbeifahren und erst dahinter anhalten.

„Wäre es nicht besser, wenn Sie hier schon hielten?" warf der Brandreferendar ein. Boddem schüttelte den Kopf. „Die andere Seite ist kritischer. Hier kommen gleich unsere Einsatzfahrzeuge, aber von da drüben kann uns jederzeit ein anderes Fahrzeug reinrauschen. Das müssen wir unbedingt vermeiden. Ich möchte, dass Sie deshalb dort aussteigen und die Unfallstelle auf der Seite sichern. Und geben Sie dabei bitte auf sich selber Acht."

„Versteht sich."

Hoffentlich, dachte der A-Dienst-Mann, der nur zu gut wusste, wie gefährdet selbst ein erfahrener Sicherungsposten durch die Unachtsamkeit anderer Verkehrsteilnehmer sein konnte. Und bei einem Wetter wie diesem wäre sein junger Brandreferendar nicht der Erste, den es erwischte. Nachdem er ihm noch einmal höchste Aufmerksamkeit eingeschärft hatte, schaltete er die Warnblinkanlage ein, zog sich seine dreiviertellange dicke Einsatzjacke und eine zusätzliche Warnweste über, setzte seinen Feuerwehrhelm auf und rüstete sich standardgemäß mit dem Notwendigsten aus: Handscheinwerfer, Funkgerät, Verbandmaterial. Dazu trug er in einer Hand den zwölf Kilogramm schweren Glutbrandpulverlöscher PG12H, in der anderen das Halligan-Tool, ein amerikanisches Multifunktionsaufbruchwerkzeug. So bepackt stapfte er durch den hohen Schnee zu dem verunfallten Bus zurück.

In seinen jungen Jahren als Feuerwehrmann war er oft im Angriffstrupp gewesen und hatte dabei auch einige brenzlige Situationen erlebt, in denen er selbst in Gefahr geraten war. Aber immer hatte er den Halt der Gruppe hinter sich gewusst, einen Halt, auf den er sich verlassen konnte und der auch heute noch jedem Feuerwehrmann und jeder Feuerwehrfrau Sicherheit gibt. Trotzdem kann man jederzeit in Situationen geraten, in denen man ganz auf sich alleine gestellt ist und manchmal muss man auch etwas riskieren, besonders dann, wenn Menschenleben in Gefahr sind. Aber man darf dabei nie leichtsinnig werden. Besonders wenn einen die Flammen heiß bedrohen oder die Sicht durch dichten Brandrauch gleich Null ist, muss man einen kühlen Kopf bewahren und die Entscheidungen, die man trifft, müssen logisch und feuerwehrtaktisch gut gewählt werden. Falscher Heldenmut wäre dabei völlig fehl am Platz und ist außerdem noch nie ein guter Ratgeber gewesen, denn schließlich besitzen auch Feuerwehrleute nur ein Leben!

Die Situation, in der sich Stephan Boddem jetzt befand, hatte für ihn persönlich zwar nicht die Brisanz jener früher erlebten Einsätze, dennoch beschlich ihn ein eigentümliches Gefühl, als er sich, völlig auf sich alleine gestellt, dem verunfallten Bus näherte. Als er sich auf halber Strecke noch einmal kurz umdrehte, konnte er die eingeschalteten Blaulichter seines Mercedes schon nicht mehr erkennen. Und er sah auch nicht den verunfallten Ford, der im tief verschneiten Acker der gegenüberliegenden Straßenseite lag. Außerdem dämpfte der dicht fallende Schnee sämtliche Geräusche. Das dumpfe Brummen des Dieselmotors und die verzweifelten Hilferufe aus seinem Inneren vernahm er daher erst, als ihn nur noch wenige Meter von dem Bus trennten. Vor seinem geistigen Auge tauchten die Bilder vergangener Unfallopfer auf und er hoffte inständig, dass es diesmal nicht so schlimm kommen würde und dass die Rettungsmannschaften möglichst rasch einträfen.

Stefanie hoffte das ebenfalls, genau wie die anderen im Bus befindlichen Menschen. Manche von ihnen waren so schwer verletzt, dass sie nur noch mit fremder Hilfe gerettet werden konnten. Einige, denen es zwar nicht so schlimm ergangen war, lagen aber immer noch am Boden oder hatten sich nach dem Sturz aufgerappelt und stumm auf ihre Plätze gesetzt. Viele standen unter Schock und starrten einfach nur apathisch vor sich hin. Es gab es aber auch einige, die, obwohl sie weder ernsthaft verletzt noch unter Schock standen keine Anstalten machten, den anderen zu helfen und untätig abwartend auf Rettung von außen warteten. Nicht so Stefanie. Nachdem die couragierte Feuerwehrfrau zunächst vergeblich versucht hatte, die Klappe, hinter der sie den Verbandkasten vermutete, zu öffnen, war ihr das mithilfe eines Taschenmessers endlich doch noch gelungen. Es hatte sie zwar ihre Klinge gekostet, aber, so sagte sie sich, was ist schon eine abgebrochene Klinge angesichts des „Schatzes", den sie jetzt in ihren Händen hielt. Jegliches Zeitgefühl war ihr längst abhanden gekommen, aber jetzt, da sie über das heiß begehrte Verbandmaterial verfügte, verschwendete sie keinen Gedanken mehr daran, wann die Retter kommen würden.

Der Verbandkasten enthielt alles, was sie im Moment brauchte: sterile Wundauflagen, Mullbinden, Verbandpäckchen, Dreiecktücher, Verbandschere und Pflaster. Gut, sie hätte noch weit mehr benötigt, vor allem aber jemanden, der ihr zur Hand ging. Doch ein rascher Blick auf diejenigen, die sich wieder auf die Sitzplätze begeben hatten, sagte ihr, dass sie wohl auch noch die nächsten Minuten auf sich alleine gestellt sein würde. Trotzdem bat sie einen der Unverletzten, ihr zu helfen. Als der sie aber nur mit leerem Blick anstarrte und ein weiterer energisch den Kopf schüttelte, versuchte sie es nicht länger und kümmerte sich, ohne zu zögern, um den ersten Verletzten. Es war ein etwa sechzigjähriger Mann. Er lag völlig verwirrt am Boden und blutete aus einer Kopfplatzwunde. Stefanie fühlte seinen Puls, er war schwach, aber noch gut tastbar. Sie legte dem Mann einen Druckverband an und drehte ihn auf die Seite. Mehr konnte sie für ihn hier nicht tun. Dann ging sie zu der Frau mit dem ausgestochenen Auge. Sie schien immer noch bewusstlos. Als sie ihren Kopf bewegte, um diese Wunde ebenfalls zu verbinden, stöhnte die Frau vor Schmerzen auf. Stefanie versuchte sie mit sanften Worten zu beruhigen. Der Alte, der sie vorhin am Fuß festgehalten hatte, merkte erst jetzt, dass Stefanie wieder zurückgekommen war, und forderte sofort lautstark ihre Hilfe.

Als wäre sein Hilferufen das Signal für einige andere gewesen, lösten sie sich aus ihrer Schockstarre und begannen ebenfalls zu schreien. Und dann gab es plötzlich einen riesigen Tumult. Mehrere Menschen sprangen in Panik auf, trampelten blindlings über die am Boden Liegenden hinweg und drängten zu den Türen. Nachdem sie merkten, dass diese sich aber nicht öffnen ließen, wurde das Geschrei noch lauter. „Ruhe! Ruhe verdammt noch mal!", rief Stefanie und forderte die Menschen auf sich wieder zu setzen. „Hilfe ist bereits unterwegs und wird jeden Moment hier eintreffen!"

Die meisten folgten tatsächlich Stefanies Aufforderung, aber einige wenige versuchten weiter die Türen zu öffnen und schimpften lauthals, weil ihnen das nicht gelang. Plötzlich sahen sie draußen einen Feuerwehrmann an der hinteren Türe auftauchen. Sofort trommelten sie wild gegen die Türe und schrien aus Leibeskräften um Hilfe. Sie wollten nur eins: herausgeholt werden. Mit solch einem emotionalen Empfang hatte Stephan Boddem nicht gerechnet, aber dann sagte er sich, dass zumindest die Menschen, die gerade so wild gegen die Tür schlugen, zumindest nicht schwer verletzt waren. Wie es um die Übrigen stand, konnte er, da die Scheibe von innen beschlagen war, noch nicht sehen. Er forderte die Leute auf von der Türe zurückzutreten und betätigte als Erstes den außen angebrachten Drucktaster, aber das charakteristische Zischen der pneumatischen Türöffnung blieb aus. Nichts tat sich. *Okay, hätte mich auch gewundert, wenn das so einfach gegangen wäre.* Aber als erfahrener Einsatzleiter wusste er, dass es eine außen angebrachte verplombte Notentriegelung gab, die sogar noch nach Trennung der Fahrzeugelektrik funktionieren sollte. Über diese hoffte er, die Türen öffnen zu können.

Im Bus kam es erneut zu Unruhe. Die Menschen, die gerade noch gehofft hatten, jetzt schnell befreit zu werden, sahen sich getäuscht und sie hatten gesehen, dass da draußen nur ein einzelner Feuerwehrmann war.

Wo waren die anderen?, fragten sie sich aufgeregt und schlugen wieder gegen die Scheiben und Fenster. Stefanie hatte das natürlich auch mitbekommen und versuchte erneut die aufgebrachten Menschen zu beruhigen – vergeblich. Plötzlich drang vom Motorraum dunkler Brandrauch in den Bus. Die dort saßen fingen an zu husten und dann kreischte jemand: „Feuer! Es brennt! Es brennt!" In diesem Moment eskalierte die Situation. Jeder, der sich noch halbwegs bewegen konnte, flüchtete nach vorne. Weg, nur weg von dem beißenden, dunklen Brandrauch! Stefanie, die immer noch neben der Frau mit dem verletzten Auge kniete, hörte, wie jemand mit schriller Stimme schrie: „Raus! Lasst mich raus!" Dann wurde sie von einem der wild nach vorne stürmenden Menschen gnadenlos umgerissen und schlug hart mit dem Kopf auf den Boden.

Löschzug 3 stand mit zuckenden Blaulichtern und laufendem Martinshorn vor der heruntergelassenen Halbschranke der Stadtbahn. Erneut hatte dichtes Schneetreiben eingesetzt. Bernie, der Maschinist des ersten Fahrzeugs, hielt sein Auge auf das im Andreaskreuz blinkende rote Warnlicht gerichtet und fluchte: „So eine verdammte Scheiße, das kann doch wohl nicht wahr sein! Angeblich soll im ganzen Stadtgebiet keine einzige Bahn mehr fahren und hier machen sie uns den Laden dicht. Mann, ich fasse es nicht!"

Egon Pöhl konnte sich die Sache auch nicht erklären, denn im lokalen Radiosender hatten sie immer wieder gesagt, dass aufgrund der extremen Schneefälle der komplette Bahnbetrieb in und um Düsseldorf zum Erliegen gekommen sei. Wenn das stimmte, wieso war dann hier die Schranke geschlossen? Als Bernie lauthals darüber nachdachte, ob sie nicht einfach durchfahren sollten, wäre ja nur 'ne Halbschranke, tauchte plötzlich von rechts eine Räumlok auf. Die Feuerwehrmänner hatten die Bahn, die mit ihrem breiten Schild die Schneemassen von den Gleisen schob, weder rechtzeitig sehen noch hören können. Der dicht fallende Schnee schluckte alle Geräusche. Unmittelbar, nachdem die Bahn durch war, hoben sich die Schranken. Bernie sah seinen Zugführer betreten an. „Sag nix, Egon, sag jetzt einfach nix." Mit einem Scheiß mulmigen Gefühl im Magen gab er Gas, dann überquerten sie die Gleise.

Wolfgang Röhr hatte den gleichen Gedanken wie der A-Dienst, der erst kurz vor ihnen hier lang gefahren war, und forderte seinen Maschinisten zu noch vorsichtiger Fahrweise auf.

„Und du glaubst wirklich, dass sich jemand von der Unfallstelle bis hierher verirrt haben könnte? In dem Wetter?"

„Komm Bernie, ist alles schon da gewesen, also fahr einfach langsamer."

Wenn der Zugführer der Feuerwache 3 gewusst hätte, wie dramatisch sich die Situation in dem verunfallten Bus gerade zuspitzte, hätte er seinem Maschinisten diese Anweisung mit Sicherheit nicht gegeben.

Rudolf Schütz sah die Frau mit dem Kinderwagen und gleichzeitig den wild auf sie zustürmenden Dobermann. Dann ging plötzlich alles ganz schnell. Der Dobermann setzte zum Sprung an und die Frau stieß den Kinderwagen auf die Straße. Rudi schien das Herz vor Schreck stehen zu wollen. Im letzten Moment riss er das Lenkrad herum und konnte so dem Kinderwagen gerade noch ausweichen. Dafür krachte das linke Vorderrad seines Lkw gegen den unter hohem Schnee verborgenen Bordstein. Es tat einen wahnsinnig harten Schlag, bei dem ihm das Lenkrad aus den Händen geprellt wurde. Rudi schrie vor Schmerz laut auf, griff aber sofort wieder zu und versuchte das Lenkrad wieder herumzureißen. Gleichzeitig trat er geistesgegenwärtig das Brems- und Kupplungspedal durch. Zu spät, auf der glatten Schneedecke bekam er sein tonnenschweres Gespann nicht mehr unter Kontrolle. Praktisch ungebremst rammte seine Zugmaschine den massiven Metallpfeiler des offen stehenden Rolltores der Feuerwehr.

Mit durchgedrückten Armen, die Augen vor Angst weit aufgerissen, stemmte sich der Lkw-Fahrer gegen das Unvermeidbare. Vergeblich – unter ohrenbetäubendem Krachen zerbarst die Windschutzscheibe seines Lkw in tausende winzig kleiner Splitter und sein Körper wurde, wie eine leblose Puppe nach vorne geschleudert wurde. Seine Handgelenke, die das Lenkrad krampfhaft umklammert hielten, zerbrachen dabei als wären es dünne Streichhölzer. Ein rasend stechender Schmerz durchzuckte sein Gehirn. Sekundenbruchteile später schlug sein Gesicht mit brachialer Gewalt auf den oberen Lenkradkranz. Die Haut über seiner Nasenwurzel riss auf und aus der klaffenden Wunde spitzte Blut, das sich überall im Führerhaus des Lkw verteilte. Aber das registrierte Rudolf Schmidts Gehirn schon nicht mehr.

Stefanie war hart mit dem Hinterkopf aufgeschlagen und fühlte sich wie benommen. Vorsichtig betastete sie die Stelle, an der sich eine dicke Beule bildete. Dann sah sie die dunkle, wabernde Masse auf sich zukommen – Brandrauch! Der hintere Teil des Busses war bereits vollkommen verqualmt und es war nur eine Frage von Sekunden, bis der Rauch nicht nur sie, sondern auch all jene erreichen würde, die nicht mehr aus eigener Kraft vor der todbringenden Gefahr fliehen konnten. Stefanie dachte fieberhaft nach. Was sollte sie tun? Sich selber retten und wie die anderen versuchen sich vorne durch eine enge Öffnung zwischen dem Baum und der zertrümmerten Windschutzscheibe ins Freie zu quetschen? Die am Boden liegenden Verletzten hatten diese Chance nicht, und sie hilflos ihrem Schicksal überlassen, nein, das war nicht ihr Ding. Außerdem war es höchst fragwürdig, ob ihr die Flucht ins Freie durch die schmale Öffnung gelingen würde, denn dort herrschte ein gnadenloses Drängeln und Schubsen. Wenn die Menschen sich ruhig verhalten hätten und einer nach dem anderen ohne Hast aus der Öffnung geklettert wäre, dann hätte der Ausstieg vielleicht gelingen können. Aber das Loch war zu eng für die Vordersten, zumal in ihren dicken Wintersachen und in ihrer Panik jeder der Erste sein wollte. Deshalb kam keiner durch, die hinteren schoben und drückten wie wild und das Schreien wurde immer lauter.

Nein, bei diesem Wahnsinn wollte Stefanie nicht mitmachen. Sie dachte fieberhaft nach. Es musste doch eine Möglichkeit geben, die Türen zu öffnen. Sie hatte zwar gesehen, wie andere bereits vor ihr vergeblich versucht hatten, die Türen auf zu bekommen. Aber hatten sie es auch richtig gemacht? Vielleicht hatten diese Menschen in ihrer Panik immer nur hektisch den Druckknopf für die Türöffnung betätigt, ohne an die Notentriegelung zu denken.

Der dunkle Brandrauch waberte jetzt schon unter der Decke über ihren Kopf hinweg. Sie musste es unbedingt einmal selbst versuchen, denn wenn es ihr nicht schnellstens gelang eine Abzugsöffnung für den Brandrauch zu schaffen, würden sie hier alle elend ersticken. Ihr Herz raste, als sie sich geduckt auf die ihr am nächsten liegende Tür zubewegte. Nachdem sie sie erreicht hatte, betätigte sie den Entriegelungshebel. Nichts tat sich. Stefanie versuchte es ein zweites und ein drittes Mal. Alles vergeblich. Die Türe öffnete sich keinen Millimeter. Nachdem sie die ernüchternde Tatsache zur Kenntnis genommen hatte, entschied sie ein Fenster einzuschlagen. Aber dort, wo ein Nothammer hängen sollte, gähnte sie nur noch dessen leere Halterung an. Auf der gegenüberliegenden Seite fehlte der kleine rote Hammer ebenfalls.

Hektisch sah sich Stefanie um. Schließlich entdeckte sie einen an einem der vorderen Fenster. Inzwischen hatte sich der Brandrauch noch tiefer gesenkt, sodass sie jetzt schon gezwungen war, auf allen Vieren zu kriechen. Vorhin, als sie denselben Weg zurückgelegt hatte, um an den Verbandkasten zu gelangen, hatte sich noch aufrecht über die verletzt am Boden liegenden Menschen hinweg steigen können. Aber jetzt, wo sie auf Händen und Knien kriechen musste, war das wesentlich schwieriger geworden. Trotzdem musste sie an den Hammer gelangen, und zwar so schnell wie möglich, denn die Feuerwehrfrau wusste genau – bis der Bus vollständig verqualmt wäre, blieben ihr nur noch wenige Sekunden.

Herbert Goldbrunner, der stellvertretende Gruppenführer der Freiwilligen Feuerwehr von Kaiserswerth, hatte ja schon so einiges erlebt. Aber, dass ein Lkw ihr Hoftor rammte und ihnen dadurch die komplette Ausfahrt versperrte, das war noch nie vorgekommen – zumal genau in dem Moment, als er mit seiner Mannschaft zu einem Einsatz gerufen wurde und gerade mit eingeschalteten Sondersignalen die Fahrzeughalle verlassen wollte. Nachdem er seine Schrecksekunde überwunden hatte, schaltete er schnell auf die neue Situation um. Da ihre Entfernung zu dem verunfallten Lkw nur wenige Meter betrug, hätte er die Einsatzfahrzeuge wegen des starken Schneefalls am liebsten in der Fahrzeughalle gelassen. Doch dann hätten ihnen die laufenden Motoren die Halle komplett mit Auspuffgasen vernebelt. Ein Arbeiten an der im Heck eingebauten Feuerlöschkreiselpumpe und an den seitlich angebrachten Gerätefächern wäre dadurch unmöglich geworden. Also wies er die Maschinisten an, nur ein Stück aus der Halle herauszufahren, um nicht auf der Schräge zu halten. Danach erteilte er laut die typischen, grob angerissenen Standardbefehle, wie sie jeder Gruppenführer in dieser Situation gegeben hätte, und seine Mannschaft war eingespielt genug, sie zielstrebig umzusetzen.

„Angriffstrupp mit Erste-Hilfe-Ausrüstung zur Menschenrettung in das Führerhaus des Lkw vor! Schlauchtrupp unterstützt! Und seht nach den Frachtpapieren! Wassertrupp, C-Rohr und Pulverlöscher in Bereitschaft!"

Etwaige Feinabstimmungen für ihr weiteres Vorgehen konnte er erst bestimmen, nachdem er sich ein genaues Bild von der Lage gemacht hatte.

Um diesen Überblick zu bekommen, beschloss er, die Einsatzstelle einmal komplett zu umschreiten. Da zwischen dem völlig demolierten Hoftor und dem Fahrerhaus des Lkw kein Durchkommen mehr möglich war, begab er sich an dessen hinteres Ende. Hier gab es noch eine Öffnung zur Straße, breit genug zwei nebeneinander gehende Erwachsene hindurch zu lassen. Als er durch die Öffnung auf die Straße trat, sah er, dass der Lkw einen Anhänger besaß. Zuvor hatte er das nicht bemerken können, weil sich der Anhänger durch den Unfall quer gestellt hatte. Jetzt versperrte er die gesamte Straße. Ein Weiterfahren für andere Fahrzeuge war dadurch unmöglich geworden. Sogar der Fußweg war blockiert, da das hintere Ende des Anhängers bis gegen die gegenüberliegende Hauswand geschleudert war und dort einige Schäden verursacht hatte.

Wenigstens stand der Anhänger noch auf seinen vier Rädern. Die Straße wieder freizubekommen, würde ein schweres Stück Arbeit werden. Herbert betrachtete die völlig verbogene Deichsel. Das völlig verbogene Metall würden sie wohl abflexen müssen. Aber diese Arbeit war von zweitrangiger Bedeutung und konnte warten. Zunächst galt es, den verunfallten Fahrer zu befreien und außerdem musste er unbedingt in Erfahrung bringen, was der Lkw geladen hatte. Er hatte bislang zwar weder eine Gefahrgutkennzeichnung gesehen, noch ließ die Beschriftung auf der Plane des Anhängers einen Rückschluss auf die Fracht zu, aber was sagte das schon. Schließlich wäre dies nicht der erste verunfallte Lkw, der ein Gefahrgut transportierte, das nicht deklariert war. Aber auch von einer vermeintlich harmlosen Fracht konnten Gefahren ausgehen, Gefahren, die er rechtzeitig erkennen musste, damit sie sich darauf einstellen konnten. Ihre Arbeit war so schon schwierig genug und oft auch sehr gefährlich. Das Letzte, was sie daher brauchten, waren unbekannte zusätzliche Gefahren, trotzdem mussten sie als Feuerwehrleute immer damit rechnen.

So konnten sich zum Beispiel schwere Ladungsteile losgerissen haben oder verrutscht sein. In solchen Situationen musste man bei der Bergung höllisch aufpassen, damit niemand von herabstürzenden Teilen erschlagen wurde. Manchmal gab es auch Fässer oder andere Behältnisse mit flüssigen Substanzen, die bei Unfällen aufrissen. Im günstigsten Fall waren ihre Flüssigkeiten harmlos. Aber nicht selten waren sie ätzend oder giftig oder es traten brennbare Gase aus. Wenn solche Behältnisse zwischen dem „normalen" Stückgut transportiert wurden, was bei kleineren Gebinden sogar zulässig war, stellten sie für die Einsatzkräfte ein unkalkulierbares Risiko dar. Während dem Gruppenführer solche Gedanken durch den Kopf gingen, konnte er noch nicht wissen, dass auf der ihm abgewandten Seite des Anhängers Frau Hüttemann bewusstlos im Schnee lag. Und er wusste auch noch nichts von dem Kinderwagen mit dem kleinen Paul, der mitten auf der Straße stand, und auch nicht, dass ein geschockter Hundebesitzer nur wenige Meter von ihm entfernt wie ein Häuflein Elend im Schnee hockte und stumm seinen toten Dobermann beweinte. Aber ihm war klar, dass er diese andere Seite ebenfalls in Augenschein nehmen musste, und so kniete er sich hin, um auf allen Vieren über die mit Schnee bedeckte Straße unter dem Anhänger hindurchzukriechen.

In Stephan Boddems Kopf existierte längst ein fertiger Rettungsplan. Während zwei Trupps mit hydraulischen Geräten die Türen gewaltsam aufbrächen, würden zwei weitere Trupps über Steckleiterteile auf das Dach kletterten, um die Notausstiegsluke zu öffnen. Parallel dazu würden andere Einsatzkräfte die am Heck des Busses befindlichen Lüftungsschlitze mit Plastikfolien zukleben, wodurch der Motor zwangsabgeschaltet würde. Würde, würde, würde ... ja natürlich würden sie das alles tun, wenn sie da wären. Aber Stephan Boddem stand hier völlig alleine! Weder standen ihm die Einsatzkräfte der Freiwilligen Feuerwehr von Kaiserswerth zur Verfügung noch die der Feuerwache 3, obwohl beide Wehren nahezu gleichzeitig mit ihm alarmiert worden waren. Und zumindest von der Feuerwache 3 hatte er über Funk gehört, dass sie ausgerückt war. Aber wieso stand er dann völlig alleine hier? Es gab niemanden, dem er seine Befehle erteilen konnte! Er war ein Einsatzleiter ohne Mannschaft. Damit war er schlimmer dran als ein Reiter ohne Pferd oder ein Pilot ohne sein Flugzeug, denn hier ging es um Menschenleben. Und jetzt?

Plötzlich sah er, wie sich im Inneren des Busses Brandrauch ausbreitete und ihm war sofort klar, dass er nicht auf das Eintreffen der Einsatzkräfte warten durfte. Verdammt, wo zum Teufel blieben die nur? Sein Versuch die Türen über den außen liegenden Nothahn zu öffnen, hatte ja leider nicht funktioniert und ohne das schwere hydraulische Gerät der Löschfahrzeuge hätte es keinen Sinn gemacht, wenn er sich nochmals daran versuchte. Blieben ihm also nur die Fenster. Als Feuerwehrmann war ihm natürlich bewusst, was passieren konnte, wenn er durch eine von ihm geschaffene Zugangsöffnung dem Brand frischen Sauerstoff verschaffte, aber dieses Risiko musste er in Kauf nehmen. Die Gefahr durch den Brandrauch war für die im Bus eingeschlossenen Menschen akut lebensbedrohend. In dieser Situation war es völlig egal, ob es ihm gelungen wäre eine Tür zu öffnen oder ob er ein Fenster einschlagen würde. Eine offene Tür hätte allerdings viele Vorteile. Zum einen müsste er dann nicht aufwändig in den Bus hineinklettern, und zum anderen konnten die Menschen den Bus über eine Tür natürlich viel leichter und gefahrloser verlassen. Von den Verletzten und Gebrechlichen ganz abgesehen, stünde er bei der Befreiung so vieler Menschen ohne die Hilfe seiner Einsatzkräfte auf jeden Fall vor einer schier unlösbaren Aufgabe. Aber was nicht ging, ging eben nicht. Und sich darüber den Kopf zu zerbrechen, hieße nur sinnlos Zeit zu vergeuden, Zeit, die er nicht mehr hatte. Er musste jetzt handeln und durfte in seinem Handeln keine Sekunde zögern.

Der Brandrauch unter der Decke des Busses war pechschwarz und extrem heiß und er dehnte sich immer weiter aus und, was noch viel schlimmer war, er senkte sich immer tiefer. Stefanie kroch um ihr Leben. Endlich hatte sie das Fenster mit dem Nothammer erreicht. Aber um an ihn zu gelangen, musste sie sich erheben, denn mit dem ausgestreckten Arm konnte sie ihn nicht mehr erreichen. Stefanie wusste, dieser Brandrauch war heiß, sehr heiß sogar. Möglicherweise betrug seine Temperatur schon mehrere hundert Grad und sie hatte fürchterliche Angst sich daran zu verbrennen. Aber die Angst vor dem Ersticken war noch größer. Entschlossen zog sie sich ihre Mütze tief in das Gesicht, erhob sich ganz schnell und riss den Nothammer aus seiner Halterung. Dann ließ sie sich wieder fallen. Gott sei Dank, gut gegangen. Stefanie atmete tief durch, dann schaute sie hinter sich. Vorne an der zerstörten Windschutzscheibe wurde das Geschrei immer lauter. Die Menschen sahen, wie sich der dunkle bedrohliche Brandrauch immer weiter ausdehnte und von Sekunde zu Sekunde näher kam. Nur noch wenige Meter, dann würde er sie erreicht haben und so wurde ihr rücksichtsloses Drängeln und Schubsen immer heftiger. Raus, nur raus hier, koste es, was es wolle. Jeder war sich nur noch selbst der Nächste. Aber die schmale Öffnung, die der massige Stamm des Straßenbaums ihnen gelassen hatte, war diesem Ansturm nicht gewachsen. Die Vordersten, die von den Nachfolgenden fast zerquetscht wurden, drängten gewaltsam zurück.

Die Menschen schrien, fluchten, stießen und traten, und die am Boden liegenden Verletzten, die sich aus eigener Kraft nicht mehr fortbewegen konnten, schrien ebenfalls. Stefanie musste all ihre Kraft zusammenreißen, um nicht ebenfalls von dieser Hysterie und Panik erfasst zu werden. Sie hielt den Nothammer fest in ihrer rechten Hand. Noch einmal sog sie ihre Lungen voll Sauerstoff, dann hielt sie die Luft an und richtete sich zum zweiten Mal auf. Sie war wild entschlossen, die Scheibe jetzt einzuschlagen. Als der heiße Brandrauch die unbedeckten Stellen ihres Gesichts traf, zuckte sie schmerzhaft zusammen und hätte sich am liebsten sofort wieder fallen gelassen. Aber Stefanie biss die Zähne aufeinander und schlug den Nothammer gegen die Scheibe.

Stephan Boddem klappte das Helmvisier herunter und holte zu einem gewaltigen Schlag aus. Die dornförmig geschmiedete Spitze seines Halligan-Tool traf die rechte untere Fensterecke. Krachend durchschlug sie das Glas. Schon wollte er zu einem erneuten Schlag ausholen, da wurde sein Arm von hinten festgehalten. „Sauberer Schlag Stephan, aber jetzt lass uns Mal ran."

Den Kinderwagen, der mitten auf der Straße stand, sah Herbert Goldbrunner bereits, als sein Körper noch halb unter dem Anhänger steckte. Nachdem er sich vollends darunter hervorgeschoben hatte, bemerkte er auch eine Frau, die regungslos auf dem Gehsteig lag. Lebte sie noch, war sie nur bewusstlos? Er wusste es nicht. Nur wenige Meter von ihr entfernt lag, die Beine lang von sich gestreckt, ein Hund, dessen Schädel eine klaffende Wunde aufwies. Der Schnee um ihn herum war von seinem Blut rot gefärbt. Neben dem Hund saß ein älterer Mann mit angezogenen Knien im

Schnee. Den Kopf tief gesenkt in beide Hände gestützt wimmerte er leise vor sich hin. War er auch verletzt oder trauerte er nur um den Hund? Überall lagen aufgerissene Kartons mit Konservendosen.

Das alles erfasste Herbert, als er unter dem Anhänger hervorkroch und schnell hatte er sich einen Reim auf das Geschehene gemacht. Wenngleich er die Zusammenhänge auch noch nicht vollständig kannte, so trafen seine Gedanken doch in etwa das Richtige. Die Klärung der genauen Zusammenhänge des Unfalls mit all seinen weiteren Folgen würde später sowieso Aufgabe der Polizei sein. Für ihn spielte das, zumindest momentan, keine Rolle. Er wusste nur, dass sie hier einen zweiten Einsatzschwerpunkt hatten, an dem sie ebenfalls unverzüglich tätig werden mussten. Der Gruppenführer richtete sich auf und betätigte die Sprechtaste seines Funkgerätes.

Menschenrettung ist das oberste Gebot und kommt bei den Feuerwehren noch vor der Brandbekämpfung. Aber in vielen Situationen wäre eine Menschenrettung ohne gleichzeitige Brandbekämpfung überhaupt nicht durchführbar. Mit genau solch einer brandgefährlichen Situation war Stephan Boddem konfrontiert, als er sah, wie sich dunkler Brandrauch unter der Decke des Busses ausbreitete. Ihm war schmerzlich bewusst, dass er diese brisante Lage alleine nicht bewältigen konnte, denn wenn das Feuer vom Motorraum erst einmal in den Fahrgastraum eingedrungen war, wäre es nur eine Frage von Sekunden, bis der Bus in hellen Flammen stehen würde. Trotzdem war er fest entschlossen, alles, was ihm als Einzelnem möglich war, zu tun und sich dabei selbst nicht zu schonen. Als er den ersten Schlag mit dem Halligan gegen die Scheibe ausführte, konnte er nur noch hoffen und beten, dass die dringend benötigten Einsatzkräfte so schnell wie möglich bei ihm eintreffen würden, denn sonst ... aber über das Schreckliche, was dann geschehen konnte, mochte er lieber nicht nachdenken und holte zu einem zweiten Schlag aus.

Es war Egon Pöhl, der Zugführer der Feuerwache 3, der seinen Arm festhielt und sagte: „Sauberer Schlag Stephan, aber jetzt lass uns mal ran."

Als er dessen vertraute Stimme hörte, blickte Stephan Boddem sich um. Er hatte die Kollegen der Feuerwache 3 überhaupt nicht kommen hören und dachte nur: Gott sei Dank, sie sind da. Und: Hoffentlich ist es noch nicht zu spät.

Pöhl hatte sofort erkannt, dass es bei diesem Einsatz buchstäblich um Sekunden ging. Er kannte die Horrorbilder ausgebrannter Reisebusse zu Genüge aus diversen Fernsehnachrichten. Stahlgerippe mit bis zur Unkenntlichkeit verbrannten Leichen. Solch ein grauenvolles Szenario wollte er hier nicht erleben müssen und damit war er nicht der Einzige, denn jeder in seiner Mannschaft dachte das ebenfalls. Und so entwickelte sich eine Rettungsaktion von selbst für Feuerwehrprofis geradezu atemraubender Schnelligkeit.

Der Maschinist des ersten Fahrzeugs hatte sein LF nah an den verunfallten Bus gefahren, damit der Angriffstrupp mit dem sofort einsatzfähigen, dreißig Meter langen flexiblen S 28, dem Hochdruckschlauch der Schnellangriffseinrichtung, in den Bus eindringen konnte. Somit entfiel das Ausrollen der C-Schläuche und deren Ankuppeln an den Verteiler, was ihnen einige wertvolle Sekunden einsparte.

„Berni! Wo bleibt die Steckleiter?"

„Kommt schon!" Berni hatte zunächst die Feuerlöschkreiselpumpe eingeschaltet, damit der Angriffstrupp Wasser am Rohr hatte. Danach war er sofort über eine am Heck montierte Leiter auf das Dach seines LF geklettert. Mit fliegenden Fingern löste er die Halterungen der angeforderten vierteiligen Steckleiter und reichte sie zwei Kollegen an, die schon ihre Hände danach ausstreckten. Normalerweise werden für diese Arbeit drei Feuerwehrleute benötigt, aber was war schon normal angesichts einer sich zuspitzenden Gefahrenlage, bei der es um das Leben vieler Menschen ging. In Windeseile hatten die beiden Feuerwehrmänner die Leiter in ihre vier einzelnen Teile zerlegt und lehnten sie in die inzwischen eingeschlagenen Fensterscheiben. Sofort stiegen zwei Trupps unter Atemschutz über die angelehnten Leiterteile in den Bus hinein.

Einer von ihnen war Carsten Heine. Dichter schwarzer Brandrauch quoll aus den eingeschlagenen Scheiben und raubte ihm die Sicht. Aber das konnte den jungen Brandmeister nicht an seinem Vorhaben hindern. Er war Angriffstruppmann und hatte den Auftrag mithilfe des mitgeführten Hochdruckschlauchs einen Durchbruch des Feuers aus dem hinteren Motorraum, und damit ein Übergreifen der Flammen auf das Innere unbedingt zu verhindern. Den Handscheinwerfer, den er als Angriffstrupp mit sich führte, hatte er vor seinem Einstieg in den Bus im Schnee abgestellt. In diesem tiefschwarzen Qualm würde er ihm keinen Nutzen bringen, obwohl sein Scheinwerferkegel sehr stark war. Außerdem musste er beim Einstieg über das Steckleiterteil wenigstens eine Hand frei haben, da er in der anderen das Strahlrohr mit dem angeschlossenen Hochdruckschlauch hielt. Außerdem, so hoffte er, würde die Sicht sicher schnell besser, wenn seine Kollegen erst einmal die Türen aufbekommen hätten.

Dass diese Arbeit schon im vollen Gange war, bekam er nicht mehr mit. Auch nicht, dass zwei weitere Kollegen sich an der Dachluke zu schaffen machten, um so dem Brandrauch eine weitere Abzugsöffnung zu schaffen. Während sein rechter Fuß noch draußen auf der Leitersprosse stand, tastete sich sein linker vorsichtig in die Dunkelheit. Carsten spürte eine gepolsterte Sitzfläche, oder war es doch der Oberschenkel eines Menschen? Sehen konnte er rein gar nichts, hier hinten war es genauso finster wie bei einem Kellerbrand und das im Motorraum wütende Feuer produzierte immer weiter neuen Brandrauch.

Stephan Boddem wunderte sich, dass der Motor trotz des Brandes immer noch lief. Besser wäre es, sie würden ihn ausschalten können, aber das war nicht so einfach. An das Armaturenbrett kamen sie noch nicht heran, und es war auch sehr fragwürdig, ob sich der Motor von dort überhaupt noch ausschalten ließ. Aber als Feuerwehr hatte man ja schließlich auch noch andere Methoden. Eine, die sie schon öfters bei Notfällen angewendet hatten, bestand darin, die am Heck befindlichen Luftansaugungs-Öffnungen mit Plastikfolie zu verkleben. Allerdings ließ sich das hier wegen der enormen Hitzeentwicklung nicht mehr durchführen.

Aber es gab noch eine weitere Methode. Stephan Boddem sah sich um. Alle Männer waren im Einsatz. Oben auf dem Dach knieten zwei Mann, um die Dachluke mit Aufbruchwerkzeug aus ihren Scharnieren zu reißen. Zwei weitere rammten soeben die geschmiedeten Spitzen des hydraulischen Spreizers in die mittlere Tür. Sie hatten sich die mittlere als Erste vorgenommen, weil sie die größte Öffnung hatte und sie danach den bestmöglichen Zugang besaßen. Zwei Trupps waren unter Atemschutz über die Steckleiterteile in den Bus eingestiegen. Es waren die Angriffstrupps der beiden Löschgruppenfahrzeuge. Während der Angriffstrupp des ersten LF die Aufgabe hatte, den Durchbruch des Feuers mithilfe des Hochdruckschlauchs zu verhindern, sollte der Angriffstrupp des zweiten LF die in Panik geratenen Menschen beruhigen und ihre Rettung von innen einleiten.

Seit Stephan Boddem die Unfallstelle erreicht hatte, musste er immer wieder an die Alarmierung denken. In der Durchsage hieße es: Unfall mit einem Pkw und einem Linienbus. Der Bus war bei seiner Größe nicht zu übersehen gewesen. Aber wo war der Pkw? Bislang hatte er noch keine Gelegenheit gehabt, sich danach umzusehen. Dieses Versäumnis musste er jetzt unbedingt nachholen und er besprach sich deshalb mit dem Zugführer. „Hör mal Egon, als du hier angekommen bist, ist dir da irgendwo ein Pkw aufgefallen?"

„Du meinst den, der ebenfalls in diesen Unfall verwickelt sein soll?"

„Genau den."

Egon Pöhl schüttelte den Kopf. „Von dem hab ich absolut nichts gesehen. Aber he, ich bin davon ausgegangen, dass du den Bereich um die Einsatzstelle schon komplett abgegangen bist."

„Ha, wann denn? Ich sagte dir doch, nachdem ich meinen Brandreferendar mit der Absicherung da hinten", er streckte den Arm aus, „zurückgelassen habe, stand ich hier zunächst völlig alleine. Da hatte ich keine Zeit, nach einem weiteren Unfallwagen zu suchen."

„Okay, und was schlägst du vor?"

„Gib mir einen Mann, der mich begleitet. Falls ich den Wagen finde, werde ich vielleicht Hilfe benötigen."

„Du glaubst also auch, dass es diesen Wagen gibt?"

„Ja, ich bin mir sogar ziemlich sicher. Der Bus ist garantiert nicht von alleine gegen diesen Baum gefahren. Und hast du die Lackspuren hinten an der Seite gesehen, sie sind noch ganz frisch und stammen vermutlich von einem Zusammenstoß. Also, ein Mann, Egon. Am besten einen, der auch Rettungsassistent ist. Und erteil jemandem den Auftrag 'nen CO_2-Löscher in die Lüftung zu pusten, damit dieser verdammte Motor endlich ausgeht."

„Geht klar. Ich sag meinem Drehleiterführer Bescheid. Und dass er dich begleiten soll, nachdem er das erledigt hat."

„Ich würde aber gerne sofort ..."

„Tut mir leid, Stephan, aber einen anderen kann ich momentan nicht entbehren. Du siehst ja selbst, sind alle beschäftigt."

Was der Zugführer mit – sind alle beschäftigt – bezeichnete, war eine unter Hochdruck laufende Rettungsaktion, bei der sich niemand schonte. Seine Männer wussten genau, dass sie unter einem enormem Zeitdruck standen und dass die Gefahr auch für sie wieder einmal extrem hoch war. Das galt im Besonderen für die im Bus eingesetzten Leute. Zwar trugen sie ihre feuerwehrtechnische Einsatzbekleidung und Atemschutzgeräte, aber die Möglichkeit eines sich rasant ausbreitenden Feuers war trotz des eingesetzten Schnellangriffrohrs immer noch möglich. Und im Fall einer Rauchgasdurchzündung waren sie genauso gefangen wie die im vorderen Teil des Busses zusammengedrängten Menschen.

Als die Feuerwehrleute gleich mehrere Scheiben auf einmal eingeschlagen hatten, hatte es zunächst einen kollektiven Aufschrei gegeben. Dann übertönte ein Megaphon ihre ängstlichen Schreie. „Achtung, Achtung! Hier spricht die Feuerwehr. Bitte bleiben Sie von den Fenstern weg und begeben Sie sich in den vorderen Teil des Busses. Setzen Sie sich auf den Boden. Unten ist die Luft noch am besten. Und bewahren Sie bitte Ruhe. Wir kommen jetzt zu Ihnen herein und werden Sie alle retten." Gott möge uns beistehen, dass wir das auch wirklich schaffen, dachte Stephan Boddem, nachdem er das Megaphon wieder von seinen Lippen genommen hatte.

Das war vor nicht einmal drei Minuten gewesen, aber angesichts der nach wie vor hochdramatischen Situation schon fast eine kleine Ewigkeit. Dieter Siegers, der Leiterführer, kam zu ihm. Er war ein erfahrener Oberbrandmeister und Rettungsassistent. In der rechten Hand hielt er eine langstielige Feuerwehraxt, in der Linken trug er einen zwölf Kilogramm schweren Pulverfeuerlöscher und auf den Rücken hatte er einen Rettungsrucksack geschnallt. „Wir suchen den zweiten verunfallten Wagen, sagte mir mein Zugführer?"

Boddem deutete auf den Rettungsrucksack. „Genau, und ich hoffe, dass wir den nicht brauchen werden." Als er dann eine Hand nach dem Feuerlöscher ausstreckte, quittierte er Dieters fragenden Blick mit den Worten: „Den nehme ich. Du bist schon genug bepackt." Seinen Einspruch missachtend nahm er dem Leiterführer den Feuerlöscher kurzerhand ab, hob ihn auf seine Schulter und wendete sich zum Gehen. „Was denkst du Dieter, welche Richtung?"

Dieter, der ja jetzt eine Hand frei hatte, kratze sich damit am Kinn. „Also, wenn hier wirklich ein Pkw mit dem Bus zusammengestoßen ist, würde ich ihn am ehesten da drüben auf dem Acker vermuten. Man sieht hier zwar keine Spuren mehr, aber bei dem Schneefall ..."

„Sehe ich auch so", sagte sein Einsatzleiter und hielt quer über die Straße direkt auf den Acker zu. Dieter folgte ihm. Die beiden Männer mussten, um auf den Acker zu gelangen, zunächst einen tief verschneiten Straßengraben überwinden. Nachdem sie die gegenüberliegende Seite erklommen hatten, stapften sie nebeneinander über den hart gefrorenen und hoch mit Neuschnee bedeckten Ackerboden. In den letzten Minuten hatte sich der Schneefall extrem verstärkt. Da die Sicht höchstens zehn Meter betrug, hatten sich die beiden darauf verständigt nebeneinander zu gehen und dabei ihren Abstand soweit zu verbreitern, bis sie sich gerade noch sehen konnten. Das, so fanden sie, würde ihre Chance, den Wagen zu finden, vergrößern. Mit jedem Schritt, den sie weiter zurücklegten, verebbten die Geräusche der Rettungsaktion in ihrem Rücken. Nachdem sie von dem starken Schneefall vollständig geschluckt worden waren, tappten sie durch eine orientierungslose weiße Welt und beide fragten sich, ob sie ihre eingeschlagene Richtung überhaupt noch einhielten.

Genau in dem Moment, als Stefanie mit dem Nothammer von innen gegen die Fensterscheibe schlug, ließ auf der anderen Seite Stephan

Boddems sein Halligan-Tool ebenfalls gegen eine Fensterscheibe krachen. Stefanie zuckte erschreckt zusammen. Als unmittelbar darauf gleich mehrere Scheiben lautstark eingeschlagen wurden, schrien die Menschen in dem Bus angstvoll auf. Später berichteten einige, sie hätten geglaubt, der ganze Bus würde explodieren. Einzig Stefanie wusste es anders. Noch während das Glas der eingeschlagenen Scheiben prasselte, ließ sich die junge Feuerwehrfrau spontan zu Boden fallen und dachte erleichtert: Gott sei Dank, sie sind da!

Draußen erklang eine Stimme über Megaphon, die sie aufforderte, sich von den Fenstern fernzuhalten und sich tief am Boden im vorderen Teil des Busses zu sammeln. In der Hoffnung endlich gerettet zu werden, folgten die wenigen, die sich noch nicht dort befanden, kriechend der Aufforderung. Die Schwerverletzten und Bewusstlosen überließen sie ihrem Schicksal. Aber würde man sie auch wirklich retten? War es nicht schon zu spät? Mit angstvollen Blicken suchten die meisten die Finsternis zu durchdringen, aber der pechschwarze heiße Brandrauch hatte jetzt schon die Oberkanten der Sitzlehnen erreicht, sodass sie weder sehen konnten, was draußen geschah, noch einen der Retter erblickten. Die Angst in diesem Bus elend zu ersticken, bekam wieder die Oberhand.

Plötzlich blickten alle nach oben. Es hörte sich an wie Schritte auf dem Dach. Laute Hammerschläge ertönten und dann machte sich jemand an der Luke zu schaffen. Unmittelbar darauf tat es einen gewaltigen Schlag, der den ganzen Bus erschütterte. Zwei Frauen klammerten sich angstvoll aneinander, andere schrien erneut erschreckt auf. Plötzlich schien alles in Bewegung geraten zu sein und irgendwo hinten ertönte ein lautes Zischen. Dann rief jemand: „Alle weg von der Tür!" Und: „Setzt den Spreizer noch mal bei den Scharnieren an!" Daraufhin tat es erneut einen gewaltigen Schlag, dem ein lang gezogenes Ächzen und Kreischen von reißendem Metall folgte. Gebannt hielten die Menschen den Atem an. Plötzlich endete das durchdringende Kreischen in einem ohrenbetäubenden Knall. Die mittlere Türe hatte den Kräften des hydraulischen Spreizers nicht länger Stand halten können und war endgültig aus ihren Halterungen gerissen. Draußen wurden erneut laute Befehle gerufen, Schritte ertönten und dann tauchten in der Finsternis die Lichtkegel starker Handscheinwerfer auf. „Sie kommen, ja sie kommen!" Plötzlich schöpften alle wieder Hoffnung.

Herbert hatte seinem Maschinisten über Funk mitgeteilt, dass es hier weitere Verletzte gab und er sofort zwei Mann zur Unterstützung brauchte, dann eilte er zunächst auf die am Boden liegende Frau zu. Vorsichtig lockerte er ihren Schal und tastete nach dem Halspuls. Gott sei Dank, ihr Herz schlug noch und sie atmete. Anscheinend war sie nur bewusstlos. Herbert fragte sich, ob sie vielleicht von einem der vom Lkw herabgeschleuderten Kartons getroffen worden war? Er untersuchte daraufhin ihren Kopf, konnte aber keine Anzeichen einer äußeren Verletzung entdecken. Hm, sie konnte natürlich auch schon vor dem Sturz bewusstlos geworden sein. Das würde dann zumindest seine Theorie bestärken, wie es zu dem Unfall gekommen war.

Was die Diagnosefindung betraf, halfen ihm diese Überlegungen aber auch nicht weiter, zumal Herbert kein ausgebildeter Rettungsassistent war. Trotzdem besaß er wie jeder Feuerwehrmann ausreichende Kenntnisse in Erster Hilfe und daher wusste er, dass Menschen, die ihr Bewusstsein verloren hatten, zum Erbrechen neigen. Und, weil bei tiefer gehender Bewusstlosigkeit auch noch die Schutzreflexe ausfielen, atmeten solche Menschen oft ihr eigenes Erbrochenes ein und erstickten oft daran. In Rückenlage ist diese Gefahr am größten, weil bei tieferer Bewusstlosigkeit der Zungenmuskel erschlafft und in den Rachenhintergrund sinkt, wo er die Atemwege verlegt, was in der Folge unweigerlich zum Erstickungstod führt. Um dieser akuten Gefahr vorzubeugen, drehte er die Frau auf die Seite und überstreckte ihren Kopf behutsam in den Nacken.

Mehr konnte er in diesem Moment nicht für sie tun. Doch dann fiel ihm ein, dass man immer die Mundhöhle kontrollieren sollte. Möglicherweise hatte sie ja schon Erbrochen oder es hatten sich bei dem Sturz Zahnprothesen gelöst, die dann ebenfalls ihre Atemwege behindert konnten. Also kniete er sich erneut neben die Frau und öffnete ihren Mund, dann tastete er mit dem Finger hinein. Alles frei. Hätte ich mir eigentlich denken können, denn wenn die Atemwege verlegt gewesen wären, würde sie ja an Sauerstoffmangel leiden und dann hätte sich ihre Gesichtshaut blau verfärbt. So hatte er es zumindest einmal gelernt. Aber blau angelaufen war sie nicht, eher etwas blass. Auffallend blass sogar. Kein Wunder, wenn ich hier auf den eiskalten Boden läge, wäre ich bestimmt auch blass.

Seit er den Feuerwehrhof verlassen hatte, hatte sich der Schneefall wieder verstärkt. Zu allem Übel kam jetzt auch noch Wind auf und fegte eisig durch die Straßen. „Verdammt, muss das unbedingt jetzt sein!?" Herbert zog seine dicke Einsatzjacke aus und legte sie über die Frau, obwohl sie einen langen Wintermantel trug, dann bellte er in sein Funkgerät. „Maschinist für Gruppenführer kommen."

„Hört, kommen."

„Was ist Torti, hast du schon jemand losgeschickt?"

„Ja, hab ich. Christoph und Claudia kommen. Die müssen sich nur noch ausrüsten und sind gleich bei dir."

„Na, hoffentlich. Hab nämlich gerade meine Jacke opfern müssen. Wenn die nicht bald hier sind, frier ich mir hier den Arsch ab. Sag denen, sie sollen unbedingt Decken mitbringen und 'ne Trage, verstanden?"

„Geht klar, Decken und ne Trage."

Unmittelbar nach diesem Funkgespräch machten sich Christoph und Claudia auf den Weg zu ihrem Wehrleiter. Herbert stand gerade neben dem Kinderwagen, da kamen die zwei unter dem Anhänger hervorgekrochen. Aber ... verdammt, die hatten ja nichts dabei. „He, ich hab doch über Funk durchgegeben, ihr solltet ne Trage und Decken mitbringen!"

„Ganz ruhig Chef, ganz ruhig. Wir haben sogar noch mehr mit." Bei diesen Worten zogen sie die an einer Fangleine angebundene Schleifkorbtrage unter dem Anhänger hervor. „Geht doch so viel einfacher, findest du nicht?"

Herbert schluckte seinen spontanen Ärger hinunter und ging den beiden entgegen. „Sorry, war nicht so gemeint."

„Kein Problem. Also ..."

„Zuerst die Frau da." Ihr Gruppenführer zeigte auf den Gehweg, wo die Frau noch immer regungslos unter seiner Einsatzjacke lag. „Puls und Atmung sind vorhanden, aber sie ist bewusstlos."

„Irgendwelche Verletzungen?"

Herbert schüttelte den Kopf. „Hab zumindest keine bemerkt."

„Okay, was noch?"

„Der Alte da. Hockt dort schon die ganze Zeit so und sagt kein Wort. Weint nur, vermutlich wegen seines Hundes."

„Hund, was für 'n Hund? Ich sehe keinen."

„Äh ... ja, der liegt da neben dem Mann unter dem Schnee. Also, der ist tot. Hat wohl 'ne Dose vor den Kopf bekommen." Tatsächlich war schon wieder soviel neuer Schnee gefallen, dass der Hund kaum mehr zu erkennen war.

„Und was ist mit dem Kinderwagen?"

„Der Kleine darin ist vermutlich ein Junge. Scheint in Ordnung zu sein. Er schläft."

„Schläft?" Claudia, die auch Rettungsassistentin war, wurde hellhörig. „Komm", forderte sie ihren Wehrleiter auf, „den Jungen will ich mir lieber selbst ansehen." Und zu ihrem Kollegen gewandt: „Kümmerst du dich schon mal um die Frau!?"

Der Angriffstruppmann Carsten war der Erste, der über ein angelehntes Steckleiterteil in den Bus kletterte. Sein Angriffstruppführer hatte die

Leiter gesichert. Von dichtem Brandrauch eingehüllt, stellte er zunächst vorsichtig tastend seinen linken Fuß durch das eingeschlagene Fenster auf einen darunter befindlichen Sitz. Nachdem er so festgestellt hatte, dass dort niemand saß, setzte er den Fuß ab und zog sein rechtes Bein nach. Sofort reichte ihm sein Angriffstruppführer den Schnellangriff mit dem angekuppelten Hohlstrahlrohr an und stieg ebenfalls auf die Leiter. Carsten hatte den Hochdruckschlauch mit sich in den Bus gezogen und kauerte jetzt tief am Boden. Hier war die Sicht noch halbwegs in Ordnung. Nur wenige Meter hinter ihm lag eine Frau. Sie bewegte sich nicht, lag völlig regungslos. War sie tot? Aber dann glaubte er, sie schmerzhaft stöhnen zu hören. Sein Angriffstruppführer war ihm gefolgt und kauerte jetzt neben ihm. Über den Köpfen der beiden waberte der undurchsichtige Brandrauch. Carsten zeigte auf die reglos am Boden liegende Frau. „Die Frau da hat gerade vor Schmerzen laut gestöhnt. Ich glaube, die braucht unbedingt Hilfe."

Sein Angriffstruppführer nickte. „Okay, ich kümmere mich drum." Dann tippte er Carsten auf die Schulter und deutete mit seiner behandschuhten Hand in die Höhe, wo immer wieder kleine Flämmchen gespenstig hell aufzuckten, um sogleich wieder zu verlöschen. „Auf keinen Fall Vollstrahl", warnte er. Carsten hatte die Gefahr ebenfalls erkannt. Dieser dunkle Brandrauch enthielt eine verdammt große Menge brennbarer Gase. Wenn er hier mit Vollstahl draufhielt, würde er eine Rauchgasdurchzündung provozieren, die den ganzen Bus schlagartig in Flammen setzen konnte. Eine tödliche Gefahr, die jeder Feuerwehrmann kennen sollte und unbedingt vermeiden musste. Aber Wasser mit Vollstrahl in den Brandrauch zu spritzen hätte ohnehin nichts gebracht. Seine Aufgabe bestand darin, ein mögliches Eindringen der Flammen aus dem brennenden Motorraum in das Innere des Busses zu verhindern und dazu würde er einen breit gefächerten Sprühstrahl einsetzen. Allerdings durfte er mit dem Strahlrohreinsatz keine Sekunde länger warten. Jeden Moment konnte die Rückwand durchbrechen und Flammen in den Fahrgastraum schlagen. Außerdem hatte das Feuer, das im Motorraum wütete, den gesamten hinteren Teil des Busses längst thermisch soweit aufbereitet, dass sich deren Materialien jeden Moment von selbst entzünden konnten.

Draußen hatte der Maschinist die Feuerlöschkreiselpumpe eingeschaltet. Mit einem Druck von zehn bar presste sie das Löschwasser aus dem Wassertank seines Löschgruppenfahrzeugs in den achtundzwanzig Millimeter dicken Schnellangriffsschlauch. Auf dem rechten Bein kniend, das linke weit nach vorn gestreckt, zielte Carsten im

90-Grad-Winkel horizontal gegen die Rückwand und riss den Hebel seines Hohlstahlrohrs mehrmals kurz hintereinander auf. Sofort schoss das Löschwasser in einem breit gefächerten Sprühstrahl zischend über die Sitze und bedeckte die gesamte Breite der am Ende befindlichen Rückbank, dabei verdampfte ein Großteil des Wassers zu heißem Wasserdampf, der sich jetzt mit dem schwarzen, gefährlich heißen Brandrauch vermischte.

Da ein einziger Liter Löschwasser die gewaltige Menge von 1.700 Litern Wasserdampf ergibt, war Carsten darauf bedacht, äußerst sparsam mit dem Wassereinsatz umzugehen, damit sich keine zu große Dampfwolke in dem Bus ausdehnte. Er selbst wie auch sein Truppführer waren zwar durch ihre dicht schließende Einsatzbekleidung und die das ganze Gesicht bedeckende Atemschutzmaske geschützt, aber den anderen Menschen, die über keine solche Schutzbekleidung verfügten, würde der Kontakt mit dem heißen Wasserdampf schmerzhafte Verbrühungen zufügen.

Während der Angriffstruppmann im Inneren des Linienbusses das Durchbrechen des Feuers zu verhindern suchte, sprühte der Leiterführer den Inhalt eines CO_2-Löschers in die Lüftungsschlitze. Einmal freigesetzt, entspannt sich ein Viertel des unter Druck verflüssigten Kohlendioxidgases zu Schneekristallen von minus neunundsiebzig Grad Celsius, die laut zischend mit dem dampfförmigen Teil herausgetrieben werden. Sekunden später erstarb das tuckernde Geräusch des bis dahin immer noch laufenden Dieselmotors. Den eigentlichen Motorbrand konnte der Leiterführer damit allerdings nicht löschen, dazu bedurfte es wesentlich intensiverer Mittel. Röhr hatte daher einem weiteren Trupp befohlen, den Motorbrand von außen zu bekämpfen.

Die Aufgabe erwies sich als äußerst schwierig, da die Männer zunächst die verschlossene Heckklappe aufbrechen mussten. Für ihren Spreizer wäre diese Aufgabe ein Leichtes gewesen, aber das hydraulische Gerät wurde gerade zum gewaltsamen Öffnen der mittleren Tür eingesetzt, daher mussten sie mit konventionellem Aufbruchwerkzeug arbeiten. Ohne ihre schwer entflammbare Feuerschutzbekleidung und die angeschlossenen Pressluftatmer hätten sie es vor der Motorklappe keine Sekunde lang aushalten, geschweige denn arbeiten können. Die Strahlungswärme des Brandes war geradezu mörderisch.

Die beiden Männer setzten die lange geschmiedete Brechstange ein. Mit einem Vorschlaghammer trieben sie die meißelähnliche Spitze der Brechstange in den schmalen Spalt zwischen Karosserie und Schloss. Es war eine brachiale, schweißtreibende Arbeit. Nach mehreren vergeblichen Versuchen gelang es ihnen endlich, die Verriegelung aus ihrer Verankerung zu reißen. Als sie die große schwere Heckklappe öffneten, schlugen ihnen lange hellrote Feuerzungen entgegen. Die Gasdruckstoßdämpfer, welche die schwere Klappe für gewöhnlich hochhielten, waren längst ein Raub der Flammen geworden.

Um den Motorbrand bekämpfen zu können, sicherten die Feuerwehrmänner sie gegen Herabfallen mit einer Stockleiter. Einige Motorteile bestanden aus Magnesium und Aluminium, zwei Metalle, die mit Temperaturen von bis zu 3.000 Grad Celsius verbrennen. Solchen Extremtemperaturen konnten selbst die Schutzmembranen ihrer Einsatzjacken und Hosen nur kurz standhalten. Für die beiden wurde es allerhöchste Zeit zu diesem Glutofen auf Distanz zu gehen. Bei ihren jetzt beginnenden Löscharbeiten durften sie aber kein Wasser einsetzen, zumindest nicht zu Beginn ihrer Löschmaßnahmen. Das wäre zu gefährlich gewesen, da sich Wasser ab 1.300 Grad Celsius in seine Bestandteile Wasserstoff und Sauerstoff zerlegt und Knallgas bildet. Die Folge davon wären extreme Verpuffungen, Stichflammenbildungen und brennend umherschleuderndes Metall.

Daher arbeiteten sie zunächst mit Löschpulver. Später würden sie auch noch Schaum einsetzen, aber bislang verfügten sie noch über kein Schaumrohr, da weder sie noch ihre Kollegen bisher die Zeit gehabt hatten eine entsprechende Schlauchleitung auszulegen. Das oberste Gebot war nach selbstverständlich die Menschenrettung und dem mussten sich alle anderen Gefahrenschwerpunkte unterordnen.

Weil ihm ein aufkommender eisiger Wind ständig neue Schneeflocken in die Augen trieb, klappte Dieter Siegers das Visier seines Helmes herunter. Dadurch hatte er zwar die Augen geschützt, musste sich aber ständig mit der Hand den Schnee vom Visier wischen. Wirklich besser wurde seine Sicht aber auch nicht. Zu stark war das Schneetreiben, das ihn und seinen etwa zehn Metern neben ihm gehenden Einsatzleiter umwehte.

Gerade wischte sich Dieter zum wiederholten Male den Schnee vom Visier, da glaubte er vor sich die schemenhaften Umrisse eines größeren Objektes zu erkennen. Er blieb stehen, klappte das Visier hoch und blinzelte angestrengt in das Schneetreiben. *Hm, das könnte ein Auto sein, könnte aber genauso gut auch ein Strauch sein. Scheiße, hier sieht alles gleich weiß aus.* Nachdem er wieder einige Schritte gegangen war, erkannte er, was es war. Sofort legte er beide Hände trichterförmig an den Mund und rief: „Ich hab ihn! Ich hab den Wagen gefunden!" Sekunden später standen die beiden Männer vor Ronny Hövelers verunfalltem Ford. Der Escort lag auf dem Dach und war vollkommen eingeschneit. Stephan und Dieter lauschten angestrengt, aber aus dem Wageninneren drang kein Laut und auch sonst herrschte Totenstille. Einzig der Wind heulte durch die Niederquerschnittsreifen, die wie ein drohendes Omen auf ihren sündhaft teuren Alufelgen in die Luft ragten.

Der Kinderwagen stand völlig unbeschadet vom wilden Schneetreiben umtost mitten auf der Straße. Als der stellvertretende Gruppenführer der Freiwilligen Feuerwehr von Kaiserswerth zum zweiten Mal hineinsah, blickten zwei weitere Augenpaare ebenfalls auf den kleinen, dick eingemummelten Paul herunter, der ganz offensichtlich mit sich und der Welt zufrieden an seinem Nuckel saugte. „Hast recht, dem fehlt garantiert nix."

„Höchstens seine Mutter."

„Die Frau dahinten ist es nicht?"

„Wohl kaum, schätze, das ist eher seine Oma."

„Okay, aber hier stehen lassen können wir ihn ja trotzdem nicht. Ich schlag vor, du fährst mit ihm da vorne in die Toreinfahrt. Da seid ihr geschützt und ich sehe mal nach dem alten Mann, einverstanden?"

Herbert nickte und war froh endlich aus dem eisigen Schneetreiben zu kommen, denn seine Einsatzjacke lag ja immer noch auf der Frau, und sich ne Decke umzuhängen, als wäre er ein verletzter Zivilist, dazu hatte er keine Lust. Dann lieber frieren. Er schob mit dem Kinderwagen ab.

„Du kannst ja schon mal ne Rückmeldung machen", rief Claudia, „wir brauchen auf jeden Fall noch einen zweiten RTW, und wenn's geht auch einen Notarztwagen!"

Oh Mann – die Rückmeldung an die Leitstelle der Berufsfeuerwehr, fuhr es Herbert siedend heiß durch den Kopf. Die hatte er in der Aufregung vorhin total vergessen.

Sie hatten den Busfahrer gefunden. Er lag mit gebrochenen Gliedmaßen mehrere Meter vor seinem verunfallten Bus im Schnee. Ob er auch innere Verletzungen hatte, stand noch nicht fest. Auf jeden Fall hatte er einen Atem- und Herzstillstand. Die Feuerwehrmänner begannen unverzüglich mit seiner Reanimation und setzten diese weiter fort, als das Schneetreiben immer heftiger wurde. Egon Pöhl kam zu ihnen. „Und?" Die beiden schüttelten die Köpfe, wollten aber nicht aufgeben, bevor der Notarzt seinen endgültigen Tod feststellen würde. „Soll ich euch mal ablösen lassen?" Die beiden lehnten das ab, denn sie wussten genau„ dass ihr Zugführer zurzeit noch keinen einzigen Mann entbehren konnte. „Nee, lass man, wir schaffen das schon. Wär allerdings nicht schlecht, wenn bald ein paar Rettungswagen zur Verstärkung kämen."

Pöhl nickte schweigend, dann ging er ein paar Schritte zur Seite und drückte die Sprechtaste seines Funkgerätes. „Florian Düsseldorf für Zugführer 3, kommen." Keine Antwort. Er versuchte es noch einmal. „Florian Düsseldorf für Zugführer 3, kommen!"

„Hier Florian Düsseldorf. Wir haben zurzeit mehrere eingehende Notrufe. Warten Sie, bis wir Sie anfunken. Florian Ende."

Entgeistert starrte der Zugführer auf das Funkgerät in seiner Hand. *Ja spinn ich denn? Das darf doch wohl nicht wahr sein! Wir haben hier mehrere Schwerverletzte und eine Reanimation und noch immer keinen einzigen RTW, geschweige denn einen Notarzt und da sagen die, ich soll warten, bis sie mich zurückrufen!?* Schon wollte er erneut die Leitstelle anzufunken, aber diesmal war er nicht gewillt, sich so leicht abfertigen zu lassen, da meldete sich der erste Rettungswagen über Funk bei ihm ein. Es war ein Fahrzeug des Malteser Hilfsdienstes.

Sofort führte er die beiden Rettungsassistenten, eine Frau und einen Mann, dort hin, wo seine Kollegen den Busfahrer reanimierten. Schnell hatte man sich darauf verständig, dass es das Beste sei, die Reanimation im RTW fortzusetzen. Etwas später lag der Busfahrer auf einer Vakuummatratze im geheizten Patientenraum. Sie hatten ihn gemeinsam dorthin getragen, ohne die Reanimationsmaßnahmen zu unterbrechen.

„Lisa, bereite du schon mal alles für die Intubation vor."

„Klar. achtunddreißiger Tubus, oder ... was meinst du?"

„Mm, achtunddreißiger ist gut. Und gib mir 'ne grüne Viggo, der braucht sofort 'ne Infusion. Was ist? Könntet ihr uns noch helfen? Wir müssten den Mann entkleiden, um nach weiteren Verletzungen zu sehen. Ich kann aber nicht alles gleichzeitig machen und die Reanimation darf nicht unterbrochen werden."

„Ich lass euch einen Mann hier. Mehr geht leider nicht. Ist das okay?"

„Ja danke. Ein Mann ist schon in Ordnung."

„Rolf, du bleibst."

„Alles klar, Chef."

„Frank, du kommst mit mir und hilfst bei der Versorgung der Verletzten."

Einige Minuten später zog Frank noch einmal die Tür zum Patientenraum des RTW auf. „Könntet ihr uns mit ein paar Infusionen aushelfen? Wir benötigen dringend Plasmaexpander."

„Klar! Was braucht ihr denn?" Wir haben Ringer, Haes ..."

„Ringer, ich denke Ringer ist gut."

„Mittlere Schublade. Hol's dir selbst. Bestecke sind darüber. Braucht ihr sonst noch was?"

„Ich glaube nicht."

„Na gut, ansonsten kannst du ja wiederkommen. Wir werden hier mit Sicherheit noch eine ganze Zeit beschäftigt sein."

Bevor Frank den RTW verließ, warf er einen kurzen Blick auf den Busfahrer, der jetzt über einen Endotrachealtubus von einem Medumat beatmet wurde. In die Venen beider Unterarme liefen Infusionen. Lisa, die Rettungsassistentin, übernahm gerade die extracorporale Herzdruckmassage. Sein Kollege Rolf war nicht mehr hier. „Und, hat er 'ne Chance?"

„Schwierig zu sagen. Er hat mehrere Frakturen und möglicherweise auch innere Verletzungen. Und wie lange sein Gehirn ohne Sauerstoff war, wissen wir auch nicht. Aber er war stark unterkühlt. Vielleicht rettet ihm das das Leben."

Frank nickte und steckte die vorgewärmten Infusionen unter seine Einsatzjacke, dann rannte er durch das dichte Schneetreiben zurück zu dem Bus, dessen Motorbrand inzwischen gelöscht war. Mit dem Bus waren siebenundvierzig Personen gefahren. Es gab es zweiunddreißig Verletzte, neun davon waren schwer verletzt und müssten dringend notärztlich behandelt werden. Aber noch war kein Notarzt anwesend. Egon Pöhl besprach sich mit einem erfahrenen Hauptbrandmeister und Rettungsassistenten, der oft als Teamführer NAW fungierte. „Hör zu Hans. Ich übergebe dir die Leitung der weiteren Rettungsarbeiten."

„Was ist passiert?"

„Der A-Dienst hat den Pkw gefunden. Liegt drüben auf dem Acker, vier eingeklemmte Personen. Ich hab schon ein Team zusammengestellt. Du musst also mit dem Rest der Mannschaft alleine klarkommen."

„Geht klar, viel Erfolg."

„Danke, dir auch."

Egon Pöhl erteilte seiner Mannschaft den neuen Einsatzauftrag. Da sich der Brandrauch inzwischen vollständig verzogen hatte, gab Hans die Anweisung, die Schwerverletzten im Bus zu behandeln. Durch die eingeschlagenen Fenster kam zwar kalte Luft herein, aber solange weder die SEG eingetroffen war noch die Verstärkung mit den aufblasbaren beheizten Zelten, gab es für die Versorgung der Verletzten leider keine Alternative. Die vergleichsweise engen Mannschaftsräume ihrer Löschfahrzeuge hatten sie bereits für die Unterbringung der leichter Verletzten genutzt.

Über den freien Acker fegte ein eisiger Wind. Stephan und Dieter knieten neben dem auf dem Dach liegenden Wagen. Dessen A-Säule war auf der Fahrerseite gebrochen und tief eingeknickt. Die Windschutzscheibe saß zwar noch in ihrem Rahmen, war aber in tausende kleiner Glassplitter zersprungen. Mit bloßen Händen schoben die beiden Feuerwehrmänner den hoch aufgetürmten Schnee von den Scheiben, um in das Innere sehen zu können.

„Drei! Es sind drei Personen", rief Dieter. „Zwei Männer und eine Frau!" Stephan zog daraufhin sofort sein Funkgerät hervor, um eine erste Rückmeldung an die Leitstelle zu geben und Dieter versuchte die Fahrertür zu öffnen.

„Und?"

Dieter schüttelte den Kopf. „Die Tür ist völlig verzogen. Die kriegen wir mit unseren Brechwerkzeugen so nicht auf."

„Dann versuch die andere Seite. Vielleicht hast du da mehr Glück."

Dieter eilte um den Wagen, musste aber feststellen, dass diese Beifahrertür genauso verklemmt war.

„Stephan!"

„Ja!"

„Keine Chance. Wir brauchen unbedingt unsere hydraulischen Geräte!"

Stephan funkte sofort den Zugführer der Feuerwache 3 an. „Egon, wir haben den Pkw gefunden. Drei Personen sind eingeklemmt. Wir brauchen hier dringend Unterstützung."

„Weiß schon. Hab deinen Funkspruch an die Leitstelle mithören können. Ich werde selber mit einem LF zu euch komme. Schätze der Ackerboden ist hart genug gefroren, um bis zu dem Wagen vorfahren zu können."

„Leider nicht. Es gibt einen tiefen Straßengraben. Ihr könnt also nur bis an den Rand des Ackers fahren und müsst die notwendige Ausrüstung hierher tragen."

„Wie weit?"

„Fünfzig, sechzig Meter schätze ich. Ich komme euch entgegen und werde Leuchtzeichen geben, damit ihr bei dem dichten Schneegestöber die Einsatzstelle nicht verfehlt und noch an uns vorüberlauft."

„Gute Idee. Also, ich mache mich jetzt auf den Weg. Ende."

Die Zeit, in der Stephan gefunkt hatte, hatte Dieter genutzt, um die völlig zersplitterte Windschutzscheibe aus ihrem eingedrückten Rahmen zu lösen. Nachdem er sie hinter sich in den Schnee befördert hatte, besaßen sie zumindest eine erste Zugangsöffnung, über die er zu den im Fahrzeug eingeklemmten Personen vordringen konnte. Ob und wie schwer diese verletzt oder gar tot waren, war für ihn zum jetzigen Zeitpunkt noch völlig unklar. Fest stand lediglich, dass weder die Frau noch einer der beiden Männer seit ihrem Eintreffen ein Lebenszeichen von sich gegeben hatten.

Dr. Soffke schob den Ärmel seiner Rettungsdienstjacke hoch und warf einen kurzen Blick auf seine Armbanduhr. Sie waren jetzt schon über zwanzig Minuten unterwegs und seiner Nachbarin, die ihre Nervosität nicht verbergen konnte, war sein heimlicher Blick nicht entgangen. „Und ... was meinen Sie, wie lange werden wir noch brauchen, bis wir die Unfallstelle erreichen?"

Dr. Soffke sah besorgt aus dem Fenster. „Schwierig zu sagen. Bei dem Wetter. Zumal jetzt, wo das Schneetreiben wieder stärker geworden ist."

Die junge Ärztin neben ihm lächelte gequält. „Blaulicht und Martinshorn sind da wohl auch keine große Hilfe, stimmt's?"

„Nicht wirklich. Aber ich gehe davon aus, dass einige Rettungswagen schon vor uns eingetroffen sind."

Die Annahme des Notarztes war richtig. Unmittelbar, bevor Egon Pöhl mit der Besatzung des zweiten LF losfahren wollte, um den Kollegen auf dem tief verschneiten Acker zur Hilfe zu eilen, trafen zwei weitere Rettungswagen an der Unfallstelle ein. Sie kamen genau im richtigen Moment und er war heilfroh, mit ihnen über vier zusätzliche Rettungsassistenten zu verfügen, die zumindest einen Teil der Männer kompensieren konnten, mit denen er gerade abrücken wollte. Außerdem war er jetzt auch der Sorge enthoben, wo er die bis jetzt im Mannschaftsraum des LF sitzenden Leichtverletzten unterbringen sollte. Schließlich konnte er sie ja nicht auch noch zu der zweiten Unfallstelle mitnehmen. Und die Menschen im eisigen Winterwetter draußen stehen zu lassen oder wieder in den Bus zurückzuschicken ging genauso wenig.

Als sich die Rettungsassistenten daher bei ihm meldeten, zeigte er sich hocherfreut und erklärte ihnen rasch die Lage. „Gut, dass ihr da seid, Jungs. Folgendes: Den Bus haben wir gelöscht. Es befinden sich darin aber noch mehrere schwer verletzte Personen. Ich habe aber nicht genug Personal um sie alle adäquat zu versorgen und darüber hinaus fehlt es uns an medizinischem Gerät und besonders an Infusionen. Außerdem gibt es dort drüben auf dem Acker eine zweite Unfallstelle." Pöhl zeigte mit dem ausgestreckten Arm in die gegenüberliegende Richtung, „Dort liegt ein Pkw auf dem Dach mit drei eingeklemmten Personen. Ihr Zustand ist noch unbekannt. Ich wollte gerade mit dem zweiten LF dort hin. Aber solange die SEG noch nicht hier eingetroffen und unsere Zelte noch nicht aufgebaut sind, haben wir einige Verletzte aus dem Bus darin untergebracht."

„Verstehe, also holen wir jetzt als Erstes die Leute in unsere Rettungs-wagen." „Genau."

„Wie viele sind es?"

„Sechs."

„Mehr nicht?"

„Einige andere sitzen auch in unserem ersten LF, und neben den Schwerverletzten befinden sich auch noch einige im Bus."

„Okay. Für die sechs sollte ein RTW reichen. Oder müssen wir sie di-rekt ins Krankenhaus fahren?"

Egon schüttelte den Kopf. „Nein, ich brauch euch hier. Außerdem wäre es mir lieb, wenn einer von euch mit uns zu dem verunfallten Pkw fährt. Der andere nimmt die Leute aus unserem LF auf und hilft danach bei der Versorgung der Verletzten im Bus."

„Alles klar. Wer fährt? Wer bleibt hier?"

„Ich bleib hier."

„Gut, dann fahre ich mit den Kollegen. Was ist, kann man über den Acker fahren?"

„Leider nicht. Es gibt einen Straßengraben."

„Und, kommt man von einer anderen Stelle ran? Wäre doch nicht schlecht, wenn man bis an den Unfallwagen heranfahren könnte!"

„Keine Ahnung, das müsstet ihr selber erkunden. Momentan kann ich dafür keinen Mann entbehren."

Als die Feuerwehrmänner mit ihren langstieligen Äxten von außen auf die Scheiben einschlugen, hatte sich Stefanie an den Boden gekauert und unter den Sitzen Schutz gesucht. In das Krachen und Bersten des zerkrü-melnden Glases, das in den Bus hineinprasselte, mischten sich die Schreie der verängstigten Fahrgäste. Dann ging alles ganz schnell. Über die ein-geschlagenen Fenster stiegen mehrere Feuerwehrmänner zu ihnen in den Bus. Durch den dichten schwarzen Brandrauch sahen sie zunächst nur deren Stiefel, aber als Sekunden darauf auch noch die Dachluke aus ihrer Verankerung gerissen wurde, entwich der gefährliche Brandrauch durch die gewaltsam herbeigefügten Öffnungen.

In relativ kurzer Zeit hatten sich die Schwaden verzogen. Dennoch hing weiterhin ein dunstartiger Nebel in dem Bus, doch die Sicht wurde zusehends besser, sodass die zu Tode geängstigten Menschen jetzt ihre Retter deutlich erkennen konnten – behelmte Feuerwehrmänner mit Pressluftatmern auf dem Rücken, deren Gesichter unter den dicht sit-zenden schwarzen Atemschutzmasken verborgen waren. Schon wähnte sich die verängstigt zusammengekauerte Gruppe in Sicherheit, da brach plötzlich die Rückwand auf. Sofort brachen aus dem dahinter liegenden Motorraum gierige, hellrote Feuerzungen fauchend zu ihnen in den Bus. Mit einem Aufschrei des Entsetzens prallten die Ersten, die sich bereits erhoben hatten, erschrocken zurück. Dicht aneinander gedrängt verfolgten sie mit angstvollen Blicken, wie ein Feuerwehrmann, der weiter hinten am Boden kniete die Flammen bekämpfte. Sie sahen nur seinen Rücken mit dem Pressluftatmer und den Feuerwehrschlauch, der unter seinem rechten Arm klemmte. Das daran angekuppelte Hohlstrahlrohr sahen sie nicht und auch nicht, dass er, in dem Moment, als die Flammen die Rückwand durchbrachen, dessen Öffnungshebel ruckartig aufzog. Aber sie hörten das Zischen des ausströmenden Löschwassers, das mit zehn Bar Druck aus dem Strahlrohr schoss. Und sie sahen, wie ein breit gefächerter Wasserstrahl die lodernden Flammen zurückgedrängte. Unmittelbar darauf vernebelte ihnen eine helle Wolke aus kochend heißem Wasserdampf erneut die Sicht.

Aber der gefährliche Wasserdampf drang nicht bis zu ihnen vor. Nach einigen bangen Sekunden hatte sich die Wolke verflüchtigt. Ihr größter Teil war durch die hinteren, zerstörten Scheiben ins Freie abgezogen. Der Feuerwehrmann gab noch mehrere Wasserstöße ab, dann war der Spuk vorüber. Seine beiden Kollegen, die draußen vor der geöffneten Motorklappe standen, hatten ihren Löschangriff ebenfalls erfolgreich vorgetragen. Das Feuer war endgültig gelöscht. Als es den anderen Feuerwehrmännern dann auch noch gelungen war, mithilfe ihres hydraulischen Spreizers die mittlere Türe zu öffnen, atmeten die verängstigten Menschen erleichtert auf. Einige jubelten sogar laut und drängten sofort in die Freiheit. Sie hatten Schlimmes erlebt und Todesängste ausgestanden. Und nach den bangen letzten Minuten hatten sie nur noch einen Wunsch – raus, nur raus hier aus dieser Feuerfalle, die ihnen fast zum Verhängnis geworden wäre.

Für die Einsatzkräfte gab es jedoch keinen Grund in Jubeltöne auszubrechen – am Boden lagen mehrere Menschen, die es nicht geschafft hatten sich aus eigener Kraft in Sicherheit zu bringen. Aber bevor sie sich um deren Versorgung kümmern konnten, hatten die Feuerwehrmänner alle Mühe, sie vor weiteren Verletzungen durch die ungestüm hinausdrängenden Menschen zu schützen.

Stefanie, die abseits von den anderen unter einer Sitzbank liegend Schutz gesucht hatte, reagierte sofort und legte sich schützend über einen kleinen Jungen. Es war der Junge mit dem gebrochenen Arm, dem sie erst vor wenigen Minuten den Druckverband angelegt hatte. Er war ohne Bewusstsein. Als sie ein Feuerwehrmann auffordere, sie solle mit den wenigen verbliebenen, aber ebenfalls gehfähigen Fahrgästen den Bus verlassen, schüttelte sie energisch den Kopf. „Kommt nicht infrage, ich bin selber Feuerwehrfrau und bleibe bei meinem Patienten."

Der Feuerwehrmann, der sich inzwischen seine Atemschutzmaske abgezogen hatte, schaute Stefanie verwundert an. „Und wer bist du?"

„Stefanie Solka, Feuerwehr Angermund und ausgebildete Krankenschwester. Und so, wie ich das sehe, könnt ihr hier doch jede helfende Hand brauchen, oder?"

Donnerwetter, sagte sich der Feuerwehrmann, was für eine couragierte Kollegin. Dann kniete er sich zu Stefanie an den Boden und gemeinsam schienten sie den Bruch des Jungen. Er hatte inzwischen sein Bewusstsein wieder erlangt und schaute Stefanie mit großen Augen verängstigt an.

„Und, tut es noch weh?"

„Jetzt nicht mehr", schluchzte der Kleine als Stefanie ihn tröstend in ihre Arme nahm und liebevoll seine Tränen trocknete. Der Feuerwehrmann war heilfroh, dass er nicht darauf bestanden hatte, dass sie mit den anderen den Bus verlassen müsse.

Ein Rettungsassistent brachte Decken und verteilte sie.

„He, kann ich auch zwei bekommen!?", rief der Feuerwehrmann, der Stefanie beim Anlegen der Armschiene geholfen hatte.

„Klar, hier."

Nachdem er die Decken in Empfang genommen hatte, breitete er sie über den beiden aus.

„Du", sagte Stefanie, „das mit den Decken ist ja sicher gut gemeint, aber der Kleine kann hier nicht länger in Bus bleiben. Er trübt schon wieder ein und muss dringend von einem Arzt untersucht werden."

„Da gebe ich dir uneingeschränkt recht, aber solange wir hier noch keinen Notarzt haben ist es besser, wenn du mit dem Jungen hier drin bleibst."

„Wie ... ihr habt keinen Notarzt?"

„Tut mir leid", sagte der Feuerwehrmann und zuckte bedauernd die Schultern. „Bis jetzt sind erst drei Rettungswagen hier eingetroffen und du siehst ja selbst, was noch zu tun ist." Dabei warf er einen bezeichnenden Blick auf seine Kollegen, die intensiv mit der Versorgung der anderen Verletzten beschäftigt waren. „Sorry, aber ich muss jetzt auch ..." Und dann ging der Feuerwehrmann und Stefanie saß mit dem Jungen in die Decken gehüllt und hoffte zum zweiten Mal, dass die dringend benötigte Hilfe nicht noch länger auf sich warten lassen würde.

Genau das Gleiche hoffte auch Dieter Siegers, der Drehleitermaschinist, der mit Stephan Bodden den verunfallten Pkw auf dem gegenüberliegenden tief verschneiten Acker gefunden hatte.

„Dieter, dein Zugführer ist mit einem LF zu uns unterwegs!" Stephan hatte die Hände trichterförmig an den Mund gelegt und musste seine Worte fast brüllen, da man bei dem heulenden Sturm kaum sein eigenes Wort verstehen konnte.

„Ich werde denen entgegengehen, damit sie uns nicht noch in dem dichten Schneetreiben verfehlten!"

„Ist gut!", rief Dieter. Er lag auf dem Rücken vor der Öffnung der herausgerissenen Windschutzscheibe. „Ich versuch schon Mal, ob ich mich da reinzwängen kann!"

Stephan sagte nichts dazu. Er nickte nur und zog los. In seiner rechten Hand trug er einen kräftigen Handscheinwerfer. Bevor er ihn einschaltete, steckte er eine rote Streuglasscheibe vor sein helles Licht. Weiß würde in diesem Schneechaos niemandem auffallen.

Bei dem Gedanken, dass Dieter jetzt zu den drei Verletzten, oder waren es gar drei Tote, alleine in das Autowrack kroch, war im gar nicht wohl. Die Vorgehensweise, dass ein Feuerwehrmann, wenn irgend möglich zu den Verletzten vordringt, wird zwar immer versucht, aber ein Alleingang ohne den Schutz und die Hilfe der Gruppe, die bei Gefahr eingreifen kann, ist ein höchst riskantes Unternehmen. Das wusste er natürlich, aber er wusste auch, dass es keinen Zweck gehabt hätte, den Kollegen von seinem Vorhaben abzubringen. Wahrscheinlich gab es kaum einen Kollegen, der nicht bereit gewesen wäre in einer solchen Situation in das Autowrack zu kriechen, und er gestand sich ein, dass er an Dieters Stelle auch nicht länger untätig draußen gewartet hätte.

Während die Einsatzkräfte der Berufsfeuerwehr auf der Kalkumer Schlossallee an zwei voneinander getrennten Plätzen weiterhin um das Leben mehrerer Menschen rangen, liefen die Rettungsaktionen der Freiwilligen Feuerwehr ebenfalls auf Hochtouren. Der Angriffstrupp war zu dem schwer verletzten Lkw-Fahrer in das völlig demolierte Fahrerhaus geklettert. Dabei stellte er fest, dass beide Beine des Fahrers eingeklemmt waren. Seine schnelle Bergung aus dem Fahrerhaus war somit unmöglich. Sie würden, um seine Beine freizubekommen, ihre hydraulischen Geräte einsetzen müssen. Aber selbst damit, das war ihnen klar, würde es eine komplizierte und langwierige Arbeit werden. Als sie das ihren Kameraden mitteilten, bereitete der Schlauchtrupp sofort das hydraulische Schneidgerät vor.

Der Wassertrupp hatte inzwischen eine C-Leitung und ein Schaumrohr ausgelegt und mehrere Pulverlöscher in Bereitschaft stehen. Obwohl bislang nichts darauf hin deutete, dass bei dem Unfall eine

Kraftstoffleitung beschädigt war, durch die Dieselkraftstoff austreten konnte, hatte der Trupp diese Sicherheitsvorkehrung getroffen. Die beiden Feuerwehrleute wussten natürlich, dass Dieselkraftstoff längst nicht so leicht entzündlich ist wie die Dämpfe von Normal- oder Superbenzin, zumal bei den derzeit herrschenden Minustemperaturen. Aber als eine auf Sicherheit bedachte Feuerwehr konnten und durften sie diese unabdingbaren Standardregeln nicht außer Acht lassen, dafür stand zu viel auf dem Spiel. Und, dass auch ein mit Diesel fahrender Lkw in Brand geraten konnte, bewies der nur wenige Kilometer entfernte Linienbus. Doch von den dortigen Geschehnissen und von den Aktionen ihrer berufsmäßigen Kollegen wussten die Kaiserswerther Feuerwehrleute zu diesem Zeitpunkt noch nichts. Sie hatten aber auch keine Zeit darüber nachzudenken, was sie an jener Einsatzstelle, zu der sie ja ursprünglich alarmiert worden waren erwartet hätte. Sie hatten an ihrer eigenen Einsatzstelle selbst alle Hände voll zu tun.

Ihr Gruppenführer stand derweil mit dem Kinderwagen in der zugigen Toreinfahrt und machte eine verspätete Rückmeldung an die Leitstelle der Berufsfeuerwehr. Leider hatte man ihm keine schnelle Hilfe zusagen können, da sich alle Notärzte bereits im Einsatz befanden, und einen Notarzt per Helikopter einzufliegen, was in ähnlichen Situationen durchaus üblich war, ließ sich aufgrund der extremen Wetterlage nicht durchführen. „Aber sobald sich ein Notarztwagen frei meldet, werde ich euch den natürlich sofort schicken", versuchte der Leitstellendisponent zu vertrösten. Doch als er das Gespräch dann mit den Worten beendete: „Aufgrund des überall herrschenden Schneechaos kann ich dir allerdings nichts versprechen", wusste Herbert, dass sie hier auf unbestimmte und wahrscheinlich längere Zeit auf sich selber angewiesen waren.

Nur gut, sagte er sich, dass sich unter meinen Leuten auch einige ausgebildete Rettungsassistenten befinden. Einer von ihnen, es war Christoph, kam gerade angerannt und brachte ihm seine Einsatzjacke. „Hier Chef, sonst erfrierst du uns noch." Dankbar zog Herbert seine Jacke über, dabei erkundigte er sich nach dem Befinden der Frau. „Sieht nicht gut aus. Im Moment ist sie zwar stabil, aber immer noch ohne Bewusstsein. Und sie blutet leicht aus dem linken Ohr. In Verbindung mit dem Sturz ein klassisches Zeichen für einen Schädelbasisbruch. Außerdem bereitet mir ihr Blutdruck große Sorgen. Ich vermute, sie hat auch einen Herzinfarkt. Wir müssen sie so schnell wie möglich dem Notarzt übergeben."

„Daraus wird wohl nichts", sagte Herbert mit bedauernder Miene. Dann erklärte er, was ihm gerade die Leitstelle gesagt hatte. „Alle Notärzte sind im Einsatz, und bis wir einen RTW bekommen, kann das auch dauern. Scheiß Wetter."

„Dann müssen wir die Frau eben selber ins Krankenhaus bringen. Bis zur Diakonie sind es doch nur ein paar hundert Meter. "

„Ein paar hundert Meter ist ja wohl leicht untertrieben. Und wie stellst du dir das überhaupt vor? All unsere Fahrzeuge stehen drüben hinter dem Lkw, der die Ausfahrt blockiert. Bis wir die frei haben, können Stunden vergehen."

„Trotzdem, hier dürfen wir sie nicht länger liegen lassen. Wenn meine Verdachtsdiagnose stimmt, kann die Frau uns hier sterben. Du weißt doch auch, gerade bei einem Infarkt sind die ersten Stunden am wichtigsten."

„Ja, weiß ich", stöhnte Herbert, „aber was sollen wir machen? Wir können die Frau ja schlecht in die Diakonie tragen."

„Hmmm", Christoph kratzte sich am Kinn. „Ich wüsste da schon noch eine Möglichkeit. Ist vielleicht etwas unorthodox, aber durchführbar."

„Ja ..., und? Sag schon."

„Na, mein Bruder, der Alex, der hat in der Halle drüben seine Geländemaschine stehen. Mit dem Motorrad müsste es gehen."

„Sag mal, Christoph, du hast sie doch nicht mehr alle. Wie willst du denn die arme, bewusstlose Frau auf dem Motorrad ... nee, also wirklich."

„Doch nicht *auf* dem Motorrad – *mit* dem Motorrad."

Herbert sah seinen jungen Feuerwehrkameraden entgeistert an. Dann erklärte der ihm seine Idee. „Hör zu, Herbert, wir legen die Frau in unsere Schleifkorbtrage, binden die Trage wie einen Schlitten hinter dem Motorrad fest und ziehen sie darin zum Krankenhaus. Na, was sagst du?"

Herbert blickte immer noch mehr als zweifelnd, aber Christoph rief begeistert: „Das geht, Mann Herbert, das geht! So was haben wir früher doch auch mit unseren Mopeds gemacht."

„Jaaaa", dehnte Herbert, „mag ja sein, dass ihr früher so'n Quatsch gemacht habt, aber hier geht es um eine verletzte Frau und für die trage ich die Verantwortung, verstehst du?"

„Gerade drum, Herbert, gerade drum. Versteh doch, hier können wir nichts weiter für sie tun. Und du sagst doch selbst, dass wir auf unbestimmte Zeit auf uns selber angewiesen sind. Willst du dir später sagen lassen, dass du schuld an ihrem Tod bist, weil wir nichts unternommen haben?"

„Also von Schuld und Tod und nichts unternommen möchte ich jetzt nichts hören, ja." Herbert hob beschwörend die Hände. „Lass uns die Sache zunächst einmal ruhig bedenken. Schließlich ist das, was du mir da in deinem überschäumenden Temperament einreden willst, ja nicht gerade ungefährlich. Was, wenn zum Beispiel ein Autofahrer gegen den Schlitten ...?" Herbert winkte irritiert ab, „Jetzt sag ich schon Schlitten zu unserer Schleifkorbtrage. Na, ist ja auch egal. Aber mir ist, nicht egal was passiert, wenn ein Autofahrer euch nicht bemerkt und mit euch zusammenstößt, oder, aber daran mag ich gar nicht denken, die Frau in der Schleifkorbtrage überfährt. Ist das etwa zu verantworten?"

Herbert hatte sich in Rage geredet und seine Argumente waren auch nicht von der Hand zu weisen, aber Christoph glaubte sich dennoch schon fast am Ziel. Immerhin hatte er seinen Gruppenführer soweit gebracht, dass der ernsthaft über seinen Vorschlag nachdachte, und um seine Bedenken zu zerstreuen, hatte er auch sofort eine passende Lösung parat. „Dann setze ich mich eben in Warnweste und mit Handscheinwerfern mit auf die Trage."

„Sonst noch was? Du willst wohl, dass ich auch noch einen guten Mann verliere, wie?"

„Schön zu hören, dass du mich für einen guten Mann hältst", grinste Christoph breit, wurde aber sofort wieder ernst als Claudia gelaufen kam und vorwurfsvoll sagte: „Vielleicht könnten sich die Herren heute noch einig werden, denn falls ihr hier noch länger herumdiskutieren wollt, kann es für die Frau möglicherweise schon zu spät sein. Ihr Blutdruck ist nämlich noch weiter gefallen."

„Also gut, also gut." Herbert strich die Segel. „Meinetwegen macht es. Aber fahrt in Gottes Namen vorsichtig ... und Christoph ..."

„Ja?"

„Und nur über Nebenstraßen, verstanden?"

„Sowieso."

Dieter lag vor der eingedrückten Öffnung, in der sich normalerweise die Windschutzscheibe befindet. Aber die war durch den Unfall so zerstört worden, dass es ihn kaum Schwierigkeiten bereitet hatte, sie mitsamt Gummidichtung und verchromten Zierrahmen herauszureißen. Bevor er sich in das Innere des Autowracks hineinschieben wollte, sah er Stephan hinterher, der den Kollegen entgegenging. Schon nach wenigen Schritten wurde sein Einsatzleiter vom dichten Schneetreiben verschluckt. Hoffentlich kommt er bald zurück, dachte Dieter, denn jetzt war er vollkommen auf sich alleine gestellt und er spürte mit einem Mal die Einsamkeit, die ihn umgab. Über ihn pfiff der eisige Wind hinweg und um ihn herum war nichts als Weiß – ein Weiß, das unwirklich erschien und Weite und Enge zugleich vermittelte. Fast hätte es eine imaginäre Welt sein können, wären da nicht die drei Menschen hinter ihm. Drei Unfallopfer, die so gar nicht imaginär, sondern überaus real waren, und von denen er noch nicht wusste, ob sie noch lebten oder bereits unter den Toten weilten. Gleich würde er es erfahren und er hoffte inständig, dass er nicht zu spät käme. Allerdings machte er sich auch keine falschen Hoffnungen, denn selbst wenn auch nur noch ein Einziger von ihnen lebte, so würde es eine extrem schwierige, wenn nicht sogar unlösbare Aufgabe werden diese Person aus dem Autowrack zu befreien.

Trotzdem war er bereit, alles zu versuchen. Seinen Feuerwehrhelm, der ihm dabei nur hinderlich war, hatte Dieter abgezogen. Am liebsten hätte er sich auch noch seiner dreiviertel langen, dicken Einsatzjacke entledigt. Garantiert würde sie ihn bei der schweren Arbeit und der Enge im Inneren des Wagens in seiner Beweglichkeit einschränken. Dennoch, auf sie durfte er nicht verzichten, da er nur so vor Glassplittern und kantigen Gegenständen geschützt war. Und davon gab es in dem auf dem Kopf liegenden Unfallwagen reichlich. Im Übrigen wusste Dieter genau, dass sein Alleingang viele Risiken barg. So konnte jederzeit unter der Motorhaube ein Feuer ausbrechen – der Albtraum eines jeden Feuerwehrmanns. *Wenn du in solch einer engen Feuerfalle steckst, während die ersten giftigen Rauchgase in den Fahrgastraum eindringen und du nicht schnell genug herauskommst, dann sind einige bereitstehende Kollegen mit Wasser am Rohr schon ein verdammt beruhigendes Gefühl.*

Aber für ihn gab es keinen Sicherungsposten mit Wasser am Rohr, und auch keinen, der ihn bei Gefahr an den Beinen fassen und hinausziehen konnte. Trotzdem zögerte Dieter keine Sekunde länger. Jetzt galt es. Auf dem Rücken liegend, den Kopf voran schob er sich Zentimeter um Zentimeter in den Unfallwagen hinein. Seine einzige Sicherheit bestand in dem Feuerlöscher, den sie von der anderen Einsatzstelle mitgebracht hatten. Bevor er hineinrobbte, hatte er ihn so vor der Öffnung platziert, dass er ihn im Falle eines Falles an einer Feuerwehrleine zu sich in den Wagen ziehen konnte.

Die Leine, deren Ende um seine rechte Hand gewunden war, hatte er mit dem PG 12 verknotet. Der voluminöse Rettungsrucksack musste ebenfalls draußen bleiben. In dieser räumlichen Enge gab es weder den notwendigen Platz den Rucksack zu öffnen, noch bestand die Möglichkeit einer adäquaten medizinischen Notfallversorgung. Dieter hatte sich lediglich einige Verbandpäckchen eingesteckt, um zumindest einige Druckverbände anlegen zu können. Er war jetzt soweit vorgedrungen, dass er zwischen die beiden Vordersitze zu liegen kam. Nur wenige Zentimeter über ihm hingen kopfüber die leblosen Körper des Fahrers und seiner Beifahrerin. Ihre angelegten Sicherheitsgurte hatten bisher verhindert, dass sie hinabgefallen waren. Ihre Köpfe waren blutverkrustet und das einschießende Blut hatte sie unförmig anschwellen lassen, sodass er ihr Alter nur schwer einschätzen konnte. Die Augen des Fahrers waren herausgequollen und weit aufgerissen. Sie wirkten aber gebrochen und kalt. Dieter streifte die dicken Schutzhandschuhe von seinen Händen und versuchte zunächst bei dem Mann auf beiden Seiten des Kehlkopfes die Halsschlagader zu ertasten – vergeblich, der Mann war tot.

Bei der Beifahrerin spürte er noch den Herzschlag. Sofort brachte er sich so gut es ging in eine Position, die es ihm ermöglichen, sollte ihr Gewicht mit den Armen abzufangen. Viele Möglichkeiten gab es allerdings nicht und so blieb ihm aufgrund der extremen Enge letztlich sowieso nur seine bisherige Rückenlage, alles andere war praktisch unmöglich. Zunächst galt es den Sicherheitsgurt der Frau zu lösen und ihren Körper gleichzeitig so von unten mit den Armen zu halten, dass sie nicht unkontrolliert auf ihn herunterfiel.

Die Frau machte einen schlanken Eindruck, aber mit ihrer dicken Winterbekleidung brachte sie vermutlich trotzdem siebzig Kilogramm auf die Waage. Sie aus dem Wagen zu schaffen würde ein hartes Stück Arbeit werden. Aufgrund ihrer Lage lastete ihr gesamtes Körpergewicht auf dem Beckengurt. Dieter stemmte seine rechte Hand gegen einen Oberschenkel der Frau und versuchte mit der linken den Verschlussmechanismus zu öffnen – vergeblich. Das Gurtschloss schien verklemmt. Also blieb ihm nur noch den Beckengurt zu durchtrennen.

Für solche und ähnliche Arbeiten hatten die Feuerwehrleute außen an ihren Jacken eine Extratasche mit einer Rettungsschere befestigt. Dieter riss den Klettverschluss der Tasche auf und zog die Schere hervor. Dann setzte er die Schere seitlich über dem Gurtschloss an, genau dort, wo der Gurt eine Lücke zum Körper frei ließ. Da Dieter die Frau nur mit seiner rechten Hand abstützen konnte, musste er den Sicherheitsgurt notgedrungen mit der linken Hand durchschneiden.

Die meisten Rechtshänder bekommen beim Schneiden mit links schon unter normalen Verhältnissen Probleme. Dieter ging es da nicht anders, zumal er sich ganz schön verrenken musste, um den Gurt mit der Schere zu durchtrennen. Die sonst so simple Arbeit gestaltete sich schwieriger als erwartet. Das dicke Gurtmaterial bereitete ihm Mühe und er musste die Schere mehrfach zum Schnitt ansetzen. Als er den Gurt endlich durchtrennt hatte, geriet plötzlich alles aus dem Gleichgewicht. Die Frau sackte mit einem Ruck nach unten und kippte zur Seite. Intuitiv ließ Dieter die Schere fallen und stützte sich gerade noch rechtzeitig mit seinem anderen Arm ab. „Phhhhh! Das war knapp." Dieter war heilfroh, dass die Frau gegen die Beifahrertüre und nicht zu der anderen Seite gekippt war, denn dann hätte er ihren Sturz wohl kaum vermeiden können.

Vorsichtig ließ er die Frau zu sich herunter. Jetzt, da ihr Gewicht nur noch auf seinen Armen lastete, begann er trotz der Eiseskälte zu schwitzen. Der Feuerwehrmann war weiß Gott kein Schwächling, aber je tiefer er die Frau zu sich herunter ließ, umso größer wurde die körperliche Belastung. Dieter atmete schwer und seine Arme begannen zu zittern. Er hatte das Empfinden als würde das Gewicht der Frau mit jedem weiteren Zentimeter schwerer. Außerdem musste er jetzt auch noch etwas zur Seite rutschen, denn der Platz wurde immer enger.

Dieter keuchte vor Anstrengung und mobilisierte alle seine Kräfte, dann hatte er es geschafft. Die Frau lag neben ihm. Trotzdem durfte er sich keine Ruhe gönnen. Erneut überprüfte er ihre Vitalfunktionen. Gott sei Dank, Atmung und Herzschlag waren immer noch vorhanden, aber die Frau war weiterhin ohne Bewusstsein. Über die Ursache konnte er im Moment nur spekulieren. Möglich, dass sie, als sich der Wagen überschlagen hatte, mit dem Kopf gegen den Seitenholm geschleudert war, denn über ihre rechte Schläfe zog sich eine ausgedehnte Schwellung. Dieter war sich nicht schlüssig, was er als Nächstes tun sollte. Sollte er die Frau aus dem Wagen schaffen, oder sollte er doch lieber erst nach dem Mann auf der Rückbank sehen?

Wie es um den bestellt war, wusste er ja noch nicht. Von der Frau wusste er zumindest, dass sie noch lebte. Auf jeden Fall musste er sie auf die Seite drehen. Aber in der Enge des Wagens ging das nicht so einfach. Draußen wäre das natürlich alles viel leichter, aber da wäre sie dem eisigen Wind ausgesetzt. Klar, gegen den eisigen Wind könnte er sie in eine Rettungsdecke wickeln. Aber das würde ihn viel Zeit kosten und er wusste immer noch nicht, wie es um das Leben des zweiten Mannes stand. *Was also tun, fragte er sich? Was war vernünftiger? Was machte mehr Sinn?*

Egon Pöhl hatte entschieden, zunächst ein Stück die Straße hinaufzufahren. Er hoffte, dort eine Stelle zu finden, an der sie doch noch auf den verschneiten Acker gelangen würden. Seine Hoffnung wurde nicht enttäuscht. Nach etwa einhundert Metern trafen sie auf einen Übergang. Um ganz sicher zu sein, dass es sich nicht nur um eine Schneeverwehung handelte, sprang er aus dem Fahrzeug und kontrollierte die Stelle.

„Ist alles sicher! Du kannst kommen!" rief er seinem Maschinisten zu, der das schwere Löschgruppenfahrzeug daraufhin auf den Acker lenkte. Egon hatte sich wieder auf den Beifahrersitz geschwungen und wies seinen

Maschinisten jetzt an, die Strecke die sie gekommen waren parallel neben dem Straßengraben zurückzufahren. Es schneite immer noch so stark, dass man kaum mehr als fünf Meter weit sehen konnte. „Ich könnte auch hier schräg rüber, dann kürzen wir ab." Egon schüttelte den Kopf. „Besser nicht. Bei der beschissenen Sicht fahren wir sonst noch an der Unfallstelle vorbei. Außerdem wollte uns der Stephan ja entgegenkommen. Also, erst mal wieder zurück, aber schön vorsichtig bitte."

Mit Tempo zwanzig rumpelten die mächtigen Stollenreifen über den tief gefrorenen Acker und wälzten eine breite Spur in die hohe Schneedecke. Nachdem sie die Stelle erreicht hatten, an der sie ihr Equipment zu Fuß durch den Graben hätten tragen müssen, ließ der Schneefall etwas nach. Die Sicht wurde besser.

„Da vorne kommt einer!", rief jemand aus dem Mannschaftsraum.

„Wo?"

„Rechts auf zwei Uhr. Da, jetzt schwenkt er eine Lampe."

„Ja, jetzt sehe ich ihn auch."

Es war tatsächlich Stephan. Er hatte das Löschfahrzeug bemerkt und signalisierte seinen Kollegen seinen Standort.

„Okay, rüberfahren. Ich denke das ist unser Mann", befahl Egon. Sofort drehte der Maschinist das Lenkrad und hielt auf Stephan zu. Bei ihm angekommen öffnete Egon die Beifahrertüre. „Komm rein", forderte er ihn auf und rutschte zur Seite. „Wird für uns beide zwar was eng werden, aber weit müssen wir ja wohl nicht mehr fahren, oder?"

„Von der Unfallstelle bis hier habe ich achtzig Schritte gezählt, also ungefähr vierzig Meter."

„Und, irgendwelche Hindernisse oder Vertiefungen, die man bei dem Schnee übersehen kann?"

Stephan schüttelte den Kopf. „Ich hab zumindest nichts bemerkt."

„Ja dann los, jetzt steig endlich ein."

Aber Stephan schüttelte den Kopf und erklärte, dass er zu dem verunfallten Bus zurückgehen wollte. „Hör zu, Egon. Den Unfall hier kannst du mit deinen Männern auch ohne mich bewältigen, aber wenn die SEG und der AB-Rett. kommen, ist meine Anwesenheit da drüben viel nötiger. Oder sind die schon eingetroffen?"

„Nein, leider noch immer nicht. Also, dann gehst du wieder zum Bus?"

„Ja."

Egon rutschte daraufhin auf die Mitte seines Sitzes zurück und fragte: „Welche Richtung?"

„Einfach nur geradeaus", erklärte Stephan und wandte sich zum Gehen. Hinter sich hörte er das dumpfe Klacken der zuschlagenden Beifahrertür.

Als er nach nur wenigen Metern den Straßengraben erreichte, rollte das LF über die hart gefrorenen Ackerfurchen auf den verunfallten Pkw zu.

Herbert Goldbrunner vernahm das laute Brummen eines Motorrads. Vermutlich war es Christophs Bruder Alexander, der mit seiner Geländemaschine angefahren kam. Bei dem lauter werdenden Geräusch überfielen ihn erneut Bedenken. Aber jetzt noch einen Rückzieher zu machen erschien ihm nicht geraten – Frau Hüttemann lag bereits angegurtet und in Decken gehüllt in der orangefarbenen Schleifkorbtrage. Also schwieg er und sah mit gemischten Gefühlen zu, wie die beiden Feuerwehrbrüder die Trage mit Frau Hüttemann unter dem Anhänger hindurchzogen. Claudia war schon vorher auf die andere Seite gekrochen, um Alexander über ihr Vorhaben zu informieren.

„Hab ich das richtig verstanden, ihr wollt also, dass ich die Schleifkorbtrage mit der Frau an meine Maschine binde und zur Diakonie ziehe?"

„Genau. Oder hast du damit ein Problem?"

„Wer, ich? Nee, absolut nicht", lachte Alexander.

„Das ist gut, denn ich will mich nämlich auch noch zu ihr setzen."

„Ich dachte, das sollte mein Bruder machen?"

„Ja, war so geplant, aber ich hab's mir gerade anders überlegt."

Alexander zuckte belustigt die Schultern. „Von mir aus." Und mit einer leichten Kopfbewegung zu seiner Maschine hin erklärte er: „Wenn es sein muss, ziehe ich euch beide damit sogar bis nach Köln."

„Nee, lass mal", lachte Claudia, „die paar hundert Meter bis zur Diakonie reichen. Und Alex, sag dem Herbert bloß nicht, dass *ich* jetzt mitfahre und nicht dein Bruder. Der war eh schon mehr dagegen als dafür, und wenn ich jetzt ..."

„Klar, verstehe, und was sagt der Christoph dazu?"

Claudia grinste Alexander verschmitzt an und erklärte: „Bis jetzt nix. Aber der weiß ja auch noch nichts davon."

„Na, du bist mir vielleicht eine ..."

Nachdem die Feuerwehrbrüder die Schleifkorbtrage mit der darin liegenden Frau Hüttemann unter dem Anhänger hindurchgezogen hatten, stand Herbert mit dem Kinderwagen alleine in der Toreinfahrt. Er beschloss hier nur noch solange zu warten, bis die beiden abgefahren waren. Danach wollte er Claudia den Kinderwagen übergeben und nachsehen, wie die Rettungsmaßnahmen bei dem Lkw-Fahrer vorankamen. Vielleicht sollte ich einfach schon mal nachfragen, sagte er sich und zog das Funkgerät aus der Brusttasche. In dem Moment kam der alte Mann zu ihm. Er hielt die Decke, die ihm Claudia übergelegt hatte stramm um seine Schultern gezogen und fragte mit tonloser Stimme: „Was passiert denn jetzt mit meinem Rudi?"

„Rudi ist ihr Hund, nicht wahr?"

Der Alte nickte traurig. „Ist er wirklich tot?"

„Ich fürchte ja. Aber sagen Sie mal. Diese Frau, die meine Leute gerade ins Krankenhaus bringen, kennen Sie die eigentlich?"

Der Alte zuckte nur mit den Schultern.

„Und den Jungen hier?" Herbert deutete in den Kinderwagen.

„Weiß nicht", sagte der Alte spröde, dabei sah er sich den Jungen gar nicht an, sondern blickte starr ins Leere. Als Herbert noch einmal nachhakte, erklärte er: „Ja, kann sein, dass ich die Frau schon mal gesehen habe. Aber jetzt muss ich zurück zu meinem Rudi." Er wollte sich wieder abwenden aber Herbert hielt ihn zurück. „Jetzt warten Sie doch mal. Also, die Frau haben Sie schon mal gesehen und was ist mit dem Kleinen hier? Jetzt sehen Sie sich den Jungen doch wenigstens einmal an." Herbert drängte den Alten regelrecht vor den Kinderwagen, sodass dieser gezwungen war, einen Blick auf den Jungen zu werfen. „Und ...?"

„Tjaaa ... der sieht fast aus wie der Kleine von der Manuela."

„Und wer bitteschön ist Manuela?"

„Na seine Mutter, ist doch klar."

„Okay. Also, wenn das der Sohn von dieser Manuela ist, dann müssen Sie doch auch die Frau kennen, die hier gelegen hat. Ist das vielleicht seine Oma?"

„Oma. Ja ... ja ich glaub schon. Die wohnt ja auch in dem Haus da vorne." Mit einem Mal wurde der Alte gesprächig. Er drehte sich um und zeigte aus der Toreinfahrt. „Da rechts die Straße runter, da wohnt sie."

„Und wo wohnen Sie?"

„Wer, ich?"

„Ja, Sie."

„Also ich wohne noch ein kleines Stück weiter um die Ecke."

„Und wie heißen Sie?"

„Warum wollen Sie das denn alles wissen? Wer sind Sie überhaupt?"

Der Alte war noch immer verwirrt und schien das, was gerade geschehen war, überhaupt nicht begriffen zu haben. Aber vielleicht, so sagte sich Herbert, war er ja auch schon vorher durcheinander gewesen. Wie auch immer – alleine lassen durfte er den Mann in diesem Zustand nicht, und um seinen toten Hund musste sich auch jemand kümmern.

Auf der anderen Seite des Anhängers warf Alexander gerade seine Geländemaschine an. Das für ihren fünfhunderter Einzylinder typische

Dröhnen schallte zu ihnen herüber. Herbert warf einen besorgten Blick auf seine Armbanduhr. Er fand, dass es höchste Zeit wurde und Claudia zurückkam, damit er sich wieder um den Einsatz drüben kümmern konnte. Aber dann staunte der stellvertretende Wehrleiter von Kaiserswerth nicht schlecht, als anstelle von Claudia Christoph unter dem Anhänger hervorgekrochen kam.

Der Alte war zu seinem Hund zurückgeschlurft und saß wieder im Schnee. Christoph hatte die Veränderung im Gesicht seines Gruppenführers bemerkt und näherte sich mit auffallend bedächtigen Schritten. Ihm schwante wohl, was ihn jetzt erwarten würde und er sollte recht behalten.

Herbert, der zunächst bass erstaunt war reagierte nämlich stinksauer. „Jetzt sag nicht, die Claudia sitzt auf der Schleifkorbtrage."

„Ähhhh ..."

„Sag mal, ihr spinnt wohl, du und dein Bruder. Claudia ist eine Frau!"

„Weiß ich, ne Feuerwehrfrau. So wie ich ein Feuerwehrmann bin."

„Aber so war das nicht abgesprochen, Christoph."

„Mag sein, aber einer von uns musste ja schließlich mitfahren."

„Ja, aber doch nicht die Claudia."

„Wieso? Denkst du etwa, die kann das nicht?"

„Quatsch. Natürlich nicht", lenkte Herbert ein, und als er auch noch betonte, dass Claudia in seinen Augen ein verdammt taffes Mädel sei, auf das er große Stücke hielt, wurde Christoph klar, dass sein Gruppenführer nur aus Sorge um sie so heftig reagiert hatte. Er spürte wieder Oberwasser und fragte listig: „Oder glaubst du etwa, die Claudia ist eine schlechtere Feuerwehrfrau als ich?"

„Nein, natürlich nicht. Aber was soll die blöde Frage. Seit wann bist denn du eine Feuerwehrfrau?"

Christoph räusperte sich verlegen: „Ähhh ... ja, also ich meinte natürlich ..."

„Ich weiß ganz genau was du gemeint hast, Freundchen."

„Und wozu dann die ganze Aufregung Herbert?", betonte Christoph mit einem möglichst unschuldigen Gesicht. „Also ich trau ihr das jedenfalls zu."

„Ich doch auch, verdammt noch mal. Aber ihr hättet mich wenigstens vorher fragen können."

„Ist klar", lachte Christoph jetzt, „damit du dann Nein sagst und hinterher wirklich Grund zum Schimpfen hättest."

„Was willst du denn damit sagen, he? Vielleicht hätte ich ja auch zugestimmt."

Christoph schaute Herbert zweifelnd an und der winkte schon wieder versöhnlich ab.

„Also gut, vergessen wir das. Ich will nur hoffen, dass die drei unbeschadet in der Diakonie ankommen. So Bursche, und jetzt machen wir hier unsere Arbeit. Also ...“ Er berichtete Christoph, was er von dem alten Mann erfahren hatte, dann besprach er mit ihm das weitere Vorgehen.

Dieter hatte sich dafür entschieden, die Frau im Wagen liegen zu lassen, um zunächst nach dem Mann auf der Rückbank zu sehen. Mehrere Gründe hatten den Ausschlag für seine Entscheidung gegeben. Zum einen würde es ihn einfach zu viel Zeit kosten, alleine die Frau aus dem Wagen zu schaffen. Zeit die dem Mann, wenn er ihn ebenfalls retten wollte, möglicherweise nicht mehr blieb. Außerdem, so sagte er sich, müssten seine Kollegen jeden Moment hier eintreffen und dann könnten sie die Frau aus dem Wagen holen. Aber selbst wenn er es doch täte, wie könnte er der Frau helfen, wenn sie draußen vor dem Wagen läge und es zu irgendwelchen Komplikationen käme, während er wieder zurück in den Wagen kriechen würde. Nein, das machte absolut keinen Sinn. Also drehte er die Frau lediglich auf die Seite um für sie die Gefahr der Aspiration, so gut es in dieser Situation überhaupt möglich war, zu minimieren. Anschließend schob er sich tiefer in das Autowrack hinein.

Das LF näherte sich der Unfallstelle. Der eisige Wind trieb ihnen zwar immer noch Schneeflocken entgegen, aber man konnte jetzt zumindest wieder einige Meter weiter sehen als noch vor wenigen Minuten. „Da vorne ist es!“, rief der Maschinist und zeigte zu dem auf dem Dach liegenden Ford Escort.“

„Fahr ganz um den Wagen herum“, befahl sein Zugführer, „so schirmen wir ihn von dem Wind ab und sind selber auch ein wenig geschützt.“

„Gute Idee“, sagte sein Maschinist und positionierte ihr LF so in den Wind, dass dessen Längsseite wie eine schützende Wand vor dem Unfallfahrzeug zu stehen kam. Wenngleich sich der Pkw überschlagen hatte und jetzt auf dem Dach lag, stellte er für die Feuerwehrmänner doch „nur“ einen verunfallten Pkw dar, bei dem sie nach festgelegten Standardeinsatzregeln vorgingen. Daran änderte auch die Tatsache nichts, dass in dem Unfallwrack noch Menschen eingeklemmt waren und gerettet werden mussten. Jeder kannte seine Aufgabe und wusste genau, was zu tun war, und so genügte es, dass Egon Pöhl den Trupps lediglich einige grob umrissene Befehle zurief. Danach kniete er sich vor die Frontscheibenöffnung, um sich bei seinem Drehleiterführer nach dem

Zustand der drei verletzten Fahrzeuginsassen zu erkundigen. „Dieter! Ich bin's, Egon. Hab 'ne Gruppe mitgebracht und einen RTW. Wie sieht's aus bei dir?"

„Nicht gut. Der Fahrer ist tot. Die Frau hab ich schon aus dem Gurt befreit. Atmung und Kreislauf waren bis eben noch stabil, aber sie war die ganze Zeit bewusstlos. Wäre gut, wenn ihr sie schnell hier raushollt, damit ich mich etwas besser bewegen kann. Ist nämlich verdammt eng hier drin."

„Und was ist mit dem Mann auf der Rückbank?"

„Moment noch. Hab mich gerade erst bis zu ihm vorgearbeitet." Dieter stützte sich auf seinen linken Ellenbogen und versuchte mit der rechten Hand den Halspuls des Mannes zu ertasten, aber inzwischen waren seine Hände von der Eiseskälte so gefühllos geworden, dass ihm das nicht mehr gelang.

Nachdem Egon einige Sekunden gewartet hatte, rief er ungeduldig: „Und, was ist jetzt mit dem Mann?"

„Ich kann seinen Puls nicht mehr tasten. Meine Finger sind schon ganz steif gefroren."

„Meinst du, du kannst ihn trotzdem befreien?

„Weiß nicht. Der sieht verdammt schwer aus."

„Mist", fluchte Egon. Jetzt hatte er schon mal einen Mann so weit im Wagen und da versagten dem die Hände. Scheiß Kälte.

Hinter ihm bereitete sich ein Trupp darauf vor, die Personen aus dem Wagen zu holen. „Und, was sagt der Dieter?", fragte der Truppführer, der sich neben Egon in den Schnee gekniet hatte.

„Der Fahrer ist tot, sagt er."

„Sicher?"

„Was ist schon ganz sicher in so einer Situation? Die Frau soll jedenfalls noch leben. Nur bei dem hinten auf der Rückbank hat er Probleme."

„Probleme, inwiefern?"

„Kann den Puls nicht mehr tasten, weil seine Hände steif gefroren sind."

„Scheiß Kälte."

„Hab ich auch schon gesagt, hilft ihm aber auch nicht weiter."

„Hm. Ich glaube, ich weiß, wie wir ihm helfen können."

„Und?"

„Sag ich dir gleich", sagte der Truppführer, erhob sich und rief noch im Gehen: „Schick den Ingo schon mal vor. Ich bin gleich wieder da." Dann verschwand er.

Nach nur wenigen Sekunden kam er laut keuchend zurück. „Hier, fang!"

Egon hielt die Hände auf und der Truppführer ließ eine Weichplastikflasche in die Hände fallen.

„Ah! Eine angewärmte Infusion. Aus dem RTW?"

„Ja."

„Super, gute Idee. Ingo!" Ingo, der Truppmann, den Egon aufgefordert hatte durch das Frontscheibenloch in den Wagen zu kriechen um die bewusstlose Frau aus dem Wagen zu ziehen drehte den Kopf.

„Ja, was?"

„Ich hab hier ne Infusion für den Dieter. Er soll sich seine Hände daran aufwärmen. Pass auf, ich werfe sie dir zu."

„Okay wirf."

Stephan Boddem hatte den tief verschneiten Straßengraben gerade hinter sich gelassen, da blieb er aufmerksam lauschend am Rand der Straße stehen. Nein, er hatte sich nicht verhört, denn obwohl die anrückenden Feuerwehrfahrzeuge ihre Martinshörner jetzt ausgeschaltet hatten, sah er deutlich Blaulichter zwischen den Schneeflocken aufblitzenden. *Gott sei Dank, die Verstärkung.* Und dann rollten die sie auch schon heran. Vorneweg die SEG-Ärzte und Rettungsassistenten im GRTW. Dem Großunfallrettungswagen folgte ein Löschgruppenfahrzeug der Feuerwache 6 sowie der AB-Rett. Dieses Containerfahrzeug enthielt eine umfangreiche medizinische und medizintechnische Beladung und die dringend benötigten, aufblasbaren Zelte.

Boddem übernahm sofort die Koordination der neu eingetroffenen Einsatzkräfte. Die eigens für den Aufbau der Zelte mitgekommene Gruppe der Wache 6 bildete ein eingespieltes Team. Während der Maschinist des AB-Rett. den Container absattelte, erklärte der Gruppenführer seinen Männern, wo die Zelte errichtet werden sollten. Zwei Zelte würden reichen hatte Boddem gesagt und ihm auch gleich den Standort zugewiesen. Danach war er mit dem leitenden Notarzt der SEG, Dr. Soffke zu dem Hauptbrandmeister gegangen, der die bisherigen Rettungsarbeiten geleistet hatte. Gemeinsam besprachen die drei ihr weiteres Vorgehen.

Die Ärzte und Rettungsassistenten wurden zu Arbeitsgruppen eingeteilt, von denen jede die ihnen zugewiesenen Aufgaben sofort in Angriff nahm. Währenddessen arbeitete die Gruppe der Feuerwache 6 mit Hochdruck am Aufbau der Zelte. Die regelmäßig eintrainierten Handgriffe saßen. Jeder wusste, je eher die verletzten Menschen in ihren warmen Zelten behandelt und versorgt werden konnten und je eher sie der eisigen Kälte entkamen, umso größer waren ihre Überlebenschancen. Längst hatten sie die seitlichen Rollos des AB.-Rett. hochgerissen und die verzurrten Zelte aus ihren Fächern gezogen. Je vier Mann hatten die schweren Zeltrollen im Laufschritt zu den angegebenen Plätzen getragen, ausgerollt und an bereitstehende, starke Gebläse angeschlossen. Während die einströmende Luft die flach im Schnee liegenden Hüllen zu zwei stabilen tunnelähnlichen Zelten aufrichtete, fand der kräftige Sturm darin eine neue Angriffsfläche. „Die Sturmleinen her!", ihr Gruppenführer forderte sie zur Eile auf. „Los Männer, macht schnell! Der Sturm reißt uns sonst die Zelte weg!"

Kurz darauf warfen zwei Feuerwehrmänner die geforderten Sturmleinen über die sich aufrichtenden Zelte. Andere trieben mit Vorschlaghämmern metallene Erdanker in den gefrorenen Boden, an deren Ösen sie die Leinen verzurren konnten. „Nehmt lieber noch ein paar mehr!", mahnte ihr Gruppenführer, „und treibt die Erdanker richtig tief ins Erdreich! Nicht, dass uns der Sturm doch noch einen Strich durch die Rechnung macht!" Erneut waren die lauten Hammerschläge zu hören. Nachdem die Schläge verstummt waren, knoteten die Männer die zusätzlich angebrachten Leinen ebenfalls mit in die metallenen Ösen der Erdanker. Andere betankten derweil die auf dem AB-Rett. verlasteten Heizlüfter und wieder andere rollten die aus dicken Gummimatten bestehenden Zeltböden aus und befestigten die Leuchtstoffröhren an Schlaufen, die eigens zu diesem Zweck unter den Decken der Zelte angebracht waren.

Stephan Boddem kam kurz vorbei, um den Fortschritt der Arbeiten zu überprüfen und zeigte sich zufrieden. Die dunkelroten, tunnelartigen Zelte standen einsatzbereit, und die Heizlüfter, die außerhalb im Schnee bullerten, fluteten über knallgelbe Kunststoffflutten wohlig warme Luft in sie hinein. Im Inneren wurden bereits die Behandlungsplätze für die Liegendpatienten hergerichtet. „Zwei Minuten!", signalisierte der Gruppenführer, „dann sind wir soweit und die Leute können kommen."

Oder gebracht werden, dachte Boddem. Plötzlich fiel ihm sein junger Brandreferendar ein. Er hatte ihn total vergessen. Oh je, der arme Kerl ist inzwischen bestimmt völlig durchgefroren. Höchste Zeit, dass ich ihn durch einen Mann aus dem Löschzug ersetzen lasse. Schließlich sollte er hier ja auch noch etwas anderes lernen als „nur" den Verkehr anzuhalten.

Nachdem Dieter die angewärmte Infusion mit seinen kalten Händen umschlossen hielt, ließ die Wirkung nicht lange auf sich warten. Kaum, dass er seine steif gefrorenen Finger wieder bewegen konnte, tastete er nach dem Halspuls des bewusstlosen Mannes.

Währenddessen waren seine hinzugekommenen Kollegen nicht untätig gewesen. Auf Egon Pöhls Anweisung hin hatten sie die hinteren Seitenscheiben mit einer Spezialfolie beklebt und eingeschlagen. Wegen der frostigen Temperaturen war die Klebewirkung der Folie zwar nicht ganz so effektiv wie bei wärmerem Wetter, aber dennoch hafteten die meisten Glaspartikel an ihr fest, sodass sie jetzt auf jeder Seite über eine weitere Öffnung verfügten, durch die sich ein Feuerwehrmann in den Fond des Wagens hineinschob. Während der eine lediglich bis zur Brustmitte in dem Wagenfenster steckte, war sein Kollege von der anderen Seite kommend, ebenfalls auf dem Rücken bis zu den Oberschenkeln in den Wagen hineingerobbt.

„Hallo Jungs. Schön, dass ihr hier seid. Also, ich schlage vor, dass ihr den Mann abstützt und sein Gewicht haltet, während ich seinen Sicherheitsgurt löse."

„Und dann?"

„Dann lasst ihr ihn vorsichtig runter."

„Und was machst du?"

Dieter grinste. „Ich gebe das Kommando, damit ihr auch schön gleichmäßig arbeitet."

Die Lage war zu ernst für irgendwelche weiteren lockeren Sprüche, und da die Zeit drängte, ließen die Kollegen Dieters scherzhafte Äußerung unkommentiert und griffen sofort zu. Sie machten so etwas nicht zum ersten Mal und jeder von den Dreien wusste, je schneller es ihnen gelang den Mann aus dem Autowrack zu befreien, desto größer waren seine Chancen keine zusätzlichen Schäden durch seine über Kopf hängende Zwangslage zu erleiden. Dieter war froh, dass ihm diesmal zwei Kollegen hilfreich zur Seite standen. Leicht würde die Arbeit deshalb aber trotzdem nicht werden, aber wenigstens hatte er jetzt beide Hände zum Lösen des Sicherheitsgurtes frei und er brauchte auch nicht mehr zu befürchten, dass ihm der Mann entgleiten würde.

Während die drei Feuerwehrmänner mit der Befreiung des bewusstlosen Mannes beschäftig waren, hatte Egon Pöhl über sein Handsprechfunkgerät gehört, dass die SEG an der Haupteinsatzstelle eingetroffen war. Daraufhin hatte er sofort Stephan Boddem angefunkt und darum gebeten, ihm einen der Notärzte sowie einen weiteren RTW zu schicken. „Geht klar, Egon, ich werde das umgehend veranlassen", hatte er zur Antwort erhalten. Einige Minuten darauf, Dieter zog mit seinen beiden Kollegen soeben den Mann auf einem Bergetuch durch das Windschutzscheibenloch, traf der RTW ein. Als sich die seitliche Schiebetüre öffnete und ihr eine ihm wohl vertraute Person entstieg, machte Egon ein erstauntes Gesicht. Es war Dr. Soffke, einer der Notärzte, der schon seit vielen Jahren auf seiner Feuerwache mit den Kollegen zusammen Dienst machte. Erfreut ging er auf den Notarzt zu.

„Dr. Soffke, das ist aber eine Überraschung."

Stefanie hatte jegliches Zeitgefühl verloren. In ihre Decken gehüllt saß sie, den verletzten Jungen im Arm, in dem verunfallten Bus und wartete darauf, dass die von allen ersehnte Verstärkung möglichst bald eintreffen würde. Um sie herum waren die Feuerwehrmänner immer noch mit der Versorgung von Verletzten beschäftigt. Einige stöhnten vor Schmerzen und ab und zu schrie die Frau, die sich bei dem Unfall ihren Regenschirm ins Auge gestochen hatte laut auf. Dann zuckte Stefanie jedes Mal zusammen. Längst hatte die eisige Kälte von dem Bus Besitz ergriffen. Draußen heulte der Sturm und immer wieder stieben Windböen Schneeflocken durch die eingeschlagenen Scheiben zu ihnen hinein. Die meisten Menschen, die die Feuerwehrleute bereits versorgt hatten, saßen oder lagen in Rettungsdecken gehüllt still in ihr Schicksal ergeben oder jammerten leise vor sich hin.

Man hatte Stefanie ebenfalls eine dieser von einer Seite silbern, von der anderen golden bedampften Foliendecke angeboten, aber sie hatte abgelehnt, weil sie sich nicht bewegen wollte. Aber dann war irgendwann ihr rechtes Bein eingeschlafen und jetzt war es wie taub. Außerdem spürte sie, wie ihr Rücken kalt wurde und sich immer stärker verspannte. Jetzt hätte sie gerne auch solch eine Decke gehabt und eine andere Position eingenommen, aber bei dem Versuch sich zu bewegen fing der Kleine an zu wimmern und klammerte sich mit seinem gesunden Ärmchen noch fester an sie. Also verharrte sie in ihrer Position. Trotzdem, allzu lange würde sie das nicht mehr durchhalten können. Nachdem weitere Minuten verstrichen waren und ihr schon alles schmerzte, beschloss Stefanie einen der Rettungsassistenten zu rufen, denn wenn sie noch länger so sitzen müsste, würde sie noch völlig versteifen. Plötzlich hörte sie, wie sich draußen geschäftige Aktivitäten entwickelten und dann kamen auf einmal viele neue Gesichter in den Bus. Anscheinend war die so dringend benötigte Verstärkung endlich eingetroffen. *Gott sei Dank.* Stefanie atmete erleichtert auf, denn jetzt konnte auch sie hoffen aus ihrer Situation erlöst zu werden.

Mit Claudia und einer bewusstlosen Patientin im Schlepptau wollte und durfte Alexander kein Risiko eingehen. Er fuhr daher nicht mehr als 20 km/h. Die Schleifkorbtrage, die hinter seinem Motorrad angebunden war, ließ sich wie ein Schlitten einwandfrei über die Schneedecke ziehen. Es schneite immer noch und dazu pfiff ein eisiger Wind über ihr seltsames Gespann hinweg.

Alexander war bisher nur über Nebenstraßen gefahren. Bis jetzt war ihnen noch kein anderes Fahrzeug begegnet, aber jetzt näherten sie sich der Niederrheinstraße, wo er schon mit Verkehr rechnen musste, denn diese Straße war eigentlich immer stark frequentiert. Heute schien das jedoch nicht der Fall zu sein. Der extreme Schneefall hatte den Verkehr zum Erliegen gebracht. Trotzdem musste er verdammt vorsichtig sein. Alexander bremste seine Maschine sanft ab und schob die Brille auf seine Stirn, dann suchten seine Augen das dichte Schneetreiben zu durchdringen. Die schlechten Sichtverhältnisse ließen ihn aber nur wenige Meter weit sehen, dennoch mussten sie die Straße überqueren. Die Situation war heikel. Und wenn genau jetzt ein Fahrzeug käme? Alexander überlegte. Vielleicht sollte er sicherheitshalber Claudia auffordern, die Straße zu Fuß zu überqueren? Noch einmal strengte er seine Augen an und lauschte, aber außer dem Brummen seines im Leerlauf ausgekuppelten Motors und den pfeifenden Geräuschen, die der Sturm verursachte, war nichts zu hören. Also gut, sagte er sich – der andere, wenn denn überhaupt einer käme, konnte schließlich auch nur im Schneckentempo fahren.

Claudia spürte nur einen schwachen Ruck als Alexander wieder anfuhr. Während sie die Kreuzung überquerten, hatte sie doch ein etwas mulmiges Gefühl. Die eingeschalteten Handscheinwerfer mit ausgestreckten Armen hochhaltend ließ sie deren kräftigen Lichtstrahl zu beiden Seiten in die Niederrheinstraße leuchten. Einige hundert Meter weiter bogen sie in die hintere Einfahrt zur Diakonie ein. Irgendwo hörten sie ein tuckerndes Geräusch. Das Geräusch wurde lauter und dann tauchte auch schon aus dem weißen Nichts vor ihnen ein Trecker auf. Es war einer dieser kleineren Traktoren. Der Mann, der ihn fuhr, hatte seinen Hut tief ins Gesicht gezogen. Er fuhr ihnen entgegen und räumte mit seinem Schneeschild zum x-ten Male an diesem Tag die Einfahrt frei und staunte nicht schlecht, als er das ungewöhnliche Gespann kommen sah. Alexander hob grüßend die Hand und der Mann schüttelte ungläubig den Kopf.

In der Schleuse stand ein Rettungswagen des MHD mit aufgezogenen Schneeketten. Alexander stieg gerade von seiner Maschine, als die Besatzung des RTW, sie hatte einen Patienten mit Radiusfraktur und Gehirnerschütterung in der chirurgischen Ambulanz abgeliefert, mit der leeren Krankentrage zurückkam.

„Ja hallo!", rief der vordere der beiden und zeigte auf das ungewöhnliche Gespann. „Jetzt sag mir bitte nicht, dass das die neuen Rettungsfahrzeuge sein sollen, die euer Herr Cimolino anschaffen wollte?"

Manuela schaute auf die Uhr, sie hatte sich mächtig beeilt und für ihre Erledigung gerade mal eine Stunde gebraucht. Dass es so schnell gehen würde, hatte sie selber nicht erwartet, und wenn es draußen nicht so fürch-

terlich gestürmt hätte, hätte sie vermutlich noch einen kleinen Schaufens-
terbummel unternommen. Eigentlich schade, dachte sie, schließlich wurde
sie von ihrer Mutter ja erst in zwei Stunden erwartete. Aber in der eisigen
Kälte länger als nötig herumzulaufen hatte sie keine Lust. So kam es, dass
sie die Straße, in der ihre Mutter wohnte, schon weit vor der angegebenen
Zeit erreichte.

Der quer stehenden Anhänger, der die Straße blockierte war unüber-
sehbar. Zunächst vermutete Manuela, dass der Lkw-Fahrer versucht hatte
zu wenden und sich festgefahren hatte. So ein Schwachsinn, sagte sie sich,
in dieser engen Straße wenden zu wollen. Aber als sie näher kam, erkannte
sie die verbogene Deichsel und vermutete, dass der Lkw einen Unfall gehabt haben musste. Der Gedanke, dass ihre Mutter und ihr eigener Sohn
darin verwickelt sein könnten, kam ihr dabei jedoch nicht in den Sinn.
Einen Moment lang blieb sie unschlüssig stehen, da der Anhänger nicht
nur die gesamte Straße, sondern auch den Gehweg versperrte. Manuela
sah sich um. Zu ihrer Verwunderung war weder die Polizei noch sonst jemand zu sehen, der sich um den Lkw kümmerte.

Aber dann hörte sie Stimmen. Sie schienen von der linken Seite zu
kommen, da, wo sich wenige Meter voraus die Feuerwehrwache befand.
Vermutlich waren es die Feuerwehrleute. Bei dem laut heulenden Sturm
konnte sie jedoch kein Wort von dem verstehen, was dort gesprochen
wurde. Vielleicht diskutierten sie darüber, wie sie die Straße wieder frei
bekämen, dachte Manuela. Aber das konnte vermutlich noch wer weiß
wie lange dauern und solange hatte sie nun absolut keine Lust hier draußen in der Kälte zu warten. Also überlegte sie, wie sie sonst zur Wohnung
ihrer Mutter gelangen konnte. Manuela war eine praktisch denkende Frau.
Wenn sie das richtig einschätzte, gab es nur zwei Möglichkeiten. Entweder sie nahm den weiten Umweg um den Häuserblock in Kauf oder sie
kroch einfach unter dem Anhänger hindurch.

Immerhin mussten andere, das zeigten die Spuren, vor ihr auch schon
unter dem Anhänger hindurch gekrochen sein. Und was die konnten,
kann ich auch, sagte sie sich und ging in die Hocke. Doch plötzlich
zuckte sie erschrocken zusammen, denn gerade, als sie sich auf alle viere
niederlassen wollte, kam ein Feuerwehrmann unter dem Anhänger hervor. Es war Herbert Goldbrunner, der stellvertretende Wehrleiter von
Kaiserswerth.

Manuela fühlte sich wie ertappt und richtete sich verlegen auf. Herbert
vermutete in ihr sofort die Mutter des kleinen Jungen, und da er ein fein-
fühliger Mensch war, beschloss er behutsam vorzugehen und nicht gleich
mit der Tür ins Haus zu fallen.

Etwas später befand sich Manuela in der Wohnung ihrer Mutter und telefonierte mit der Klinik, in die sie von der Feuerwehr gebracht worden war. Nachdem man sie mehrmals verbunden hatte, bekam sie endlich eine Ärztin ans Telefon. Ihrer Mutter ginge es den Umständen entsprechend gut, bekam sie zur Antwort, was auch immer das bedeuten sollte. Als Manuela etwas Genaueres über den Zustand ihrer Mutter erfahren wollte, wich ihr die Ärztin aus. Ganz offensichtlich war sie zu keiner präziseren Auskunft bereit, zumindest nicht am Telefon. „Und in den nächsten zwei Stunden macht es auch keinen Sinn, wenn sie Ihre Mutter besuchen wollen." Sie müssten zunächst noch einige Untersuchungen durchführen, erklärte sie und bat um die Telefonnummer, unter der Manuela zu erreichen sei.

Nachdem die Ärztin das Gespräch mit den Worten: „Wir rufen Sie dann zurück", beendet hatte, war Manuela den Tränen nahe. Sie plagten Selbstvorwürfe. Hätte sie Paul heute nicht bei ihrer Mutter gelassen, wäre das alles nicht passiert. Ach, hätte sie doch wenigstens nicht darauf gedrängt, dass sie mit dem Kleinen nach draußen gehen sollte. Manuela starrte aus dem Wohnzimmerfenster in das weiße Schneetreiben, dabei fiel ihr Blick unwillkürlich auf den verunfallten Lkw. Von hier oben konnte sie recht gut sehen, wie die Feuerwehrleute an dem eingedrückten Fahrerhaus arbeiteten. Genaueres erkennen konnte sie jedoch nicht, aber was sie sah, reichte ihr. Der Mann musste mit voller Wucht in das Tor des Feuerwehrhofs gedonnert sein, denn da war alles nur noch Klump. Bei dem Gedanken, dass der Fahrer dort unten eingeklemmt war, lief Manuela ein kalter Schauer über den Rücken.

Herbert hatte Christoph beauftragt, den alten Mann in seine Wohnung zu bringen und dann dafür zu sorgen, dass sich jemand um ihn kümmere. „Versuch mal, ob du nicht jemanden anrufen kannst. Einen Sohn oder eine Tochter, Neffe, Schwester ... also irgendwen muss es ja schließlich geben."

Jetzt befand er sich wieder bei seinen Leuten. Sie arbeiteten immer noch mit Hochdruck daran, den eingeklemmten Lkw-Fahrer aus seiner misslichen Lage zu befreien. Die Arbeit hatte sich schon von Beginn an als äußerst schwierig erwiesen. Die Beine waren so zwischen der eingedrückten Front des Lkw und einem völlig zerstörten Armaturenbrett verkeilt, dass sie ihre schweren hydraulischen Geräte nur bis zu einem gewissen Grad einsetzen konnten. Zwei Feuerwehrmänner waren sofort zu dem Fahrer in das demolierte Führerhaus geklettert und hatten zunächst seine Vitalfunktionen überprüft. Nachdem sie festgestellt hatten, dass der Mann noch lebte, hatten sie ihm eine, die Halswirbelsäule stabilisierende

Halskrause angelegt und die stark blutende Wunde über seiner Nasenwurzel versorgt. Anschließend hatten sie ihm seine gebrochenen Handgelenke mit aufblasbaren Kammerschienen geschient und, da in absehbarer Zeit mit keinem Notarzt zu rechnen war, entschieden, ihm selber eine den Kreislauf stabilisierende Infusion anzulegen.

Während sie noch mit diesen Arbeiten beschäftigt waren, hatten zwei weitere Feuerwehrmänner begonnen, seine eingeklemmten Beine zu befreien. Das geschah in mühsamer Handarbeit, da sie nur Blechscheren und andere Handwerkszeuge einsetzen konnten. Die Arbeit war sehr kritisch, denn in dem Wirrwarr aus Stahl Blech und Kunststoff standen viele Teile und unter Spannung und hatten sich verzogen. Sie mussten als sehr behutsam vorgehen, um den Fahrer nicht noch weitere Verletzungen zuzufügen. Aus diesem Grund schritt seine Befreiung nur langsam von voran, und als Herbert fragte wie lange sie noch brauchen würden erklärten sie, dass sie mindestens noch eine viertel Stunde, wenn nicht mehr benötigten. Herbert hatte daraufhin seine Stirn in bedenkliche Falten gelegt, sich eines Kommentars aber enthalten. Was hätte er seinen Leuten auch sagen sollen, er sah ja selbst, wie schwierig die Arbeit war und wie bemüht sie waren, und mehr als das, was sie jetzt schon taten ging ja nicht.

„Chrissie, was macht sein Kreislauf?", erkundigte er sich bei Christina. Sie war mit Mirko im Führerhaus geblieben um den Fahrer, der sein Bewusstsein bislang noch nicht wiedererlangt hatte während der zeitaufwendigen Rettungsarbeiten in seiner sitzenden Position zu stützen.

„Moment, ich will seinen Blutdruck gerade messen!"

„Neunzig zu sechzig!", rief sie Herbert zu, nachdem sie die um den Oberarm des Fahrers angelegte Blutdruckmanschette druckentlastet und das Stethoskop aus seiner Ellenbogenbeuge genommen hatte.

Hm, neunzig zu sechzig. Kein guter Wert dachte Herbert.

Als hätte Chrissie, die auf dem Beifahrersitz kniete, die Bedenken ihres Gruppenführers erraten rief sie: „Ist noch stabil Herbert!"

Hoffentlich. Trotzdem, hundertdreißig zu achtzig wäre besser gewesen. Aber solch einen Top-Wert konnte man bei dem Fahrer leider nicht erwarten - zumindest nicht in seinem momentanen Zustand. Und dann stellte er sich die bange Frage, wie lange der Mann noch durchhalten würde. *Verdammt, sie benötigten hier dringend einen Notarzt!*

Nachdem die SEG an der Unfallstelle eingetroffen war, hatte sich die Lage für die Verletzten, aber auch für die Feuerwehrmänner, die bislang auf sich alleine gestellt waren, schnell verbessert. Endlich stand genügend Personal zur Verfügung, sodass auch Stephan Boddem seinen halb erfrorenen Brandreferendar ablösen lassen konnte. An dessen Stelle sorgten jetzt zwei Männer aus dem Löschzug der Feuerwache 3 dafür, dass ihnen von der Ratinger Seite kein Fahrzeug in die Unfallstelle fuhr.

Die Feuerwache 6 hatte ihre beheizten Behandlungszelte aufgebaut und Boddem nutzte die Gelegenheit, seinem Zögling die Vorteile einer gut funktionierenden Triage unter Realitätsbedingungen zeigen zu können, ohne dabei jedoch seine administrativen Aufgaben zu vernachlässigen. Etwas, was ihm, selbst wenn er es unbewusst gewollt hätte, nicht gelungen wäre, da seine Anwesenheit praktisch überall erforderlich war. Vieles lief natürlich auch ohne sein Zutun, denn letztlich funktioniert die Arbeit der Feuerwehr nach einem hierarchischen System, in dem jeder, zumindest in Grundzügen, seine Aufgabe kennt.

Aber je mehr Personal an der Einsatzstelle zur Verfügung steht, desto präziser mussten die Arbeiten verteilt und koordiniert werden. Außerdem galt es laufend Entscheidungen zu treffen, Entscheidungen die Boddem an umfangreichen Einsatzstellen gewöhnlich nicht alleine, sondern mit einem Stab von eigens dafür ausgebildeten Mitarbeitern traf. Aber hier und heute war alles anders und schuld daran war, so musste Boddem schmerzlich erkennen, eine Komponente, die zwar in allen taktischen Planspielen vorkam, die letztlich aber niemand von ihnen steuern konnte – das Wetter. Als er diese Gedanken seinem Brandreferendar mitteilte, schaute der zunächst zu Boden. Als er seinen Kopf wieder hob, sah er Boddem nachdenklich an. „Und wie denken Sie, können wir als Feuerwehr dem begegnen? Also ich meine, wir können ja schließlich nicht den Kopf in den Sand stecken und so tun als gäbe es keine Unwetter mehr."

„Tun wir ja auch nicht. Sehen Sie sich doch nur um. Alle unsere Fahrzeuge sind mit Schneeketten ausgerüstet. Unsere Feuerwehrleute tragen durchweg hochwertige Einsatzbekleidung, die sie auch vor solch extremem Wetter schützt und", er streckte seinen Arm aus, „in unseren aufblasbaren, beheizten Zelten werden aus Unfallopfern Patienten, die darin eine bestmögliche Behandlung vor Ort bekommen. Also, ich denke, wir haben schon einiges getan. Aber ich wollte eigentlich auf etwas anderes hinaus. Sehen Sie, ganz gleich wie hochwertig wir uns auch ausstatten und noch soviel Hightech auffahren, wenn die Urkräfte der Natur zuschlagen, sind wie zwangsläufig unterlegen und werden immer ins Hintertreffen geraten."

„Und trotzdem versuchen wir alles Menschenmögliche."

„Richtig, und genau darauf kommt es an, denn darin liegt unsere besondere Stärke. Es ist dieser unbedingte Wille, der die meisten auszeichnet. Das, und ihr Geschick in extremen und nicht immer kalkulierbaren Situationen zu improvisieren. Sehen Sie sich die Leute doch an. Sie sind alle hoch motiviert, da gibt jeder sein Bestes, und glauben Sie mir, ich habe im Einsatz auch immer wieder Männer gesehen, die sich selbst nicht geschont und verdammt viel riskiert haben, um andere zu retten." Dass er selber auch zu diesen Männern gehörte, verschwieg er jedoch.

„Nur Männer? Und was ist mit Frauen?"

„Erwarten Sie darauf wirklich eine Antwort?"

„Na ja, ich ..." Der Brandreferendar sah Boddem erwartungsvoll an.

„Also gut. Sie möchten meine Meinung dazu hören, bitte schön. Sie wissen ja wohl um die teils hitzigen Diskussionen, die unter unseren Männern immer dann geführt werden, wenn das Thema Frauen bei der Feuerwehr zur Sprache kommt. Und Sie kennen bestimmt auch die ganze Palette der Vorurteile, die ich hier jetzt nicht erörtern möchte. Nur soviel: Bei zu vielen herrscht immer noch die Meinung, Frauen sind zwar was ganz Tolles, aber nur, solange sie nicht bei der Feuerwehr sind. Habe ich recht?"

„Äh ja, also im Hinblick auf was Tolles schon. Ansonsten nein."

„Gut, dann sind wir uns ja einig. Ich finde nämlich, dass Frauen genau so „ihren Mann" stehen können und auch stehen. Die Freiwilligen Feuerwehren haben es uns doch schon seit vielen Jahren vorgemacht und ..."

Boddem hätte vermutlich noch einige Argumente angeführt, aber in diesem Moment rief ihn die Leitstelle über sein Funkgerät.

„A-Dienst für Leitstelle kommen!"

„A-Dienst hört. Kommen."

„Wir haben eine Meldung erhalten, wonach direkt vor der Kaiserswerther Feuerwache ein Lkw verunfallt ist. Der Fahrer ist in seinem Führerhaus eingeklemmt und schwer verletzt und die Kameraden vor Ort benötigen dringend einen Notarzt und einen RTW. Falls Sie jemanden von der SEG entbehren könnten, wäre das eine große Hilfe, da wir wegen mehrerer schwerer Unfälle im Innenstadtbereich auf absehbare Zeit keinen Notarzt frei haben."

„Also ein RTW mit Notarzt zur Friedrich-von-Spee-Straße?"

„Korrekt."

„Okay, ich kümmere mich sofort darum und gebe Ihnen Rückmeldung, sobald ich den RTW losgeschickt habe."

„Verstanden, Ende."

„Sie haben mitgehört, was die Leitstelle gesagt hat?"

Der Brandreferendar nickte.

„Gut, dann organisieren Sie jetzt den RTW. Sehen Sie zu, dass er in spätestens zwei Minuten abfahrbereit dort drüben neben dem LF steht."

„Und was machen Sie?"

„Ich kümmere mich um den Notarzt."

An den Längsseiten der Zelte waren Behandlungsplätze für mehrere Patienten aufgebaut. Jeder Behandlungsplatz bestand aus einer Krankentrage, die auf einem klappbaren Untergestell stand, sodass die Ärzte und Rettungsassistenten bei der Versorgung der Verletzten nicht kniend am Boden arbeiten mussten. Jeder Behandlungsplatz besaß ein Beatmungsgerät, eine EKG-Überwachungseinheit mit Monitoring und zwölfpoliger Ableitung sowie der Möglichkeit zur Defibrillation. Darüber hinaus gab es Geräte zur Pulsoxymetrie, mit der die Sauerstoffsättigung des Blutes gemessen werden konnte sowie weiteres medizintechnisches Equipment. Für die Versorgung von Wunden standen gut ausgestattete Alukisten mit Verbandmaterialien zur Verfügung, die weitere Infusionslösungen und Medikamente und all jene Dinge enthielten, die man auch in der Notfallambulanz einer Klinik vorfinden würde.

Jedem der hier arbeitenden Ärzte standen zwei gut ausgebildete Rettungsassistenten zur Seite, die während ihrer Ausbildung auch ein mehrere Monate dauerndes Praktikum in einem der Düsseldorfer Krankenhäuser absolviert hatten und daher mit der Arbeitsweise der Ärzte bestens vertraut waren. Dass sie mit diesen Feuerwehrmännern professionell arbeiten konnte, hatte die Ärztin, die auf der Fahrt zur Unfallstelle neben Dr. Soffke gesessen hatte, schnell erkannt und ihre Nervosität längst abgelegt. Zusammen mit Carsten Heine, jenem jungen Brandmeister, der als Erster durch eine der hinteren eingeschlagenen Scheiben in den Bus geklettert war, um den Durchbruch des Feuers in den Fahrgastraum zu verhindern, versorgte sie jetzt eine Frau mit einer kritischen Augenverletzung. Als die Feuerwehrmänner ihr die Frau brachten, war sie ohne Bewusstsein gewesen. Sie hatten ihr gesagt, dass sie bei dem Unfall von ihrem Sitz geschleudert und sich bei dem anschließenden Sturz auf den Boden die Spitze ihres Regenschirmes ins Auge gestochen hatte.

„Möchten Sie intubieren?", fragte Carsten, der inzwischen seine Kleidung gewechselt hatte und genau wie alle anderen hier die im Rettungsdienst üblichen Einmalhandschuhe trug.

„Ja, ich denke, das ist nötig. Bereiten Sie schon mal alles vor. Haben Sie Hypnomidate?"

„Ja, haben wir."

„Sehr gut. Auch Fenthanyl und Dormikum?"

„Ja auch, soll ich Ihnen die Narkosemittel auch schon aufziehen?"

„Ja bitte. Und dann möchte ich mir die Verletzung ansehen. Aber zuerst intubieren wir."

Carsten hatte alles bereitgelegt: Das Laryngoskop mit dem aufgesetzten Spatel, einen achtunddreißiger Endotrachealtubus mit Führungsstab und Blockerspritze. Einen vierer Guedeltubus, eine chirurgische Klemme und das weitere Kleinmaterial.

„Ich habe einen achtunddreißiger mit Führungsstab fertig gemacht. Ist das okay so?"

„Ja, sehr gut, ich denke der sollte passen."

„Möchten Sie, dass ich ihn mit Xylocaingel bestreiche?"

„Mm, wäre gut. Und schließen Sie auch gleich die Blockerspritze an und halten den Beatmungsbeutel bereit."

„Ist schon erledigt", sagte der Feuerwehrmann und Rettungsassistent Carsten, der schon bei vielen Reanimationen assistiert hatte und daher genau wusste, was er zu tun hatte.

Nachdem die Ärztin die Frau zunächst narkotisiert und anschließend intubiert hatte, steckte Carsten den Ventilkopf des Beatmungsbeutels auf den Konnektor des Endotrachealtubus und presste die Luft aus dem Beutel in die Lungen der Patientin. Die Ärztin horchte dabei mit einem Stethoskop ihre Lungen ab.

„Ist gut", nickte sie zufrieden. „Der Tubus sitzt richtig, beide Lungen werden ausreichend belüftet. Sie können sie jetzt an das Beatmungsgerät anschließen." Carsten zog den Beatmungsbeutel vom Konnektor ab und wechselte ihn gegen das Anschlussstück der Atemfaltenschläuche des Beatmungsgerätes aus. Die Ärztin entfernte den Notverband. Die Wunde um das beschädigte Auge war stark geschwollen und blutunterlaufen. Das ausgetretene Blut war bereits verkrustet.

„Sieht nicht gut aus", sagte Carsten leise. „Was glauben Sie, wird man ihr Auge noch retten können?"

„Vermutlich nicht. Aber ganz ausschließen möchte ich das auch nicht. Ich bin schließlich keine Augenärztin. Auf jeden Fall muss sie so rasch wie möglich in eine Spezialklinik gefahren werden. Könnten Sie das veranlassen?"

„Natürlich. Ich spreche sofort mit unserem ORGEL-Rett."

Das Kürzel ORGEL-Rett. stand für Organisationsleiter Rettungsdienst. Bei ihm liefen sämtliche Fäden der Rettungsaktion zusammen. Unter anderem sorgte er auch dafür, dass der Weitertransport bereits versorgter Patienten in die entsprechenden Kliniken möglichst reibungslos funktio-

nierte. Um ihn wegen seiner wichtigen Funktion für jedermann erkennt-
lich zu machen, trug er eine weithin sichtbare Weste mit einem entsprechenden Aufdruck. Carsten hielt nach ihm Ausschau,

„Kann ich Sie kurz alleine lassen?", fragte er die Ärztin, nachdem er
ihn hier im Zelt aber nicht ausmachen konnte.

„Natürlich, gehen Sie ruhig. Außerdem bin ich hier ja nicht wirklich
alleine", entgegnete die Ärztin und unterstrich ihre lächelnd ausgespro-
chenen Worte mit einer entsprechenden Geste.

Stefanie hatte den Jungen in das Behandlungszelt begleitet und sich be-
reiterklärt, sich bis zu seinem Abtransport weiter um ihn zu kümmern.
Sie hielt immer noch seine kleine Hand. Jetzt wurde sein Griff zunehmend
schwächer. Die Tramal-Tropfen, die er gegen seine Schmerzen bekommen hatte, begannen zu wirken und die sedierende Komponente des Me-
dikaments ließ ihn schläfrig werden. Es dauerte auch nicht mehr lange
und er blinzelte immer seltener mit den Augen, bis er sie schließlich ganz
geschlossen hielt. Armer kleiner Kerl, dachte Stefanie, was hast du alles
durchmachen müssen. Aber jetzt befand er sich in Sicherheit. Seine Ge-
sichtszüge waren entspannt und sein Atem ging ruhig und gleichmäßig.
Er war fest eingeschlafen.

Obwohl die Ärztin neben ihr mit der Versorgung ihrer eigenen Patientin
vollauf beschäftigt war, war sie nicht umhin gekommen, ab und zu einen
Blick auf Stefanie und den Jungen zu werfen. Gerne hätte sie der jungen
Frau persönlich gesagt, dass sie es ganz toll fand, wie liebevoll sie den
Kleinen betreute, aber für solch ein Gespräch hatte sie im Moment keine
Zeit. Vielleicht würde sich ja später eine Gelegenheit ergeben, sagte sie
sich, dann, wenn die Verletzten in die Krankenhäuser transportiert worden
waren und hier im Zelt Ruhe eingekehrt war.

Aber noch war man nicht so weit. An den Behandlungsplätzen um
sie herum wurde immer noch gearbeitet und sie hatte die Versorgung
ihrer eigenen Patientin auch noch nicht abgeschlossen. Inzwischen
waren weitere Minuten vergangen und ihre Patientin lag transportbereit
auf einer Vakuummatratze, die wiederum auf einer Krankentrage mit
fahrbarem Untergestell lag und zu einem Rettungswagen gehörte. Sie
hatte beide Augen verbunden, war sediert und an das Beatmungsgerät
angeschlossen. An ihrer linken Armvene befand sich ein venöser Zugang. Daran angeschlossen waren eine Infusion zur Kreislaufstabilisie-
rung und ein Perfusor mit einer Dauermedikation zur Aufrechterhaltung
ihrer Narkose.

Während einer der beiden Rettungsassistenten die Frau sorgfältig zudeckte und ihr Sicherheitsgurte anlegte, befestigte der andere das transportable Beatmungsgerät und das angeschlossene EKG an dem Tragenuntergestell. Carsten Heine, der seine Kollegen zu der Patientin geführt hatte, erklärte der Ärztin, dass er sie zum RTW begleiten würde, wo sie die angeschlossenen Geräte gegen baugleiche aus dem RTW auswechseln würden. Danach käme er zurück.

„Dann soll ich also nicht mitkommen?", fragte die Ärztin erstaunt. „Ich hatte angenommen ich müsse die Patientin begleiten."

„In diesem Fall nicht Frau Doktor", erklärte Carsten. „Wenn sie möchten, können Sie natürlich mit zum RTW kommen. Für die Transportbegleitung stehen aber andere Ärzte zur Verfügung. Also, vorausgesetzt natürlich, es ist wirklich notwendig. Ansonsten fahren die Kollegen alleine."

„Ja, aber diese Frau sollte schon unter ärztlicher Begleitung transportiert werden."

„Wird sie auch Frau Doktor, wird sie auch." Einer der Rettungsassistenten zeigte ihr eine in einer Folie eingesteckte Patientenanhängekarte und erklärte: „So eine Karte bekommt jeder Patient. Und, sehen Sie hier", er deutete auf ein Feld für den Transport mit ärztlicher Begleitung, „ist dick angekreuzt."

„Und ... äh, wer hat das bitte schön veranlasst? Also, wer hat das Kreuzchen dort hingemacht?"

„Das war ich", sagte Carsten.

„Ah, Sie! Hm, nichts für ungut, aber sollte diese Entscheidung nicht ich treffen?"

„Haben Sie doch auch", entgegnete er, „ich hatte Sie doch vorhin gefragt, ob die Frau mit oder ohne Arztbegleitung transportiert werden soll und Sie haben *mit* gesagt. Also hab ich das hier angekreuzt."

„Hm, tut mir leid. Das muss mir irgendwie entgangen sein. Aber das hier ist alles noch ein wenig neu für mich."

„Ihr erster Außeneinsatz?"

„Ja, mein erster. Hab ich vielleicht sonst noch was übersehen oder vergessen, dass ...?"

Carsten schüttelte verneinend den Kopf. „Nein, nein, keine Sorge. Ist alles in Ordnung. Und wenn ich das sagen darf, ich finde Sie haben Ihren Job hier bislang richtig gut gemacht."

„Okay, Carsten, das reicht jetzt. Genug Süßholz geraspelt, wir müssen los.

„Und ... Frau Doktor, was ist mit Ihnen, wollen Sie auch mitkommen?"

„Wie sieht es denn draußen aus? Ist es immer noch so schlimm wie bei unserem Eintreffen?"

„Also, wenn Sie vom Wetter reden, da kann ich Ihnen nur raten, bleiben Sie lieber hier im Warmen. Da draußen friert man sich nämlich noch immer seinen, na Sie wissen schon wen, ab."

„Okay, ich bleibe."

Aus ihrem ich bleibe wurde jedoch nichts. Unmittelbar, nachdem Carsten und die beiden Rettungsassistenten mit ihrer Patientin das Behandlungszelt verlassen hatten, kam der ORGEL-Rett. mit einem Feuerwehrmann zu ihr, den er ihr als den Einsatzleiter vorstellte. Es war Stephan Boddem, der dringend einen Notarzt oder eine Notärztin für die Unfallstelle bei den Kameraden der Freiwilligen Feuerwehr von Kaiserswerth suchte. Nachdem er dem ORGEL-Rett. mit knappen Worten die Situation geschildert hatte, hatte der ihn sofort zu dem Behandlungszelt geführt, in dem sich auch Stefanie mit dem verletzten Jungen befand. „Kommen Sie", sagte er zu Stephan Boddem. „In diesem Zelt sind die ersten Behandlungen schon abgeschlossen und zwei Patienten werden gleich abtransportiert. Von daher gehe ich davon aus, dass wir hier Kapazitäten frei haben."

Boddem folgte dem ORGEL-Rett., der die Eingangsplane zur Seite schob in das Behandlungszelt. „Ah, da vorne die Ärztin, die neben der jungen Frau steht. Sie scheint mir gerade unbeschäftigt zu sein." Mit den Worten: „Nicht lange suchen, die nehmen wir", schritt er auf die Ärztin zu.

Das darauf folgende Gespräch war eigentlich kein richtiges Gespräch. Stephan Boddem erklärte lediglich, dass es in Kaiserswerth zu einem Unfall gekommen sei, und dass man dort dringend einen Notarzt benötige. „Und das sind Sie, Frau Doktor", ergänzte der ORGEL-Rett. ohne Umschweife.

„Ich ... wieso ich?", sagte die Ärztin entsetzt und spürte, wie die alte Nervosität in ihr aufkam.

„Sorry, Frau Doktor, aber für lange Erklärungen haben wir jetzt wirklich keine Zeit. Ist doch so Herr Boddem, oder?

„Ja leider. Die Zeit drängt wirklich und von den Helfern vor Ort werden Sie dringend erwartet."

Die Ärztin atmete tief durch. „In Kaiserswerth sagten Sie?"

„Ja."

„Und wie komme ich dort hin?"

„Ein RTW steht schon bereit", sagte der ORGEL-Rett. „Kommen Sie, ich werde vorgehen."

Der Ärztin, die gerade erst ihre erste Notfallpatientin im Außeneinsatz versorgt hatte, blieb nichts anderes als dem Mann mit der Weste zu folgen. Am Ausgang des Zeltes begegnete ihr Carsten. „Tut mir leid, jetzt muss ich Sie verlassen, wo wir doch ein so gutes Team waren."

„Ich weiß schon Bescheid", antwortete er und dabei drückte er ihr eine der dreiviertellangen Feuerwehreinsatzjacken in den Arm. „Hier, für Sie. Die werden Sie brauchen bei dem Wetter."

Stefanie hatte dem kurzen Wortwechsel zwischen dem ORGEL-Rett. und der Ärztin mit wachsender Spannung zugehört, da ihre Freundin, die sie besuchen wollte, in der Freiwilligen Feuerwehr von Kaiserswerth war. Spontan fasste sie einen Entschluss. Den Einsatzleiter Stephan Boddem hatte sie schon einige Male gesehen, aber ob er sich auch an sie erinnern konnte? Egal, ihr Entschluss stand fest. Einen letzten Blick auf ihren kleinen Patienten werfend, ja er schlief immer noch tief und fest, bat sie den Feuerwehrmann links von ihr ein Auge auf ihn zu haben. „Das geht doch in Ordnung so, oder?"

„Na klar", sagte der und schon lief Stefanie los. Gerade als Stephan Boddem, der Ärztin folgend, als Letzter das Zelt verlassen wollte, hielt sie ihn zurück. „Tschuldigung, Herr Boddem."

Der Einsatzleiter drehte sich um und sah sich einer jungen Frau gegenüber, die ihn mit bittenden Augen ansah. Verwundert schaute er zuerst in ihr Gesicht, dann fiel sein Blick auf ihre Hand, die ihn immer noch am Ärmel festhielt. „Ja, was gibt es?"

Stefanie ließ verlegen den Ärmel los und fasste sich ein Herz: „Mein Name ist Stefanie Solka von der FF-Angermund und ja ... also, ich habe gerade ihr Gespräch mitbekommen und wollte Sie fragen, ob ...‟

„Entschuldigung, aber das ist jetzt ganz unpassend, ich bin sehr in Eile."

„Ja, ich weiß, ich wollte Sie ja auch nur bitten, ob ich in dem RTW mitfahren kann."

„Wie, im RTW mitfahren?" Boddem schüttelte verneinend den Kopf und sagte: „Es tut mir leid, aber das geht wirklich nicht." Er fragte sich wie die junge Frau nur auf diesen Gedanken gekommen war und wollte sich schon abwenden, da nahm Stefanie ihren ganzen Mut zusammen und sagte bittend: „Aber ich bin doch auch eine Feuerwehrfrau und als examinierte Krankenschwester könnte ich der Ärztin sicher gut helfen."

Einen Moment zögerte Boddem. „Hm. Haben Sie nicht gerade noch diesen kleinen Jungen dort hinten versorgt?"

„Ja, und ich habe auch den Notruf an die Rettungsleitstelle gegeben und den Menschen im Bus Erste Hilfe geleistet und ...‟

„Und Sie sagen, Sie sind wirklich Krankenschwester?"

„Ja, das bin ich."

„Okay, kommen Sie mit."

Alexander war von seiner Maschine gestiegen und gab Claudia ein Zeichen, dass er eines der fahrbaren Untergestelle holen wolle, von denen hier in der Schleuse des Diakoniekrankenhauses immer einige für die einfahrenden Rettungsfahrzeuge bereitstanden.

Als der Rettungsassistent, der sich gerade noch über ihr seltsames Gespann belustigt hatte dies sah, meinte er: „Äh ... du hast doch wohl nicht vor eure Schleifkorbtrage auf so ein Gestell zu setzen, oder?"

„Wieso nicht? Dafür stehen die ja hier."

„Ja, aber doch nicht für eure Schleifkorbtrage. Die kannst du doch gar nicht fixieren. Was meinst du, wie schnell die euch da runterrutschen kann."

„Hast du vielleicht 'nen besseren Vorschlag?", fragte Alexander seinen Kollegen vom Malteser Hilfsdienst

„Na klar", sagte er, „wir nehmen unsere Trage. Das ist sicherer."

Zu viert hoben sie daraufhin Frau Hüttemann mitsamt der orangeroten Schleifkorbtrage auf die Krankentrage der Malteser und fuhren sie in die internistische Notfallambulanz. „Das war aber sehr nett von euch", bedankte sich Claudia später, nachdem sie die bewusstlose Patientin auch noch gemeinsam auf den Behandlungstisch gelegt und an den Aufnahmearzt übergeben hatten. „Wir sind immer nett zu Kolleginnen."

„Und besonders zu jungen hübschen", ergänzte der andere mit einem Augenzwinkern.

„Ach, und was ist mit mir?", fragte Alexander. Sie hatten inzwischen die Schleuse wieder erreicht. „Ich bin euch anscheinend wohl nicht hübsch genug, wie?"

„Na ja ... offen gestanden, ich stehe mehr auf Frauen", sagte der Erste und sah seinen Kollegen grinsend an.

„Ja, also tut mir leid, ich steh auch nicht auf Männer", sagte der andere bierernst, woraufhin beide laut zu lachen anfingen.

„Männer!", stöhnte Claudia auf.

Als jetzt Alexander daraufhin auch noch einen Spruch losließ, mahnte sie: „Boah 'ne, habt ihr's bald? Los, komm jetzt Alex, wir müssen zurück."

„Na, wenn ihr es so eilig habt, dann lassen wir euch doch gerne den Vortritt, nicht wahr Kollege?"

„Klar, ich will doch auch sehen, wie die zwei wieder abfahren", feixte der und fragte Claudia mit erwartungsvoll hochgezogenen Augenbrauen. „Du legst dich doch in die Schleifkorbtrage, oder?"

„Ja ja, das würdet ihr zwei wohl gerne sehen, aber ich pfeif euch was. Fahrt ihr mal schön zuerst."

Nun, die beiden Malteser waren Gentlemen genug, um Claudia nicht weiter zu necken. Nachdem man sich mit freundschaftlichem Handschlag verabschiedet hatte, stiegen sie in ihren RTW und verließen winkend die Schleuse. Unmittelbar darauf startete auch Alexander seine Maschine. Kurz danach erreichte er mit Claudia die Unfallstelle vor ihrer Feuerwache und meldete sie unverzüglich bei ihrem Gruppenführer zurück. Herbert Goldbrunner zeigte sich sichtlich erleichtert, dass dieser ungewöhnliche Krankentransport ohne Zwischenfälle abgelaufen war, denn nachdem die beiden mit der Patientin in der Schleifkorbtrage liegend abgefahren waren, hatte er immer wieder sorgenvoll darüber nachdenken müssen, ob seine Entscheidung sie so fahren zu lassen nicht doch zu riskant gewesen war.

„Und, wie sieht es hier aus?", fragte Alexander.

„Inzwischen ganz gut. Während ihr fort wart, hat es zwar noch einige bange Minuten gegeben, weil uns der eingeklemmte Fahrer fast kollabiert wäre, aber dann ist es uns gelungen und wir konnten ihn befreien. Jetzt liegt er in der Fahrzeughalle und wird von Chrissie und deinem Bruder betreut. Außerdem müsste jeden Moment ein Notarzt von der Unfallstelle an der Kalkumer Schlossallee hier eintreffen."

„Ah, wie das?"

„Nun ja, da drüben scheint sich die Lage ebenfalls entspannt zu haben. Die ersten Unfallopfer werden bereits in die umliegenden Kliniken gefahren."

„Gab es denn viele Verletzte?", fragte Claudia.

„Über zwanzig", sagte Herbert. „Einige davon schwer. Und besonders tragisch ist, dass es auch einen Toten gegeben hat und der Busfahrer soll auch noch immer in Lebensgefahr schweben."

„So schlimm?"

„Tja, leider. Aber ... Moment mal." Herbert hielt seine Hand an ein Ohr und lauschte. „Hört ihr das auch? Das könnte der Notarzt sein, den ich angefordert habe."

„Könnte aber auch die Polizei sein", gab Alexander zu bedenken.

Claudia schüttelte den Kopf. „Nee, nee, das ist ein RTW, so was hört man doch."

„Ach, hört man das. Oder ist das etwa die berühmte weibliche Intuition?"

Claudia wollte Alex schon eine passende Antwort geben, da mischte sich ihr Gruppenführer ein: „Soooo, ich denke das reicht jetzt. Und bevor ihr euch noch in die Haare kriegt, geht ihr bitte auf die Straße und seht nach. Und egal ob RTW oder Polizeifahrzeug, ihr nehmt wen auch immer in Empfang."

Das unverwechselbare auf- und abschwellende Heulen des Martinhorns kam deutlich näher. „Los jetzt, ihr zwei", mahnte Herbert und schob sie in Richtung Hoftor, „sonst sind die schon hier, bevor ihr auf der Straße seid."

Die Besatzung des RTW, der die Ärztin zur Unfallstelle nach Kaiserswerth fahren sollte, saß mit laufendem Motor im Führerhaus. Der Brandreferendar, der ihnen diesen Auftrag im Namen ihres Einsatzleiters erteilt hatte, stand wartend neben der noch geschlossenen Schiebetür des Patientenraums. Als er Boddem mit der Ärztin kommen sah, winkte er. Nachdem ihn die beiden fast erreicht hatten, bemerkte er erst, dass ihnen noch eine weitere jüngere Frau gefolgt war und stutzte. *Nanu, eine Zivilistin. Ob sie etwa auch mitfahren sollte?* Das kleine Grüppchen war jetzt da und er zog die seitliche Schiebetüre auf. Die Ärztin, die die Einsatzjacke eines Feuerwehrmannes trug und die jüngere Frau, es war Stefanie, stiegen ein.

„Wer war denn die Zweite?", fragte der Brandreferendar betont beiläufig, nachdem er die Türe von außen hinter den beiden Frauen zugezogen hatte.

„Was denken Sie denn, wer das war?"

„Hm, keine Ahnung, auf jeden Fall eine Zivilistin."

„Aber nur äußerlich", sagte Boddem, „nur äußerlich. Ansonsten ist sie eine überaus couragierte Feuerwehrfrau und Krankenschwester."

„Aha", dehnte der Brandreferendar und sah dem abfahrenden RTW sinnend hinterher. Aber da sich sein derzeitiger Chef anscheinend nicht weiter über diese Zivilistin äußern wollte, verkniff er sich seine Fragen. Schließlich wollte er nicht neugierig erscheinen. Obwohl, er hätte schon ganz gerne etwas mehr erfahren.

In den letzten Stunden hatten die städtischen Räumdienste große Anstrengungen unternommen, wenigstens die Hauptstraßen schneefrei zu machen und als der RTW die Niederrheinstraße erreichte, war diese dank des unermüdlichen Einsatzes der Räumfahrzeuge wieder durchgängig befahrbar. Auf den Nebenstraßen und in den Randbezirken der Stadt sah es hingegen noch ziemlich chaotisch aus. So auch in Kaiserswerth. Hier waren die engen Straßen immer noch mit Schnee bedeckt und an manchen Stellen hatte der Sturm die Schneemassen hoch aufgetürmt. Der Ortsteil schien wie ausgestorben und von den Anwohnern, die normalerweise sehr darum bemüht waren den Schnee von ihren Gehwegen zu schippen waren niemand zu sehen, genauso wie fahrende Autos. Keiner wollte hinaus in die Kälte und so hatten es sich alle, die nicht unbedingt vor die Türe mussten in ihren Wohnungen gemütlich gemacht, um dort das Ende des stürmischen Schneechaos abzuwarten. Manuela war mit ihrem Söhnchen Paul ebenfalls aus der Kälte geflüchtet und befand sich jetzt in der Wohnung ihrer Mutter. Nachdem Christoph ihr die Situation geschildert hatte, war sie zunächst total aufgeregt gewesen und wäre am liebsten sofort in die Klinik gelaufen.

Mit viel Überredungskunst hatte Christoph sie jedoch davon überzeugen können, dass es besser sei, zunächst einmal die Wohnung aufzusuchen und den Sturm abzuwarten. „Wenn der Sturm sich gelegt hat, können Sie immer noch Ihre Mutter im Krankenhaus besuchen. Jetzt denken Sie erst einmal an sich und an Ihren kleinen Sohn, der war lange genug in der Kälte, finden Sie nicht?"

Manuela war den Tränen nahe und hatte stumm genickt. „So, und jetzt zeigen sie mir, wo ihre Mutter wohnt, damit ich sie dort hin begleite."

„Müssen Sie aber nicht", schluchzte Manuela, was Christoph jedoch nicht davon abhalten konnte, seine Pflicht zu erfüllen. Außerdem glaubte er eine gute Idee zu haben, wie er die junge Mutter auf andere Gedanken bringen konnte. Eine Idee, mit der auch gleichzeitig dem alten Mann geholfen wäre. Das ging allerdings nur, wenn Manuela einverstanden wäre. Sie war einverstanden und hatte den nur wenige Häuser entfernt wohnenden Alten mit in die Wohnung ihrer Mutter genommen.

Christoph war froh, damit sein zweites Problem gelöst zu haben, denn den verwirrten Alten, der wie er sagte, schon seit einigen Jahren alleine wohnte, hätte er nicht sich selbst überlassen dürfen. Nachdem ihm das Wichtigste, alle zunächst einmal aus der Kälte in Sicherheit zu bringen, gelungen war, hatte er sich schnell verabschiedet. Er musste zurück zur Unfallstelle. Wieder draußen auf der Straße warf er noch einen Blick auf den toten Hund des Alten. Um ihn würden er oder jemand anderes sich später kümmern. Im Moment hatten sie Wichtigeres zu erledigen.

Inzwischen befand er sich schon seit einiger Zeit wieder an der Unfallstelle, wo es seinen Kameraden gelungen war, den eingeklemmten Fahrer zu befreien. Der Mann war schwer verletzt und ohne Bewusstsein. Sie hatten ihn auf einer Vakuummatratze in die Fahrzeughalle gebracht, wo er sich zusammen mit Chrissie um ihn kümmern sollte, bis ihn ein Rettungswagen in die Klinik fahren würde. Chrissie hatte gerade seinen Blutdruck gemessen. Sie nahm das Stethoskop aus seiner Ellenbogenbeuge und sah Christoph besorgt an.

„Und?"

„Sieht nicht gut aus. Bisher hatten wir ihn mit der Infusion noch stabil halten können, aber jetzt ist sein Blutdruck rapide gefallen. Hoffentlich ist der Notarzt bald da."

„Kommt denn einer?"

„Ja. Zumindest hat der Herbert vorhin gesagt es würde einer von der Unfallstelle an der Kalkumer Schlossallee kommen, wo die SEG tätig ist."

„Was hältst du solange von Schocklage?"

„Gute Idee, aber wir sollten nur seine Beine hoch lagern."

„Du meinst wegen der massiven Kopfverletzung?"

„Genau."

„Aber bei seinen Beinen müssen wir auch vorsichtig sein", gab Christoph zu bedenken. „Die scheinen beide gebrochen. Das Beste wird sein, wir fixieren sie zuvor mit den aufblasbaren Kammerschienen."

„Einverstanden. Dann wäre es aber nicht schlecht, wenn wir noch jemanden hätten, der uns dabei hilft. Was meinst du?"

„Sehe ich auch so."

„Gut, dann hole ich uns jemanden", sagte Chrissie. „Wartest du hier solange?"

„Klar. Aber beeil dich bitte."

Chrissie hatte sich beeilt. Aber als sie zurückkam, brachte sie aber niemanden von ihrer Feuerwehr mit, sondern kam in Begleitung einer Notärztin und zweier Rettungsassistenten von der Berufsfeuerwehr, die Christoph gut kannte da er, genau wie sein Bruder, nicht nur in der Freiwilligen Feuerwehr von Kaiserswerth tätig war, sondern auch bei der Berufsfeuerwehr der Stadt Düsseldorf arbeitete. Und diese zwei waren Kollegen seiner eigenen Wache. Dann bemerkte er, dass da noch eine weitere Frau mitgekommen war. Es war Stefanie. Im ersten Moment hatte er die Feuerwehrkameradin aus Angermund nicht erkannt, so in zivil und ohne Uniform. Erst nachdem sie sich mit der Ärztin neben den verunfallten Fahrer kniete, fiel bei ihm der Groschen. „Steffi, du? Wie kommst du denn hierher?"

„Erzähl ich dir später", sagte Stefanie, jetzt sollten wir uns erst einmal um den Mann hier kümmern."

„Sehr richtig", pflichtete ihr die Ärztin bei, die ihre vorhin aufgekommene Nervosität vollständig abgelegt hatte und sich nur noch auf ihre Arbeit konzentrierte. Nach einer kurzen aber eingehenden Untersuchung bestimmte sie: „Der Mann ist lebensgefährlich verletzt. Er muss sofort intubiert werden und danach so schnell wie möglich in die Neurochirurgie der Uni-Klinik."

„Alles klar, Frau Doktor." Die Rettungsassistenten öffneten ihre mitgebrachten Notfallkoffer und bereiteten alles Nötige für die Intubation vor. „Wollen sie auch noch einen zweiten Zugang legen?"

„Ja, aber zuerst muss ich ihn intubieren, damit er so schnell wie möglich an das Beatmungsgerät angeschlossen werden kann. Und bitte auch gleich das EKG fertig machen."

„Den zweiten Zugang könnte ich ja schon mal legen", schlug Stefanie vor.

„Das geht nicht", sagte daraufhin einer der Rettungsassistenten zu Stefanie, da weder er noch sein Kollege bislang eine Gelegenheit gehabt hatte sich mit ihr zu unterhalten. „Wir haben Sie zwar mitgenommen, weil unser Einsatzleiter es so gewollt hat, aber an dem Patienten dürfen wir Sie nicht arbeiten lassen."

„Ich bin aber auch bei der Feuerwehr", sagte Stefanie.

„Mag schon sein, aber das hier ist unser Job. Stimmt's Frau Doktor?"

„Prinzipiell ja, aber in diesem Fall dürfen sie getrost eine Ausnahme machen. Die junge Frau ist nämlich eine ausgebildete Krankenschwester und mir wäre es lieb, wenn sie mir assistieren würde."

„Ja, wenn das so ist", lenkte der Rettungsassistent ein. „Was für eine Infusion soll ich dir denn fertig machen?" Jetzt, nachdem er wusste, dass Stefanie eine Feuerwehrfrau war, hatte er wie selbstverständlich zum Du gewechselt.

Kurz darauf kam Herbert Goldbrunner mit einem Polizisten in die Fahrzeughalle. Während sie sich zunächst den Schnee aus ihren Jacken klopften, sagte Herbert: „Sie können mir ruhig glauben, der Fahrer des Lkw wird ihnen noch keine Auskunft geben können." Der Polizist sagte nichts dazu und zuckte nur leicht mit den Schultern, dann kamen die beiden näher. „So bitte, überzeugen Sie sich selbst", sagte Herbert, wobei seine Stimme leichten Unmut verriet. Der Polizist blickte abschätzend auf den Fahrer hinunter, der inzwischen kontrolliert beatmet wurde. „Wo bringt ihr ihn hin?"

„Wenn er transportfertig ist, Uni Neurochirurgie", sagte der Transportführer des RTW.

„Was aber noch dauern kann", ergänzte die Ärztin leicht bissig, ohne aufzuschauen.

„Wieso das?"

Da die Ärztin keine Lust verspürte längere Erklärungen abzugeben, ließ sie die Frage des Polizisten unbeantwortet. An ihrer Stelle gab ihm Christoph die nötige Auskunft. „Wir haben ihn noch nicht stabil genug."

„Wie, nicht stabil genug?" Der Polizist sah ihn fragend an. „Der Mann ist doch beatmet."

„Schwerer traumatischer Schock und Schädelhirntrauma", erklärte Christoph mit unterdrückter Stimme. „Wenn wir ihn in diesem Zustand fahren, könnte er uns leicht unterwegs wegsterben."

„So schlimm?"

„Noch schlimmer."

„Schnell, er flimmert! Geben Sie mir sofort eine Ampulle Atropin! Und halten Sie den Defi bereit. Kann sein, dass wir ihn defibrillieren müssen."

„Ein Mal Atropin. Kommt sofort, Frau Doktor."

Während der erste Rettungsassistent den Hals der Glasampulle abbrach und das geforderte Medikament mit einer Einmalspritze aufzog, presste der zweite Gel aus einer Tube auf ein Paddel des Defibrillators. „Wie hoch?", fragte er und rieb die Paddel gegeneinander um das Gel gleichmäßig über beide Kontaktflächen zu verteilten.

„Vierhundert."

„Vierhundert Joule, verstanden."

„Hier. Ihre Spritze."

Die Ärztin nahm die angereichte Spritze und applizierte das Medikament in den Dreiwegehahn, an dem auch die erste Infusion des Patienten angeschlossen war.

Gespannt blickten danach alle auf den grünlich schimmernden Monitor des EKG. „Mist." Die Ärztin schüttelte den Kopf. „Er flimmert immer noch."

„Soll ich defibrillieren?"

„Ja, machen Sie."

„Okay." Der Rettungsassistent presste die mit Kontaktgel bestrichenen Paddel auf die entblößte Brust des Patienten und forderte die anderen laut auf: „Achtung Abstand, ich defibrilliere!"

Damit niemand einen Stromschlag erleiden konnte, war dieser Warnhinweis unerlässlich. Er selbst war als Durchführender vor dieser Gefahr geschützt, denn während er den Stromimpuls abgab, stand er auf einer Isolationsmatte und die beiden Paddel, die er exakt über der Herzachse des Patienten aufgesetzt hatte, waren ebenfalls isoliert.

Die digitale Anzeige des Defibrillators fuhr blinkend hoch. Nachdem sie 400 Joule erreicht hatte, ertönte ein lautes Summen – der Rettungsassistent betätigte die in den Paddeln befindliche Auslösung. Ein dumpfes Plopp, ein kurzes zuckendes Aufbäumen des Brustkorbs und dann blickten wieder alle Augen auf den Monitor.

„Ja! Nulllinie, sehr gut! Sofort Herzmassage und noch einmal Atropin. Aber diesmal eins zu fünf verdünnt."

Die extrakorporale Herzmassage hatte Erfolg. Auf dem EKG zeichnete sich wieder ein sauberer Sinusrhythmus ab.

„Ich glaube, wir haben ihn", verkündete die Ärztin zufrieden und sah in die Runde. „Saubere Arbeit, danke. Ist das Medikament fertig?"

„Ja."

„Schön, verwahren Sie es für unterwegs. Ich denke wir können ihn jetzt in die Uni-Klinik fahren."

Nachtrag

Durch die verschneite Winterlandschaft ritt eine junge Frau. Der Körper ihres Pferdes dampfte in der klirrenden Kälte und bei jedem Schritt versanken seine Hufe bis weit über die Fesseln im Tiefschnee. Aber das alles schien den beiden nichts auszumachen, denn das Pferd war durch sein wärmendes Winterfell geschützt und die Reiterin trug eine dicke Jacke sowie Mütze, Schal und Handschuhe. Über den beiden rissen die grauen Wolken auf. Dazwischen schimmerte das helle Blau des Himmels und dann zeigte sich sogar die Sonne. Stefanie dachte daran, was heute alles geschehen war. Sie hatte einen völlig aufregenden Tag erlebt, mit Ereignissen, die sie wohl niemals mehr vergessen würde.

Tief in Gedanken versunken tätschelte sie den Hals ihres geliebten Pferdes, dann summte sie eine leise Melodie. Das Pferd schien das als eine Aufforderung zu einer schnelleren Gangart zu verstehen. Es drehte seine gespitzten Ohren und wieherte freudig auf. „Wie, das ist dir zu langsam?", lachte Stefanie, machte sich leicht und rief ihrem Pferd aufmunternd zu: „Na los, Hank, dann zeig mal, was du drauf hast!"

Unter den Hufen ihres dahinstürmenden Pferdes wirbelte der Schnee hoch in die Luft. Stefanie spürte ein unbändiges Glücksgefühl. Sie hatte heute vielen Menschen geholfen und hatte sich selber auch in großer Gefahr befunden. Aber sie hatte einen Schutzengel gehabt und überlebt. Ja, sie lebte noch, und jetzt, da sie sich im gestreckten Galopp auf ihrem Pferd sitzend Angermund näherte, spürte sie dieses unbändige Gefühl des Lebens und stieß einen lauten Jubelruf aus.

Melanie

Reist man von der nordrhein-westfälischen Landeshauptstadt Düsseldorf in einer gedachten Linie westlich des Rheins in Richtung Süden, kommt man zunächst an der Domstadt Köln vorbei. Schon bald darauf zeichnen sich am Horizont die Höhenzüge der Eifel ab. Nachdem man das malerische Tal der Ahr überquert hat, erreicht man bei Koblenz das Deutsche Eck mit dem Zusammenfluss von Mosel und Rhein. Anschließend gelangt man in die Höhenlagen des Hunsrücks.

Immer noch verläuft die Reise in südliche Richtung, bis sich in der Ferne die ersten Ausläufer des Pfälzer Waldes zeigen. Vorbei an Kaiserslautern ist man schließlich nach gut dreihundert Kilometern am Ziel – im Paradies. Nein, ich meine nicht jenes Paradies, welches uns die Bibel nennt und das Forschern zufolge zwischen den Flüssen Euphrat und Tigris gelegen haben soll.

Ich spreche von der Gemeinde Heßheim in der schönen Pfalz, einem ganz und gar irdischen Paradies inmitten lieblicher Weinberge und mit netten Menschen wie den Feuerwehrmännern Reiner, Udo und Erik Geiger, dem Thomas Bader oder dem Marcus Will, den seine Kameraden nur Willi nennen und Melanie Kuhl, einer jungen Feuerwehrfrau. Sie und weitere Mitglieder der Freiwilligen Feuerwehr wachen über die Sicherheit ihrer Gemeinde, denn Feuer und Unfälle machen selbst vor der dörflichen Idylle dieses Pfälzer Paradieses nicht Halt.

So wie an jenem heißen Junitag, an dem in der Region schon viel zu lange kein Tropfen Regen mehr gefallen war. Und auch heute zeigte sich nicht das kleinste Wölkchen am Himmel. Mensch wie Tier litten gleichermaßen in der brütenden Hitze, die aufgeheizte Luft über dem Asphalt des nahe gelegenen Autobahnkreuzes Frankenthal flimmerte. Sogar die Winzer beklagten diese extrem lang anhaltende Trockenheit, obwohl ihre Reben nur mithilfe der wärmenden Sonnenstrahlen prächtig gedeihen konnten. Unabhängig von der enorm belastenden Wetterlage liefen der Alltag und die damit verbundenen Arbeiten der hier lebenden Bevölkerung weiter.

So auch bei Arnd Rilke, dem Geschäftsführer der Sondermülldeponie auf der Gerolsheimer Gemarkung. Wie an den letzten Tagen fuhren auch heute wieder die Muldenkipper ihren Sand an. Den ganzen Vormittag ging das schon so. Sie brachten Sand, den seine Arbeiter immer, wenn sich das Deponiegut um gut einen Meter erhöht hatte, in einer fünfzig Zentimeter dicken Packlage verteilten. So hatten sie es seit Jahren praktiziert, aber vermutlich würden sie diese Arbeit heute zum letzten Mal verrichten, da die Deponie gegen Ende des Jahres geschlossen werden sollte. Inzwischen türmten sich die Sandberge in die Höhe und warteten darauf, von den Arbeitern, die gerade ihre Mittagspause hielten, auf dem riesigen Areal verteilt zu werden.

Nachdem der letzte Muldenkipper das Gelände der Deponie verlassen hatte, hakte Arnd Rilke die Ladung auf seinem Klemmbrett ab und begab sich ebenfalls zum Mittagstisch. Auf seinem Weg dorthin ahnte er noch nicht, dass sich nur wenige Meter von der Stelle, an der er noch vor wenigen Minuten gestanden hatte, ein Feuer entstehen würde, das sich zu einem gewaltigen Brand ausweiten sollte. Als Auslöser dieses Großbrandes vermutete man später Sonnenstrahlen, die, wie von einer Lupe gebündelt, durch eine gewölbte Glasscherbe das Deponiegut entzündet haben könnten. In dem pulvertrockenen Material fand das zunächst noch kleine Flämmchen reichlich Nahrung. Dann sorgte ein über das Gelände hinweg streichender Wind dafür, dass aus dem Flämmchen Flammen wurden, die rasch um sich griffen und sich zu einem gewaltigen Feuer auswuchsen, das sich buchstäblich in Windeseile großflächig über der gesamten Deponie ausbreiten sollte.

Als die Arbeiter den Rauch aufsteigen sahen, war es für eigene Löschversuche bereits zu spät. Aber das wussten sie zu diesem Zeitpunkt noch nicht und deshalb sprangen sie, im Glauben das Schlimmste noch verhindern zu können, erschreckt auf und stürmten aus der Kantine. Während sie laut fluchend dem Feuer entgegenliefen, rief ihr Geschäftsführer über sein Handy die örtliche Feuerwehr an.

Atemlos erreichten die Arbeiter das Feuer. Es war nicht der erste Brand auf ihrer Deponie und daher wussten sie sofort, was zu tun war. Beherzt griffen die Ersten auch gleich nach den bereitstehenden Schaufeln und schippten den Sand in die im hohen Bogen auflodernden Flammen. Ihre Bemühungen, den Brand damit ersticken zu wollen waren jedoch vergeblich – das Feuer hatte bereits zu weit um sich gegriffen. Es war ein Rennen gegen den Wind, der die Flammen unaufhörlich vor sich her trieb und an immer neuen Stellen anfachte – ein Rennen, das die Männer trotz all ihrer Bemühungen nicht gewinnen konnten.

Trotzdem wollten sie den Kampf nicht aufgeben und schaufelten, was das Zeug hielt. Minutenlang kämpften sie wie besessen, doch dann begannen ihre Muskeln zu schmerzen, und als die Strahlungswärme zu mächtig wurde, mussten sie erkennen, dass sie keine Chance mehr hatten, das Feuer aus eigener Kraft unter Kontrolle zu bringen.

Als die Ersten resigniert ihre Schaufeln fallen ließen, erklang in der Ferne das näher kommende „Tatütata" der alarmierten Feuerwehren.

Schon schöpften die Männer wieder Hoffnung, aber als die ersten Löschfahrzeuge endlich bei ihnen eintrafen, stand bereits eine Fläche von an-
nähernd 10.000 Quadratmetern in hellen Flammen.

Melanie Kuhl ließ sich ihre Nervosität nicht anmerken. Die junge Feuerwehrfrau stand mit ihren Lehrgangskollegen in einer Reihe vor den Ti-
schen, auf denen Atemschutzgeräte lagen, an denen sie die verbrauchten
Pressluftflaschen gegen frisch gefüllte austauschen sollten. Melanie
führte jeden Handgriff genau so aus, wie es ihnen ihre Ausbilder in diesem Atemschutzgerätelehrgang beigebracht hatten. Nachdem sie zuerst
die zwei leeren Flaschen aus dem Rückentragegestell entfernt hatte,
schob sie die beiden neuen, unter Hochdruck stehenden Atemluftflaschen,
von unten durch die Doppelschelle in das nunmehr leere Tragegestell und
drehte die Flaschenventile auf die dafür vorgesehenen Anschlussgewinde.
Dabei musste sie genau darauf achten, dass die Flaschen sich nicht ver-
keilten, da sich deren Überwurfmuttern sonst nicht festziehen ließen.
Rechts neben ihr kämpfte ihr Lehrgangskollege gerade mit genau diesem
Problem. Er drehte und drehte, aber das Gewinde wollte einfach nicht
greifen. Melanie stupste ihn an. „Solange du die Flaschen so verkeilst,
funktioniert das nicht."

„Weiß ich auch. Aber diese verfluchten Gewinde ... Mann!"

„Jetzt dreh doch nicht so hektisch. Soll ich dir mal helfen?"

Kevin schüttelte den Kopf und starrte wütend auf das vor ihm liegende
Atemschutzgerät. *So weit kommt's noch, mir von einer Tussi helfen zu lassen. Überhaupt ... Weiber bei der Feuerwehr! Hallo, wo sind wir denn!?*

Aber im Gegensatz zu dem eingebildeten und überheblich denkenden
Kevin, der noch immer vergeblich an den Anschlussgewinden schraubte,
hatte Melanie ihren Pressluftatmer bereits zusammenmontiert, sodass
sie die beiden Druckluftflaschen nacheinander öffnen und den Druck
am Manometer ablesen konnte. Der Ausbilder, der die ordnungsgemäße
Montage der Atemschutzgeräte bei allen Lehrgangsteilnehmern überprüfte, war vor dem jungen Mann neben Melanie stehen geblieben. „Na
Kevin, gib's Probleme?"

„Scheiße Mann, da muss irgendwas kaputt sein. Hier, ich kann schrauben wie ich will, das packt einfach nicht."

Der Ausbilder, ein älterer erfahrener Feuerwehrkollege, mochte es gar
nicht, wenn einer der jungen Lehrgangsteilnehmer lauthals fluchte. „He,
ganz ruhig, ja. Mit Gewalt ist da sowieso nichts zu machen. Sieh her, so
funktioniert das." Mit einem Handgriff hatte er die Stahlflaschen mit der
Atemluft so ausgerichtet, dass sie einen rechten Winkel zu dem An-

schlussgewinde bildeten, dann schraubte er problemlos die Überwurfmuttern fest. „Gesehen?"

„Ja", knirschte Kevin.

„Gut." Der Ausbilder löste die Verschraubung wieder. „Dann versuch es jetzt noch einmal. Aber ohne Fluchen bitte. So Worte wie „Scheiße Mann" möchte ich nicht noch einmal hören, verstanden. Du bist hier schließlich nicht irgendwo, sondern bei der Feuerwehr." Nach diesem Rüffel wendete er sich der jungen Feuerwehrfrau zu. „Und Melanie, bei dir alles klar? Lass mal sehen. Hm, alles richtig. Ist der Druck auch in Ordnung?"

„Ja. Beide Flaschen haben den vorgeschriebenen Druck von 200 Bar."

„Sehr schön, Melanie."

Der Ausbilder ging eine Position weiter.

Sehr schön, Melanie, ärgerte sich Kevin und äffte leise den Ausbilder nach. Melanie hier, Melanie da. Blöde Tussi, warum kriechst du dem Typ nicht gleich in den Arsch!

Später hatten Kevin und zwei weitere Lehrgangsteilnehmer bei einer körperlichen Belastungsübung gepatzt. Sie würden den Lehrgang wiederholen müssen. Die „blöde Tussi", wie er Melanie tituliert hatte, hatte den Atemschutzgerätelehrgang hingegen erfolgreich bestanden. Seit zwei Stunden war sie wieder Zuhause. Ihrem Wehrleiter hatte sie die Nachricht schon am Telefon verkündet, aber Willi wollte sie noch heute aufsuchen und sie freute sich darauf, ihm persönlich sagen zu können, dass sie den Lehrgang erfolgreich bestanden hatte. Sie traf ihn in der Fahrzeughalle.

Für Melanie war Willi nicht nur ein erfahrener Feuerwehrmann und hervorragender Maschinist, sondern vom ersten Tag an auch ihr persönlicher Feuerwehrpate gewesen. Eigentlich war er es immer noch. In seinem Hauptberuf war Willi Automechaniker und Karosserieschlosser. Glaubte man den Aussagen seiner Kameraden, so gab es keinen Schaden, den seine begnadeten Hände nicht heilen konnten. Außerdem wusste er mehr über das Innere sämtlicher Feuerwehrfahrzeuge als irgendein anderer. Und Willi war ein überaus gutmütiger Typ, der für jede Frage ein offenes Ohr hatte.

Vieles von dem, was Melanie damals als angehende Feuerwehrfrau wissen musste und wollte, hatte er ihr mit großer Geduld erklärt. Keine Frage war ihm zuviel gewesen und darüber hinaus hatte er ihr etliche taktische Tricks und Kniffe gezeigt, die er als alter Hase natürlich kannte und die im Einsatz von Bedeutung werden konnten. Bislang hatte Melanie zwar noch keinen richtig gefährlichen Einsatz gehabt, aber das konnte sich schnell ändern. Als Melanie in die Fahrzeughalle kam, demontierte Willi in einem angrenzenden Werkstattraum gerade eine defekte Feuerlöschkreiselpumpe. „Juhu, Willi!", rief Melanie stolz „Hab bestanden. Ab heute darf ich endlich auch an vorderster Front mitkämpfen."

„Na, da gratuliere ich dir doch gerne – du frischgebackene Atemschutzgeräteträgerin." Willi wischte seine ölverschmierten Hände an einem Putzlappen ab und legte Melanie väterlich einen Arm um die Schulter. „Komm, lass uns 'nen Kaffee trinken und dabei erzählt du mir, wie es so war, auf deinem Lehrgang."

Die beiden gingen in die kleine zur Feuerwache gehörende Küche. Während Willi den Kaffee aufsetzte, plapperte Melanie schon munter drauf los. Eine Weile hörte Willi ihr aufmerksam zu, dann unterbrach er ihren Redefluss. „So, jetzt machst du mal Pause, denn ich möchte dir auch unsere Neuigkeiten erzählen. Während du auf deinem Lehrgang warst, hat es nämlich in der Nachbargemeinde einen Wohnungsbrand gegeben."

Sofort horchte Melanie auf. „Wann war das denn?"

„Vergangene Woche, du warst gerade erst einen Tag weg." Willi nippte an seinem Kaffee und betonte leise: „War 'ne wirklich schlimme Sache, Melanie. Nachdem gleich mehrere Notrufe in der Kreisleitstelle eintrafen, hatten sie sofort zweiten Alarm ausgelöst. Du weißt ja, unter dem Stichwort *Menschenleben in Gefahr* wird immer eine zweite Löschgruppe geschickt. Ich war an dem Tag Maschinist. Udo war unser Gruppenführer. Mit zwei Trupps sind wir als Verstärkungs-LF dort hingefahren. Als wir eintrafen, waren die Jungs schon voll im Einsatz und retteten eine Frau mit schweren Verbrennungen über die dreiteilige Schiebleiter vor den Flammen. Die beiden, die die Rettungsaktion durchgeführt hatten, haben dabei selber Verbrennungen und Rauchvergiftungen erlitten."

„Wie ist das denn möglich? Haben die denn etwa keine Atemschutzgeräte getragen?"

„Tja also ...", Willi kratzte sich am Kopf, „du musst wissen, das war schon von Anfang an 'ne verdammt heiße Kiste. Als die ersten Einsatzkräfte eintrafen, schlugen aus zwei Fenstern im zweiten Obergeschoss die Flammen heraus. Auf der dritten Etage, und zwar unmittelbar darüber, stand diese Frau und rief um Hilfe. Der Raum hinter ihr war komplett verqualmt und dann wurde sie plötzlich vollständig von dichtem Brandrauch eingehüllt.

„Also, dritte Etage sagtest du? Warum haben Sie sie denn nicht über die Drehleiter gerettet? Das wäre doch viel schneller gegangen."

„Ach so, das hatte ich vergessen zu sagen. Das Feuer war im Hinterhof ausgebrochen. Und in den gelang man nur durch eine Toreinfahrt. Aber die war so niedrig, dass unsere Drehleiter da nicht durchfahren konnte."

„Und das LF dann ja wohl auch nicht, oder?"

„Leider, das war ja das Dilemma. Alle Fahrzeuge mussten draußen auf der Straße stehen bleiben. Der Einsatzleiter hatte sofort angeordnet, die dreiteilige Schiebleiter vom Fahrzeugdach zu holen, um die Frau darüber zu retten. Aber bis sie die in Stellung gebracht hatten ... also das hatte schon einige Zeit in Anspruch genommen. Das war auch der Grund, warum die beiden Kameraden ohne Atemschutzgeräte zu der Frau hinaufgestiegen sind. Die haben sie buchstäblich im letzten Moment gerettet. Kannst du mir glauben Melanie, wenn die Jungs sich auch noch die Zeit genommen hätten, vorher ihre PAs anzuziehen ... nee", Willi schüttelte energisch den Kopf. „Ich sag dir, das hätte zu lange gedauert."

„Verstehe, zumal es ja nicht beim Anziehen des Atemschutzgerätes bleibt", ergänzte Melanie. „Man muss sich ja erst den Helm abziehen, damit man sich die Atemschutzmaske überstreifen kann, dann den Helm wieder auf, Lungenautomat eindrehen und ...."

„Ganz genau. Hinterher bei der Einsatznachbesprechung hat es auch keinen gegeben, der darüber gemeckert hat oder so."

„Trotzdem verstehe ich eins nicht. Der Angriffstrupp rüstet sich doch schon auf der Fahrt mit den Geräten aus. Wieso wurde der nicht hochgeschickt? Es heißt doch immer Menschenrettung geht vor Brandbekämpfung. Also zumindest wurde mir das in meiner Ausbildung so eingetrichtert."

„Sicher, der Grundsatz gilt noch immer und daran wird sich wohl auch künftig nichts ändern. Aber manchmal müssen Menschenrettung und Brandbekämpfung eben parallel laufen."

„Und das war hier der Fall?"

„Allerdings. Als die ersten Einsatzkräfte eintrafen, standen schon etliche Menschen auf der Straße. Einige schrien, dass noch zwei Kinder in der Brandgeschosswohnung oben auf der zweiten Etage wären, also hat der Gruppenführer seinen Angriffstrupp mit Wasser am Rohr sofort über das Treppenhaus hochgeschickt."

„Mit Wasser am Rohr?", fragte Melanie ungläubig.

„Ja, das musste sein, weil es ja auch im Treppenhaus brannte."

„Okay, dann verstehe ich das jetzt auch, aber ...."

„Was, aber?"

Melanie druckste herum.

„Na, rück schon raus mit der Sprache. Was sollte dein *aber*? Du weißt doch, mit mir kannst du über alles reden."

„Ja, schon, versteh mich jetzt bitte nicht falsch, Willi."

„Hab ich das jemals getan?

„Also gut." Melanie rutschte auf ihrem Stuhl ein wenig nach vorne und erklärte: „Also, auf unserem Atemschutzgerätelehrgang hat man uns beigebracht, dass der Eigenschutz eine ganz wichtige Sache sei."

„Das ist richtig. Ist es ja auch."

„Genau, und deshalb finde ich, dass die Entscheidung, die beiden ohne Atemschutzgeräte da hinaufsteigen zu lassen, vielleicht doch nicht richtig war und ..."

„Stopp, stopp, stopp", unterbrach sie Willi und betonte: „Diese Entscheidung traf der Gruppenführer. Das war keine Eigenmächtigkeit des Trupps, der da hochgestiegen ist."

„Aber genau das ist es doch!", entgegnete Melanie vorwurfsvoll. „Immerhin hat der Gruppenführer doch auch eine Verantwortung für seine Leute. Und so wie ich das sehe, hätte das ja auch schief gehen können, oder?"

Willi war aufgestanden und pflanzte sich breitbeinig vor seiner jungen Kameradin auf. Dabei legte er ihr seine beiden Hände auf die Schultern und sah sie eindringlich an. „Melanie, gerade hast du mich gebeten, dich nicht falsch zu verstehen. Hab ich auch nicht. Ich weiß ja, dass du erst heute von diesem Lehrgang zurück bist und da ist man noch euphorisch, leicht geneigt, einiges, na sagen wir, aus einem bestimmten Blickwinkel zu sehen, besonders, wenn man noch so jung ist wie du."

Melanie wollte schon Einspruch erheben, da winkte Willi brüsk ab. „Nein, jetzt hörst du mir bitte erst einmal zu."

„Okay."

„Also, aus meiner eigenen Erfahrung kann ich dir nur raten, dass es oft besser ist, die Dinge etwas differenzierter zu betrachten."

„Ja, aber ..."

„M e l a n i e", Willi zog ihren Namen betont auseinander, „ich toleriere ja deine Bedenken, aber solange du noch nicht über ausreichende eigene Einsatzerfahrung verfügst, solltest du dir auch noch kein Urteil darüber erlauben, ob das, was die Jungs da getan haben, beziehungsweise was ihnen der Einsatzleiter befohlen hat, richtig oder falsch war."

„Aber ..."

„Nein, kein aber mehr. Ich sag dir, hier ging es um eine glasklare Abwägung. Auf der einen Seite stand das Risiko einer möglichen Verletzung der eigenen Einsatzkräfte. Auf der anderen Seite der mit höchster Wahrscheinlichkeit anzunehmende Tod eines Menschen, den es aus akuter Lebensgefahr zu retten galt. Na, wie denkst du, sieht das jetzt aus?"

„Jaaaa, wenn du das so darstellst."

„So stelle ich es dar, weil es genauso war. Und Melanie, vergiss nicht, wir sind alle Feuerwehrmänner ..."

„Und eine Feuerwehrfrau", fiel sie ihm ins Wort.

„Genau, und als solche können wir jederzeit in Situationen kommen, in denen wir manchmal auch das eine oder andere persönliche Risiko eingehen müssen."

Willi hatte noch einiges mehr gesagt, und Melanie war anschließend in Gedanken versunken nach Hause gegangen. *Noch nie zuvor hatte Willi so ernst mit ihr gesprochen. War das etwa aus Sorge um sie geschehen? Oder hatte er Bedenken, dass sie, jetzt wo sie den Lehrgang bestanden hatte und als Atemschutzgeräteträgerin im Angrifftrupp eingesetzt werden konnte, zu leichtsinnig wäre? Sie schüttelte den Kopf. Nein, das konnte es nicht sein. Schließlich hatte sie doch eher für die Sicherheitsvorschriften geredet als gegen sie. Aber warum hielt er ihr dann auf einmal ihren Mangel an Einsatzerfahrung vor? Das hatte er bisher noch nie getan. Als ob es ihre Schuld wäre, dass es seit ihrem Eintritt in die Feuerwehr nicht mehr gebrannt hatte. Zumindest hatte es seitdem keine schlimmen Brände mehr gegeben. Oder steckte vielleicht etwas ganz anderes dahinter? Mochte er sie etwa nicht mehr, jetzt, wo sie das Gleiche machen durfte wie er? Na ja, nicht ganz das Gleiche, aber immerhin ...*

Ihre eigenen Gedanken verwirrten die junge Feuerwehrfrau, und als sie ihre Wohnung erreichte, schalt sie sich dafür, dass sie an ihrem besten Feuerwehrfreund gezweifelt hatte.

Durch die Zubereitung einer kleinen Mittagsmahlzeit versuchte sie sich abzulenken, aber die vielen Fragen spukten immer noch weiter in ihrem Kopf herum. Fragen, die sie, so nahm sie sich vor, später noch einmal in Ruhe überdenken wollte. Aber dazu sollte es nicht mehr kommen, denn plötzlich riss sie das laute, durchdringende Piepsen ihres Funkmeldeempfängers aus ihren Gedanken und aus ihrer Küche. *Feuer auf der Sondermülldeponie auf der Gerolsheimer Gemarkung* stand in dem hell erleuchteten Display.

Als Melanie das las, wurde sie ganz schön nervös. Eben erst hatte Willi ihr noch mangelnde Einsatzerfahrung vorgehalten und jetzt, gerade mal eine halbe Stunde nach diesem Gespräch bekam sie ihren Einsatz. Und was für einen! Die Kreisleitstelle hatte sogar Großalarm ausgelöst. Das bedeutete, dass jetzt sämtliche verfügbaren Kräfte aller umliegenden Ortschaften zu ihren Feuerwehrfahrzeugen eilten, um mit Blaulicht und Martinshorn zur Gerolsheimer Gemarkung zu fahren. Melanie hatte noch keinen Deponiebrand miterlebt, aber von den Kameraden, die bei früheren Einsätzen dabei gewesen waren, wusste sie, dass sich solch ein Feuer rasend schnell ausbreiten und ähnlich wie bei einem Torf- oder Moorbrand noch tagelang in der Tiefe weiterbrennen kann. Und das bei der seit Tagen anhaltenden, brütenden Hitze, in der kein Tropfen Wasser mehr gefallen war und Waldbrandstufe 4 herrschte. Das ausgetrocknete Material auf der Deponie würde bestimmt wie Zunder brennen.

Melanie wusste, je eher sie und die anderen Feuerwehrleute die Brandbekämpfung aufnehmen würden, umso höher stiegen ihre Chancen, dass es diesmal vielleicht nicht zu solch einem Tage dauernden Einsatz kommen würde. Eilig schlug sie die Türe hinter sich zu und sprang, immer zwei Stufen auf einmal nehmend, die Treppe hinunter. Willi wird garantiert mit dem Tanklöschfahrzeug dort hinfahren, sagte sie sich und entschied das Fahrrad zu nehmen. Sie hatte ja nur wenige hundert Meter bis zu ihrer Feuerwache zurückzulegen. Vielleicht konnte sie es noch rechtzeitig schaffen, um bei ihm mitzufahren. Als sie die Straße erreichte, in der sich ihre Feuerwache befand, sah sie von Weitem, wie ihr Tanklöschfahrzeug in Richtung Gerolsheimer Gemarkung davonfuhr. Melanie spürte eine grenzenlose Enttäuschung. Nur zu gerne wäre sie mit Willi gefahren. Frustriert stoppte sie ihre Fahrt und sah zu, wie das Feuerwehrfahrzeug hinter der nächsten Kurve verschwand.

Neben ihr hielt ein Wagen. Sein Fahrer hupte. Es war Udo, ihr Gruppenführer. Er hatte das Seitenfenster geöffnet und beugte sich weit über den Beifahrersitz. „Melanie, was stehst du denn mit deinem Rad mitten auf der Straße? Weißt du nicht, dass wir einen Einsatz haben?" Melanie zuckte erschrocken zusammen und stammelte etwas wie: „Äh ja ... ja doch, ich bin ja auch schon auf dem Weg zur Wache." „Na, dann gib Gas, Mädel. Wenn du dich beeilst, kannst du bei mir im ELW mitfahren." Udo brauste davon, Melanie stieg wieder auf ihr Rad und trat kräftig in die Pedale. Kurz darauf bog die junge Frau mit wehenden Haaren in die straßenähnliche Einfahrt und hielt auf das querstehende Gebäude ihrer Feuerwache zu. Die sechs Ausfahrttore waren hochgefahren und in der Fahrzeughalle brannte das Alarmlicht. Aber bis auf das TLF standen noch alle Feuerwehrfahrzeuge auf ihren Plätzen. Udo hatte seinen Wagen hinter dem Wachgebäude geparkt. Er kam mit langen Schritten angelaufen und warf einen bezeichnenden Blick auf die freie Stelle in der Fahrzeughalle. „Sieht ganz so aus, als sind wir nicht die Ersten!"

„Das war der Willi", erklärte Melanie und sprang vom Rad.

„Wie kommst du darauf?"

„Ich war heute schon mal hier und hab mit ihm geredet. Gerade hab ich noch gesehen, wie das TLF davongefahren ist ... leider nur von hinten."

„So, der Willi. Und da wärst du wohl gerne mitgefahren?"

Melanie nickte.

Nach diesem kurzen Wortwechsel liefen die beiden durch die Fahrzeughalle. „Mach dir nichts draus!", rief ihr Udo über die Schulter zu. „Man kann halt nicht immer Erster sein!" Melanie tröstete das natürlich nicht und sie folgte ihrem Wehrführer in den hinteren Wachbereich. Als die beiden die Spinde mit ihrer persönlichen Schutzausrüstung erreichten, sagte Udo: „Ich könnte wetten, dass der Willi, als es alarmierte, schon hier gewesen ist. Muss eigentlich, denn wir beide waren ja auch verdammt schnell hier. Was meinst du?"

Melanie tat, als hätte sie die Frage nicht gehört und wechselte schweigend aus ihren leichten Sommersandalen in die schweren Feuerwehrstiefel. Unter anderen Umständen wäre Udo Melanies gedrückte Stimmung mit Sicherheit aufgefallen, aber jetzt, wo sie sich im Alarm befanden und alles sehr schnell gehen musste, hatte er dafür keine Antenne.

„Fertig, Melanie?"

„Ja."

„Na, dann los."

Obwohl ihn Melanie schon vor etlichen Minuten verlassen hatte, saß Willi immer noch auf seinem Stuhl und grübelte darüber nach, ob er seine junge Kameradin nicht doch etwas zu hart attackiert hatte. Aber da er sich, seit Melanie aktives Mitglied in ihrer Feuerwehr geworden war, mehr als jeder andere um sie gekümmert hatte, empfand er immer noch eine gewisse Verantwortung für sie. Schließlich kam er zu dem Schluss, dass es richtig gewesen war, ihre Euphorie etwas zu zügeln. *Gut, vielleicht hätte ich ihr einige Dinge etwas zartfühlender sagen können, oder?* „Hmm." Willi brummte laut und kratzte sich am Kopf, dabei sprach er laut mit sich selbst. „Ach Quatsch, Melanie ist schließlich 'ne Feuerwehrfrau und da muss sie auch mal was einstecken können." Außerdem, so fand er, war es allemal besser gewesen, jetzt mit ihr Fraktur zu reden, als sie im Einsatz vor die Wand laufen zu lassen, wo sie dann möglicherweise schmerzlich lernen müsste, was man in ihrem Job alles verkehrt machen konnte. Nein, so einer war er nicht und dafür war ihm die Melanie auch viel zu schade.

Willi stand auf und kippte den letzten Schluck Kaffee hinunter. Er schmeckte bitter und kalt. Mit einem faden Geschmack im Mund ging er zurück in die zur Fahrzeughalle gehörige Werkstatt, um seine Arbeit fortzusetzen. Vor ihm auf der Werkbank wartete die defekte Feuerlöschkreiselpumpe, deren Pumpenwelle er bereits mitsamt dem Laufrad ausgebaut hatte. „Also dann", sagte Willi erneut laut zu sich selbst. „Schaun wir mal, wie es da drinnen aussieht." Als er mit einer Stablampe in das geöffnete Pumpengehäuse leuchte, tippte jemand von hinten auf seine Schulter.

„Na, du alter Schrauber, reparierst du mal wieder was kaputt!?" Es war Peter Schellenberger, ein Feuerwehrkamerad, dem die Kameraden den Spitznamen Schelle verpasst hatten. Schelle hatte sich unbemerkt an Willi herangeschlichen und lästerte munter drauf los. „Oh, oh! Das sieht aber gar nicht gut aus. Meinst du nicht, das solltest du besser einem Fachmann überlassen."

Willi hatte sich umgedreht und richtete das Licht der Lampe direkt in Peters Gesicht. „He! Vorsichtig mit solchen Äußerungen, ja, sonst zeig ich dir mal, wer hier der Fachmann ist."

Schelle lachte unbekümmert. „Willst du mir etwa Angst machen? Vergiss nicht Jungchen, ich bin bei der Feuerwehr."

„Von wegen Jungchen, kannst es ja mal bei mir versuchen."

„Nee, lass man.", Schelle winkte großzügig ab. „Dann geb ich dir doch lieber die Chance, den alten Schrotthaufen zu reparieren."

„Danke, sehr großzügig", lachte Willi, „aber das Teil hier ist auf jeden Fall hin." Willi hatte die Lampe auf die Werkbank gelegt und dafür das Laufrad in die Hand genommen, das er jetzt seinem Kameraden unter die Nase hielt.

„Hier, siehst du, das sind eindeutig Schäden durch Kavitation."

Skeptisch betrachtete Schelle das Laufrad. „Hm, ich sehe nur ziemlich ausgerissene Lamellen und mehr Löscher als da hingehören."

„Sag ich doch – Kavitation."

„Du meinst wohl Gravitation."

„Nein, Kavitation." Willi zog die Augenbrauen hoch und winkte verächtlich ab. „Na ja, du bist eben ein lausiger Maschinist, sonst wüsstest du, was Kavitation bedeutet."

„Und was bedeutet das bitte schön?"

„Das bedeutet, dass sich Löschwasser unter bestimmten Voraussetzungen im Pumpengehäuse überhitzt und in seine Bestandteile aufspaltet. Dabei werden die Lamellen des Laufrades beschädigt – aber das lernt man eigentlich schon in der Grundausbildung – Typen wie du natürlich ausgenommen."

„Okay, Willi, das reicht." Schelle spielte den Gekränkten. „Ich schätze, ich muss dir jetzt doch eine Lektion erteilen."

Aber aus der Lektion wurde nichts, denn über ihren Köpfen begann plötzlich die Sirene zu heulen. Gleichzeitig gaben ihre Funkmeldeempfänger ein durchdringendes Piepsen von sich – Feueralarm!

Sofort eilten Willi und Schelle zu ihren Spinden.

„Was denkst du", fragte Thomas, „sollen wir auf die anderen warten, oder ...?"

„Nee, auf keinen Fall", sagte Willi und fingerte während des Laufs in der Hosentasche nach seinem Spindschlüssel. „Wir nehmen das TLF und du fährst."

Sekunden später schwang sich Schelle hinter das Lenkrad ihres alten Mercedes Rundhauber. Wegen der brütenden Hitze hatten beide Feuerwehrmänner auf die dicke Oberbekleidung verzichtet. Schelle trug lediglich ein T-Shirt und über Willis Oberkörper spannte sich ein kurzärmeliges, vom häufigen Waschen verblichenes, Arbeitshemd. Er saß auf dem Platz des Truppführers. Natürlich hatten die beiden ihre schweren Einsatzjacken mitgenommen, fanden jedoch, es würde genügen, wenn sie erst an der Einsatzstelle darin schwitzen mussten. Ihre dicken Einsatzhosen und Feuerwehrstiefel hatten sie hingegen schon jetzt angezogen.

Alle Hallentore waren hochgefahren. Schelle startete den Motor. Bei Außentemperaturen von über dreißig Grad Celsius sprang der Diesel ohne Vorglühen sofort problemlos an. Oben aus der Einfahrt kam ihnen ein Pkw entgegen. Willi, der schon den Funkhörer in der Hand hielt, um sie bei der Leitstelle zu melden, hielt inne. „Ich glaube, das war gerade der Udo."

„Und, meinst du nicht, wir sollten besser auf ihn warten?"

„Nix da, wir fahren", bestimmte Willi und lieferte auch gleich eine Begründung: „Bei dem Wetter brennt auf der Deponie alles wie Zunder, da zählt jede Sekunde und garantiert wird unser TLF dringend benötigt."

Dem hatte Schelle nichts entgegenzusetzen. Schweigend löste er die Federspeicherbremse, legte den zweiten Gang ein und fuhr das TLF aus der Fahrzeughalle. Oben an der Einmündung bremste er kurz ab. Auf seiner Seite kam niemand. „Rechts frei!", rief Willi und Schelle bog mit eingeschaltetem Martinshorn und zuckenden Blaulichtern nach links ab. Bis zu diesem Zeitpunkt waren nicht einmal zwei Minuten vergangen. Nach einigen hundert Metern erreichten sie den Ortsausgang und befanden sich auf der Landstraße, die in ihrer Verlängerung direkt zur Deponie führte. Schelle gab Gas und schaltete in den nächsthöheren Gang.

Nur wenige Minuten, nachdem das TLF die Feuerwache von Heßheim verlassen hatte, fuhren auch Udo und Melanie im ELW auf der gleichen Straße in Richtung Deponie. Der stellvertretende Wehrleiter befand sich gedanklich längst an der Einsatzstelle. Melanie wunderte sich, warum sie so eilig losgefahren waren und nicht noch die paar Sekunden auf die anderen gewartet hatten, zumal die ersten Kameraden bereits auf der Wache eintrafen, als sie gerade erst aus der Halle fuhren. Ein paar Mal sah sie Udo von der Seite an, traute sich aber nicht ihn zu fragen. Als könne er ihre Gedanken lesen, sagte er plötzlich. „Du fragst dich wahrscheinlich, warum wir schon vor den anderen losgefahren sind, stimmt's?"

„Na ja, ich denke, du wirst dafür schon deine Gründe haben, oder?"

„Die habe ich allerdings, Melanie. Da uns gleich eine größere Einsatzstelle erwartet, zu der mehrere Wehren unterwegs sind, werde ich diesmal nicht als euer Gruppenführer, sondern als Einsatzleiter arbeiten. Das bedeutet, dass ich dann administrative Aufgaben übernehmen muss."

„Ah, verstehe, FwDV 5. Taktisches Führen von Zugverbänden im Einsatz, richtig?"

„Genau Melanie. Und je schneller wir vor Ort sind, desto eher kann ich die eintreffenden Kräfte koordinieren."

Nachdem Udo es bei dieser Erklärung bewenden ließ, schwieg auch Melanie wieder. Die Deponie lag einige Kilometer außerhalb von Heßheim. Sie hatten jetzt den Ort hinter sich gelassen, sodass ihnen kein Haus mehr die Sicht versperrte und Melanies Gedanken kreisten jetzt ebenfalls um den bevorstehenden Einsatz. Angespannt blickte sie über das von Feldern überzogene, sanft ansteigende Land. Irgendwo weit in der Ferne schien es ihr, als würde Rauch in der grell flimmernden Luft aufsteigen. Ja, es war tatsächlich Brandrauch. Je näher sie der Deponie kamen, desto deutlicher konnte man ihn erkennen. Melanie wurde zusehends nervöser. Schließlich war das ihr erstes großes Feuer und die junge Feuerwehrfrau fragte sich, was sie dort hinten erwarten würde.

Die Ränder der Straße säumte jetzt niedriges Buschwerk. Vor ihnen lag eine leichte Kurve. Udo, der den dunklen Brandrauch natürlich ebenfalls bemerkt hatte, deutete mit einer Hand in die Richtung und machte eine diesbezügliche Bemerkung, als völlig unerwartet ein Hund von rechts aus dem seitlichen Gebüsch brach und in langen Sätzen quer über die Fahrbahn hinter einem Karnickel her hetzte. Melanie zuckte erschreckt zusammen und stieß einen warnenden Ruf auf. Udo hatte den Hund und das Karnickel natürlich auch gesehen und trat mit aller Kraft auf die Bremse. Möglich, dass er das Karnickel erwischt hatte, denn es hatte einen leichten Schlag gegeben. Um den Hund nicht auch noch zu überfahren, riss er das Lenkrad herum und trat mit voller Wucht auf die Bremse. Der Wagen übersteuerte und brach seitlich aus. Aus den Augenwinkeln sah Udo, wie der Hund irgendwo auf der anderen Seite im Gebüsch verschwand. Er hatte es soeben noch geschafft, aber für Melanie und ihn war die Gefahr noch nicht gebannt. Udo stand noch immer mit dem Fuß auf dem Bremspedal. Das ABS-System hämmerte wie ein Maschinengewehr. Ihr Wagen schoss auf die gegenüberliegende Straßenseite zu. Kurz vor dem Straßengraben riss Udo erneut das Lenkrad herum. Jetzt geriet der Wagen gefährlich ins Schlingern.

Intuitiv trat Udo die Kupplung bis zum Anschlag durch und lenkte dagegen. Melanies Herz schien stehen bleiben zu wollen. Nachdem sie ihre Schrecksekunden überwunden hatte, bekam Udo den ELW wieder unter Kontrolle und atmete tief durch. Dann verringerte er die Geschwindigkeit und hielt einige Meter weiter am Straßenrand an. Auf seiner Stirn standen dicke Schweißtropfen. Melanie saß zusammengekauert auf ihrem Sitz. Sie war kreideweiß im Gesicht und sah Udo mit aufgerissenen Augen an. „Puuhhh, das war jetzt aber verdammt knapp."

„Das kannst du wohl laut sagen. Ich will mir gar nicht ausmalen, was alles hätte passieren können, wenn ich dem Hund nicht mehr rechtzeitig ausgewichen wäre." Udo atmete erneut tief durch und wischte sich mit dem Jackenärmel den Schweiß von der Stirn. „Na, ich denke, den Rest des Weges werden wir wohl ohne besondere Vorkommnisse schaffen."

Leider hatte er sich da gründlich getäuscht, und als die beiden wieder anfuhren, ahnten sie nicht, dass ein weit folgenschwereres Ereignis sie schon in der nächsten Kurve daran hindern würde, ihre eigentliche Einsatzstelle zu erreichen.

Das Tanklöschfahrzeug hatte den Ortskern verlassen und befand sich nun auf der Landstraße, die in direkter Richtung zur Deponie führte. Jetzt, nachdem sie freie Fahrt hatten, trat Schelle das Gaspedal bis zum Anschlag durch. Der robuste Sechszylinder ließ daraufhin zwar ein markantes Brummen hören, beschleunigte ihr schweres TLF aber nur langsam. Willi beugte sich ungeduldig zu Schelle hinüber und verfolgte mit verkniffenem Gesicht, wie die Tachonadel mühsam bis knapp über siebzig km/h kletterte und dann verharrte.

„Was!?", rief Schelle.

„Nix, was! Zuckel hier nicht so rum Mann, gib mal 'n bisschen Gas!"

„Phh!" Schelle stieß laut die Luft aus. „Du bist gut. Von wegen rumzuckeln. Ich steh mit dem Fuß ja schon in der Ölwanne."

„Ach, erzähl mir doch nichts. Da muss doch noch was drin sein."

„Hör mal, du Pfeife", entgegnete Schelle gereizt, der nicht merkte, dass ihn sein Feuerwehrkamerad nur aufziehen wollte, „ich würd auch gerne schneller fahren, aber das ist ein altes TLF 16/25 von 1976 und kein Rennpferd. Und falls es dem Herrn TLF-Führer entgangen sein sollte", Schelle deutete demonstrativ mit dem Daumen nach hinten, „wir haben da auch noch zweitausendvierhundert Liter Wasser im Tank."

„Mensch, Schelle, das war doch nur ein Scherz. Oder hast du wirklich ernsthaft geglaubt, ich würde dir, meinem besten Kumpel ... oh Scheiße! Wo kommt der denn der her!?"

Aus dem Gebüsch am Straßenrand schoss ein Wildkaninchen hervor, für das Schelle mit Sicherheit kein riskantes Bremsmanöver vollführt hätte. Schließlich hoppelten Wildkaninchen hier immer wieder über die Landstraße. Die meisten Autofahrer ließen sich davon auch nicht aus der Ruhe bringen – zumindest nicht die einheimischen –, aber hier hetzte ein großer, brauner Hund hinter dem Karnickel her. Schelle war ein erfahrener Maschinist. Er riss das Lenkrad herum und trat geistesgegenwärtig das Brems- und Kupplungspedal zugleich durch.

Schelle sah, wie der Hund haarscharf an ihrem linken Kotflügel vorüberflog, aber dafür rasten sie jetzt gefährlich auf den Straßengraben zu. Schon berührte ihr rechtes Vorderrad den unbefestigten Seitenstreifen, da riss er das Lenkrad erneut herum und es gelang ihm im letzten Moment, dem Straßengraben zu entkommen. Aber durch seine heftige Lenkbewegung geriet ihr elf Tonnen schweres TLF jetzt in eine kritische Schieflage. Trotzdem hätte er es fast geschafft, ihr Fahrzeug wieder auf Kurs zu bringen, wäre da nicht dieses verhängnisvolle Schlagloch gewesen. Im Bruchteil einer Sekunde tat es einen harten Schlag, bei dem ihm das Lenkrad schmerzhaft aus den Händen geprellt wurde.

Sofort stellte sich die Vorderachse quer zur Fahrbahn. Verzweifelt griff Schelle erneut in das Lenkrad, versuchte mit aller Kraft, das drohende Schicksal abzuwenden. Zu spät, denn genau an dieser Stelle begann auch noch diese verdammte Kurve.

Willi kam es vor, als neige sich ihr Fahrzeug wie in Zeitlupe immer weiter nach rechts, dabei ging alles ganz schnell. Die Räder der linken Seite verloren ihre Bodenhaftung und dann kippte das TLF endgültig um. Laut krachend schlug es auf seine rechte Seite und rutschte unkontrolliert über den rauen Asphalt. Türen sprangen auf. In das Kreischen von Blech und den Lärm der aus den Fächern und vom Dach auf die Straße polternden Ausrüstungsteile mischten sich die Schreckensschreie der beiden Feuerwehrmänner. Wenige Zentimeter vom Straßengraben entfernt kam ihr TLF zum Stillstand und dann war auf einmal alles ganz still.

Nachdem er wieder zu sich gekommen war, erinnerte sich Willi nur noch daran, wie er seine Hände abwehrend vorgestreckt hatte, um den Körper seines Feuerwehrkameraden, der auf ihn herabstürzte, abzufangen. Aber die darauf folgenden Sekunden, nachdem Schelles Gewicht ihn mit voller Wucht getroffen hatte, waren ihm völlig abhanden gekommen. Und daran, wie sie beide es geschafft hatten, sich selbst aus dem umgestürzten TLF zu befreien, konnte er sich auch nur noch vage erinnern.

Im Grunde war das jetzt aber auch nicht mehr von Bedeutung. Viel wichtiger war, dass es ihnen irgendwie gelungen war, aus dem auf der Seite liegenden TLF herauszukommen. Doch danach hatten beide ihre Kräfte verlassen. Schelle lag bewusstlos neben ihm auf der Straße und Willi fühlte sich, als hätte man seinen Körper brutal durch eine Mangel gedreht. Bruchstücke des Geschehenen tauchten vor seinen Augen auf. Da war plötzlich dieser große Hund auf der Straße, dem sie ausgewichen waren, und dann kamen auch schon die Kurve und der Straßengraben, und dann ...?

Vorsichtig tastete er über seine Arme und versuchte seine Beine zu bewegen. *Gott sei Dank, es schien alles noch heil zu sein.* Verzweifelt versuchte er sich zu erinnern. Dann drehte er langsam seinen Kopf und sah zu Schelle, über dessen Stirn rann Blut. Willi erschrak und versuchte sich aufzurichten. Ein stechender Schmerz durchzog seine Schulter und ließ ihn laut aufstöhnend. Unter größten Mühen gelang es ihm schließlich, sich auf den rechten Ellenbogen abzustützen, aber es dauerte noch eine ganze Weile, ehe er auf die Knie kam, denn er vermochte nur ganz flach zu atmen. Vielleicht hatte er sich eine Rippe gebrochen? Schelle hielt seine Augen noch immer geschlossen. Als Willi ihn ansprechen wollte, versagte seine Stimme und plötzlich schmeckte er Blut, sein Blut, das seinen Mund füllte und ihm den Rachen hinunterlief. Willi wollte es ausspucken, aber es gelang ihm nicht, da ihm seine Zunge dick geschwollen in der Mundhöhle lag. Er hustete und würgte und als er sich über seinen bewusstlosen Kameraden beugte, um dessen Halspuls zu tasten, tropfte das Blut aus seinem geöffneten Mund auf ihn hinab. Aber in diesem Moment war ihm das völlig egal.

Schelles Herz schlug regelmäßig. Erleichtert untersuchte Willi seine Kopfverletzung. Die Wunde und die Blutung waren nicht lebensgefährlich, trotzdem mussten sie versorgt werden. Aus seinem Mund tropfte weiter Blut. *Vermutlich habe ich mir bei dem Unfall auf die Zunge gebissen,* sagte sich Willi und zwang sich ruhig zu atmen, aber jeder Atemzug und jede Bewegung verursachten ihm höllische Schmerzen.

Nur wenige Meter hinter den beiden verletzten Feuerwehrmännern lag das umgestürzte TLF und darin befanden sich der Verbandkasten und seine Einsatzjacke, die er aufgrund der Hitze ausgelassen hatte und in der das Handsprechfunkgerät steckte, das er jetzt so dringend brauchte, um Hilfe zu holen. Trotz seiner großen Schmerzen kroch Willi langsam auf allen Vieren über den erhitzten Asphalt. Die kurze Entfernung erschien ihm endlos und in seinen Lungen brannte es wie Feuer. Jeder Meter wurde ihm zur Qual. Immer wieder musste er anhalten und nach Luft hecheln. Obwohl er dem TLF jetzt schon zum Greifen nah gekommen war, musste er erneut stoppen.

Die Anstrengung war einfach zu groß. Die Luft ... die Lungen ... Willi legte den Kopf in den Nacken und blinzelte erschöpft in den wolkenlosen, grellen Himmel. Die Sonne brannte gnadenlos auf ihn herunter und sein geschundener Körper fühlte sich an, als wäre er schon seit Tagen ausgedörrt. In diesem Moment hätte er für einen einzigen Schluck Wasser Gott weiß was gegeben. Bei dem sehnsüchtigen Gedanken an einen erfrischend belebenden Schluck Wasser musste er trotz all seines Leidens lachen. Welche Ironie – nur wenige Zentimeter vor ihm lag ihr verunfalltes TLF mit einem Wassertank, in dem sich 2.400 Liter Wasser befanden. Aber er war viel zu schwach und zu verletzt, um an dieses Leben spendende Nass zu gelangen. Keine Chance. Sein Lachen misslang – Willis Kehle entrang sich nur ein heiseres Krächzen, dann wurde ihm erneut schwarz vor den Augen.

Nachdem Melanie und Udo einem Unfall um Haaresbreite entkommen waren, hatten sie ihre Fahrt zur Deponie wieder aufgenommen und hofften, die Einsatzstelle nun zügig und ohne weitere Zwischenfälle zu erreichen. Inzwischen schien der halbe Landkreis alarmiert worden zu sein, denn über Funk hörten sie, dass sich mehrere Wehren sowie Fahrzeuge des Gefahrstoffzuges des Landkreises zur Gerolsheimer Deponie ausmeldeten, darunter auch Messfahrzeuge der Berufsfeuerwehr von Ludwigshafen und der Werksfeuerwehr der BASF. Außerdem befanden sich mehrere Einsatzfahrzeuge der Polizei und der Rettungsdienste auf dem Weg zu diesem Großbrand. Trotz dieses großen Aufgebots und ihrer kurzen, unfreiwilligen Unterbrechung rechnete Udo stark damit, einer der Ersten zu sein, die auf der Deponie eintreffen würden. Dazu sollte es jedoch nicht kommen.

Melanie und er hatten nicht einmal die Zeit gehabt, sich von ihrem ersten Schreck zu erholen, als ihnen vor einer der nächsten Kurven erneut der Atem stockte. Den unübersehbaren schwarzen Bremsspuren folgte eine mehrere Meter lange Schleifspur, die der rote Fahrzeuglack auf dem schwarzen Asphalt hinterlassen hatte. Dass es sich bei dem verunfallten Feuerwehrfahrzeug um ihr TLF handelte, war beiden sofort klar. Das Tanklöschfahrzeug war auf die Beifahrerseite gestürzt und lag unmittelbar am Rand des Straßengrabens. Die Unfallstelle sah aus wie ein wüstes Trümmerfeld. Überall lagen Ausrüstungsgegenstände verstreut. Bei dem

Anblick wurde es Melanie heiß und kalt. Was war mit Willi und Schelle geschehen? Von den beiden war nichts zu sehen. Waren ihre Kameraden etwa im Fahrzeug eingeklemmt und schwer verletzt?

Udo befürchtete ebenfalls das Schlimmste. Der Routinier hatte im Laufe der Jahre schon viele Unfälle auf Landstraßen und Autobahnen gesehen und wusste, dass in solch einer Situation alles möglich war. Das Wichtigste war jetzt, Nerven zu bewahren und professionell vorzugehen. Aber wie legt man Professionalität an den Tag, wenn man selbst im höchsten Maße emotional betroffen ist? Es ist oft schon schwierig genug und belastend, „normale" Unfallopfer aus ihren Autowracks zu befreien und medizinisch zu versorgen, aber wie schafft man es, einen kühlen Kopf zu bewahren, wenn diese Verunfallten keine anonymen Fremden, sondern die eigenen Kameraden sind?

Bei dem Gedanken, was sie erwarten würde, wenn sie gleich in das Führerhaus des TLF sehen würden, spürte Udo eine nie unbekannte innere Erregung. Mechanisch betätigte er den Knopf für die Warnblinkanlage und sah zu Melanie. Was war mit ihr? Würde seine junge Kameradin stark genug sein, auch einen schlimmen Anblick zu verkraften? Vielleicht sogar den Schlimmsten? Und ... war er selbst stark genug dafür? Die Fragen erübrigten sich. Melanie zeigte eine zu allem entschlossene Miene und sagte mit fester Stimme: „Okay, Udo, der Unfall kann erst vor wenigen Minuten passiert sein. Egal wie schwer die beiden auch verletzt sind, ich denke, wir kommen noch nicht zu spät. Also, lass uns nachsehen."

Einen Moment lang war Udo total perplex. Eine solche professionelle Energie hatte er Melanie gar nicht zugetraut. Aber dann bemerkte er die zurückgehaltenen Tränen in ihren Augen und wusste, dass sie ihre Emotionen gewaltsam zurückdrängte und nur von eiserner Willenskraft gesteuert wurde – die Kraft einer starken Feuerwehrfrau, die spürte, dass sie genau jetzt gefordert war und bereit war, das zu tun, was getan werden musste.

„Ich hole den Verbandkasten", sagte Melanie und öffnete die Tür.

„Warte auf mich, Melanie, ich will nur noch über Funk Verstärkung anfordern, dann gehen wir zusammen!" Aber Melanie sprang schon aus dem Wagen.

Udo hatte der Rettungsleitstelle lediglich eine kurze Mitteilung durchgegeben und gesagt, dass ihr TLF auf dem Weg zum Deponiebrand einen Eigenunfall gehabt hätte.

„Gibt es Personenschäden? Benötigen sie Hilfe?", hatte es daraufhin geheißen. „Kann ich noch nicht sagen", hatte Udo zur Antwort gegeben und erklärt: „Ich erkunde und melde mich danach wieder, Ende."

Die Leitstelle hätte vermutlich gerne Näheres erfahren, aber für einen längeren Funkspruch hatte Udo jetzt keine Zeit, und bevor er irgendwelche Rettungsmittel anfordern konnte, musste er sowieso erst wissen, wie es um Willi und Schelle bestellt war. Außerdem wusste er seine anderen Kameraden hinter sich. Lange konnten sie ja nicht auf sich warten lassen, denn einen anderen Weg als diesen konnten sie nicht einschlagen. Also zog er die Florentine aus ihrer Ladehalterung, steckte sie zu sich und eilte Melanie hinterher, die mit dem Verbandkasten bereits hinter der Front des umgestürzten TLF seinen Augen entschwunden war.

Der Helikopter flog mit einer Geschwindigkeit von 280 km/h in exakt einhundertachtzig Metern über Grund. Der Pilot, ein erfahrener Bundeswehrflieger, war über eine Helmsprechgarnitur mit dem Notarzt und dem ihn begleitenden Rettungsassistenten verbunden, beide trugen ebenfalls Helme mit Sprechgarnituren.

„Doc", sagte der Pilot in das dicht vor seinem Mund befindliche Mikro, „ich glaube, wir haben die Unfallstelle erreicht. Sehen Sie mal fünfhundert Meter voraus auf zwei Uhr."

„Ja, ich sehe es. Das muss es sein. Ich erkenne deutlich das umgekippte Feuerwehrfahrzeug."

Der Pilot warf einen prüfenden Blick auf das Umfeld. Die Straße säumte nur niedriges Buschwerk, keine hohen Bäume. Das ist gut, sagte er sich, und da die Hochspannungsleitung auch weit genug entfernt war, konnte er direkt auf der Straße landen und musste nicht auf dem staubigen Acker runtergehen. Gefühlvoll ließ er den Heli leicht nach rechts abkippen und beschrieb einen 90-Grad-Bogen. Gleichzeitig verlor er immer mehr an Höhe. Seine Rotorblätter erzeugten einen Luftstrom von gut achtzig km/h, der das Buschwerk an den Straßenrändern mächtig durcheinanderwirbelte und alles, was nicht niet- und nagelfest war, von der Straße fegte. Selbst allerkleinste Steinchen flogen noch wie Geschosse über den schwarzen Asphalt.

Aus diesem Grund hatte der erfahrene Pilot für seine Landung auch eine ausreichende Entfernung zur Unfallstelle gewählt, aber immer noch nah genug, um ihren angekündigten Patienten nicht zu weit tragen zu müssen. Sekunden später setzte Christoph 5 zur Landung an. Der Pilot betätigte einige Kippschalter in Überkopfhöhe, woraufhin sich zwar die Turbine abschaltete, der Motor den Rotor aber noch eine ganze Weile weiter laufen ließ, bis sich dessen Blätter bei immer langsamer werdenden Umdrehungen in Richtung Boden senken würden. Dann gab er seine Landung über Funk an die Bodenstation weiter und erteilte der medizinischen Crew sein Okay zum Aussteigen. „Alles klar, Doc, ihr könnt jetzt raus!"

In geduckter Haltung stiegen Notarzt und Rettungsassistent aus dem Rettungshubschrauber, um mit eingezogenen Köpfen eilig unter den immer noch schnell rotierenden Blättern hindurchzulaufen.

Melanie kniete neben Willi. Sie hatte ihn unmittelbar vor der Front des umgestürzten TLF liegend vorgefunden, dessen Windschutzscheibe, so vermutete sie, durch den harten Aufprall aus dem Rahmen gesprengt und dann in den seitlichen Graben gerutscht war. Während Melanie Willi zunächst nur vorsichtig auf äußere Verletzungen untersuchte, hatte er die Augen geöffnet und sich dann mit ihrer Hilfe aufsetzen können. Seine erste Frage galt seinem Kameraden. „Schelle, wie geht es Schelle?", fragte er, wobei ihm das Sprechen sichtlich schwerfiel.

„Es geht ihm schon wieder besser", sagte Melanie, und das war nicht gelogen, denn Schelle war ebenfalls wieder zu sich gekommen und auch seine erste Frage galt, wie konnte es anders sein, seinem Freund Willi. Udo hatte ihm daraufhin einige beruhigende Worte gesagt und ihm zunächst einen Druckverband angelegt. Anschließend hatte er seinen Puls gefühlt, er ging fadenförmig und schnell. Daraufhin brachte er Schelle mithilfe einer aus dem TLF gefallenen Kiste und einer Decke, die er zum Abpolstern benutzte, in eine provisorische Schocklage. Schelle hatte dagegen zwar verbal Einspruch erhoben, letztlich aber doch alles mit sich geschehen lassen.

Die Blutung in Willis Mund war inzwischen von selbst zum Stillstand gekommen, aber das Blut lag noch eingedickt in seinem Mund und verkrustet auf seiner Unterlippe. Ein weitaus größeres Problem war jedoch sein schmerzender Brustkorb. Willi hielt beide Hände fest auf dessen linke Seite gepresst, holte nur in kurzen oberflächlichen Atemzügen Luft.

„Tut's sehr weh?", fragte Melanie mitfühlend.

Willi nickte mit schmerzverzerrtem Gesicht und bat sie, ihm etwas zu trinken zu geben. Er hatte immer noch das Gefühl innerlich zu vertrocknen.

„Udo, haben wir was zu trinken dabei?"

„Ich hab Mineralwasser im Wagen. Für Willi?"

„Ja."

„Warte, ich hole dir was!"

Während Udo zu ihrem ELW lief, um die Getränkeflaschen zu holen, öffnete Melanie den von ihr mitgebrachten Verbandkasten. Sie klappte den Deckel auf und nahm eine große dauerelastische Binde heraus.

„Was hast du vor, Melanie?", fragte Willi. Seine Worte kamen ihm nur langsam über die Lippen.

„Nicht reden, Willi, ich vermute, du hast dir eine oder sogar mehrere Rippen gebrochen", sagte Melanie. „Oder zumindest schwer geprellt. Ich werde dir deshalb jetzt einen strammen Verband anlegen. Aber dazu musst du die Arme für einen Moment mal kurz anheben. Meinst du, du kannst das?"

„Quatsch, ich hab doch nichts gebrochen", stöhnte Willi und versuchte ein überzeugendes Lächeln, das aber gründlich misslang.

„Nicht reden Willi, nur die Arme hochheben."

„Sonst werde ich wohl erschossen, wie?" Willi keuchte und biss die Zähne aufeinander.

„So ungefähr", sagte Melanie scherzhaft, dabei war ihr überhaupt nicht zum Scherzen zumute. „Und jetzt mal gaaanz tief ausatmen. So tief du kannst."

Willi blies stöhnend die Luft aus seinen Lungen und Melanie legte den ersten Bindegang stramm um seine Brust. „Schön weiter ausatmen und nicht mehr einatmen."

Während Willi irgendetwas Unverständliches gurgelte und ihm seine Augäpfel fast aus dem Kopf quollen, befestigte Melanie mit raschen Bewegungen geschickt weitere Bindegänge um seinen Brustkorb. „So, fertig. Du kannst jetzt wieder atmen."

Melanie hatte den Verband stramm angelegt, um ein tiefes Einatmen zu verhindern. Dadurch konnte die Zwischenrippenmuskulatur den Brustkorb und die verletzten Rippen nicht mehr so weit dehnen, was den Schmerz erheblich verringerte. Sorge, dass Willi dadurch zu wenig Sauerstoff bekommen könnte, musste sie deshalb nicht haben. Willi spürte die Erleichterung sofort und lächelte Melanie dankbar an fragte: „Hab ich dir das etwa auch beigebracht, Mädel?"

„Nee Willi, das lernt man im Erste-Hilfe-Kurs."

Udo kam zurück. In jeder Hand trug er eine Flasche Mineralwasser. „Hier, Melanie", er beugte sich zu ihr hinunter und gab ihr eine der Flaschen. Dabei flüsterte er ihr ins Ohr: „Aber nur einen Schluck. Du weißt ja warum, oder?"

Melanie nickte und drehte den Schraubverschluss auf.

„Das hab ich gehört", sagte Willi.

„Ist nur zu deinem Besten", erklärte Melanie.

Willi protestierte „Was heißt hier zu meinem Besten?" Er griff nach der Flasche, aber Melanie war schneller.

„Oh nein, mein Lieber, die Flasche halte ich, sonst trinkst du mir doch noch zu viel."

„Aber ..."

„Kein aber. Hier, spül dir erst mal den Mund aus." Melanie hielt Willi die Flasche an die Lippen. „Aber nicht runterschlucken, sonst gibt es nämlich nix mehr. Verstanden?"

Willi nickte und mithilfe des Wassers es gelang ihm, das Blut auszuspucken.

„Noch mal?"

Willi nickte wieder und Melanie hielt ihm die Wasserflasche erneut an die Lippen.

„Besser?"

„Ja, viel", sagte Willi. Das Wasser hatte ihm gut getan und jetzt konnte er auch schon wieder viel besser sprechen.

„Danke Melanie", er streckte die Hand aus, „aber jetzt kannst du mir die Flasche geben, bin ja schließlich kein Baby."

„Ja von wegen, dir die Flasche geben, damit du mir doch mehr trinkst, als dir guttut. Ich durchschaue dich, mein Lieber."

„Willst du mich etwa verdursten lassen?"

„Ach Willi", sagte Melanie und sah ihren Freund traurig an. „Wenn ich dürfte, würde ich dich die ganze Flasche trinken lassen und auch noch eine weitere holen, aber falls du noch operiert werden musst ..."

„Operiert, wieso operiert? Ich hab doch nix", beteuerte Willi so treuherzig, dass Melanie trotz der ernsten Situation laut lachen musste.

„Na, da scheint es ja zumindest einem unserer zwei Patienten schon wieder recht gut zu gehen", vernahm sie eine fremde Stimme. „Oder wieso wird hier so laut gelacht?" Melanie drehte sich um. Hinter ihr stand ein Mann um die fünfzig. Er trug grüne OP-Kleidung und von seinem Hals baumelte ein Stethoskop auf seine Brust. „Sie haben wohl gar nicht gemerkt, dass ich hier angekommen bin, wie?" Melanie blickte den Arzt immer noch erstaunt an. Sie hatte sich so intensiv um Willi gekümmert, dass sie tatsächlich nicht mitbekommen hatte, wie der Notarzt eingetroffen war.

„Ich bin Dr. Franken", stellte sich der Notarzt jetzt Willi vor. „Und wie fühlen Sie sich?"

„Geht so", sagte Willi schwach, wobei ihm ein mühsames Lächeln gelang.

„Na, dann wollen wir mal sehen, wie weit ihr *geht so* Bestand hat." Dr. Franken steckte sich die Oliven seines Stethoskops in die Ohren und setzte die Membrane auf Willis Brustkorb. „Jetzt atmen Sie bitte einmal mit offenem Mund tief ein und aus."

„Tief einatmen ist gut, Doktor. Fragt sich nur, wie das gehen soll, bei dem Panzer, den mir meine Kameradin hier angelegt hat." Willi zeigte auf Melanie.

„Soso, das waren also Sie gewesen?", sagte Dr. Franken ernst und sah Melanie durchdringend an. Und nachdem er sie dann auch noch fragte, was sie veranlasst hatte, ihrem Feuerwehrkameraden diesen strammen Brustverband anzulegen, berichtete sie ihm von Willis Atembeschwerden und teilte ihm sichtlich nervös ihre Verdachtsdiagnose mit. Der Notarzt, der spürte, welche Bedenken seine Fragen in Melanie ausgelöst hatten, suchte schnell ihre Sorgen zu zerstreuen und erklärte: „Nein, nein, das ist alles in Ordnung so. Sie haben das sogar sehr gut gemacht. Ich möchte nur die Lungen abhorchen, um einen Pneumothorax auszuschließen. Melanie atmete erleichtert auf und sah hinüber zu Schelle, den zwei Rettungsassistenten soeben auf eine fahrbare Krankentrage hoben. Schelle lag auf einer Vakuummatratze, in die Vene seines rechten Unterarms tropfte eine Infusion und er inhalierte medizinischen Sauerstoff. Einer der beiden Rettungsassistenten kam zu ihnen, nickte Melanie kurz freundlich zu und wendete sich dann an den Arzt, der seine Auskultation gerade beendet hatte.

„Und?"

„Das Gleiche wie bei dem anderen. Venöser Zugang mit 500 ml Ringer und eine Ampulle Urbason."

„Sauerstoff?"

„Auch. Bis der Heli da ist, ruhig einhundert Prozent."

„Wie, der Heli?", fragte Melanie erschrocken. „Können Sie nicht ..."

„Keine Sorge, junge Frau", sagte der Notarzt halb zu Melanie und halb zu Willi gewandt. Den Rettungshubschrauber hat ihr Kollege dort bestellt." Er zeigte auf Udo, der einige Meter entfernt neben der Krankentrage stand und irgendetwas zu Schelle sagte.

„Wir können leider nur einen Patienten mitnehmen", sagte der Notarzt weiter und erklärte, dass er sich dazu entschieden hätte, ihren anderen verletzten Kameraden mitzunehmen. „Wie heißt er doch gleich noch?"

„Schelle. Also Schellenberger, Peter Schellenberger", korrigierte sich Melanie.

„Richtig, also den Peter Schellenberger, den nehmen wir jetzt mit und für Ihren Freund hier – er ist doch Ihr Freund, oder?" Melanie nickte.

„Gut, für ihn müsste jeden Moment der RTH kommen. Aber zuvor bekommt er von mir noch eine Infusion und ein Medikament, das ihm hilft, leichter zu atmen. Ist 'ne reine Vorsichtsmaßnahme, also kein Grund zur Beunruhigung, okay?"

Melanie nickte noch einmal tapfer, aber dann konnte sie ihre Tränen nicht mehr länger zurückhalten. Als Dr. Franken sie daraufhin tröstend in den Arm nahm, meldete sich Willi zu Wort: „Hallo ihr zwei! Hier ist der Patient." Er zeigte auf sich selbst und meinte scherzend: „Schon vergessen?"

Kurz nachdem der Notarzt mit Schelle den Unfallort verlassen hatte, startete der Rettungshubschrauber und flog Willi in die Unfallklinik nach Oggersheim.

Währenddessen kämpften die Einsatzkräfte von achtzehn Feuerwachen gegen die Flammen auf der Sondermülldeponie. Gegen 14.30 Uhr war die dunkle Rauchsäule, die über dem Deponiegelände weithin sichtbar aufgestiegen war, verschwunden. Insgesamt dreitausend Meter Wasserförderung waren für die Brandbekämpfung verlegt worden, wobei pro Minute rund fünftausend Liter Wasser durch die miteinander verkuppelten Feuerwehrschläuche geflossen waren. Unter diesem massiven Einsatz und der Menge von Löschwasser war es den Einsatzkräften gelungen, den ausgedehnten Brand relativ schnell unter Kontrolle zu bringen. Nachdem gegen Nachmittag das vermutlich letzte Glutnest abgelöscht worden war, ließ die Einsatzleitung das gesamte Gelände sicherheitshalber auch noch mit Wärmebildkameras absuchen. Das Ergebnis ließ es zu, dass anschließend fast alle alarmierten Wehrleute wieder einrücken konnten. Nur einige Brandwachen wurden zurückgelassen, die sich über die ganze Nacht hinweg miteinander ablösten.

Nachtrag

Reiner Geiger, der Wehrleiter der Ortsgemeinde Heßheim und Bruder von Udo Geiger, war nach bekannt werden des Unfalls in großer Sorge in die Klinik gefahren, in die seine beiden Wehrmänner eingeliefert worden waren.

Sie hatten noch einmal großes Glück oder einen besonders guten Schutzengel gehabt. Nachdem man unter dem Röntgengerät einige geschmackvolle Schwarz-Weiß-Aufnahmen gemacht hatte, stellte sich heraus, dass keine Knochen gebrochen waren. Die meisten ihrer Verletzungen erwiesen sich als überaus schmerzhafte, aber keinesfalls lebensgefährliche Prellungen. Zwar gab es auch einige Wunden, die versorgt werden mussten, aber die würden bald wieder verheilt sein. Und da es sich hier um zwei gestandene Feuerwehrmänner handelte, deren Kreislauf längst wieder stabil war, bestand keine Veranlassung, sie über Nacht im Krankenhaus zu behalten. Willi und Peter durften mit ihrem Wehrleiter nach Hause fahren. Natürlich ging es zuerst zur Wache, in der sich ihre Kameraden versammelt hatten und sie mit freudigem Hallo begrüßt wurden.

An einem der nächsten Tage brannte es in einer Tiefgarage. Bei diesem Einsatz löschten Willi (der Mann war einfach nicht kleinzukriegen) und Melanie unter Atemschutz einen brennenden Pkw.

Das stählerne Grab

Obwohl das Düsseldorfer Görres-Gymnasium einen hervorragenden Ruf genoss, blickte sein Konrektor heute nicht glücklich drein. Seit gegenüber eine mächtige Baugrube ausgehoben wurde, befürchtete er, dass die damit verbundenen Arbeiten einen negativen Einfluss auf den Schulalltag an seinem Gymnasium und damit auch auf die Leistungen seiner Schülerinnen und Schüler nehmen könnten. Zwar gab es bislang noch keine konkreten Hinweise auf irgendwelche Leistungseinbrüche, aber seitens des Kollegiums bekam er immer öfter die gleichen Klagen zu hören. Meist ging es darum, dass sich die Schülerinnen und Schüler ständig von den Bauarbeiten für den Fünf-Sterne-Hotelkomplex, der dort entstehen sollte, ablenken ließen. Da er von seinem Büro aus einen uneingeschränkten Blick auf die riesige Baugrube hatte, ging es ihm persönlich nicht viel anders. Den großen Baumaschinen bei ihren Ausschachtarbeiten zuzusehen, war aber auch ein zu faszinierender Anblick.

Der Lärm, den sie verursachten und der dabei aufgewirbelte Staub, der es seinen Lehrern verwehrte, die Fenster der Klassenzimmer zum Lüften zu öffnen, trugen hingegen nicht dazu bei, einen ruhigen Unterrichtsablauf zu gewährleisten. Vor wenigen Minuten erst hatte Dr. Hager verärgert sein Büro verlassen. Der Physiklehrer hatte sich bei ihm massiv über die, wie er sagte, untragbaren Zustände und Beeinträchtigungen durch diesen fürchterlichen Baulärm beschwert. Leider hatte er dem Physiklehrer nichts anderes sagen können, als dass die Gegebenheiten nun einmal so waren wie sie waren. „Sehen Sie, Herr Dr. Hager, ich bin genau wie sie mit der momentanen Situation natürlich auch nicht zufrieden und wir werden die nächsten Monate wohl alle notgedrungen mit dieser Belastung leben müssen. Ich hoffe aber, dass mit dem Beginn der Schalungsarbeiten für die Tiefgarage zumindest die riesigen Dampframmen abgezogen werden."

Mit Dampframmen bezeichnete er jene fürchterlich lärmenden Baumaschinen, die seit Tagen schon metallene Spundwände in das Erdreich trieben. Deren anhaltend hämmerndes Stakkato war in der Tat nervtötend. Ja, er konnte die Beschwerden seitens des Kollegiums gut verstehen, und dass bei Dr. Hager die Nerven blank lagen, weil seine physikalischen Versuchsanordnungen bei diesen ständigen Erschütterungen keine verwertbaren Messergebnisse brachten, leuchtete ihm auch ein, aber was sollte, was konnte er, dagegen ausrichten? De facto nichts.

Am nächsten Morgen rollten riesige Tieflader mit Baukränen heran. Gebannt verfolgte der Konrektor von seinem Büro aus die Arbeit zweier

Autokräne von gigantischen Ausmaßen. Wie Spielzeuge ließen sie die tonnenschweren Einzelteile durch die Luft zu ihrem Bestimmungsort schweben, wo sie von bereits wartenden Monteuren zusammengesetzt wurden. Ein wenig erinnerte ihn die Arbeit an seinen Stabil-Baukasten, mit dem er als kleiner Junge so gerne gespielt hatte. Nur waren die einzelnen Metallteile, die hier zu turmhohen Baukränen zusammengesetzt wurden, um etliches größer und schwerer, und statt der kleinen Messingschräubchen, mit denen er seine gelochten Winkel und Platten verbunden hatte, verwendeten die Monteure hier massive, armdicke Stahlbolzen mit ebenso armdicken Schrauben und Muttern. Je höher es ging, desto gefährlicher erschienen dem Konrektor die waghalsig anmutenden Kletteraktionen der Monteure.

Während er sich noch von diesem faszinierenden Schauspiel in den Bann ziehen ließ, wurde ihm plötzlich bewusst, dass spätestens ab jetzt die Aufmerksamkeit für den Unterricht noch schwieriger werden würde. Vielleicht drückten sich in diesem Moment sogar einige Schüler genau wie er ihre Nasen an den Fensterscheiben ihrer Klassenzimmer platt. *Na ja, die Oberstufenschüler sicherlich nicht, aber die Unterstufen ...* Bei dem Gedanken daran musste der Konrektor sogar ein klein wenig lächeln.

Die Baukräne standen und mit jedem weiteren Tag erzielten die Arbeiten in der fast zwanzig Meter tiefen Baugrube sichtbare Fortschritte. Die unzähligen, im Erdreich verlegten Leitungen, Schächte und Kanäle bedeckten inzwischen eine massive, gegossene Bodenplatte, und täglich rollte eine nicht enden wollende Karawane von Betonmischern an, deren langsam drehende Trommeln dafür sorgten, dass sich der in ihnen befindliche Fertigbeton während des Transports nicht verfestigte. Weitere Spezialfahrzeuge verfügten über riesige Betonpumpen mit spinnenbeinähnlich langen, dickvolumigen Rohrleitungen, aus denen die Bauarbeiter den zähflüssigen Beton auf die abgestützte Deckenverschalung pladdern ließen. Nach und nach verschluckte der Beton das darüberliegende dichte Geflecht aus Moniereisen. Nach seiner Aushärtung würde dies die unterste Zwischendecke bilden.

An demselben Morgen herrschte unter den Männern der Feuerwache 3 eine gedrückte Stimmung. Seit durchgesickert war, dass man ihre Zugwache auf Gruppenstärke zurückstufen wollte, gab es nur noch dieses eine Gesprächsthema. Der Wachbesatzung der Feuerwache 4 an der Behrenstraße ging es sogar noch schlechter. Nachdem die Pläne, im Düsseldorfer Norden eine neue Feuerwache zu bauen, konkrete Formen annahmen, ging bei ihnen das drohende Gespenst der kompletten Wachschließung um. Solche Gerüchte hatte es zwar schon lange gegeben, aber noch nie waren sie so bedrohlich wie zurzeit. Anscheinend schien es dem Rat der Stadt diesmal ernst zu sein mit dem Bau der neuen Wache im Düsseldorfer Norden.

Es war kurz nach 9.00 Uhr, als sich die Wachbesatzung der Feuerwache 4 zum gemeinsamen Frühstück in der Küche einfand. Ausgestattet mit frisch belegten Brötchen und einer Tasse heißem Kaffee, suchte sich jeder seinen Platz in dem in Eigenleistung liebevoll hergerichteten Aufenthaltsraum. Normalerweise ging es dabei recht lebhaft zu, aber heute herrschte eine angespannte Atmosphäre. Die Sorge, was aus ihnen und ihrer Wache werden würde, lastete auf den Männern, und so saßen sie schweigsam vor ihren Kaffeetassen und kauten lustlos an ihren belegten Brötchen, bis einer in die Runde sah und laut fragte: „Kann mir mal einer erklären, wieso die unsere Wache schließen wollen? Also ich kapier das nicht, ihr vielleicht?"

Bedrücktes Schweigen. Nein, das verstand niemand hier. Schließlich hatten sie unter den insgesamt zehn Wachen der Stadt eines der höchsten Einsatzaufkommen. Und fast immer, wenn eine der anderen Innenstadtwachen einen größeren Einsatz hatte, wurden sie aufgrund ihrer zentralen Lage mitalarmiert. Schließlich unterbrach ein Kollege, der bisher in der Tageszeitung gelesen hatte, das Schweigen und rief aufgebracht: „Hört mal her! Hier steht: *Stadt will 2,4 Millionen Mark sparen. Feuerwache Behrenstraße dicht!"* *

„Wo steht das?"

„Na hier!" Er hielt demonstrativ die Zeitung in die Höhe, sodass jeder die fette Schlagzeile sehen konnte.

„Zeig mal, zeig mal." Sein Nachbar wollte ihm schon die Zeitung entreißen, da rief ein anderer: „Lies doch mal vor, was schreiben die denn?"

„Ja, lies mal vor!"

„Meinetwegen, aber dann müsst ihr auch den Schnabel halten."

Sofort kehrte Ruhe ein und alle lauschten gespannt, wie er den Text überflog.

... äh, Feuerwache auf der Behrenstraße wird dichtgemacht. Das beschloss die ,Arbeitsgemeinschaft der Aufgabenkritik' der CDU. So wollen die Politiker 2,4 Millionen Mark jährlich einsparen. Dezernent Helmut Meisen hat keine Sicherheitsbedenken: *Auf die Feuerwache 4 können wir verzichten. Das ist eine reine Ersatzwache."*

---

* Überschrift und Zitate aus: BILD-Zeitung 10.1.1991 [Anm. d. Autors].

162

„Ersatzwache! Wir? Der spinnt wohl!"

„Jetzt lass den doch mal weiterlesen."

„Nicht aufregen. Bin schon still."

„Hm, hm, hm ... so, hier steht: Die Stadtteile Flingern, Eller, Lierenfeld, Grafenberg, Zoo, Düsseltal und Pempelfort wären seiner Meinung nach auch ohne die Behrenstraße hervorragend versorgt."

„Hervorragend versorgt! Was weiß der denn schon?"

„Also, was jetzt!? Soll ich jetzt weiter vorlesen, oder ...?"

„Jaaa!"

„Dann quatscht mir aber auch nicht ständig dazwischen."

„Jetzt lies schon!"

„Also, hier steht weiter: *Der Dezernent weiß: Bei Bränden waren die 30 Wehrleute meistens nur als zweite Garnitur dabei.*"

„Von wegen, zweite Garnitur. Man sollte den ...'"

„Hallo! Ich lese!"

„Ist ja schon gut. Aber bei so was kann man sich doch nur aufregen."

„Könntest du vielleicht trotzdem mal für zwei Minuten dein Maul halten? Also, die schreiben hier, wir sollen auf andere Wachen verteilt werden und es gäbe dann keine Neubesetzung für unsere freien Stellen mehr. Und weiter steht hier: *Als die Schließungspläne erstmals bekannt wurden, hatte Peter Thiel vom Personalrat noch gewarnt: Ein Unding! Wir haben Anfahrtswege von sechs Minuten. Von anderen Wachen brauchen die Einsatzfahrzeuge 15 Minuten!*"

„Genau! So sieht das nämlich aus. Und wenn wir hier nicht mehr existieren und den Leuten der Stuhl unter dem Hintern brennt, dann sollt ihr mal sehen, wie schnell die wieder nach uns rufen."

„Phhh, das denkst du aber nur."

„Und überhaupt, wieso ausgerechnet wir? Wieso unsere Wache?"

„Hab ich doch gerade vorgelesen. Die denken, wir liegen hier den ganzen Tag nur auf der faulen Haut?"

„Quatsch, darum geht's denen doch überhaupt nicht."

„So, um was geht es denn dann?"

„Denen geht es nur ums Geld. Ich sag euch, nur ums Geld. Ist doch immer so."

„Und die vielen Einsätze, die wir fahren, he! Was ist damit? Glauben die wirklich, dass die Wache 1 oder die Wache 3 unsere Einsätze dann auch noch übernehmen können? Die sind doch jetzt schon am Limit."

„Und unsere RTW-Besatzungen fahren sich auch schwindelig", warf ein anderer ein.

„Mann Leute! Was quatscht ihr da für 'n Blödsinn! Solche Leute denken nicht wie wir. Das sind Politiker, Sesselpupser, die interessiert das doch alles überhaupt nicht."

„Genau, denen ist es doch scheißegal, wie viele Brände wir löschen und wie viele Menschenleben wir retten", warf jetzt noch ein weiterer ein. „Die machen 'ne eiskalte Rechnung auf, was wir sie kosten und ...", er schnipste mit den Fingern, „das war's. Weg mit unserer Feuerwache."

Der Wachführer, der sich zu den erregten Äußerungen seiner Männer bislang ruhig verhalten hatte, schaltete sich jetzt in die Diskussion ein. „Also, jetzt übertreibt aber mal nicht. Eure Aussagen zu den Einsätzen will ich ja noch gelten lassen, aber dass ihr annehmt, dass unseren verantwortlichen Politikern Menschenleben egal sind, ist mit Sicherheit nicht der Fall."

„Ach ja? Glaubst du wirklich, die wollen uns nur aus reiner Menschenfreundlichkeit hier wegrationalisieren?"

„Jetzt lass aber mal die Kirche im Dorf!", entgegnete der Wachführer gereizt. „Erstens sind wir noch nicht weg", wobei er die Worte *noch nicht weg* besonders betonte, „und zweitens hat unser Chef immer wieder hervorgehoben, dass er sich dafür einsetzen wird, damit es weder zu einer Schließung unserer Wache noch zu einem Personalabbau kommt."

„Und du glaubst das schafft der?"

„Ich glaube zumindest, dass er das sehr ernst gemeint hat."

Die einzige Feuerwehrfrau in dieser von Männern dominierten Runde hatte den emotionsgeladenen Worten ihrer Kollegen schweigend zugehört. Doch nachdem dieses heikle Thema in eine unsachliche Diskussion abzugleiten drohte, meldete sie sich zu Wort: „He Jungs, bevor ihr euch noch in die Haare kriegt, solltet ihr vielleicht erst mal abwarten, wie sich die Dinge entwickeln. Ihr wisst doch, nichts wird so heiß gegessen wie gekocht."

Nach ihren vernünftigen Worten kehrte tatsächlich wieder Ruhe in der Mannschaft ein und ihr Wachführer stellte mit Genugtuung fest, dass seine Feuerwehrfrau mal wieder einen positiven Einfluss auf seine nur zu gerne lospolternden Männer genommen hatte. Die unterhielten sich zwar auch weiterhin noch über dieses Thema, aber längst nicht mehr ausschließlich und vor allem nicht mehr in diesem hitzigen Ton. Während man sich auch wieder verstärkt der Vertilgung der Brötchen zuwandte, wurde das Frühstück jäh durch einen Vierfachgong unterbrochen.

Sofort verstummten die Gespräche. Es gab Zugalarm. Jeder lauschte der Durchsage der Leitstelle. Aus unzähligen Lautsprechern drang die Stimme des Leitstellendisponenten in sämtliche Räume und über alle Gänge: „Einsatz für Feuerwache 1, Feuerwache 2, Feuerwache 3, Feuerwache 4, Feuerwache 10 und die FF-Logistik. Entgleiste Straßenbahn, XYZ-Straße in Höhe der Kirche. Es rücken aus ..." Die Aufzählung der jetzt folgenden Einsatzfahrzeuge zu dieser Unfallstelle schien kein Ende zu nehmen. Außer den Löschzügen der vier alarmierten Feuerwachen wurden von der Technik- und Umweltschutzwache an der Posener Straße ein RW2, der Feuerwehrkran sowie ein Wechselladerfahrzeug zur Unterstützung für den Kranwagen geschickt. Weiterhin die Freiwillige Feuerwehr Logistik mit dem Gerätewagen Licht, einem ELW 2, einem Kommandowagen und einem MTF. Und, weil man auf der Leitstelle aufgrund vieler gleichlautender Notrufe von einer größeren Zahl Verletzten ausgehen musste, wurden parallel zu den Fahrzeugen der technischen Hilfeleistung auch mehrere Rettungswagen sowie drei Notarzteinsatzfahrzeuge alarmiert.

Die Durchsage der Leitstelle war noch nicht zu Ende, da hallte durch das alte Steintreppenhaus auch schon das laute Getrappel von Feuerwehrstiefeln. Die Wachbesatzung der Feuerwache 4 jagte die Treppe hinunter und jemand rief laut: „Oh ha, wenn die gleich vier Wachen und die Wache U samt FF-Logistik rausschicken, muss es aber mächtig gekracht haben!"

„Mal den Teufel nicht an die Wand!", rief ein anderer, der selbst über seinen Scherz lachen musste. „Du weißt doch, ich kann kein Blut sehen!"

„Dann musst du deinen Helm eben verkehrt rum aufsetzen!", schrie ein dritter.

„Genau, mit dem Nackenleder vor den Augen, dann kippst du uns wenigstens nicht aus den Latschen!"

„Ha ha! Ich lach mich tot. Hat vielleicht noch jemand so 'nen tollen Tipp?"

„Schluss jetzt mit der Blödelei!", rief ihr Wachführer dazwischen. „Konzentriert euch lieber auf den Einsatz!" Egon Pöhl, der mit seiner Mannschaft die Treppe hinunter in die Fahrzeughalle gelaufen war, stieg in das erste Fahrzeug und schaltete sofort den Funk ein. Hinter ihm wurden die Türen im Mannschaftraum zugeschlagen. Die Rolltore fuhren automatisch in die Höhe und die Maschinisten, die die Stromleitungen zu ihren Fahrzeugen abgekoppelt hatten, starteten die Motoren. Egon Pöhl drehte sich zu seiner Mannschaft um. „Die Leitstelle hat mir gerade mitgeteilt, dass die Oberleitung gerissen ist. Ihr wisst also, was zu tun ist!"

Ja, das wussten sie. Um die abgerissene Oberleitung konnte sich ein gefährlicher Spannungstrichter gebildet haben. Und da sie die Ersten vor Ort sein würden, mussten sie, um nicht selbst in die tödliche Gefahr zu geraten, vor dem Beginn der eigentlichen Rettungsarbeiten, die Unfallstelle zu beiden Seiten hin erden. Sie hofften, dass keiner der Fahrgäste die Bahn verlassen hatte und auch kein Außenstehender in diese gefährliche Stromfalle getappt war, denn wenn das der Fall wäre, mussten sie möglicherweise mit vielen Toten rechnen.

Einer, der noch einen „Ticken" eher an der Unfallstelle eintraf, war Wolfgang Röhr, der B-Dienst der Feuerwache 1. Das Bild, das sich ihm bot, ließ Schlimmstes vermuten. Ein Straßenbahnzug vom Typ NF6 war aus noch ungeklärten Gründen in einer Linkskurve aus den Gleisen gesprungen und mit einem Mast der Fahrdrahtoberleitung kollidiert. Dabei war der metallene Mast wie ein Streichholz umgeknickt. Die Strom führende Oberleitung lag abgerissen am Boden und der 33,5 Tonnen schwere Triebwagen, der bei dem Aufprall wie ein Spielzeug fast zwei Meter in die Höhe katapultiert worden war, befand sich in einer instabilen Schräglage und konnte jeden Moment umzustürzen. Unmittelbar neben der entgleisten Bahn schlug die Oberleitung wie ein wütender, abgerissener Schwanz einer Schlange Funken sprühend um sich. Hinter den Fenstern sah Wolfgang Röhr die Gesichter von Menschen – schmerzverzerrte Gesichter mit Augen, die voller Angst und Panik nach Hilfe Ausschau hielten. Aber das Einzige, was er in diesem Moment tun konnte, war, über sein Megafon mit den Fahrgästen Kontakt aufzunehmen. „Verlassen Sie auf keinen Fall die Bahn! Bleiben Sie im Zug!", forderte er sie eindringlich auf. „Die Feuerwehr ist unterwegs und wird jeden Moment zu Ihnen kommen!"

Er hatte seine Worte gerade zu Ende gesprochen, da stoppten die Wache 4 und die ersten Rettungswagen auch schon mit eingeschalteten Sondersignalen am Unfallort. Die Einsatzkräfte sprangen auf die Straße. Laute Befehle ertönten. Die Feuerwehrleute arbeiteten generalstabsmäßig. Der Maschinist klappte die am Heck des LF befestigte Leiter ab und kletterte flink wie ein Wiesel auf das Fahrzeugdach, entriegelte den dort befindlichen Dachkasten und nahm die beiden darin liegenden Erdungsstangen heraus.

Unten wartete bereits der Angriffstrupp, der die Erdung vornehmen sollte, und streckte seine Hände in die Höhe, um die langen Stangen in Empfang zu nehmen. Neben ihnen schoben andere die Rollos vor den Gerätefächer hoch, zogen die Fächer auf und nahmen weiteres Gerät heraus, das ebenfalls benötigt wurde. Es herrschte rege Betriebsamkeit, aber keine Hektik. Alles wurde im Laufschritt verrichtet, denn, wie fast immer, ging es auch bei diesem Einsatz wieder einmal um jede Sekunde. Da die Erdung in ausreichendem Abstand vor und hinter der Unfallstelle vorgenommen werden musste, hatte sich der Angriffstrupp geteilt und näherte sich von beiden Seiten der entgleisten Straßenbahn. Auf einen Ruf ihres Gruppenführers blieben die beiden parallel der Gleise stehen und setzten zunächst den Erdungsmagneten auf den metallenen Gleiskörper. Der Magnet war über ein isoliertes Kabel mit der Erdungsstange verbunden. Die Stange, die wie ein Teleskopstock ineinandergeschoben war, mussten sie jetzt nur noch auf die richtige Länge ausziehen, den an ihrem oberen Ende befindlichen Metallbügel gegen den Fahrdraht schlagen und durch einige Umdrehungen gegen unbeabsichtigtes Herabfallen sichern. Die Männer warfen einen prüfenden Blick in die Höhe und zogen die Erdungsstange in die Länge.

„Was ist? Seid ihr soweit?"

Die beiden sahen zu ihrem Gruppenführer und signalisierten: „Alles klar, Chef."

„Rudi! Visier runter!", brüllte der und Rudi beeilte sich, das Vergessene unverzüglich nachzuholen. Als er unmittelbar darauf den metallenen Haken gegen die Strom führende Oberleitung schlug, prasselte ein Funkenregen auf ihn herunter. „Genau dafür hast du dein Visier, du Pfeife!", rief sein Gruppenführer und fragte vorsichtshalber: „Habt ihr die Stangen auch gut festgedreht!?"

Beide hoben ihre Daumen in die Höhe. „Okay, dann kommt zurück!"

Jetzt, nachdem die Erdung vorgenommen war, konnten die Feuerwehrleute mit der eigentlichen Rettung der Fahrgäste beginnen. Aber solange sich der Triebwagen noch in seiner instabilen Schräglage befand, war der Einstieg mehrerer Retter in die Bahn eine äußerst kritische Angelegenheit. Trotzdem musste es riskiert werden. Wolfgang Röhr besprach sich mit seinen Gruppenführen und man entschied, dass zunächst nur zwei Mann in den angehobenen Triebwagen steigen sollten, um die Lage im Inneren zu erkunden. Schon nach kurzer Zeit kam über Funk die Rückmeldung, dass lediglich fünf Fahrgäste sowie der Fahrer der Bahn verletzt seien. Nachdem sich auch noch herausstellte, dass es unter den Verletzten keine Schwerverletzten gab, war die Erleichterung unter den Einsatzkräften groß.

Die Rettung und Evakuierung der Fahrgäste und des Straßenbahnfahrers waren in relativ kurzer Zeit abgeschlossen. Nach ambulanter Versorgung konnten alle noch am selben Tag das Krankenhaus verlassen. Die Arbeiten an dem verunfallten Straßenbahnzug dauerten jedoch noch bis in die späten Abendstunden an, dabei arbeitete die Feuerwehr mit den Fachleuten der Rheinbahn Hand in Hand. Unmittelbar nach

Bekanntwerden des Unfalls hatten sie mit ihren eigenen Rüstfahrzeugen und Fahrzeugen zu Erdung und Reparatur der Oberleitung das Depot verlassen und waren zur Unfallstelle gefahren. Nach eingehender Begutachtung des Schadenereignisses waren sich die Profis darüber einig, dass hier ein besonders großer Schutzengel seine Hand im Spiel gehabt haben musste. Wie leicht hätte dieser Unfall auch weit schlimmer ausgehen können!

Für die Betroffenen stellte das Erleben dieses Unfalls jedoch ein einschneidendes Ereignis in ihrem Leben dar. Und so gab es selbst unter denjenigen, die nicht verletzten worden waren, einige, die in den folgenden Nächten schweißgebadet in ihren Betten aufschreckten.

Ein neuer Tag war angebrochen. Heinrich Baumeister, den seine Kollegen wegen seines Nachnamens nur Bob, den Baumeister nannten, war einer der Kranführer auf dieser Großbaustelle. Er hatte schon mehr als sechzig Lenze auf dem Buckel und machte diesen Job, für den schon wegen der Höhe nicht jeder geeignet war, solange er denken konnte. Ihm hatte das Arbeiten in großen Höhen nie etwas ausgemacht. Sein jetziges Führerhaus befand sich fast vierzig Meter über Grund und er liebte seine luftige kleine Kanzel. Von hier oben besaß die Welt ihre eigene Perspektive. Die umliegenden Gebäude sahen aus wie die Häuser aus einer Spielzeugstadt. So auch das hohe, ihnen gegenüberliegende Schulgebäude, dessen zurzeit leerer Schulhof sich in wiederkehrendem Rhythmus eines Pausengongs mit Leben füllte. Der Schulhof grenzte unmittelbar an ihre Baugrube und die Schülerinnen und Schülern, wie auch seine tief unter ihm arbeitenden Kollegen, wirkten von hier oben wie hin und her wuselnde Ameisen, über denen er thronte.

Besonders gefiel ihm, mal abgesehen von manchen deftigen Flüchen, die ihn über das Funkgerät erreichten, wenn bei denen da unten mal wieder die Nerven blank lagen, dass ihn hier oben niemand wirklich anpflaumen konnte. Das war da unten anders. Auf Baustellen, zumal auf solch großen, gab es wegen irgendwas oder mit irgendwem immer Ärger. Mal mit den Bauherren, mal mit dem Architekten, mal mit dem Polier. Und natürlich auch immer mal wieder mit den Kollegen. Den größten Ärger gab es jedoch, wenn die Zulieferer von Baustoffen oder Bauteilen verspätet oder falsch anlieferten – dann zofften sich fast alle, weil jeder dem anderen die Schuld zuwies. Aber, wie schon erwähnt, er befand sich ja vierzig Meter über denen da unten und war damit quasi außer Reichweite.

Zugegeben, einsam war es hier oben schon, trotz der Funkverbindung, aber dennoch konnte es auch für einen Kranführer manchmal ganz schön hektisch werden, meist dann, wenn ihnen der Bauherr mit seinem verdammten Termindruck im Nacken saß. An der jetzigen Baustelle lief bislang aber alles reibungslos. Allerdings glaubte Bob, dass es heute stressig werden könne, denn heute stand das Aufstellen der Außenwände für das erste Untergeschoss auf dem Plan. Das war eine Arbeit, bei der die da unten schon mal leicht hektisch wurden und deshalb erwartete er einen unruhigen Tag. Die ersten der vorgefertigten, tonnenschweren Betonteile waren bereits am Vortag angeliefert worden. Eine weitere Ladung sollte noch diesen Vormittag kommen.

Die Betonfertigteile abzuladen und aufzustellen, war ohne ihn und seinen Krankollegen nicht möglich. Für Bob bedeutete das, dass er innerhalb der nächsten Stunden seine Kanzel nicht verlassen konnte, möglicherweise musste er sogar den ganzen Tag dort oben bleiben. Das war zwar nicht schön, aber so etwas war er gewohnt und solche Dinge, die er hier oben ständig benötigte, befanden sich bereits in seiner Kanzel. Lediglich seine Thermoskanne mit frisch gebrühtem heißen Kaffee, eine Butterbrotdose, die immer die gleichen Klappstullen enthielt, eine mit Leberwurst und zwei mit Schnittkäse, schleppte er jeden Morgen mit hinauf. Dazu kamen noch eine Tafel Schokolade sowie zwei Äpfeln und zwei Ein-Liter-Flaschen Mineralwasser. Das alles, zusammen mit einigen weiteren Kleinigkeiten, verstaute er jeden Morgen, bevor er zur Arbeit ging, in seinem Rucksack. Die meisten seiner Kollegen brachten ihr Frühstück und das, was sie über den Tag sonst noch so essen wollten, ja in einer Tasche mit zur Arbeit, aber eine Tasche war für ihn völlig ungeeignet. Schließlich musste er beide Hände frei haben, wenn er früh morgens die 166 Sprossen zu seiner Kanzel hinaufkletterte.

Es war Ende März und eigentlich viel zu warm für diese Jahreszeit. Die gesamte letzte Woche hatte es permanent geregnet, aber für heute, so hatte es zumindest die Wetterprognose versprochen, sollte es endlich mal wieder trocken bleiben. Dafür war es an diesem frühen Morgen frisch, verdammt frisch sogar – minus drei Grad Celsius.

Wie die meisten seiner Kollegen nutzte auch Heinrich jeden Morgen die Gelegenheit und ließ sich in einem firmeneigenen Bus zur Baustelle bringen. Er hätte zwar auch in seinem eigenen Auto zur Arbeit fahren können, aber so war es für ihn billiger. Davon abgesehen, gab es rund um die Baustelle kaum Parkmöglichkeiten. Seit fünf Uhr früh war Heinrich schon auf den Beinen und als er seine Wohnung verließ, war es draußen noch dunkel. An dem üblichen Sammelpunkt hatten sich schon einige Kollegen eingefunden. Ihr Atem kondensierte in der kalten Luft. Endlich traf der wärmende Bus ein und die Männer waren froh, wenigstens für die nächsten Minuten der ungewohnten Kälte entkommen zu sein.

Über die gesamte Baustelle hatte sich Raureif gelegt. Mit entsprechend mürrischen Gesichtern verließen die Männer den Bus. Als Bauarbeiter konnten sie dem weißen Glitzermärchen nichts Positives abgewinnen. Sie waren zwar Wind und Wetter erprobt, aber für sie brachte der Frost nur härtere Arbeitsbedingungen. Heinrich schickte sich an, seinen Kran zu besteigen. Durch die metallenen Streben pfiff ein eisiger Wind. Nur gut, dass ich auf meine Frau gehört habe, sagte er sich. Gewöhnlich trug er unter seiner verschlissenen Arbeitsjacke nämlich nur eins seiner karierten Baumwollhemden und keinen zusätzlichen warmen Pullover. In seiner luftigen Kanzel angekommen, schaltete er als Erstes den elektrischen Radiator ein. Winterbekleidung hin oder her, ohne das wärmende Gebläse würde ihm hier oben ganz schnell der Arsch abfrieren. Als Nächstes nahm er die mitgebrachte Thermoskanne aus dem Rucksack.

Die Kanne war zwar schon alt und ziemlich verschrammt, aber sie hielt das Getränk immer noch länger warm als manche der teuren, neueren Modelle. Heinrichs Hände waren durch das Greifen der frostkalten Metallstufen steif gefroren. Nachdem er das dampfende Getränk in den Schraubbecher gefüllt hatte, wärmte er zunächst einige Sekunden lang seine erkalteten Hände an der Plastikwandung des Bechers, dann schlürfte er genüsslich einen ersten Schluck. „Ahhh!", tat das gut, wenn das heiße Gebräu die Kehle hinunterrann.

Vierzig Meter unter ihm ging es weit weniger entspannt zu. Der Polier war stinksauer, weil sein zweiter Kranführer nach dem Verlassen des Busses auf einer Eisplatte ausgerutscht und mit schmerzverzerrtem Gesicht am Boden liegen geblieben war. „Was ist mit dem Mann!?", brüllte er vor der Tür seines auf Stelzen stehenden Baucontainers zu der Gruppe hinüber, die sich um den Gestürzten gebildet hatte. Nachdem er nur betroffene Mienen und Achselzucken als Antwort bekommen hatte, platzte ihm fast der Kragen. „Was jetzt! Kann der nicht mehr oder will der nicht mehr aufstehen?"

„Hat sich wahrscheinlich den Fuß verstaucht!", rief einer der Arbeiter und ein anderer, der sich zu dem Verletzten gekniet hatte, drehte sich um und rief: „Ist wohl eher gebrochen, Chef! Wir brauchen einen Krankenwagen!"

„Scheiße!", fluchte der Polier so laut, dass es alle hören konnten, und verschwand in seinem Container. „Und das ausgerechnet heute, wo wir die ersten Außenwände aufstellen müssen." Aber all sein Fluchen half nichts, der Kranführer würde zumindest für die nächsten Tage und, wenn sein Fuß wirklich gebrochen war, sogar Wochen ausfallen. Er benötigte daher schnellstmöglich einen Ersatz. „Verdammt!" Ein Arbeitsunfall auf der Baustelle zog immer die Gewerbeaufsicht auf den Plan. Diese Typen würden natürlich genau wissen wollen, wie es zu dem Unfall gekommen ist und überall herumschnüffeln. Schöne Scheiße, das hatte ihm gerade noch gefehlt. Und jetzt musste er auch noch einen Rettungswagen kommen lassen.

Doreen ließ die Desinfektionslösung in eine längliche Spezialwanne laufen. Auf der matt schimmernden Edelstahlablage daneben wartete bereits ein gitterartiger Einsatz mit benutzten Spateln und anderen medizinischen Geräten. Die Rettungsassistentin versenkte den Einsatz in der exakt dosierten Desinfektionslösung und sah zu der großen runden Wanduhr. Dann streifte sie sich ihre Latexhandschuhe von den Händen und hängte die Gummischürze, die sie bei der Arbeit getragen hatte, an einen eigens dafür vorgesehenen Haken an der gekachelten Wand, wusch sich gründlich die Hände und öffnete eine Schublade, der sie eine Kladde entnahm, in die sie das Datum und den genauen Beginn der Desinfektion eintrug.

Nachdem sie den Eintrag mit ihrem Namen abgezeichnet hatte, legte sie die Kladde wieder zurück und schrieb den gleichen Vermerk auf eine für jedermann gut sichtbare Tafel, die seitlich neben der aufgehängten Gummischürze angedübelt war. Danach verließ sie den steril anmutenden Raum und ging über einen kurzen Gang in eine angrenzende Halle, in der ihr RTW stand. Der Patientenraum des Rettungswagens war hell erleuchtet. Die Krankentrage mit dem ausklappbaren, fahrbaren Untergestell stand vor der geöffneten Hecktüre auf dem gefliesten Boden. Durch die seitliche, geöffnete Schiebetür sah sie wie Miranda, ihre Teamkollegin, den LaBe-Tisch mehrmals bis zum Anschlag hochfahren ließ.

„Ist was nicht in Ordnung?", fragte Doreen.

„Ich weiß nicht. Vorhin hat die Absenkung nicht richtig funktioniert. Aber jetzt scheint wieder alles einwandfrei zu funktionieren."

„Hmm. Wirklich wieder alles in Ordnung?"

„Doch, ich denke schon." Miranda betätigte zwei schwarze Kippschalter, woraufhin sich das Gestell leise summend wieder absenkte. „Ich bin die Mechanik jetzt mehrmals durchgefahren", beteuerte sie, „immer ohne Probleme."

„Na gut. Und was ist mit der Trage, kann die wieder rein?"

„Ja, kann rein. Ist komplett gesäubert und desinfiziert."

„Schön und sonst?"

„Mit der Reinigung des RTW bin ich durch, wenn du das meinst. Und du?"

„Ich hab gerade noch ein Desinfektionsbad fertig gemacht und dachte, wir könnten uns jetzt erst mal 'nen Kaffee gönnen."

„Kaffee, klingt gut. Ich muss nur vorher noch die Sauerstoffflaschen wechseln und ein paar Verbrauchsmaterialien auffüllen. Hilfst du mir eben?"

„Klar, was brauchst du?"

„Hier." Miranda reichte ihrer Kollegin einen Zettel, auf dem sie die Verbrauchsmaterialien notiert hatte: zwei Infusionen Glucose 5 %, zwei mit Plasmaexpander, ein Paket Infusionsbestecke, ein achtunddreißiger und ein vierziger Endotrachealtubus, zwei Ampullen Glucose 40 %, zwei Ampullen Dopamin und eine Ampulle Dehydrobenzperidiol.

„Sonst noch was?"

Miranda schüttelte den Kopf. „Das ist alles."

Einige Minuten später saßen die beiden Rettungsassistentinnen in der kleinen gemütlichen Kaffeeküche ihrer JUH-Station. Während im Hintergrund noch die Kaffeemaschine blubberte, klagte Miranda: „Stell dir vor, Doreen, ich musste heute früh sogar Eis von meiner Windschutzscheibe kratzen."

„Ja, ist schon Wahnsinn. Die letzten Tage war es schon fast so warm wie im Frühling und dazu immer nur Regen und jetzt ..."

Plötzlich knackte über ihnen der Lautsprecher. Sofort verstummte ihr Gespräch und die beiden Frauen horchten auf die Durchsage. „Einsatz für 23-83-1. Unfall Großbaustelle Königsallee/Breite Straße. Sie fahren mit Sondersignalen."

Dieser Einsatz galt ihnen. Ade Morgenkaffee, dachte Doreen wehmütig und Miranda warf einen letzten sehnsüchtigen Blick auf die immer noch blubbernde Kaffeemaschine.

Während die beiden Rettungsassistentinnen eilig die Kaffeeküche verließen und zu ihrem RTW liefen, telefonierte der Polier Ralf Beier mit einer ihrer anderen Großbaustellen und versuchte, dem dortigen Polier einen Kranfahrer abzuschwatzen. „Hör zu Gerd", bettelte er, „ wenn es nicht wirklich so dringend wäre, hätte ich dich doch bestimmt nicht angerufen."

„Was ist denn so dringend?"

„Sagte ich doch bereits. Wir müssen heute die kompletten Seitenwände für das Untergeschoss aufstellen und dazu brauche ich hier unbedingt 'nen zweiten Kranführer."

„Und mit dem einen schaffst du das nicht?"

„Unmöglich Gerd, wirklich. Wir hängen hier jetzt schon der Zeit hinterher und gegen 9 Uhr erwarte ich die nächsten Tieflader, die auch noch abgeladen werden müssen. Also, was ist jetzt, hilfst du mir?"

Aus dem Hörer des Bautelefons drang ihm ein entsagungsvolles Aufstöhnen entgegen. „Also gut, Ralf. Aber das bleibt die absolute Ausnahme. Und nur für heute, klar?"

„Natürlich" Der Polier sah nervös auf die Uhr. „Und ... äh ... wie schnell kannst du mir den Mann schicken?"

„Stunde", lautete die knappe Antwort und Ralf Beier hatte das unbestimmte Gefühl, das Gespräch jetzt besser schnell zu beenden.

„Danke, Gerd", sagte er artig, „du hast was gut bei mir."

Statt der ewig grauen, tief hängenden Regenwolken der vergangenen Tage erstrahlte heute ein wolkenlos blauer Himmel über der Stadt. Die Morgensonne hatte den nächtlichen Raureif, der sich über die Baustelle gelegt hatte, schnell abschmelzen lassen und der Mann vom Gewerbeaufsichtsamt hatte sich erstaunlich friedlich gegeben. Inzwischen war es früher Nachmittag geworden und auf der Baustelle schritten die Arbeiten zügig voran. Heinrich Baumeisters verunfallter Kranführerkollege war schon vor mehreren Stunden von einem Rettungswagen der Johanniter-Unfall-Hilfe ins Evangelische Krankenhaus auf der Kirchfeldstraße gefahren worden und der Kranführer, den sich der Polier von einer anderen Baustelle ausgeliehen hatte, war mit dem Kran bestens vertraut, sodass es auch da keine Probleme gab.

Der erste Tieflader mit den vorgefertigten Betonwänden erschien pünktlich um neun Uhr. Kaum, dass er entladen worden war, rollte auch schon der nächste Tieflader auf die Baustelle. Weitere folgten im stündlichen Rhythmus. Das Abladen war Aufgabe von Heinrichs neuem Kollegen, er selbst war für das Aufstellen der Seitenwände verantwortlich. Gerade schwenkte er wieder eines der vorgefertigten Bauteile in die Baugrube und biss dabei herzhaft in sein Leberwurstbrot, als es plötzlich einen mächtigen Ruck tat. Heinrich zuckte zusammen und ließ vor Schreck sein Leberwurstbrot fallen. Das schwere Bauteil pendelte haarscharf an den Köpfen der Eisenflechter vorbei. Sofort dröhnte die Stimme des Vorarbeiters aus dem Lautsprecher. „Eh, du Arsch! Was war das denn? Du bist wohl besoffen, wie?"

Heinrich verschlug es für einen Moment die Sprache. Er konnte sich die Sache selbst nicht erklären und starrte gebannt auf die immer noch hin und her pendelnde Betonwand, dann stotterte er etwas, das sich wie eine Entschuldigung anhören sollte, in das Mikro.

„Mmm", knurrte der Vorarbeiter. „Pass das nächste Mal gefälligst besser auf, Bob, oder willst du die Leute hier unten etwa umbringen?" Heinrich war immer noch wie geschockt und irgendwie hatte es das Gefühl, sein gesamter Kran hätte sich ein Stück nach vorne geneigt. Aber das konnte natürlich nicht sein, das war ja ganz unmöglich. Schließlich wurde sein Kran von einem Sockel aus massiven Betonklötzen beschwert, von denen jeder einzelne mehrere Tonnen wog. Trotzdem warf er einen besorgten Blick auf die Libelle, die ihm wie bei einer Wasserwaage die Neigung seines Portaldrehkrans anzeigte.

Nichts Auffälliges. Okay, die Libelle stand ein ganz klein wenig aus der Mitte, aber die Abweichung erschien ihm so minimal, dass er dem keine Beachtung schenkte. Ein verhängnisvoller Irrtum, wie sich später zeigen sollte, denn bei einer Gesamthöhe von über fünfzig Metern ergibt selbst eine noch so kleine Abweichung schon eine bedeutende Neigung.

„Hallo!", bellte plötzlich die Stimme des Poliers aus dem Lautsprecher, „geht das vielleicht noch mal weiter oder ...?"

Heinrich zuckte erneut zusammen und wollte schon wieder anfahren, aber unten in der Baugrube schienen sich die Arbeiter noch nicht beruhigt zu haben. Wild mit den Armen gestikulierend zeigten sie abwechselnd mal auf das Betonteil und dann wieder hoch zu seiner Kanzel. Erst nachdem der Polier ein erneutes Donnerwetter losgelassen hatte, ging die Arbeit weiter und Heinrich konnte das Seitenteil positionieren. Während die Männer unten die Betonwand mit Baustützen stabilisierten, hob er sein fallengelassenes Leberwurstbrot auf und schnippte einige Schmutzpartikel von der angebissenen Stelle.

„Fertig! Kannst ablassen!", kam es aus dem Lautsprecher, woraufhin Heinrich den Joystick betätigte und das Drahtseil ein wenig nachgab, sodass die Männer den Haken ausklinken konnten. Dann gaben sie ihm Zeichen, das nächste Teil kommen zu lassen. „Aber diesmal etwas zärtlicher, wenn ich bitten darf."

„Geht klar, Jungs!" Heinrich war schon wieder ganz der Alte, ließ den Haken hochfahren und schwenkte den Ausleger nach links, wo ein hoher Stapel weiterer Seitenwände auf seine Verarbeitung wartete. Das Teil, das er als Nächstes transportieren musste, war wesentlich größer und somit auch erheblich schwerer als diejenigen, die er zuvor an seinem Haken gehabt hatte. Aber diesmal lief alles glatt, und als Heinrich Baumeister zum Ende dieses ereignisreichen Tages seine Kanzel verließ, konnten er und seine Kollegen mit sich und ihrer Arbeit zufrieden sein. Sie hatten richtig reingeklotzt und alle gelieferten Betonfertigteile verarbeitet.

Heinrich hatte seinen Kran verlassen und wartete zusammen mit einigen Eisenflechtern und Monteuren auf den Bus, der sie wieder nach Haus bringen würde, als der Polier zu ihnen kam. „Bob", er nickte Heinrich und den anderen kurz zu und rang sich ein „Gute Arbeit, Leute" ab.

„Danke, Chef", murmelten einige Männer und zogen erstaunte Gesichter, da der Polier dafür bekannt war, mit Lob eher sparsam umzugehen.

„Ja, ja, schon gut", winkte er geringschätzig ab und ging an dem Grüppchen vorbei zu seinem Container. Nach einigen Metern drehte er sich plötzlich noch einmal um und rief ihnen zu: „Bildet euch bloß nicht ein, nur weil ich euch gelobt habe, dass ihr morgen die Arbeit schleifen lassen könnt. Morgen will ich mindestens die gleiche Leistung sehen. Verstanden!"

„Blödmann", tuschelten die Arbeiter verärgert und warfen ihrem Polier giftige Blicke hinterher. „Da hätte er besser ganz das Maul halten sollen."

Der nächste Morgen begann längst nicht so kalt wie der gestrige Tag. Es hatte auch keinen Nachtfrost mehr gegeben, und bevor Heinrich Baumeister seine Wohnung verließ, um zu dem Treffpunkt zu gehen, an dem sie abgeholt wurden, schaute er noch einmal auf das Außenthermometer neben seinem Küchenfenster. Fünf Grad über null. Sehr gut, dann würde es heute auch keinen Raureif auf ihrer Baustelle geben.

Nachdem Heinrich mit den anderen Arbeitern in den Bus eingestiegen war, tippte ihm sein Hintermann auf die Schulter und flüsterte: „He, Bob. Dein Sitznachbar, der Mahmut, hat heute Geburtstag. Kannst du ihm mal so laut gratulieren, dass es alle hören."

Heinrich drehte sich zu seinem Hintermann um. „Echt?"

„Klar, Mann, oder denkst du ich rede Scheiß?"

„Woher weißt du, dass ...?"

„Eh, Mann, was spielt das für eine Rolle? Ich hab den anderen gesagt, dass ich dir sag du solltest ihm gratulieren."

„Und wieso ich?"

„Weil du neben ihm sitzt, Mann. Sein Hintermann stieß ihn gegen die Schulter. „Los, jetzt mach schon. Und danach singen wir dann alle *kapische*?"

Kurz darauf erfüllte der Gesang aus rauen Männerstimmen den Bus:

„Happy birthday to you, happy birthday to you! Happy birthday, lieber Mahmud, happy birthday to you!"

Eine halbe Stunde nach diesem Geburtstagsständchen stiefelte der Kranführer Heinrich Baumeister durch den aufgeweichten schlammigen Boden der Baustelle.

„He, Bob!", riefen die Eisenflechter, als er sich anschickte die Stufen zu seinem Kran hinaufzusteigen.

„Was?!"

„Mach heute aber nicht wieder so 'n Scheiß wie gestern!", lachten sie.

Heinrich konnte nicht darüber lachen und kletterte weiter in die Höhe. Im Rucksack auf seinem Rücken wie jeden Morgen die Thermoskanne mit Kaffee, die Butterbrotdose mit den Klappstullen, Leberwurst und Schnittkäse, die Tafel Schokolade, seine beiden Äpfel und die zwei Ein-Liter-Flaschen mit Mineralwasser. Oben angekommen warf er einen Blick auf die Uhr. Die ersten Tieflader mit den Fertigbetonteilen würden erst in gut zehn Minuten auf der Baustelle eintreffen, er hatte also noch genügend Zeit, sich häuslich einzurichten und einen Schluck Kaffee zu trinken, bevor es wieder losgehen würde.

Etwa zur gleichen Zeit standen in den Feuerwachen der Berufsfeuerwehr die Feuerwehrleute ebenfalls mit Kaffeetassen ausgestattet plaudernd beieinander. Es war zwar noch nicht die offizielle Frühstückspause, aber das Ritual einer schnellen Tasse Kaffee im Stehen vor Arbeitsbeginn hatte sich in den Jahren eingebürgert. Die täglich anfallenden Arbeiten, die an jeder Wache gleich waren, wurden deshalb natürlich nicht vernachlässigt.

So hatte einer ihrer erst kürzlich pensionierten Dienstgruppenleiter selbst erklärt, sie wären schließlich kein Produktionsbetrieb, dem durch die zusätzliche Tasse Kaffee ein finanzieller Ausfall entstehen könnte. Einige Ratsherren schienen darüber jedoch anders zu denken und liebäugelten damit, den Feuerwehrleuten diese, ihrer Meinung nach unzulässige, Pause zu verbieten.

Ebenfalls um diese Zeit verließ im hinteren Gebäudetrakt der Feuerwache 1 der B-Dienst Wolfgang Röhr sein eigenes Büro, um das Büro von Arvid Graeger aufzusuchen.

Arvid Graeger, der an diesem Tag den A-Dienst hatte, saß mit einer dampfenden Tasse Kaffee zurückgelehnt in seinem Schreibtischstuhl. Als es an der Tür klopfte, ließ er die Papiere, in die er sich gerade vertieft hatte, sinken und warf einen kurzen Blick zur Uhr. *Ah, das dürfte der B-Dienst sein.* „Die Tür ist offen!", rief er und stand auf.

„Mmm, ich rieche frischen Kaffee", sagte Wolfgang Röhr.

Graeger begrüßte seinen Kollegen mit Handschlag. „Magst du auch einen?", fragte er und bot ihm einen Stuhl an.

„Nee, lass mal. Wir müssen ja gleich noch zum Chef und dort gibt es bestimmt auch wieder Kaffee."

„Wie du möchtest. Ich kann dir aber gerne noch einen bringen lassen."

Röhr schüttelte den Kopf und setzte sich. „Wer kommt denn noch außer uns beiden?"

Graeger nannte einige Namen und betonte: „Und dann werden auf jeden Fall auch der künftige Wachvorsteher und sein Stellvertreter anwesend sein."

„Verstehe", nickte Röhr, „immerhin werden die beiden die neue Feuerwache ja demnächst leiten müssen. Gibt es denn inzwischen schon einen konkreten Termin, wann die Wache gebaut werden soll? Ich hab da so was läuten hören."

Graeger sah sein Gegenüber eine Weile an und meinte schließlich: „Also, offen gestanden, Wolfgang, möchte ich mich dazu jetzt lieber nicht äußern. Nicht nach all dem Hickhack, den es in den vergangenen Jahren um den Bau der neuen Wache gegeben hat."

„Aber du weißt schon was", betonte Röhr und machte ein Gesicht wie jemand, der wusste, dass der andere sehr wohl etwas sagen konnte, aber nur nicht mit der Sprache rausrücken wollte.

Graeger gab sich verschwiegen, nippte einmal kurz an seinem Kaffee und erklärte dann diplomatisch: „Sagen wir mal so, Wolfgang. Selbst wenn ich dir ein Datum nennen könnte, so denke ich doch, dass das Sache unseres Chefs ist."

„Und wenn der will, dass ich es erfahre, ..."

„... dann wirst du es möglicherweise gleich zu hören bekommen", ergänzte der Dienstrang höhere A-Dienst.

Kurz nach diesem Gespräch verließen die beiden Männer das Büro und gingen auf die nächsthöhere Etage, auf der sich auch der kleine Sitzungssaal befand. Unterwegs stießen sie auf einige andere Führungskräfte, die ihr Direktor ebenfalls zu dieser morgendlichen Unterredung einbestellt hatte.

Draußen auf dem Feuerwehrhof zeichneten sich derweil gänzlich andere Aktivitäten ab. Der Tagesdienst, dessen Aufgabe unter anderem darin bestand, die täglich auf einer Wache anfallenden Arbeiten zu delegieren, hatte einige vornehmlich jüngere Kollegen zum Waschen des Löschzugs eingeteilt. Die Maschinisten saßen bereits hinter den Lenkrädern ihrer Fahrzeuge und warteten nur noch darauf, dass sich die zum Hof hin zeigenden Tore der Fahrzeughalle öffneten. Als das geschah, starteten sie die Dieselmotoren und setzten rückwärts auf den Hof.

Die Kollegen der anderen Tour, die die jetzige Wachbesatzung heute früh abgelöst hatten, waren erst kurz vor der Ablösung von einem Kellerbrand zurückgekehrt. Abgekämpft, die Helme, Stiefel und Uniformen von schwarzem, schlammigem Schmutz bedeckt, hatten sie nur noch das Notwendigste gemacht, um die Einsatzbereitschaft des Löschzugs wieder herzustellen. So wurden die benutzten Schläuche ausgewechselt, das Strom-aggregat und der Lüfter betankt und danach kümmerte sich jeder um seine persönliche Ausrüstung. Im Klartext hieß das: Helme und Stiefel abwa-schen und ansonsten Kleider wechseln. Aber bevor die verschmutzte und nach Brandrauch stinkende Uniform in den Kleidersack kam, entleerten alle ihre Taschen, um den ganzen Krimskrams, den jeder Feuerwehrmann und sicher auch jede Feuerwehrfrau so mit sich herumschleppte, in der neuen Uniform unterzubringen.

Erst danach waren sie duschen gegangen, wobei sie sich den stinkenden, rußigen Brandrauch, der sich wieder einmal in den Poren ihrer Haut fest-gesetzt hatte, mit viel heißem Wasser und Seife abwuschen. Dass sich die Fahrzeuge ihres Löschzuges mindestens ebenso verschmutzt zeigten und ebenfalls einer gründlichen Wäsche bedurften, stand außer Frage, aber darum durften sich jetzt die Kollegen der anderen Tour kümmern – für sie war heute Feierabend, beziehungsweise Feiermorgen, denn ihre vierund-zwanzigstündige Schicht war jetzt definitiv vorüber.

Während die letzten Dauerduscher immer noch den Waschraum der Wache belagerten, ging es draußen auf dem Hof bereits richtig zur Sache. Das Streusalz, das bei dem Frost der vergangenen Tage die Straßen eisfrei gehalten hatte, überdeckte das Rot der Löschfahrzeuge mit einem schmut-zig grauen Schleier. Daran hatte auch der in der Nacht heruntergegangene Regen nichts ändern können. Im Gegenteil, jetzt bei Tageslicht sahen TLF, Drehleiter und Co. noch verschmutzter aus als in der Nacht und hatten die Wäsche dringend nötig. Aus diesem Grund war heute Fahrzeugpflege angesagt. Dazu hatten die Männer ihre ledernen Sicherheitsstiefel ausge-zogen und gegen Gummistiefel gewechselt.

Ausgestattet mit Schläuchen, Eimern, Waschbürsten und Schwämmen rückten sie den verschmutzten Großfahrzeugen auf den Pelz beziehungs-weise auf den Lack. Die Feuerwache 1 besaß keine eigene Waschhalle für Großfahrzeuge, deshalb musste der Löschzug auf dem Hof im Freien gewaschen werden. Bei den frostigen Temperaturen der letzten Tage war das jedoch nicht möglich gewesen und deshalb hatten sie die Fahrzeuge immer nur notdürftig in der Fahrzeughalle gereinigt.

Aber heute, da das Thermometer sogar auf zweistellige Temperaturen geklettert war, konnte die dringend erforderliche Grundreinigung endlich wieder auf dem Hof durchgeführt werden, ohne, dass einem das Fenster-leder in der Hand gefror. Als sich dann auch noch die Sonne zeigte, fühl-ten sich einige Übermütige veranlasst, die Saison einzuläuten, was gleichbedeutend mit einer Wasserschlacht war. Entsprechend ausgelassen ging es bei der Arbeit zu und so wurde mancher Eimer Wasser statt auf den Löschzug über den Kopf des Kollegen gekippt. Der Tagesdienst und sogar einige Hauptbrandmeister mischten dabei kräftig mit. Wenn sie gewusst hätten, dass ihr Wachvorsteher sie bei ihrem übermütigen Treiben beobachtete, hätten sie sich aber sicher nicht an dieser ausgelassenen Wasserschlacht beteiligt.

„Junge, Junge, wie die Kinder", sagte der Wachvorsteher kopfschüttelnd zu sich selbst, dabei hätte er nur zu gerne noch einmal die Zeit zurückdrehen wollen, als er selbst bei der Feuerwehr angefangen hatte. Damals hatte er, genau wie diese jungen Burschen da draußen auf dem Hof, in seiner damaligen Wache ebensolche Wasserschlachten veranstaltet. Mit einem wehmütigen Lächeln verfolgte er das ausgelassene Geschehen, an dem er in seiner Position natürlich nicht mehr teilnehmen durfte. Wieso eigentlich nicht, fragte er sich, nachdem er wieder an seinem Schreibtisch saß. Ja, wieso eigentlich nicht? Für einen kurzen Moment lockte ihn der Gedanke, alle Konventionen einfach über Bord zu werfen und da draußen mit zu machen. *Einfach mal wieder richtig die Sau rauslassen zu dürfen, das wäre doch was.* „Tja", sagte er laut, „wenn das so einfach ginge." Aber so einfach war das nun mal nicht und so wischte der Wachvorsteher den spontanen Gedanken beiseite und widmete sich wieder seiner nüchternen ungeliebten Büroarbeit.

Auf der Großbaustelle, die nur knapp achthundertfünfzig Meter Luftlinie von der Feuerwache 1 entfernt war, schritten die Arbeiten gut voran. Da störte es den Polier auch nicht, dass in der Nacht ein ausgiebiger Regen heruntergekommen war, der den aufgetauten Boden rund um die Baustelle in eine einzige matschige Fläche verwandelt hatte. Er kam gerade von einem Rundgang zurück und stiefelte, seinen weißen Bauhelm aus der Stirn geschoben und die Hosenbeine in den Schäften seiner Gummistiefel steckend, wieder zu seinem Baucontainer. Dabei musste er mehrere der tiefen, mit schlammigem Regenwasser gefüllten, Reifenspuren durchqueren, die die Tieflader auf dem Platz hinterlassen hatten.

Den ganzen Vormittag schon hatten sie die vorgefertigten Betonwände auf die Baustelle gefahren und mit ihrer tonnenschweren Last die nasse Pampe immer wieder durchgewühlt. Aber das gehörte zum normalen Baustellenalltag, so etwas waren er und seine Wind und Wetter erprobten Arbeiter gewohnt und konnte weder ihn noch seine Leute von der Arbeit abhalten. Zufrieden mit sich selbst warf er einen Blick in die Höhe. Zufrieden deshalb, weil es ihm gelungen war, den Kranfahrer von der anderen Baustelle für den heutigen zweiten Tag doch noch zu bekommen. Der Mann würde zwar erst gegen Mittag kommen, aber besser spät als gar nicht. Solange musste Bob eben alleine klarkommen. Der schwenkte gerade eine der angelieferten Seitenwände in die Baugrube. Wie mühelos schwebte das riesige Teil über den Köpfen der Einschaler, die tief unter ihm bereitstanden, das vorgefertigte Seitenwandteil in Empfang zu nehmen und mit den bereits aufgestellten zu einer Wand zu verbinden.

Auf einem anderen Bauabschnitt daneben knieten die Eisenflechter auf rostig braunen Baustahlmatten, die heute noch mit Beton übergossen werden mussten. Die eingeschalte, riesige Fläche würde dann die nächste Geschossdecke bilden. Die Lkws, die den Fertigbeton dafür anliefern sollten, wurden gegen vierzehn Uhr erwartet, die Eisenflechter mussten sich also ranhalten. Einer von ihnen war der 29-jährige Mahmut, der heute Geburtstag hatte.

„He, Mahmut, warum benutzt du nicht wie ich 'nen großen Bolzenschneider? Damit bist du viel schneller."

„Ich hab aber keine Lust, schon wieder zum Baucontainer laufen zu müssen", brummte Mahmut.

„Schön blöd", spottete sein Nebenmann, der sah, wie sich Mahmut mit einem wesentlich kleineren Bolzenschneider abmühte. Er war längst schon zwei Meter weiter vorgerückt und als Mahmut merkte, dass er immer weiter zurückfiel, rief er seinem Kollegen zu: „He, Kalle! Du kannst mir ja mal eben deinen leihen."

„Ist klar! Von wegen mal eben!"

„Och Kalle!"

„Nix da, och Kalle. Hol dir gefälligst einen eigenen."

Der Polier hatte die Türklinke zu seinem Baucontainer schon in der Hand, da sah er, wie Mahmut aufstand und seinen Arbeitsplatz verließ, und hielt inne. *Was? Will der Kerl etwa schon wieder pissen gehen?* Abwartend blieb er stehen. Aber Mahmut ging nicht zu den Toiletten, sondern nahm die andere Richtung. Kurz darauf öffnete er die Tür zu dem Baucontainer, in dem sie ihre Werkzeuge lagerten. Aha, na dann wollen wir doch mal warten, wie lange der Kerl da wohl drin bleibt, sagte sich der Polier, aber dann klingelte hinter ihm das Telefon und er verschwand in seinem eigenen Container.

Die Wasserschlacht in der Feuerwache 1 hatte ein jähes Ende gefunden, nachdem der Vierfachgong die komplette Löschzugbesatzung in den Alarm rief.

„Einsatz für Feuerwache 1, Feuerwache 2, das Feuerlöschboot und den B-Dienst zur Rheinkniebrücke! Person droht zu springen. Es rücken aus: von Feuerwache 1 das LF, die DL, der NAW, der RTW und ..."

Während die Leitstelle noch eine lange Reihe weiterer ausrückender Fahrzeuge aufzählte, flogen auf dem Hof der Feuerwache 1 die Fensterleder und Wascheimer in die Ecke. Diejenigen, die gerade noch den Löschzug gewaschen hatten, rissen sich die Gummistiefel von den Füßen und stiegen wieder in ihre stahlkappenbewehrten Feuerwehrstiefel, dann warfen sie sich ihre dicken Einsatzjacken über und setzten sich ihre gelblich fluoreszierenden Feuerwehrhelme auf. Das alle hatte nur wenige Sekunden in Anspruch genommen. Die eigens vor der Wache geschaltete Ampel zeigte grün.

Der Individualverkehr hatte rot und stoppte. Und schon rollten die Einsatzfahrzeuge durch die sich automatisch öffnenden Ausfahrttore aus der Fahrzeughalle auf die Hüttenstraße. Mit eingeschalteten Martinshörnern und blinkenden Blaulichtern lenkten die Maschinisten nach rechts, um nach nur wenigen Metern links in die Herzogstraße abzubiegen, die in ihrer Verlängerung direkt auf die Rheinkniebrücke führte. Allerdings fuhr nicht der gesamte Löschzug auf die Brücke. Auf Anweisung des B-Dienstes bog ein LF mit dem C-Dienst und einem RTW schon vorher ab, um das Rheinufer unterhalb der Brücke anzufahren.

Auf der Oberkasseler Rheinseite ging die ebenfalls alarmierte Feuerwache 2 genauso vor. Da sie als Gruppenwache jedoch nur über ein LF und eine DL verfügte, fuhr hier lediglich das Löschgruppenfahrzeug auf die Brücke, während die Drehleiter und ein Rettungswagen sich in der Nähe unterhalb der Brücke positionierten.

Gut anderthalb Kilometer von der Einsatzstelle entfernt lag das Feuerlöschboot der Stadt Düsseldorf im Hafenbecken vor Anker. Die hier stationierten Feuerwehrmänner stürmten die metallene Rampe hinunter und sprangen in das sofort einsatzbereite Beiboot. Die mächtigen Außenborder ließen das wendige Boot über die Wasseroberfläche fliegen. Innerhalb kürzester Zeit hatte das Boot die Rheinkniebrücke erreicht. Als die Brücke in Sicht kam, hatte der Bootsführer ein Fernglas an die Augen gesetzt und damit die Wasseroberfläche abgesucht. Dann entdeckte er einen jungen Mann, der oben auf der Brücke über das Geländer geklettert war. Er war also noch nicht gesprungen und stand, den Oberkörper weit vorgebeugt, seine Händen rückwärts um das Geländer geklammert, auf dem schmalen Rand, der ihn von der schwindelerregenden Tiefe trennte. Einige Meter seitlich neben ihm stand ein Polizist, der, das konnte der Bootsführer deutlich durch sein Glas erkennen, auf den jungen Mann einredete. Hoffentlich gelingt es dem Polizisten, den Jungen von seinem Vorhaben abzuhalten, dachte der Bootsführer und gab das Kommando die Geschwindigkeit zu drosseln.

Der Kradfahrer der Polizei befand sich auf dem Rückweg zum Polizeipräsidium am Jürgensplatz. Er hatte auf der Oberkasseler Seite einen Verkehrsunfall aufgenommen und es war reiner Zufall, dass er den jungen Mann bemerkte, als dieser auf der gegenüberliegenden Seite über das Geländer klettern wollte. An dem Hinüberklettern hatte er ihn zwar nicht mehr hindern können, aber zumindest war es ihm gelungen, ihn durch ruhiges Zureden von seinem Sprung in die Tiefe abzuhalten. Inzwischen war die Feuerwehr eingetroffen und die Wasser- und Schifffahrtsdirektion hatte die Schifffahrt zu Berg wie zu Tal zwischen Rheinstromkilometer 742 und 748 gesperrt, sodass außer den Booten von DLRG, Wasserwacht und Feuerwehr niemand sonst mehr den Fluss unterhalb der Brücke passieren durfte.

Der Polizist war zwar kein Psychologe, aber er besaß genug gesunden Menschenverstand, um den Jungen nicht durch eine übereilte Aktion in noch größeren Stress zu versetzen. Aus dem gleichen Grund hatten die Fahrzeugführer ihren Maschinisten auch Order erteilt, auf den letzten hundert Metern die lärmenden Sirenen auszuschalten und nicht zu dicht an die suizidgefährdete Person heranzufahren. Der B-Dienst, der seinen Pkw ebenfalls in ausreichender Distanz angehalten hatte, kam zu Fuß an die Beifahrerseite des ersten LF. Der Gruppenführer öffnete die Tür.

„Nur wir beide?"

„Ja, erst mal nur wir beide", bestätigte der B-Dienst und wandte sich an die Mannschaft. „Folgendes: Solch eine Situation haben wir ja nicht zum ersten Mal und ihr wisst, dass es keinen Sinn macht, wenn wir jetzt alle dahin gehen. Könnte sein, dass der Junge dann völlig die Nerven verliert und wir ihn dadurch erst zum Springen verleiten. Ich werde also zunächst nur mit eurem Gruppenführer vorgehen und ausloten, was machbar ist. Also, ihr wartet erst einmal ab und bleibt bitte im Fahrzeug, verstanden?"

Die Männer nickten, was blieb ihnen auch anderes übrig.

Nichts ist für Feuerwehrleute so zermürbend wie untätiges Warten – Herumsitzen und Warten. Warten, auf was denn eigentlich? Darauf, dass der Junge da hinten in den Rhein sprang? Und wenn er es wirklich täte, dann gäbe es für sie ohnehin nichts mehr zu tun, also zumindest nicht für sie hier oben, die sie auf der Brücke in ihren Fahrzeugen saßen und warteten. Ihren Kollegen vom Löschboot ging es nicht anders. Im jetzigen Stadium waren sie genauso zur Untätigkeit verdammt, konnten also auch nichts tun, außer abzuwarten und zu sehen, was passierte. Falls der Mann aber tatsächlich spränge, würden sie ihn natürlich sofort aus dem Wasser fischen, vorausgesetzt, er ginge nicht sofort unter wie ein Stein. War alles schon vorgekommen. Und wenn ihn erst einmal die Tiefenströmung des Rheins erfasste und mit sich riss ... aber daran wollten die unten im Boot sicher auch nicht denken.

Die Ohnmacht des Nichts-tun-Könnens zerrte an ihren Nerven. Hoffentlich würde es diesmal wenigstens nicht so lange dauern wie bei ihrem letzten Einsatz, als sie hier oben geschlagene zwei Stunden im Dauerregen verbracht hatten, bis einer ihrer Höhenretter die Frau überlisten konnte und zurück über das Geländer gehoben hatte. Aber diese Frau damals wollte auch nicht wirklich springen, hatten die meisten zumindest vermutet. Wer konnte schon mit Sicherheit sagen, was sich im Kopf eines verzweifelten Menschen abspielte, der bereits soweit gegangen war?

Der Polizist hatte bis zum Eintreffen der Feuerwehr mit ruhigen Worten auf den Lebensmüden eingeredet. Gerade schöpfte er ein wenig Hoffnung, den jungen Mann von seinem Vorhaben abhalten zu können, da sah er zwei Feuerwehrmänner auf sich zukommen. Es waren der B-Dienst und der Gruppenführer des ersten LF, die sich mit bedächtigen Schritten näherten.

Kein guter Zeitpunkt, dachte der Polizist, kein guter Zeitpunkt, denn genau in diesem Moment drehte der junge Mann seinen Kopf und sah die zwei Feuerwehrmänner ebenfalls auf sich zukommen. „Weg! Die sollen wegbleiben!", schrie er mit kreischender Stimme und drohte: „Wenn die noch näher kommen, springe ich!"

„Ruhig Junge. Bleib bitte ganz ruhig, ja."

„Dann schick die weg! Schick die weg, oder ..." Um zu demonstrieren, dass es ihm wirklich ernst sei, löste er eine Hand vom Geländer.

„Komm Junge, mach jetzt bitte nichts Verkehrtes." Der Polizist gab den Feuerwehrmännern ein Handzeichen, bloß stehen zu bleiben und ja nicht näher zu kommen. „Guck, die beiden bleiben schon stehen, okay?"

Die Hand fasste wieder das Geländer.

„He, schau mich an! Schau mich an, Junge. Ich will dir doch nur helfen."

Der Junge, dessen Blick ständig zwischen den schnell dahinziehenden Fluten tief unter sich und dem auf ihn einredenden Polizisten hin und her wechselte, drehte erneut seinen Kopf. In seinen flackernden Augen stand die nackte Angst, in die sich Verzweiflung mischte, Verzweiflung über eine zerstörte Liebe, wegen der er glaubte, jetzt und hier seinem Leben ein Ende machen zu müssen.

Der Polizist, der aus einigen Andeutungen entnehmen konnte, weshalb der junge Mann, der höchstens siebzehn Jahre alt war, seinem Leben ein Ende bereiten wollte, griff in die Brusttasche seines Lederkombis und zog seine Brieftasche hervor. „Hier, siehst du das? Das ist ein Bild von meiner Frau. Sie hat mich vor zwei Jahren verlassen. Ist an Leukämie gestorben. Und das hier", er zog ein zweites Foto hervor. „Das ist unsere gemeinsame Tochter. Darf ich etwas näher kommen? Nur ein paar Schritte, damit du sie erkennen kannst."

Der Junge schüttelte panisch den Kopf und machte sofort eine kritische Bewegung.

„Okay, okay. Alles klar. Siehst du, ich bleibe ja schon stehen", beteuerte der Polizist und streckte den Arm mit dem Foto aus. „Hier schau noch mal hin, das ist meine kleine Luisa, die mich über alles liebt und braucht. Wenn ich sie damals nicht gehabt hätte ... Und du hast mir doch gesagt, dass du noch einen jüngeren Bruder und eine Schwester hast. Die willst du doch nicht wirklich verlassen? – Und deine Mutter? Kannst du dir überhaupt vorstellen, wie viel Leid du denen bereiten würdest? All denen, die dich so sehr lieben!" Der Polizist wagte einen weiteren Schritt in Richtung Geländer, und als er sah, wie aus den Augen des Jungen plötzlich Tränen rannen, ging er weiter auf ihn zu und streckte ihm beide Arme entgegen. „Nimm einfach meine Hände, ich halte dich." Und dann war er dem Jungen endlich nahe genug, schlang seine Arme um ihn und hielt ihn fest.

Die beiden Feuerwehrmänner sprinteten los und halfen dem Polizisten, den entkräfteten und vor Erschöpfung am ganzen Leib zitternden Jungen über das Brückengeländer zu heben.

Der Polier fixierte das Telefon auf seinem Schreibtisch. Sollte er oder sollte er nicht? Den Kopf mit einer Hand aufgestützt rieb er mit der anderen nachdenklich über die Bartstoppeln an seinem Kinn. Vor einer guten Stunde hatte er schon einmal auf der anderen Baustelle angerufen und nachgefragt, wo denn sein Kranführer bliebe. Schließlich wäre es schon nach zwei und bei ihm türmte sich die Arbeit. „Reg dich nicht auf", hatte sein Kollege geantwortet. „Soviel ich weiß, ist mein Mann vor einer halben Stunde abgefahren und müsste jeden Moment bei dir sein."

Inzwischen war es aber schon fast drei Uhr und der Kranführer, der eigentlich um die Mittagszeit da sein sollte, war immer noch nicht gekommen. Nachdem der Polier das Telefon eine weitere Minute angestarrt hatte, gab er sich einen Ruck. „Ach, scheiß was drauf!", fluchte er laut und dann riss er den Hörer energisch vom Telefon. Sollte ihn sein Kollege doch ruhig für eine Nervensäge halten. Er wollte jetzt Gewissheit haben und tippte die Nummer der anderen Baustelle ein. Nachdem er bestimmt acht Mal vergeblich durchläuten ließ, knallte er den Hörer verärgert auf die Gabel. Und jetzt? Ratlos starrte er gegen die mit Bauplänen „tapezierte" Wand seines Containers. Schließlich begann er, seine Situation zu analysieren. Welche Möglichkeiten blieben ihm denn? Gut, er könnte natürlich einen der leitenden Ingenieure anrufen und ihm die Ohren voll heulen, aber vermutlich würde man ihn dort eh nur abwimmeln oder ihm unmissverständlich klarmachen, dass das ja wohl ein Problem sei, mit dem er selbst fertig werden müsse. Also, Ingenieurbüro Fehlanzeige. Und wenn ich die Firma direkt ...?

Der Polier holte tief Luft und ließ den Atem hörbar zwischen seinen vorgewölbten Lippen ausströmen. *Okay, die könnten, nein, die müssten ihm sogar helfen. Was aber, wenn die da oben anschließend auf die Idee kommen sollten, dass er seinen Laden hier nicht mehr im Griff hätte, was dann? Könnte ja sein, dass die so denken, sagte er sich, und dann könnte es ihm sogar passieren, dass er seinen guten Job ganz schnell los wäre.* Dieser Gedanke behagte ihm überhaupt nicht und deshalb entschied er, dass es das Beste für ihn sei, die Hufe lieber stillzuhalten und einfach noch eine Weile abzuwarten. Vielleicht käme der Mann ja doch noch. Immerhin hatte ihm der Polier von der anderen Baustelle gesagt, dass er unterwegs sei. Fragte sich nur, wo der dann so lange bliebe. Nachdenklich trat der Polier auf die Balustrade vor seinem Container und fingerte eine zerknitterte Zigarettenschachtel aus der Brusttasche seiner Latzhose.

Der Platz für den Container war gut gewählt, denn von hier hatte man den perfekten Blick über die gesamte Baustelle. Nachdem er den Rauch der Zigarette tief in seine Lungenflügel inhaliert hatte, schnipste er den gelblichen Stummel mit Daumen und Mittelfinger in die Baugrube. Das Gift des Nikotins war sofort in seine Blutbahn gelangt und hatte seine Nerven beruhigt, aber als er zu den Eisenflechtern hinübersah und feststellte, dass Mahmut noch immer nicht auf seinem Platz war, regte er sich erneut auf. Er sah zu dem Baucontainer hinüber, dessen Tür noch immer offen stand. Also, entweder hatte der Bursche vergessen, die Tür hinter sich abzuschließen oder er befand sich noch immer da drin. Dann fiel dem Polier ein, dass die Männer davon gesprochen hatten, dass dieser Mahmut heute Geburtstag hätte und plötzlich kam ihm ein Verdacht. *Sollte der Bursche etwa die Dreistigkeit besitzen, in dem Container mit seinen Kumpeln auf sein Wohl anzustoßen?* Der Sache wollte er unbedingt auf den Grund gehen.

Mahmut hatte sich bei seinem Vorarbeiter den Schlüssel für den Baucontainer geholt und entfernte das Vorhängeschloss. Das Tageslicht, das durch die geöffnete Tür in den fensterlosen Container fiel, erhellte den mit

Werkzeugen vollgestopften Raum nur spärlich. Mahmut tastete mit der Hand nach innen und suchte den Lichtschalter. Als er ihn betätigte, flackerte die Leuchtstoffröhre nur kurz auf, dann gab es einen leisen Knall und alles war wieder dunkel.

„Scheiße!", fluchte Mahmut, dann trat er in den Container. Wie zum Teufel sollte er in dieser Dunkelheit einen Bolzenschneider finden. Einen Moment stand er unschlüssig da, bis sich seine Augen an das Dämmerlicht gewöhnt hatten. Als er dann noch sein Feuerzeug anzündete, erhellte das winzige Flämmchen den Container zumindest so weit, dass Mahmut in dem Durcheinander aus Schaufeln, Hacken, Kabeltrommeln, Hämmern, Brechstangen, Schrauben- und Nagelkisten, Bohrmaschinen und Tauchpumpen nach dem Bolzenschneider suchen konnte. *Na endlich.* In einem Regal war er fündig geworden. Der gesuchte Bolzenschneider lag oben auf einer verschlossenen Werkzeugkiste. Als er nach ihm greifen wollte, passierte es.

Mahmut hörte ein lautes durchdringendes Ächzen und Quietschen und dann gab es einen gewaltigen Schlag, der den gesamten Container erzittern ließ. Mahmut zuckte erschreckt zusammen. Ihm blieb weder die Zeit darüber nachzudenken, was passiert war, noch bekam er eine Gelegenheit zur Flucht. Als hätte jemand mit einem Vorschlaghammer auf eine Konservendose eingeschlagen, krachte das Dach des einknickenden Containers auf seinen Schädel. Mahmut war auf der Stelle tot. Er lag in dem völlig demolierten Container unter Tonnen schweren Betonteilen begraben und immer noch rutschte Erdreich nach.

Entsetzt riss der Polier die Augen auf. Das konnte, nein, das durfte nicht wahr sein. Wie um alles in der Welt war das nur möglich? Unfähig, auch nur ein Glied zu rühren, musste er hilflos mit ansehen, wie der Baukran mit Bob in der Kanzel, sich immer weiter zur Seite neigte und dann mit einem ohrenbetäubenden Krachen in die tiefe Baugrube hinabstürzte.

Bei Bob, alias Heinrich Baumeister, lief heute alles nach Plan. Er schwenkte ein Betonfertigteil nach dem anderen vom Lagerplatz in die Baugrube, wo sie von den wartenden Monteuren zu einer kompletten Seitenwand verbunden wurden. Und da für diese Arbeit sowieso nur ein Kran benötigt wurde, störte es weder ihn hier oben noch die Arbeiter da unten, dass der Aushilfskranführer von der Nachbarbaustelle noch immer nicht eingetroffen war. Anders sah es bei den Eisenflechtern aus, denen der Vorrat an Moniereisen langsam zur Neige ging. Wenn die weiter so reinhauten, würden sie bald auf dem Trockenen sitzen, sagte sich Bob. Bei dem

Gedanken daran stellte er sich lebhaft vor, wie der Polier wutschnaubend über die Baustelle rannte und jeden zusammenscheißen würde, falls sein Kranfahrerkollege dann immer noch nicht hier wäre. Wie gut, dass ich hier oben sitze, wo mir nichts passieren kann, sagte er sich und schwenkte zum wiederholten Male auf den Lagerplatz, wo ihm die Arbeiter erneut ein Seitenwandteil an den Haken hingen. Fertig, signalisierten sie und Bob betätigte den Joystick. Spielerisch wurde das tonnenschwere Betonteil von der sich drehenden Seiltrommel in die Höhe gezogen. Bob schwenkte den Ausleger zurück in Richtung Baugrube und ließ die Laufkatze in Richtung Kranspitze rollen.

Das Betonteil pendelte leicht hin und her, da neigte sich der gesamte Kran plötzlich nach vorne. Es geschah ohne irgendeine Vorwarnung – Bob hatte das Gefühl, als würde sein fünfzig Meter hoher Kran von der gewaltigen Kraft eines Riesen einfach umgedrückt. Die Augen in Todesangst weit aufgerissen, sah er die unter sich liegende Baugrube auf sich zu kommen. Aber es war nicht die Baugrube, die auf ihn zukam, er war es selbst, der, hilflos in seiner Kanzel aus Stahl und Glas gefangen, in die bodenlos scheinende Tiefe hinabstürzte.

Die Arbeiter, die die Wände montierten, waren die Ersten, die das Unglück kommen sahen. Aber das, was sie sahen, erschien ihnen so unwirklich, so unfassbar, dass sie zunächst wie gelähmt auf den sich nach vorne neigenden Baukran starrten. Erst als der Polier einen lauten Warnruf ausstieß, lösten sich die meisten aus ihrer Erstarrung, aber da war ihnen der riesige Kranausleger mitsamt dem Betonteil schon gefährlich nahe gekommen. Während die Monteure laut schreiend um ihr Leben rannten, suchten die am Boden knienden Eisenflechter sich ebenfalls in Sicherheit zu bringen. Aber auf dem Geflecht aus Baustahlmatten konnten sie vor dem auf sie herabstürzenden Kran nicht so schnell fliehen wie ihre Kollegen.

Einige stürzten, andere sprangen in Panik auf die mehrere Meter tiefer gelegene untere Ebene, wobei sich etliche schwere Verletzungen zuzogen. Für den Einschaler Miroslav Sobotschek kam der Warnruf jedoch zu spät. Verzweifelt sah sich der nicht einmal dreißig Jahre alt gewordene Mann nach einer Fluchtmöglichkeit um. Nach vorne war ihm der Weg durch die unüberwindbar hohe Verschalung versperrt an der er gerade arbeitete und hinter ihm erstreckte sich eine noch unfertige Geschossdecke aus Baustahlmatten, deren Geflecht noch mit Beton ausgegossen werden musste. Diese Fläche konnte man nur äußerst langsam und mit vorsichtigen Schritten überqueren aber ihm blieben nicht einmal mehr Sekunden. Die bittere Erkenntnis, dass es für ihn kein Entkommen gab, traf ihn fast so schwer wie der tonnenschweren Ausleger des Krans. Als der Koloss auf ihn hinunterkrachte, ging sein Schmerzensschrei in dem durchdringenden Ächzen und Kreischen von sich verbiegendem Metall und dem Lärmen der dabei umstürzenden Betonwände unter.

Eigentlich hatte das Ganze nur wenige Sekunden gedauert, aber für den Kranführer Heinrich Baumeister waren diese Sekunden zu einer Ewigkeit geworden. Während er sich mitsamt dem Kran im freien Fall befand, versuchte er sich verzweifelt mit den Händen irgendwo abzustützen. Vergeblich, seine Hände griffen ins Leere. Aus fünfzig Metern Höhe gab es kein Halten und kein Festhalten mehr. Alles, was in seiner kleinen Kabine nicht niet- und nagelfest war wirbelte umher und kannte nur noch eine Richtung – nach unten! Und dort unten, in der fast zwanzig Meter tiefen Baugrube aus Beton und Stahl lauerte schon der Tod.

Daran, dass er es war, der den Warnruf ausgestoßen hatte, konnte sich der Polier später nicht mehr erinnern. Aber sein Ruf hatte mehreren Bauarbeitern unzweifelhaft das Leben gerettet. Nur durch seine Warnung war es ihnen gelungen, den auf sie herabstürzenden, tonnenschweren Metallmassen buchstäblich in letzter Sekunde zu entkommen. Dennoch hatte es viele Verletzte gegeben. Diejenigen, die sich auf ihrer überhasteten Flucht lediglich geringfügige Blessuren zugezogen hatten, kauerten Schutz suchend, am ganzen Körper zitternd, traumatisiert am Boden. Andere, die es weit schlimmer erwischt hatte, lagen mit schmerzhaften Quetschungen und gebrochenen Gliedmaßen blutend zwischen den Trümmern. Einige hatten massive innere Verletzungen davongetragen, waren eingeklemmt und nicht mehr in der Lage, sich selbst zu befreien.

Unmittelbar nach dem Einsturz der beiden Kräne glich die Baugrube einem riesigen Trümmerfeld.

Der Polier war einer der wenigen, die zumindest körperlich völlig unbeschadet davon gekommen war. Aber das, was er jetzt sah, raubte ihm fast den Verstand, denn Bobs Kran war nicht der einzige, der in die Baugrube gekracht war. Bei seinem Sturz hatte sein Ausleger auch noch den zweiten, zum Glück unbesetzten Kran, erfasst und ebenfalls mit in die Tiefe gerissen. Und als wäre das noch nicht Unheil genug gewesen, war dessen Ausleger quer über den angrenzenden Schulhof auf das Dach des Schulgebäudes geschlagen. Der Polier war kein gläubiger Mensch, aber in diesem Moment schickte er ein Stoßgebet zum Himmel, in dem er den Herrgott bat, dass dort drüben niemand zu Schaden gekommen sei. Gott sei Dank war der Schulbetrieb um diese Zeit schon eingestellt. Alle Schülerinnen und Schüler hatten, wie auch die Lehrer, das Gebäude und den Hof des Gymnasiums bereits verlassen. Der Polier war immer noch wie benommen. Wie in Trance suchten seine Augen das vor ihm liegende Trümmerfeld nach seinen Arbeitern ab. Nirgendwo war eine menschliche Stimme zu hören, weder ertönte ein Hilferuf noch ein Schmerzensschrei – über der gesamten Unfallstelle herrschte eine gespenstige Stille.

Nach einigen Sekunden hatte der Polier seinen Schockzustand halbwegs überwunden. Er stürzte zurück in seinen Baucontainer. Als er die Notrufnummer der Feuerwehr eintippte, zitterten nicht nur seine Hände.

Der tödliche Aufprall stand unmittelbar bevor. Heinrich Baumeister riss schützend seine Arme vor das Gesicht. Plötzlich wurde sein freier Fall in die Baugrube gebremst. Zehn, zwölf Meter unterhalb der Kanzel krachten die metallenen Verstrebungen seines Krans mit voller Wucht gegen die bereits fertiggestellte unterste Zwischendecke und eine darüber befindliche Seitenwand. Dieser Aufprall rettete ihm sein Leben.

Als er mit schweren Prellungen und Rippenbrüchen aus seiner Bewusstlosigkeit erwachte, grenzte es fast an ein Wunder, dass er angesichts dieses Sturzes überhaupt überlebt hatte. Nach Luft ringend, lag er in seiner eingedellten, aber ansonsten noch halbwegs intakten, Kanzel. Um ihn herum türmten sich die Trümmer der eingestürzten Geschossdecke, an der die Moniereisenflechter vor wenigen Sekunden noch gearbeitet hatten. Oberhalb der Kanzel war der zweite Kran mit der ganzen brachialen Gewalt aufgeschlagen und hatte ein Bild der Verwüstung hinterlassen. Bob musste wirklich mehr als nur einen Schutzengel gehabt haben. Wäre der zweite Kran nur wenige Meter weiter nach rechts gefallen oder etwas weiter nach vorne, hätte ihn die Wucht der herabdonnernden Metallkonstruktion mitsamt seiner Kanzel unweigerlich erschlagen.

Seit vergangener Woche absolvierte Carsten Heine ein mehrmonatiges Praktikum auf der Leitstelle der Feuerwache 1. Für die hier arbeitenden Disponenten waren solch interessierte Kollegen aus dem 24-Stunden-Dienst nichts Ungewöhnliches. Viele von ihnen hatten schließlich einmal genauso angefangen und wenn sich auch nicht jeder, der hier mal „reinschnupperte", für diesen speziellen Dienst entscheiden wollte, so war er doch eine willkommene Unterstützung für die in mehreren Schichten rund um die Uhr fest arbeitenden Kollegen.

Den Tag über war es relativ ruhig geblieben, wenn man von den üblichen Rettungswageneinsätzen absah, die jeden Tag anfielen. Und das „Zimmerchen" am Vormittag war für die erfahrenen Einsatzkräfte vor Ort längst nichts Außergewöhnliches mehr. Im Gegensatz zu den Betroffenen, für die solch ein Brand in ihrem eigenen Zuhause einen der schlimmsten Einschnitte in ihr Leben darstellte.

Carsten kam gerade aus seiner Mittagspause und setzte sich frisch gestärkt an seinen hochmodernen Bildschirmarbeitsplatz. Mit den vielen Monitoren, den Tastaturen und Knöpfen auf seiner in Höhe und Neigung verstellbaren Arbeitsplatte war der versierte Computerfreak schnell vertraut gewesen. Und der Umgang mit den teils hoch emotional erregten Anrufern stellte für ihn offensichtlich auch kein Problem dar. Schon nach wenigen Tagen wickelte er die meisten seiner zahllosen Anrufe so ruhig und sachlich ab, als wäre er in diesem schwierigen Geschäft bereits ein alter Hase. An diesem Nachmittag musste er jedoch einen Notruf entgegennehmen, der die halbe Leitstelle und zahllose Einsatzkräfte der Feuerwehren, des THW und der Rettungsorganisationen nicht nur für mehrere Stunden, sondern auch noch die ganze Nacht bis in den nächsten Vormittag in Atem halten sollte.

Allein die sich überschlagende Stimme des Anrufers verriet ihm, dass ein außergewöhnlich schlimmes Ereignis vorliegen musste. Seine ersten hastig hervorgestoßenen Worte ließen jedoch noch keinen Schluss auf das wahre Geschehen zu, denn aus: „Kommen Sie schnell her! Auf meiner Baustelle ist etwas Schreckliches geschehen", ließ sich lediglich ableiten, dass etwas auf einer Baustelle geschehen sein musste. Aus dem Mann sprudelten die weiteren Worte von einem Schreckensszenario hervor, die Carsten zwar registrierte, die aber, zumindest für ihn, keinen in sich geschlossenen Zusammenhang bildeten.

„Halt, halt, halt", unterbrach er daher den hastigen Redefluss des Mannes, denn dass es sich bei dem Anrufer um einen Mann handelte, war unzweifelhaft. Und genauso unzweifelhaft war es notwendig, den total aufgeregten und offensichtlich überforderten Mann zu unterbrechen, da es keinen Sinn machte, ihn einfach weiterreden zu lassen. Besser also, er würde selbst gezielt seine Fragen stellen.

Mit dem instinktiven Gefühl, dass hier etwas wirklich Außergewöhnliches passiert sein musste, signalisierte Carsten während des Telefonats seinem Lagedienstleiter per Handzeichen, er möge sich in das Gespräch einschalten. Bereits nach den ersten Antworten war dem Lagedienstleiter Michael Heinz klar, dass sie es hier mit einer Großschadenlage zu tun hatten. Sofort erteilte er einem zweiten Disponenten den Auftrag, noch während Carsten seine weiteren Fragen stellte, die Löschzüge und C-Dienste der Feuerwachen 1 und 3 sowie den Gerätewagen der Höhenretter zu alarmieren. Ob und in wieweit noch andere Einsatzkräfte in Alarmbereitschaft versetzt werden mussten, würden sie aus den Antworten der nächsten Fragen schließen, aber bis dahin mussten die ersten Retter schon auf dem Weg sein. Unmittelbar nach seiner Anordnung, die unverzüglich durchgeführt wurde, setzte er den Amtsleiter sowie den B-Dienst in Kenntnis, die nach einer kurzen Lagebesprechung, die Informationen zum Unfallgeschehen lagen inzwischen auf dem Tisch, weitere Anordnungen trafen. Ausgehend davon, dass die bereits auf dem Weg befindlichen Innenstadtwachen 1 und 3 mit Sicherheit über einen längeren Zeitraum an dieser Unfallstelle beschäftigen sein würden, entschied der Amtsleiter MANV 2 auszulösen.

Gleichzeitig wurden die Freiwilligen Feuerwehren von Kalkum und Kaiserswerth alarmiert, die die verwaisten Feuerwachen der Berufsfeuerwehr mit ihren eigenen Fahrzeugen und Einsatzkräften besetzten, um so den Schutz der Innenstadt aufrechtzuhalten.

Nachdem im Düsseldorfer Norden die Sirenen heulten und bei den aktiven Mitgliedern der Freiwilligen Feuerwehren die Funkmeldeempfänger piepsten, trafen die ersten Rückmeldungen der vor Ort eingetroffenen Löschzüge 1 und 3 auf der Leitstelle ein. Aufgrund der fachlich präzisierten Schilderung der Lage wurden weitere Rettungswagen und Notarzteinsatzfahrzeuge zu der Unfallstelle beordert. Gleichzeitig entschied der Amtsleiter, dass der ELW 2 als mobile Leitstelle seine Arbeit vor Ort aufnehmen sollte. Außerdem informierte die Leitstelle den Fachberater des THW-Ortsverbandes Düsseldorf und bat um technische Unterstützung. Diese wurde selbstverständlich zugesagt. Das THW rückte mit der Bergungstruppe ihres ersten und dritten technischen Zuges sowie mit der Fachgruppe Elektroversorgung und einem fahrbaren 175 kVA Stromaggregat zur Sicherstellung der Stromversorgung und der Einsatzstellenausleuchtung aus.

Und da man sich auf eine lange Nacht einstellte, alarmierte die Leitstelle zusätzlich die Freiwillige Feuerwehr Logistik mit dem Gerätewagen Küche und einem Verpflegungsanhänger.

Die Großbaustelle für den neu zu erstellenden Hotelkomplex gehörte zum unmittelbaren Einzugsbereich der Feuerwache 1. Aus diesem Grund hatte Dieter Seiter den Dienstgruppenleitern seiner beiden Wachtouren schon vor einigen Tagen vorgeschlagen, mit deren Mannschaften die Baustelle im Rahmen des Wachunterrichtes anzufahren. Als Wachvorsteher und Zugführer war es für ihn eine Selbstverständlichkeit gewesen, bei einer dieser Objektbesichtigungen dabei zu sein.

„Okay Leute, ihr wisst, worum es geht", hatte er an dem betreffenden Morgen der in der Fahrzeughalle versammelten Mannschaft erklärt: „Die heutige Baustellenbesichtigung ist eine reine Routinemaßnahme. Ziel ist es, unter anderem die verschiedenen Anfahrmöglichkeiten auszutesten. Einige Rettungswagenbesatzungen haben sich die Baustelle ja schon angesehen und wissen, wie und wo sie anfahren können. Ob ihre Anfahrten aber auch für unsere Löschfahrzeuge und die Drehleiter nutzbar sind, davon sollten wir uns heute selbst überzeugen."

„Mensch, Dieter", meldete sich da einer seiner Maschinisten forsch zu Wort, „auf so 'ne Baustelle rollen doch jeden Tag zig Lkw und Tieflader."

„Und, was willst du mir damit sagen?"

„Na ja, also ich meine ja nur. Wenn die mit ihren Riesendingern da drauffahren, dann werden wir das mit unseren Fahrzeugen ja wohl auch können."

„So, meinst du das?" Die Stimme seines Wachvorstehers hatte eine gewisse Schärfe angenommen. Entsprechend deutlich fiel auch seine Antwort aus. „Wenn mir so was ein Feuerwehrmann-Anwärter gesagte hätte, hätte ich das ja vielleicht noch verstehen können, wenngleich ..." Dieter Seiter winkte ab. „Aber von dir als Maschinist hätte ich doch etwas mehr Überlegung erwartet." Er sah in die Runde. „Ich gehe mal davon aus, dass es eigentlich jedem von euch klar ist, dass bei einer Einsatzfahrt schon mal andere Bedingungen vorliegen, als wenn irgendein Lieferant auf die Baustelle fährt."

Sein Blick erfasste wieder den Maschinisten. „Mensch Kalle, jetzt überleg doch mal. Lass doch nur mal so 'n Bagger umgekippt sein, der uns den Weg versperrt. Oder irgendwo in der hintersten Ecke ist 'n Bauarbeiter abgeschmiert. Darum geht es doch. Für jede Feuerwehr ist es nun mal wichtig zu wissen, wo in ihrem Revier Veränderungen stattfinden. Und wir", er betonte das *wir*, „wir sind die Feuerwehr. Überdies liegt diese Großbaustelle nur ein paar hundert Meter Luftlinie von unserer Wache entfernt. Wir werden also im Fall der Fälle in aller Regel die Ersten sein, die dort eintreffen und dann, mein lieber Kalle, sollten wir schon wissen, wie wir am besten an das Objekt heranfahren können. Kapiert?"

Kalle zog ein zerknirschtes Gesicht. Er hatte kapiert und ärgerte sich über sich selbst. *Wie hatte er nur so blöd sein können?* Nachdem Dieter sah, wie sehr seine Zurechtweisung den Maschinisten getroffen hatte, sagte er versöhnlich: „Schwamm drüber, Kalle." Dann schubste er ihn in Richtung seines LF. „Na los, steig schon ein, du bist ja trotzdem einer meiner besten Maschinisten." Damit war die Sache für ihn abgehakt und er rief den anderen zu: „Also dann. Aufsitzen, es geht los!"

Wie wichtig die Besichtigung der Baustelle für die Männer der Feuerwache 1 noch werden würde, sollte sich erweisen.

Seit der Alarmierung durch die Leitstelle war nicht einmal eine Minute vergangen, da verließen die Löschzüge der Feuerwachen 1 und 3 mit blinkenden Blaulichtern und eingeschalteten Martinshörnern ihre Wachen. Löschzug 1 traf als Erster an der Einsatzstelle ein. Egon Pöhl, der zu diesem Zeitpunkt von der Feuerwache 3 mit seinem Löschzug aus nördlicher Richtung über die Kaiserstraße kam, hatte eine etwa doppelt so weite Anfahrt. Er bog gerade in die Hofgartenstraße ein und fuhr, genau wie sein Zugführerkollege von Wache 1 als C-Dienst, mit einem Fahrer in einem eigenen Wagen zur Einsatzstelle. Dieser Wagen, ein VW-Bus, war wie ein ELW mit allen Geräten der modernen Kommunikation ausgestattet. Außerdem verfügte er über eine spezielle technische Beladung mit Wärmebildkamera, Fernthermometer, Gasspür- und Gasmessgeräten, die von den Mannschaften im Einsatz genutzt werden konnten.

Während sich der C-Dienst-Fahrer auf den Verkehr konzentrieren musste, es war Nachmittag und damit Hauptverkehrszeit, empfing Egon Pöhl, den Funkhörer fest an sein rechtes Ohr gepresst, einen dringenden Funkspruch von der Leistelle: „C-Dienst 3 für Leitstelle kommen!"

„C-Dienst 3 hört, kommen."

„Nehmen Sie umgehend Funkkontakt mit dem B-Dienst auf. Sie werden von ihm eingewiesen, kommen."

„Verstanden, spreche B-Dienst direkt an."

„Richtig verstanden, Ende."

Wolfgang Röhr, der das Gespräch der Leitstelle mitgehört hatte, wartete gar nicht erst ab, bis sich der C-Dienst 3 bei ihm meldete, sondern funkte ihn sofort selbst an. „Egon, hier ist Wolfgang. Ich stehe mit meinem Wagen vor einer Schulbushaltestelle Breite/Ecke Bastionstraße. Hier sind Teile eines Kranauslegers auf das Dach des Gymnasiums und auf ein Baugerüst gekracht. Es steht zu befürchten, dass noch mehr runterkommt, deshalb konnte ich das erste LF von Wache 1 und die DL nicht weiterfahren lassen. Die Gruppe muss den gesamten Gehweg- und Straßenbereich absperren und absichern. Schätze, dass das einige Zeit in Anspruch nimmt. Das zweite LF vom Löschzug 1 steht Carl-Theodor-/Ecke Breite Straße und braucht dringend eure Drehleiter. Ich möchte, dass ihr ebenfalls dort hinkommt. Fahrt am besten über die Berliner Allee und biegt dann rechts in die Bahnstraße. Kommen."

„Verstanden, Wolfgang, aber für die Berliner Allee ist es bereits zu spät. Wir befinden uns schon auf der Hofgarten Straße und wollten eigentlich direkt über die Kö anfahren."

„Auch gut. Ich hoffe nur, dass die Polizei dort schon alles abgesperrt hat. Wie lange, schätzt du, werdet ihr noch brauchen?"

„Wenn die üblichen Schaulustigen nicht schon wieder alles zugeparkt haben, sind wir in zwei Minuten da."

„Sehr gut. Die Höhenretter mit Wilfried Birnbaum müssten auch gleich eintreffen. Sprich dein Vorgehen zunächst mit ihm ab. Ihr leitet dort zusammen den Einsatz. Ich fahre erst einmal weiter, um mir einen Überblick über die Gesamtlage zu verschaffen. Ende."

Die Rettungskette, die mit dem Notruf des Poliers auf der Leitstelle der Düsseldorfer Berufsfeuerwehr begonnen hatte, trat jetzt in eine professionelle Phase. Innerhalb der nächsten Minuten würde es hier von unterschiedlichen Einsatzfahrzeugen der Feuerwehr, des THW und der Rettungsdienste nur so wimmeln.

Diese gezielt und koordiniert einzusetzen, war eine logistische Herausforderung, die ein Einzelner, schon wegen der Größe und Unübersichtlichkeit der Einsatzstelle, alleine nicht erbringen konnte. Dennoch war es unerlässlich, dass sich der B-Dienst einen ersten Überblick von der Gesamtlage verschaffte. Aufgrund dieses ersten Eindrucks und seiner dabei gewonnenen Erkenntnisse zur Lage, musste er erste Entscheidungen treffen, die richtungsweisend für den gesamten weiteren Verlauf des Geschehens waren. Außerdem würden sie maßgeblich dazu beitragen, eine bestmögliche Strategie für die anstehen Rettungsmaßnahmen zu entwickeln. Im Gegensatz zu Gutachtern und anderen Fachleuten, die genau diese Situation später ohne Zeitdruck akribisch bis ins Kleinste durchleuchten würden, musste er seine Entscheidungen in oft nur wenigen Sekunden fällen.

Viel Zeit blieb ihm auch heute nicht, denn die Bauarbeiter, die zum Teil schwer verletzt zwischen den Trümmern lagen, mussten so schnell wie möglich gerettet und medizinisch versorgt werden. Welche Entscheidungen er also auch immer traf, sie würden bestimmend für das Wohl und Wehe der an dieser Baustelle befindlichen Menschen sein. Und das betraf beileibe nicht nur diejenigen, die gerettet werden mussten, sondern auch die Retter aus den eigenen Reihen, denn die Unfallstelle glich einem äußerst labilen Erdbebengebiet. Ein falscher Tritt auf eine kritische Stelle, eine zu große Belastung während der durchzuführenden Rettungsmaßnahmen, und schon konnten die Betontrümmer erneut in Bewegung geraten oder gefährlich verrutschen, konnten die tonnenschweren Metallteile der umgestürzten Kräne in ein instabiles Ungleichgewicht geraten und weiteren Schaden anrichten. In diesem, nur mit äußerster Vorsicht zu begehenden, Terrain konnten dann aus Rettern wie aus bereits Geschädigten sehr leicht neue Opfer werden.

Während der B-Dienst noch damit beschäftigt war, sich ein Gesamtbild von der Unfallstelle zu machen, traf der große ELW an der Einsatzstelle ein. Der Mitarbeiterstab um den A-Dienst Arvid Graeger nahm sofort seine Arbeit auf und koordinierte als Erstes die im Minutentakt eintreffenden Rettungsfahrzeuge und Notarztwagen. Gleichzeitig standen die Mitarbeiter dieser mobilen Leitstelle in ständigem Funkkontakt mit den C-Diensten der Löschzüge 1 und 3. Zusammen mit den präzisen Informationen, die ihnen der B-Dienst lieferte, bekamen sie recht schnell ein genaues Bild von der Lage. Es gab mehrere Gefahrenschwerpunkte, die parallel angegangen werden mussten. Vorrang hatte natürlich die Menschenrettung, das hieß, Retten und Bergen aller in der Baugrube verletzten Bauarbeiter.

Diese Aufgabe sollte die Feuerwache 3 übernehmen, die mit dem zweiten LF der Feuerwache 1 bereits erste Maßnahmen eingeleitet hatte. Ein weiterer Gefahrenschwerpunkt befand sich auf der Bastionstraße. Hier war der Ausleger eines zweiten Krans mitten in eine Schulbushaltestelle gekracht. Dabei hatte das herabstürzende Metallteil das Dach des eingerüsteten Gymnasiums nur haarscharf verfehlt. Das Baugerüst war jedoch schwer beschädigt worden. Große Teile waren aus ihrer Verankerung gerissen und bis auf den Gehweg und in die Straße gestürzt. Der herabdonnernde Kranausleger war außerdem in eine hochgewachsene Platane geschlagen. Die Platane, die genau zwischen dem Gymnasium und der Schulbushaltestelle stand, war von der Wucht des herabstürzenden Metallteils auf der getroffenen Seite komplett entastet worden. Überall lagen die Trümmer des Gerüsts und die abgeschlagenen Äste der Platane und über allem lag das tonnenschwere Metallteil des Kranauslegers. Es grenze schon an ein Wunder, dass hier keine Menschen zu Schaden gekommen waren.

Die Feuerwehrmänner, die das Trümmerfeld erblickten, wollten sich gar nicht ausdenken, wie es hier ausgesehen hätte, wenn das Unglück zu einem anderen Zeitpunkt passiert wäre. Dann nämlich, als hier vor wenigen Stunden noch zahllose Kinder und Jugendliche gestanden und auf den Bus gewartet hatten. Aber auch jetzt bestand weiterhin eine akute Gefährdung für den öffentlichen Verkehr, da davon auszugehen war, dass jeden Moment weitere Gerüstteile auf den Gehweg und die Straße donnern würden. Das erste LF und die Drehleiter der Feuerwache 1 waren auf Anweisung des B-Dienstes deshalb nicht mehr weitergefahren. Unter der Führung des C-Dienstes 1, der ebenfalls hier geblieben war, sollten sie die Gefahrenstelle sichern. Dieter Seiter besprach sich mit dem Gruppenführer des LF, der daraufhin seiner Mannschaft seine Befehle erteilte: „Okay, Männer! Ihr seht ja selbst, was Sache ist. Bis die Polizei hier eintrifft, werden wir den kompletten Verkehr stoppen und zu beiden Seiten hin weiträumig absperren. Der Angriffstrupp übernimmt die Sicherung in Richtung Königsallee, der Wassertrupp macht die andere Richtung dicht. Flatterband über die komplette Straße! Dazu Verkehrsleitkegel, Warnlampen und der ganze Schwindel! Ihr kennt das ja. Ich will, dass ab sofort kein Autofahrer mehr hier durchfährt! Und achtet mir besonders auf die Fußgänger und Fahrradfahrer. Die glauben ja gerne, dass solche Absperrungen für sie nicht gelten. Nicht, dass euch einige trotzdem durchhuschen."

Während die Männer eilig den Befehlen ihres Gruppenführers nachkamen, redete Dieter Seiter mit dem Leiterführer und seinem Maschinisten.

„Pass auf, Paul, kannst du deine Leiter so positionieren, dass ich mit dem Korb bis ganz oben an das Gerüst heranfahren kann?"

Paul warf einen prüfenden Blick in die Höhe. „Klar, krieg ich hin."

„Auch so, dass ich, falls das Ding gleich zusammenbricht, nicht von den Bohlen und Eisenstangen erschlagen werde?"

„Kein Problem, Dieter. Nur, alleine wirst du da oben nichts ausrichten können."

„Ist mir schon klar. Ich will mir den Schaden auch nur mal genauer ansehen. Vielleicht kann ich den Höhenrettern dann ein paar wichtige Hinweise geben."

Paul sah seinen C-Dienst verwundert an. „Wie, die Höhenretter? Die kommen zu uns? Werden die nicht dringender in der Baugrube benötigt."

„Müssen ja nicht unbedingt unsere eigenen Leute sein", entgegnete Dieter. „Das THW ist schließlich auch alarmiert und, wie du weißt, verfügen die ebenfalls über gutes Personal. So, und jetzt fahr mich da hoch. Kommst du mit?" Die Frage galt dem Leiterführer und der nickte.

Inzwischen waren weitere Einsatzfahrzeuge an der Unfallstelle eingetroffen. Darunter die Feuerwache 6 mit ihrem LF 24, dem Wechselladerfahrzeug AB-Rettung und dem GKTW. Von der Technik- und Umweltwache 10 der Rüstwagen RW 2, der Feuerwehrkranwagen FwK 45, das Wechselladerfahrzeug mit dem AB-Ladeboden und Kranarbeitskorb, das Wechselladerfahrzeug AB-Bau, sowie der Gerätewagen der Höhenretter und mehrere Spezialfahrzeuge des THW. Deren Fahrzeugführer fanden sich zu einer kurzen Lage- und Einsatzbesprechung im ELW ein, an der auch der von seiner Einsatzstellenbesichtigung zurückgekehrte B-Dienst teilnahm. Wolfgang Röhr hatte den Polier mitgebracht. Von ihm hoffte man zu erfahren, wie viele Menschen sich zum Zeitpunkt des Unfalls auf der Baustelle befunden hatten.

Leider konnte der Polier dazu keine genauen Angaben machen. „Hören Sie", sagte er und seine Stimme klang entnervt, „ich verstehe ja, dass Sie wissen wollen, wer alles sonst noch auf der Baustelle war, aber ich kann Ihnen dazu beim besten Willen nicht mehr sagen."

„Und Sie wissen wirklich nicht ...?"

„Nein, verdammt noch mal! Was glauben Sie denn? Auf so einer Baustelle schwirren immer 'ne Menge Leute rum, die sich nicht bei mir anmelden."

„Schon gut, wir haben verstanden." Arvid Graeger versuchte, den immer noch unter Schock stehenden Mann zu beruhigen. „Hier, trinken Sie erst mal einen Schluck Kaffee, das beruhigt die Nerven." Er schob ihm einen randvollen Kaffeebecher hin, den ihm einer der mitgekommenen Leitstellendisponenten angereicht hatte. „Und dann zeigen Sie uns anhand der Karte, wo genau sich ihre Arbeiter befanden, als die beiden Kräne einstürzten." Die Karte, von der er sprach, lag ausgebreitet auf einem Tisch, um den herum sich die Führungskräfte versammelt hatten. Der Polier hatte jedoch keinen Blick dafür übrig. *Kaffee?! Die trinken doch tatsächlich hier Kaffee, anstatt sich ...* Wütend schob er den angebotenen Kaffeebecher von sich und sagte mit tränenerstickter Stimme: „Mann, ich will keinen Kaffee. Ich will, dass sie meine Männer retten, die da unten unter diesen verdammten Trümmern liegen! Das sind meine Männer! Verstehen sie, meine Männer!" Bei seinen Worten war er erregt aufgesprungen und deutete mit dem ausgestreckten Arm auf die hinter ihnen befindliche Baugrube.

„Hören Sie", erklärte daraufhin Ruth Eisenmann, die einzige weibliche Führungskraft innerhalb der männlichen Führungsriege, mit ruhiger aber eindringlicher Stimme, „unsere Leute arbeiten bereits mit Hochdruck an der Rettung ihrer Leute. Und wir hier", sie zeigte auf die Runde der sie umgebenden Personen, „wir sind diejenigen, die diese Rettungseinsätze koordinieren. Und je genauer die Informationen sind, die wir von Ihnen bekommen, umso gezielter und schneller können unsere Leute Ihren Männern da draußen helfen. Verstehen Sie das?"

Der Polier nickte und schluckte betreten.

„Schön. Dann helfen Sie uns jetzt bitte, indem Sie uns zeigen, wo sich Ihre Leute befunden haben. Ist das okay? Schaffen Sie das?

„Ja", sagte der Polier leise und wischte sich die Tränen aus den Augen.

Während man im ELW weiterhin bemüht war, die genaue Anzahl der Bauarbeiter und die Lage der möglicherweise Verschütteten zu bestimmen, lief die Rettung der ersten aufgefundenen Verletzten bereits auf Hochtouren. Wilfried Birnbaum, der Chef der Höhenretter, und Egon Pöhl hatten sich schnell auf einen Rettungsplan verständigt. Jetzt hatten die beiden Männer ihre Leute um sich geschart. „Hört zu, wir gehen standardmäßig vor." Wilfried erklärte ihnen mit wenigen Worten ihre Aufgaben. Viel gab es nicht zu sagen, denn alle, die hier standen, waren eingefleischte Profis, die schon vorher geahnt hatten, was auf sie zukommen würde. Der Leiterführer der Feuerwache 3 war ebenfalls ein erfahrener Feuerwehrmann.

Vorausschauend hatte er seinem Drehleitermaschinisten schon in einem sehr frühen Stadium gesagt, er solle seinen Leiterpark horizontal über den Rand der Baugrube ausfahren. Jetzt schickten sich mehrere Höhenretter an, bis zur Leiterspitze vorzugehen, um sich von dort in die fast zwanzig Meter tiefe Baugrube abzuseilen. Unten angekommen klinkten sie sich sofort aus den Seilen aus und signalisierten, diese wieder hochzuziehen. Die oben verbliebenen Kollegen hatten derweil das benötige Equipment aus den Gerätefächern ihrer Fahrzeuge entnommen und in eine Schleifkorbtrage gelegt. Nachdem sie die Schleifkorbtrage ebenfalls bis zur Leiterspitze getragen hatten, verknoteten sie diese mit den hochgezogenen Seilen und ließen sie anschließend daran in die Baugrube hinunter.

Von der Alarmierung bis zu diesem Zeitpunkt war nicht einmal eine Viertelstunde vergangen. Inzwischen hatte sich eine ganze Armada von Einsatzfahrzeugen der Feuerwehren, des THW und der Rettungsdienste an der Unfallstelle eingefunden. Vom Lärm der heulenden Martinshörner aufgeschreckt, fragten sich viele Bürger, was da wohl geschehen sein mochte. Einige ganz Besorgte riefen deshalb sogar bei der Feuerwehr an.

„Nein, es besteht kein Grund zur Sorge", hieß es daraufhin von der Leitstelle.

Als dann, nachdem es eine Zeit lang ruhig geblieben war, wiederum der laute auf- und abschwellende Ton vieler Martinshörner durch die Straßen drang, klingelten die Telefone auf der Leitstelle erneut. Carsten Heine, dessen Schicht noch nicht beendet war, beantwortete geduldig die immer gleichen Fragen. „Nein, es ist kein Großfeuer ausgebrochen." Und: „Nein, Sie können wirklich unbesorgt sein und Sie müssen auch nicht alle Fenster und Türen schließen."

„War das wieder so einer?", fragte sein Kollege vom Nachbartisch, wobei er sich in seinem Drehstuhl herumschwenkte.

Carsten nickte. „Ja, das war wieder so einer."

„Boah, die nerven, findest du nicht?"

„Ach was. Die Leute sind einfach nur besorgt. Aber ich schätze, jetzt, nachdem unsere Wachen von den Freiwilligen Feuerwehren besetzt worden sind, werden wohl keine weiteren mehr folgen."

„Mm ... wir werden ja sehen", sagte sein Kollege skeptisch und wandte sich wieder seinen Monitoren zu.

Die Freiwillige Feuerwehr Kalkum hatte nur wenige Minuten nach ihrer Alarmierung ihre Wache mit einem LF 16/12 und einem LF 16 TS verlassen, um die Feuerwache 3 an der Münsterstraße zu besetzen. Die Freiwillige Feuerwehr Kaiserswerth, die zeitgleich alarmiert worden war, war ebenfalls mit einem LF 16/12 und einem LF 16 TS in die Innenstadt gefahren, wo sie die Feuerwache 1 an der Hüttenstraße besetzt hatte. Die Fahrten dieser Feuerwehrfahrzeuge erfolgten alarmmäßig, also mit eingeschalteten Sondersignalen, was zu den vermehrten Anrufen auf der Leitstelle geführt hatte. Inzwischen herrschte hier wieder Ruhe. Dagegen ging es an der zwischen der Breitestraße und der Königsallee gelegenen Baustelle hoch her. Hier waren die heulenden Martinshörner der eingetroffenen Einsatzfahrzeuge zwar auch verstummt, aber dafür herrschte rund um die Unfallstelle eine große Betriebsamkeit.

Während es einer Gruppe von Einsatzkräften relativ schnell gelungen war, die noch gehfähigen und nur leicht verletzten Menschen aus der Baugrube und damit in Sicherheit zu bringen, traten die Rettungsarbeiten der schwer verletzten und verschütteten Bauarbeiter jetzt in eine kritische Phase.

Die letzte Meldung, die in der mobilen Einsatzzentrale eingetroffen war, ließ Schlimmes vermuten. Die Rettung und Bergung einiger Bauarbeiter würde sich äußerst schwierig und zeitaufwendig gestalten, hieß es, und dass man sich vermutlich auf eine lange Nacht einstellen müsse.

„Von wem kam die Meldung?"

„Vom C-Dienst 3", sagte einer der im ELW arbeitenden Disponenten, der wie seine beiden anderen Kollegen mit den Führungskräften draußen in ständigem Funkkontakt stand.

„Okay, fragen Sie nach, um was für Schwierigkeiten es sich genau handelt", sagte der A-Dienst, „und auch was für ihn zeitaufwendig bedeutet." Aber dann korrigierte er sich und sagte: „Vergessen Sie das mit dem *zeitaufwendig*, wir wissen ja eh schon, dass wir uns hier auf eine lange Nacht einstellen müssen. Aber was die Schwierigkeiten bei der Rettung der Bauarbeiter betrifft, dazu sollten wir schon konkretere Informationen bekommen. Oder sieht das hier jemand anders?"

Egon Pöhl stand neben Wilfried Birnbaum, dem Chef der Höhenrettertruppe der Düsseldorfer Feuerwehr. Die beiden Männer hielten Ferngläser gegen ihre Augen gedrückt. Gebannt verfolgten sie zwei Höhenretter aus Wilfrieds Mannschaft, die sich mit artistischem Geschick über die Trümmer auf die Krankanzel zu bewegten, in der der C-Dienst und Zugführer der Feuerwache 3 vor einigen Minuten eine Bewegung bemerkt hatte. Egon Pöhl glaubte zunächst, sich getäuscht zu haben. Einen Sturz aus solcher Höhe konnte doch unmöglich jemand überlebt haben. Aber dann meinte er die Hand noch einmal zu sehen. Es war nur ein kurzer Moment gewesen, sie hob sich und war dann wieder verschwunden. Trotzdem war er sich jetzt ganz sicher – in der Kanzel befand sich noch jemand, und dieser jemand lebte und konnte, so unglaublich das auch klingen mochte, nur der Kranführer sein.

Egon Pöhl lief sofort zu Wilfried Birnbaum, der nur wenige Meter von ihm entfernt neben dem Feuerwehrkran stand. Einige Feuerwehrmänner stiegen soeben mit weiterem Rettungsgerät in den großen Arbeitskorb, der sie in die Baugrube hinablassen sollte. Nachdem Egon Wilfried kurz seine Beobachtung mitgeteilt hatte, gab der Chef der Höhenretter dem Kranführer ein Zeichen, den Arbeitskorb noch nicht abzulassen und redete mit den Männern im Korb.

„Alles klar, Egon", sagte er, während der Arbeitskorb in der Tiefe verschwand. „Ich hab zwei meiner Leute den Auftrag erteilt nachzusehen, ob was dran ist an deiner winkenden Hand."

„Glaubst du mir etwa nicht?"

Egons hünenhafter, ein Meter neunzig großer Kollege brummte daraufhin etwas Unverständliches und rieb sich verlegen seine Wange. „Was heißt hier, nicht glauben? Aber mal ganz ehrlich, Egon", sein Blick schweifte über die in Trümmern liegende Baustelle, „kannst du dir wirklich ernsthaft vorstellen, dass jemand solch einen Wahnsinnssturz überlebt haben könnte?"

„Warum nicht?", sagte Egon. „Im Übrigen, wenn du selbst nicht auch, zumindest ein klein wenig, daran glauben würdest, hättest du doch wohl kaum zwei von deinen Leuten ..."

„Ja ja", winkte Wilfried ab, „ich hab halt nur gedacht, aus solch einer Höhe ... das waren doch locker vierzig Meter. Aber na ja, angeblich haben Menschen ja auch schon Pferde vor der Apotheke kotzen sehen."

Egon Pöhl musste trotz der ernsten Situation über diesen Spruch lachen. „He, was sollte das denn jetzt ... Pferde vor der Apotheke kotzen sehen?"

„Komm, vergiss es einfach. Das war ein ziemlich blöder Vergleich. Hol lieber dein Fernglas aus dem Wagen und lass uns noch einmal das gesamte Terrain von hier oben genau absuchen."

Als Heinrich Baumeister aus seiner Bewusstlosigkeit erwachte, lag er noch mehrere Minuten lang desorientiert in der völlig demolierten Kanzel seines umgestürzten Baukrans. In seinem Schädel brummte es wie in einem Bienenstock. Sein restlicher Körper fühlte sich irgendwie vollkommen taub an und trotzdem spürte er höllische Schmerzen. Die rechte Schulter brannte wie Feuer und bei jedem Atemzug schoss ein solches Stechen durch seine Brust, dass er vor Schmerzen laut hätte aufschreien wollen. Aber statt eines Schreies spuckte er Blut und seiner Kehle entrang sich lediglich ein unartikuliertes gurgelndes Röcheln. Fühlte sich so der Tod an, oder befand er sich noch im grausamen Stadium des Sterbens? Er wusste es nicht, und er wusste auch nicht, was geschehen war und wo er sich befand. Das Einzige, das er wusste, war, dass er hier mit fürchterlichen Schmerzen und extremer Atemnot lag und sich nicht zu rühren vermochte. Aber nach und nach kehrte die Erinnerung zurück und ihn erfasste eine nie gekannte Angst, inmitten der ihn umgebenden Trümmer wirklich zu sterben.

Vergeblich versuchte er um Hilfe zu rufen, aber die stechenden Schmerzen in seiner Brust waren übermächtig. Halb auf der rechten Seite liegend, beide Augen weit aufgerissen, starrte er direkt gegen die stählernen Streben des zweiten eingestürzten Krans. Er fürchtete, dass die tonnenschwere Last jeden Moment auf ihn herabstürzen könnte und versuchte verzweifelt, seinen verkrümmten Körper in eine andere Lage zu drehen. Eine Lage, die es ihm vielleicht doch noch ermöglichte, sich aus eigener Kraft zu befreien. Aber daran war überhaupt nicht zu denken. Es schaffte es lediglich, seine linke Hand ein wenig in die Höhe zu heben. Nachdem ihm das unter unsäglichen Mühen gelungen war, hoffte er inständig, dass diese Bewegung von irgendjemandem bemerkt worden war. Die Kraftanstrengung, die er dafür aufwenden musste, war fast übermenschlich gewesen, dennoch gelang es ihm, seine Hand noch ein zweites Mal, wenn auch nur für höchstens eine Sekunde, zu heben. Danach war er völlig am Ende seiner Kräfte und verlor erneut das Bewusstsein.

Der Kranarbeitskorb der Feuerwehr besaß genügend Platz für zwanzig ausgewachsene Personen. Langsam senkte er sich auf die, in diesem Bereich schon voll belastbare, betonierte Decke des ersten Untergeschosses. Über Funk hatten die bereits hier unten befindlichen Einsatzkräfte mitgeteilt bekommen, an welchen Stellen sich Arbeiter befinden sollten. Zusammen mit den neu Angekommenen bildeten sie kleine Gruppen, die sich unverzüglich auf den Weg machten, die Verschütteten und Schwerverletzten zu finden und zu retten. Das einzige Zweierteam bestand aus den Höhenrettern Jörg Janssen und Andreas Spickermann. Die beiden hatten von ihrem Chef den Auftrag bekommen, zu der Kanzel des Kranführers vorzudringen und nachzusehen, ob der Mann möglicherweise noch lebte. Der Weg dorthin war alles andere als ein Spaziergang, denn er führte die beiden jungen Männer mitten in den am schlimmsten betroffenen Bereich der Baustelle. Es gab allerdings zwei Wege. Der eine führte über Berge von Baustahlmatten, von denen einige bereits mit Beton übergossen worden waren, der jetzt jedoch in abertausende Stücke zerbrochen war. Wenn sie hier hinübersteigen und heil ankommen wollten, musste jeder ihrer Schritte behutsam gesetzt werden.

Der andere Weg, der sich ihnen anbot, bedeutete Klettern. Sollten sie sich für ihn entscheiden, dann müssten sie durch den zweiten umgestürzten Kran klettern, der horizontal über der Baustelle lag. Er führte bis in die Nähe der Kanzel. Die Entscheidung, welchen der beiden Wege sie einschlagen wollten, mussten sie selbst treffen. Nach einem kurzen Abwägen entschieden sie sich für den Weg über die Baustahlmatten, da zu befürchten stand, dass sich der umgestürzte Kran trotz seines enormen Gewichtes beim Beklettern gefährlich in seiner Lage verändern könnte.

Jörg und Andreas waren zwar auch Feuerwehrmänner, aber wenn sie wie jetzt als Höhenretter eingesetzt wurden, trugen sie statt ihrer üblichen schweren Feuerschutzbekleidung und dem klassischen Feuerwehrhelm einen wetterfesten Overall. Dazu kamen geeignete Schnürstiefel und Handschuhe, sowie einen Helm, wie er auch im alpinen Klettersport getragen wurde. Diese Bekleidung verlieh ihnen bei ihren oft extrem schwierigen Kletterpartien am Seil eine wesentlich größere Beweglichkeit, die ihnen auch hier, bei diesem außergewöhnlichen Einsatz zugutekam. Hätte Jörg nicht den schweren Rettungsrucksack und Frank den nicht minder schweren Rucksack mit ihrem Höhenretter-Equipment mitschleppen müssen, wären sie mit Sicherheit noch schneller vorangekommen.

Aber, obwohl ihnen die Rucksäcke auf ihrem beschwerlichen Weg hinderlich waren, waren sie doch unverzichtbar. Das galt besonders für den Rettungsrucksack, denn schließlich sollten sie sich ja nicht nur davon überzeugen, ob der Kranführer noch lebte, sondern ihm im Zweifelsfalle auch gleich eine adäquate medizinische Erstversorgung bieten können. Alle dazu notwendigen Dinge, wie einen Beatmungsbeutel, ein Blutdruckmessgerät, umfangreiches Verbandmaterial, Infusionslösungen und vieles mehr befanden sich darin. Dagegen enthielt Andreas' Rucksack neben den klassischen Ausrüstungsteilen auch noch die Karabinerhaken und Bandschlaufen, die jeder Höherretter für gewöhnlich eingeklinkt oder eingebunden an seinem breiten Gürtel hängen hat. Aber auf diesem ungewöhnlichen Weg über die Baustahltrümmer mussten sie teilweise auf allen Vieren kriechen. Aus diesem Grund hatten sie die Bandschlaufen und Karabiner sicherheitshalber mit im Rucksack verstaut, um an den vielen vorstehenden Moniereisen nirgends hängenzubleiben.

„Rückmeldung vom Abrollbehälter Rettung! Zwei Zelte sind aufgebaut und einsatzbereit. Der DGL von 6 will wissen, ob er die beiden anderen auch noch aufbauen lassen soll?"

Die Frage war an den A-Dienst gerichtet, der sich daraufhin die Anzahl der bislang geretteten und schon in die umliegenden Kliniken gefahrenen Personen geben ließ. „Haben wir inzwischen schon gesicherte Aussagen, wie viele Personen noch vermisst werden?"

„Wenn wir von den Angaben des Poliers ausgehen, dann fehlen noch acht Arbeiter und der Kranführer."

„Und gibt es noch andere Personen als die Arbeiter?"

„Nach unseren bisherigen Erkenntnissen nicht."

„Auch keine Zulieferer, Architekten oder jemand von der Bauleitung?"

„Nein, niemand sonst."

„Hm. Ich denke, unter diesen Voraussetzungen dürften zwei Behandlungszelte mehr als genug sein, zumal wir die noch ausbleibenden Verletzten direkt in die umliegenden Krankenhäuser transportieren können. Jemand anderer Meinung? Okay, dann geben Sie dem DGL durch, dass er keine weiteren Zelte mehr aufbauen lassen muss."

„23-83-1 für Leitstelle, kommen!"

„23-81-1 hört, kommen."

„Frage Standort?"

„Wir sind jetzt Heidelberger/Ecke Karlsruher Straße. Kommen."

„Sie übernehmen neuen Einsatz, Unfall Baustelle Königsallee."

„Neuer Einsatz Baustelle Königsallee", bestätigte Doreen, die den Funkhörer an ihr Ohr gepresst hielt.

„Richtig verstanden 23-83-1. Zu ihrer Information, wir haben MANF 2 ausgelöst. Sie fahren mit Alarm. Florian Düsseldorf Ende."

„Moment mal", sagte Miranda erstaunt und sah kurz zu ihrer Kollegin hinüber. „Da waren wir doch erst gestern gewesen?"

„Stimmt. Der Bauarbeiter mit dem umgeknickten Knöchel."

„Und jetzt MANF 2? Wieso haben wir denn davon nichts mitbekommen?"

„Vielleicht erfolgte die erste Alarmierung, während wir mit unserem Patienten zur Dialyse nach Hilden gefahren sind."

„Hmm, kann sein. Wundert mich trotzdem."

„Du meinst, weil sie uns jetzt noch dorthin bestellen?"

Miranda, die inzwischen die Sondersignale eingeschaltet hatte und ihren Blick jetzt nur noch konzentriert auf den dichten innerstädtischen Verkehr richtete, nickte. „Denke ich zumindest. Auf jeden Fall muss da diesmal allerhand mehr passiert sein als nur ein umgeknickter Knöchel."

Jörg und Andreas hatten ihr Ziel fast erreicht. Von der Kanzel trennten sie jetzt nur noch wenige Meter. Die beiden Höhenretter mussten den letzten Teil des Weges auf dem Bauch liegend zurücklegen. „Kannst du schon etwas sehen?", fragte Andreas seinen vorankriechenden Kollegen. „Noch nicht, und ich will mich hier lieber auch nicht aufrichten. Der Beton ist schon wieder total bröselig. Ich schätze, wenn ich mich hier hinstelle, bricht die ganze Schose unter mir ein."

Während Jörg den unsicheren Grund vor sich abtastete, wurde er von Wilfried Birnbaum angefunkt. „Roland, Wilfried hier. Wie sieht's aus bei euch?"

„War nicht so einfach. Ich denke, wir hätten doch besser den Weg über den Kran nehmen sollen. Aber jetzt sind wir gleich da."

„Mm, das mit dem Weg sehe ich auch so. Aber egal, dafür ist es jetzt eh zu spät und die letzten drei vier Meter werdet ihr jetzt auch noch schaffen."

„Woher weißt du ...?

„Ich beobachte euch durch mein Fernglas."

„Ah, toll. Vom Liegestuhl aus, wie?"

„Schön, dass du noch scherzen kannst."

Jörg wurde wieder ernst. „Hör zu Wilfried. Was ist, wenn der Kranführer wirklich noch lebt? Wir müssen auf jeden Fall einen anderen Rückweg nehmen. Lass dir da oben schon mal was einfallen."

„Ihr werdet gar keinen anderen Weg brauchen, Jörg. Falls der Kranführer tatsächlich noch leben sollte, versucht, ihn so gut es euch möglich ist medizinisch zu versorgen und dann legt ihr ihn in die Schleifkorbtrage des Helikopters."

„Ah, du willst also den RTH anfordern?"

„Ist schon auf dem Weg."

„Und was ist mit dem Wind? Der Rotor wird uns hier unten doch den halben Boden aufwirbelt."

„Abwarten. Seht erst mal zu, dass ihr die Kanzel erreicht, und melde dich dann wieder bei mir. Vielleicht braucht ihr den Heli ja auch gar nicht. Du verstehst?"

Ja, Jörg hatte verstanden und als er das Funkgespräch mit: „Geht klar, ich melde mich", beendete, spürte er ein verdammt mulmiges Gefühl in der Magengegend.

Bis jetzt war der Rettungswagen von den meisten Autofahrern schon frühzeitig bemerkt worden und so waren Miranda und Doreen einigermaßen gut durch den dichten Stadtverkehr gekommen. Da sie mit eingeschalteten Sondersignalen fuhren, hatten ihnen die anderen Verkehrsteilnehmer Platz gemacht. Einige, die vermutlich ihr Radio voll aufgedreht hatten, hatten ihr Martinshorn zwar wieder erst gehört, nachdem sie schon mehrere Sekunden hinter ihnen fuhren, aber die meisten waren bereitwillig rechts rangefahren. An der Kreuzung Kruppstraße/Oberbilker Allee änderte sich das jedoch. Die Ampel vor ihnen zeigte rot und der dichte Verkehr auf diesen viel befahrenen Straßen staute sich auf beiden Spuren. Miranda bremste den RTW ab und fuhr langsam an das Stauende heran.

Von dem laufenden Martinshorn aufgeschreckt sahen die hintersten Autofahrer in den Rückspiegel und versuchten so gut es ging, für den hinter ihnen ankommenden Rettungswagen eine Gasse zu bilden. Inzwischen hatten auch die weiter vorne Stehenden bemerkt, dass sich hinter ihnen etwas Ungewöhnliches tat. Und dann kam Bewegung in den Stau. Während die auf der linken Fahrbahnseite versuchten, weiter nach links auszuweichen, rumpelten einige andere auf der rechten Fahrbahn mit hektischen Lenkbewegungen über die rechte Bordsteinkante. Für Miranda galt es jetzt, Ruhe zu bewahren und die nervös reagierenden Autofahrer nicht durch ein aggressives Fahrverhalten noch mehr unter Stress zu setzen. Plötzlich hörten die beiden Frauen das typische Geräusch eines näher kommenden Helikopters. Doreen beugte sich weit nach vorne und drehte ihren Kopf zum Himmel, da rauschte der Heli auch schon über sie hinweg.

„Hui, der war aber schon ganz schön tief. Vermutlich Christoph 9. Der landet bestimmt an der Baustelle."

„Denke ich auch", sagte Miranda, während das laute Flapp, Flapp, Flapp der Rotorblätter noch immer deutlich zu hören war. Sekunden später schaltete die Ampel um und der Verkehr rollte wieder.

„Das war Wilfried!", rief Jörg seinem Kollegen zu. „Er sagte, er will uns 'nen Heli schicken."

„Gute Idee! Aber lass uns jetzt weiterkriechen, wir haben schon genug Zeit benötigt. Außerdem drückt mein Rucksack."

Jörg setzte sich wieder in Bewegung. Andreas, der seitlich hinter ihm lag, folgte.

Während der Rettungswagen der Johanniter und der Rettungshubschrauber, es war Christoph 9, sich der Unfallstelle näherten, saß die Führung der Feuerwehr und des THW im Einsatzleitwagen, um ihr weiteres Vorgehen abzustimmen. Ruth Eisenmann zeigte auf eine großformatige Luftaufnahme der Baustelle.

„Wie Sie sehen, haben wir die Lage der eingestürzten Kräne eingezeichnet. Inzwischen besitzen wir auch gesicherte Kenntnis über die Lage der bislang noch vermissten Bauarbeiter." Sie deutete auf mehrere Stellen und erklärte: „Überall dort, wo ein eingekreistes Kreuz einen Punkt markiert, befindet sich ein Arbeiter, der noch gerettet werden muss. Laut den Einsatzleitern vor Ort haben die in der Baugrube eingesetzten Teams mit deren Rettungs- und Bergungsarbeiten bereits begonnen. Allerdings gestalten sich diese Arbeiten äußerst schwierig, sodass sie möglicherweise noch mehrere Stunden andauern können. Wir werden uns daher auf eine lange Nacht einstellen müssen, aber das dürfte den meisten von Ihnen ja schon vorher klar gewesen sein."

„Danke, Frau Eisenmann. Aus diesem Grund kommt der Fachgruppe Elektroversorgung des THW auch eine besondere Bedeutung zu", ergänzte der A-Dienst, wobei er sich an die Führungskräfte des THW wendete: „Wenn ich richtig unterrichtet bin, haben Sie Ihren 175 kVA-Netzanhänger schon in Stellung gebracht?"

„Ja, das ist richtig. Und von den Zugführern unseres ersten und dritten technischen Zuges habe ich eben die Nachricht erhalten, dass unsere Bergungsgruppe bereits die Ausleuchtung für die gesamte Baustelle aufbaut. Ich gehe davon aus, dass die Arbeiten rechtzeitig mit Einsetzen der Abenddämmerung fertiggestellt werden."

„Ausgezeichnet. Wie kommen die Arbeiten an dem beschädigten Gerüst auf der Breite Straße voran, Wolfgang?"

„Ja also, hier sind die Höhenretter zusammen mit dem THW wohl auch noch einige Zeit beschäftigt. Die Sicherungsmaßnahmen an dem Gerüst sollen laut C-Dienst 1 voraussichtlich mindestens noch eine Stunde, vielleicht aber auch länger, dauern. Die Absperrung der Breite Straße hat inzwischen die Polizei übernommen. Die komplette Straßensperrung wird, so sagte man mir, noch die ganze Nacht und falls nötig auch noch morgen Vormittag bleiben."

„Was ist mit unseren Fahrzeugen? Dürfen die dort herfahren?"

„Zu riskant. Ich hab das aber schon mit der Polizei geregelt. Sie hält uns eine komplette Seite der Kö frei."

„Sehr gut. Wie sieht es mit einem Landeplatz für den Rettungshubschrauber aus? Ist da schon ein geeigneter Ort gefunden worden?"

„Da kann ich was zu sagen", meldete sich einer der Disponenten. „In Absprache mit dem C-Dienst 3, dem ORGEL-Rett. und dem Herrn Birnbaum von den Höhenrettern haben wir uns auf diesen Platz hier verständigt." Er zeichnete mit einem Edding ein großes weißes H auf die betreffende Stelle der gerade gezeigten Luftaufnahme. „Der Helikopter ist übrigens schon im Anflug. Wir rechnen jeden Moment mit seinem Eintreffen."

„Leitstelle Düsseldorf für Rettungshubschrauber Christoph 9, kommen!"
„Hier Leitstelle Düsseldorf", meldete sich Carsten Heine. „Ich verstehe Sie klar und deutlich. Kommen".

„Wir haben Ihr Stadtgebiet aus Richtung Süd-Südost kommend erreicht und überfliegen jetzt das Universitätsklinikum. Landung an der Unfallstelle Königsallee in circa drei Minuten. Kommen!"

„Verstanden, Christoph 9. Ihr Landeplatz ist von unseren Leuten gekennzeichnet und weiträumig abgesperrt. Sprechen Sie ab jetzt die Einsatzleitung vor Ort an." Carsten gab dem Piloten die entsprechende Funkfrequenz und den Ansprechpartner durch und verabschiedete sich.

Exakt drei Minuten später erreichte der Rettungshubschrauber die Unfallstelle. Das Dröhnen seines Rotors übertönte jedes andere Geräusch am Boden und als der Pilot die Maschine seitlich neigte, um zunächst einmal die riesige Baustelle zu umkreisen, richteten sich nicht nur die Blicke der Schaulustigen nach oben.

Der Platz für die Landung war gut gewählt. Groß genug, mit ausreichendem Abstand zu Bäumen und anderen Gebäuden, und er befand sich direkt auf dem Baustellengelände. Damit hatte man einen unschlagbaren Vorteil gegenüber anderen Landeplätzen bei Unfällen in der Vergangenheit, zu denen der Rettungshubschrauber auch angefordert worden war. Dort musste er weiter entfernt landen. Innerhalb der Stadt wich man in solchen Situationen gerne auf Freiflächen oder Sportanlagen aus. Das bedeutete aber auch, dass der oder die Verletzte zunächst im Rettungswagen zum Landeplatz des Helikopters gefahren werden musste. Darüber, dass das hier nicht nötig war, waren alle Beteiligten sehr froh. Wie wertvoll dieser Landeplatz für die Rettung einiger Arbeiter noch war, sollte sich in den nächsten Stunden erweisen.

Da Jörg vorweg gekrochen war, erblickte er den Kranführer als Erster. Dessen Körper lag regungslos und seltsam verkrümmt in der völlig zerstörten Krankanzel. Die Metallstreben, die den Käfig der Krankanzel gebildet hatten, waren eingedrückt und seine Scheiben bei dem Sturz in die Baugrube zertrümmert worden.

Andreas stand jetzt neben seinem Kollegen und blickte ebenfalls in die demolierte Kanzel. Dabei deutete er auf den leicht nach unten hängenden Kopf des Kranfahrers. „Er hat erbrochen."

„Stimmt. Und das Erbrochene ist nicht getrocknet, also noch relativ frisch. Das heißt, er muss vor wenigen Minuten noch gelebt haben."

„Richtig. Tote erbrechen nicht, aber Bewusstlose. Und falls er immer noch lebt, hat ihm seine Lage möglicherweise sogar das Leben gerettet."

„Du meinst, weil er sonst sein eigenes Erbrochenes aspiriert hätte und daran erstickt wäre?"

„Genau. Also, lass uns nachsehen. Willst du oder soll ich ..."

„Ich gehe", entschied Jörg. „Ich bin leichter als du, und hier sieht alles so aus, als würde es gleich endgültig zusammenkrachen."

„Dann sei bloß vorsichtig", warnte Andreas.

Jörg nickte nur, schnallte sich den Rettungsrucksack ab und drückte ihn seinem Kollegen gegen die Brust. Dann kletterte er in die völlig demolierte Kanzel. Nirgends gab es einen sicheren Halt. Alles schien irgendwie wackelig und in höchstem Maße zerbrechlich zu sein. Roland kam sich vor wie in einer eingedellten Konservendose und er musste höllisch aufpassen, wohin er trat. Überall lagen Gegenstände herum und unter seinen Sohlen knirschten die Splitter der zerstörten Scheiben.

Melissa und Doreen hatten die Königsallee erreicht. „Oha, das scheint ja wirklich was Größeres passiert zu sein", sagte Doreen und zeigte geradeaus, wo die Polizei eine frühzeitige Straßensperre eingerichtet hatte. Sie war eine von mehreren, die rund um die gesamte Baustelle errichtet worden waren. Melissa schaltete einen Gang herunter und das Martinshorn aus. „Schätze, dass wir den Krachmacher jetzt nicht mehr benötigen", sagte sie und fuhr nur noch mit den sich drehenden Blaulichtern auf die Polizisten zu. Die nahmen die Absperrung zur Seite und winkten die beiden Frauen durch. Melissa und Doreen lächelten freundlich und hoben die Hand zum kollegialen Gruß. Die Polizisten grüßten zurück und sahen dem RTW kurz hinterher, dann machten sie die Absperrung wieder dicht.

Jörg stand breitbeinig über dem unnatürlich verkrümmt liegenden Kranführer. Seit er zu ihm in die Kabine geklettert war, hatte er sich keinen Millimeter bewegt. Er lag einfach nur da, bleich und regungslos und schien auch nicht zu atmen. Zumindest konnte er keine Atembewegungen erkennen. Lebte der Mann noch oder war er vielleicht doch schon gestorben? Die Wahrscheinlichkeit sprach eher dafür, dass er möglicherweise noch eine kurze Zeit gelebt hatte, dann aber seinen schweren Verletzungen erlegen war. Das würde auch sein Erbrechen erklären. Aber ganz sicher konnte er sich erst sein, nachdem er die Vitalfunktionen des Mannes überprüft hatte. Also streifte er sich den rechten Handschuh ab, bückte sich und tastete nach dessen Halspuls. Fast wäre er erschrocken zurückgeprallt, als der Mann bei seiner Berührung laut aufstöhnte.

„Andreas, der Mann lebt noch! Ich kann ganz deutlich seinen Halspuls spüren."

„Okay, ich informiere Wilfried, dass sie uns die Schleifkorbtrage mit dem Heli runterlassen und dann komme ich zu dir."

„Wie, du kommst zu mir? Hier drin ist ja kaum genug Platz für einen."

„Na gut, dann bleibe ich eben hier draußen und reiche dir die Dinge, an die du brauchst. Was soll ich dir zuerst geben?"

„Kann ich noch nicht sagen. Dazu muss ich den Mann zunächst erst einmal genauer untersuchen."

„Achtung, wichtige Nachricht von C-Dienst 3!", rief der Disponent im ELW. Sofort verstummten alle Gespräche. Jeder war gespannt, welche Nachricht jetzt kommen würde. „Die Höhenretter haben den Kranführer erreicht. Der Mann lebt noch."

Die Nachricht schlug ein wie eine Bombe. Der Kranführer, dem niemand eine Chance eingeräumt hatte, der Mann, der aus vierzig Metern Höhe mit seinem Kran in die Baugrube gestürzt war, lebte. Das grenzte an ein Wunder. Entsprechend groß war das Erstaunen, aber auch die Freude, die sich auf den Gesichtern der in der mobilen Einsatzzentrale befindlichen Führungskräfte zeigte. Am meisten aber freute sich der Polier, der die letzten Minuten, wie ein Häuflein Elend in sich versunken, schweigend auf seinem Stuhl gesessen hatte. Nachdem er gehört hatte, dass sein Kranführer noch lebte, hatte er zunächst ungläubig aufgesehen, aber dann, als er sah, wie sich die anderen freuten, war er wie elektrisiert aufgesprungen. Bob lebte, schoss es ihm durch den Kopf, Bob lebte. Und dann rannte er aus dem Wagen. Irgendjemand rief noch, er solle hier bleiben, aber er ließ sich von nichts und niemand mehr aufhalten. Bob lebte, Bob lebte. Der Polier kannte nur ein Ziel, er wollte zu ihm und dabei wusste er doch nicht einmal, in welche Richtung er laufen sollte. Überall standen Fahrzeuge der Feuerwehr und des THW und überall begegnete er Einsatzkräften, die alle irgendwie sehr beschäftigt schienen, denn niemand kümmerte sich um ihn. Plötzlich rempelte er jemanden an. „He Mann, hast du keine Augen im Kopf!? Kannst du nicht aufpassen!?"

„Tschuldigung", murmelte der Polier und wollte schon weiterrennen. Doch da packte der andere blitzschnell von hinten seinen rechten Oberarm und hielt ihn fest. „Jetzt warten Sie doch mal." Der kräftig gebaute Polier drehte sich um und glaubte einen Feuerwehrmann zu erkennen, der vorhin kurz im ELW gewesen war. „Ich muss zu meinem Kranführer!", entgegnete er aufgebracht und versuchte sich loszureißen. Aber der Feuerwehrmann, es war Wilfried Birnbaum, war ebenfalls kein Schwächling. Der Chef der Höhenretter hielt den Arm des Poliers wie eine eiserne Klammer fest. „Jetzt beruhigen Sie sich erst einmal. Sie können doch gar nichts machen. Außerdem, solange wir Ihren Kollegen noch nicht hochgeholt haben ... wo wollten Sie denn überhaupt hinlaufen?"

Die Nachricht vom Überleben des Kranführers verbreitete sich wie ein Lauffeuer über die gesamte Baustelle und motivierte die anderen Rettungsteams, die in der Baugrube an teils weit voneinander entfernten Stellen intensiv an der Befreiung der anderen Bauarbeiter arbeiteten. Wenn der Kranführer diesen Wahnsinnssturz überlebt hatte, dann ... ja dann, so sagten sie sich, hatten seine Kollegen, die weiterhin unter den Trümmern lagen, vielleicht auch noch eine Chance.

Doch dann hörten sie einen Funkspruch, der ihrer spontan aufgekommenen Euphorie einen herben Dämpfer versetzte. Eines der eingesetzten Teams hatte einen Bauarbeiter am Rand der Baugrube vor einer hohen bereits fertig erstellten Seitenwand unter Trümmern aus Beton und Stahl gefunden. Es war der junge Einschaler Miroslav Sobotschek, der, als der riesige Kran auf ihn herabstürzte, es nicht mehr geschafft hatte, sich rechtzeitig in Sicherheit zu bringen. Das Team hatte sofort Unterstützung angefordert, um den Mann so schnell wie möglich zu befreien. Mithilfe von Trennschleifern, einem Flaschenzug und weiterem schweren Gerät, das über eine Drehleiter zu ihnen hinabgelassen wurde, war es den Rettern unter hohem persönlichen Risiko schließlich gelungen, den Mann zu befreien. Er war ohne Bewusstsein, hatte diverse Knochenbrüche und Quetschungsverletzungen und mit größter Wahrscheinlichkeit auch innere Verletzungen. Sein Puls ging nur noch schwach und unregelmäßig und seine Atmung war kaum mehr vorhanden. Ein Rettungsassistent intubierte ihn daraufhin noch in der Baugrube. Anschließend beatmete ihn ein zweiter mit einem Beatmungsbeutel, wobei der Atemluft aus einer angeschlossenen Druckgasflasche zusätzlich reiner Sauerstoff beigemischt wurde.

Parallel dazu hatten andere Rettungsassistenten dem Bewusstlosen einen großvolumigen venösen Zugang gelegt und eine Plasmaersatzlösung angehangen, von der sie hofften, dass sie seinen schwachen Kreislauf zumindest solange stabilisieren würde, bis er die Klinik erreicht hätte. Keiner wagte eine Prognose abzugeben, aber sie arbeiteten fieberhaft an seiner Rettung.

Wilfried Birnbaum hatte die Nachricht vom Auffinden des Bauarbeiters über sein Funkgerät natürlich auch gehört und nahm sofort Kontakt mit den Männern in der Baugrube auf. Nachdem er sich die Situation hatte schildern lassen, war er es gewesen, der dafür gesorgt hatte, dass das zusätzlich zur Rettung benötigte Equipment über die Drehleiter abgelassen wurde.

„Und was ist mit mir?", fragte der Polier, nachdem ihm der Chef der Höhenretter mitgeteilt hatte, dass er sich nicht weiter um ihn kümmern könne. „Sie können mich doch jetzt nicht einfach so hier stehen lassen!"

Aber Birnbaum war schon losgeeilt.

„He! Laufen Sie nicht weg!", rief der Polier.

Birnbaum stoppte und drehte sich noch einmal um. „Dann kommen Sie meinetwegen mit!"

Nachdem Doreen und Melissa mit ihrem RTW die Straßensperre der Polizei passiert hatten, wurden sie von einem Feuerwehrmann auf einem Platz eingewiesen, an dem schon mehrere Rettungswagen parkten. „Hier warten", sagte ein Mann knapp und ging zu zwei Behandlungszelten, die in der Nähe aufgebaut waren.

„Na, der war ja wohl die Freundlichkeit in Person", meinte Melissa, nachdem der Mann in einem der Zelte verschwunden war.

„Vielleicht ärgert er sich, weil er diesen langweiligen Einweiserposten bekommen hat", kicherte Doreen. Aber dann wurde sie wieder ernst, denn der „Unfreundliche" trat wieder aus dem Zelt und winkte einen der vor ihnen parkenden Rettungswagen zu sich. Nachdem er einen Patienten eingeladen hatte, fuhr er mit eingeschalteten Blaulichtern davon. Durch die entstandene Lücke bekamen die beiden Rettungsassistentinnen einen ersten Einblick in die Unfallstelle. Nachdem auch noch die beiden anderen Rettungswagen vor ihnen abgefahren waren, standen sie quasi in der ersten Reihe und konnten jetzt fast die gesamte Baustelle überblicken. „Oh mein Gott!", sagte Melissa und musste schlucken. Einige Minuten später wurde ihr RTW über Funk gerufen. „23-83-1 für ORGL-Rett. kommen!"

„23-83-1 hört, kommen", meldete sich Doreen.

„Wo ist Ihr genauer Standort? Kommen."

„Wir stehen direkt neben dem Behandlungsplatz an der Verletztensammelstelle, kommen."

„Gut, Sie erhalten gleich einen Lotsen und übernehmen einen Patienten, den Sie mit Notarzt in die Uniklinik-Chirurgie fahren. Kommen."

„Verstanden, wir bekommen einen Lotsen."

„Richtig verstanden. Und einen Notarzt. ORGL-Rett. Ende."

Im ELW überschlugen sich die Nachrichten. „Team 4 meldet, Patient befreit. Wird mithilfe der Drehleiter in Schleifkorbtrage aus der Baugrube gehoben. RTW und Notarzt sind auf dem Weg und übernehmen direkt vor Ort."

„Also nicht im Behandlungszelt?"

„Nein, es besteht akute Lebensgefahr. In Absprache mit dem ORGL-Rett. erfolgt der Transport von da sofort in die Klinik."

„Ist vermerkt. Wie weit sind die Rettungsmaßnahmen bei dem Kranführer?"

„Muss ich nachfragen."

„Gut. Und fragen Sie auch gleich, wann in etwa der Hubschrauber zum
Einsatz kommen soll."

„Verstanden."

Doreen rutschte auf den Mittelplatz, um den Lotsen, der zu ihnen einstieg,
Platz zu machen. „Wohin?", fragte Melissa und startete den Motor.

„Fahr erst mal da vorne an dem THW-Fahrzeug vorbei und dann sag
ich dir schon, wie du weiterfahren musst."

Der Feuerwehrmann lotste Miranda noch an mehreren Einsatzfahrzeugen vorbei bis zu der Stelle, an der eine Drehleiter ihren Leiterpark weit
in die Baugrube geschwenkt hatte.

„Da vorne ist es. Am besten fährst du ein Stück über die Leiter hinaus
und stellst dich da drüben auf die linke Seite."

„Alles klar."

Nachdem Melissa den RTW wie angegeben geparkt hatte, stiegen die
beiden Frauen und der Feuerwehrmann aus und gingen zu der kleinen
Gruppe, die neben der Drehleiter stand und gebannt in die Baugrube
schaute.

„Ihr seid der RTW?", sprach sie ein außergewöhnlich großer Feuerwehrmann an. „Ja, wir sind der RTW", bestätigte Doreen.

„Schön, ich bin hier zuständig. Wilfried Birnbaum, Höhenretter." Mit
diesen Worten streckte er den beiden jungen Frauen seine riesige Pranke
zur Begrüßung entgegen. „Aber Wilfried reicht vollkommen."

„Doreen."

„Melissa."

„Okay Doreen und Melissa. Meine Leute werden gleich euren Patienten in einer Schleifkorbtrage hochbringen. Wäre gut, wenn ihr eure Trage
schon mal rausholt, damit wir ihn gleich umlagern können."

„Machen wir", sagte Melissa und fragte: „Ist der Notarzt auch schon da?"

„Äh ... der Notarzt? Ich bin davon ausgegangen, dass ihr den mit an
Bord gehabt habt."

„Und uns hat man gesagt, dass wir den Notarzt erst hier treffen und
aufnehmen sollten."

„Oha! Ich hoffe, da ist nichts schief gelaufen. Tschuldigung, aber das
muss ich jetzt sofort klären."

„Sollen wir trotzdem ...?"

„Ja ja. Bereitet schon mal alles vor. Ich bekomme das schon geregelt."

212

„Rückmeldung von Team 5! Der Kranführer ist stabil und kann geholt werden."

„Sehr gut. Geben Sie umgehend eine Meldung an die entsprechenden Leute, dass der Rettungshubschrauber starten soll."

„Geht klar."

Zwei Minuten später ließ der Hubschrauberpilot den Rotor seines Helikopters warmlaufen. Draußen vor den Absperrungen drängten sich die Schaulustigen. Das Großaufgebot von Feuerwehr-, THW- und Rettungsfahrzeugen hatte die Menschen angelockt und der Start eines Rettungshubschraubers mitten im Zentrum der Stadt stellte, besonders für die vielen Kinder und Jugendlichen, ein besonderes Highlight dar, das niemand verpassen wollte.

Nachdem sich das laute Brummen des immer schneller drehenden Rotors zu einem ohrenbetäubenden Dröhnen verstärkte hatte, hoben sich die Kufen des Helikopters wie von Geisterhand gezogen vom Boden ab. Das rot lackierte Fluggerät stieg einige Meter in die Höhe, schwenkte dort um seine eigene Achse, um dann leicht über die Seite geneigt abzukippen und in einer eleganten Kurve in Richtung Baugrube zu fliegen. Genau über der abgestürzten Krankanzel verharrte der Heli wie ein riesiges Insekt auf der Stelle. Die vielen Schaulustigen konnten zwar den Hubschrauber sehen, das, was sich unten in der Baugrube abspielte, entzog sich jedoch ihren neugierigen Blicken.

Die Höhenretter Jörg und Andreas hatten die Verstärkung von zwei Kollegen angefordert und erhalten. Die beiden hatten auf ihr Anraten den Weg über den umgestürzten Kran genommen und die Schleifkorbtrage mitgebracht, von der Andreas angenommen hatte, dass der Rettungshubschrauber sie zu ihnen ablassen würde. Obwohl sie nun zu viert waren, hatte es die erfahrenen Höhenretter erhebliche Mühen gekostet, den schwer verletzten Kranführer schonend in die Schleifkorbtrage zu legen. Besonders erschwerend war, dass sie sich dabei auf engstem Raum bewegen mussten, ohne dem Verletzten zusätzliche Verletzungen oder weitere Schmerzen zuzufügen.

Ganz ohne Schmerzen ließ sich diese schwierige Rettung jedoch nicht durchführen. Einmal hatte der Bewusstlose sogar laut geschrien und sich aufgebäumt, war dann aber gleich wieder in sich zusammengefallen.

Als der Helikopter über ihnen schwebte, legten die vier Höhenretter ihre Köpfe in den Nacken und blickten angestrengt dem Haken entgegen, der sich von der Motorwinde des Hubschraubers an einem Drahtseil

Meter um Meter zu ihnen herabsenkte. Der Kranführer lag sicher ange-
schnallt in der Schleifkorbtrage zu ihren Füßen. Sie hatten ihn, so gut es
ihnen unter diesen erschwerten Bedingungen möglich gewesen war, medizinisch versorgt und Jörg stand bereit, sich mit ihm in die Höhe ziehen
zu lassen. Dazu hatte er sein komplettes Sicherheitsgeschirr angelegt. Andreas gab Zeichen, wie tief das Seil noch abgelassen werden sollte. Sekunden später schwebte sein Kollege, mitsamt Schleifkorbtrage unter dem
Helikopter hängend, über der Baugrube.

Mit weichen Lenkbewegungen steuerte der Pilot sein Fluggerät zurück
zur Startposition, an der er seine sensible Fracht ganz sanft auf dem Boden
absetzte. Dort warteten bereits einige Helfer, die die an der Schleifkorbtrage befestigten Seile aus dem Haken ausklinkten. Der Pilot stieg daraufhin mit seiner Maschine auf eine größere Höhe, von wo er den
Abtransport des Patienten beobachtete. Nachdem er über Funk das Okay
zur erneuten Landung erhielt, setzte er auf der gleichen Stelle auf, auf der
er wenige Minuten zuvor noch gestanden hatte. Der ihn begleitende Arzt
war vorher ausgestiegen und hatte sich nach Eintreffen des Patienten von
Frank sagen lassen, wie sie den Mann vorgefunden und welche medizinischen Maßnahmen sie bisher getroffen hatten.

„Das war gute Arbeit", lobte er den Höhenretter, als er sich den Patienten persönlich anschaute und noch einmal gründlich untersuchte.

„Wie schaut's aus", fragte der ORGL-Rett., der extra gekommen war,
um sich von dem Gelingen des außergewöhnlichen Rettungseinsatzes persönlich zu überzeugen. Der Fliegerarzt hob den Daumen. „Top, alles bestens
gelaufen. Ich denke wir laden ihn jetzt ein und dann ..."

„Abflug in die Klinik", ergänzte der Pilot, der jetzt ebenfalls zu der
Gruppe getreten war.

„Also dann."

Gemeinsam wurde der Patient in den Rettungshubschrauber gebracht.
Kurz darauf dröhnte wieder die Rotorenturbine. Dann stieg der Heli in
die Höhe und entschwand, eine elegante Kurve fliegend, den Augen all
derer, die ihm noch lange hinterhersahen.

Etwa zur gleichen Zeit verließen auch Doreen und Melissa mit ihrem Patienten samt Notarzt die Einsatzstelle. Während der Rettungshubschrauber
die Berufsgenossenschaftliche Unfallklinik in Duisburg-Buchholz anflog,
fuhren sie im Rettungswagen in die nur wenige Kilometer entfernte Chirurgische Abteilung der Universitätsklinik der Landeshauptstadt Düsseldorf.
Ihr schwer verletzter Patient war angemeldet und so wurden sie bereits von
einem Ärzteteam aus Anästhesisten, Chirurgen und Neurologen samt deren
medizinischem Assistenzpersonal erwartet.

An der Baustelle gingen die Rettungsarbeiten unvermindert weiter. Eine Stunde nachdem Christoph 9 von der Unfallstelle abgeflogen war, konnten die Rettungsmannschaften zwei weitere Arbeiter aus den Trümmern befreien. Auch sie hatten schwere Verletzungen davongetragen, aber ihr Zustand war bei Weitem nicht so dramatisch wie bei ihrem Kollegen, den die beiden Rettungsassistentinnen Doreen Holberger und Melissa Rüttger in die nahe gelegene Uniklinik gefahren hatten. Inzwischen war es Abend geworden und normalerweise hätte sich damit auch die Dunkelheit über die Baustelle gesenkt. Jetzt aber erhellte eine gigantische, vom THW aufgebaute Beleuchtungsanlage das riesige Areal. In deren Licht suchten die eingesetzten Teams nach den beiden letzten noch vermissten Bauarbeitern. Die Lage eines Dritten war der Einsatzleitung schon sehr früh von dem Polier mitgeteilt worden. Sie betraf den jungen Eisenflechter Mahmut, der Mann, der heute Geburtstag hatte. Für ihn würden sie in dieser Nacht nichts mehr tun können. Er starb, als er den Baucontainer betrat, aus dem er sich einen größeren Bolzenschneider holen wollte. Für ihn war sein Geburtstag auch zu seinem Todestag geworden. Unter Tonnen von Beton lag er in einem stählernen Grab.

Nachtrag

Die Rettungskräfte der Feuerwehr und des Technischen Hilfswerks waren noch die ganze Nacht im Einsatz gewesen. Erst zur vorgerückten Stunde war es ihnen gelungen, auch noch die beiden letzten vermissten Bauarbeiter zu befreien. Die Leiche des im Baucontainer zu Tode gekommenen Eisenflechters konnten sie jedoch erst am nächsten Morgen mithilfe eines weiteren Kranwagens bergen.

Miroslav Sobotschek, der Bauarbeiter, der mit dem Rettungswagen in die Universitätsklinik von Düsseldorf eingeliefert worden war, war ebenfalls gestorben. Trotz all ihrer Bemühungen hatten die Ärzte sein Leben nicht mehr retten können. Er war noch in der gleichen Nacht seinen schweren Verletzungen erlegen.

Dem Kranführer Heinrich Baumeister war es hingegen vergönnt, noch länger leben zu bleiben. Er lag mit einer schweren Gehirnerschütterung und vielen schmerzhaften Prellungen sowie zwei gebrochenen Rippen in einem Krankenbett, da öffnete sich leise die Türe zu seinem Zimmer und das bärbeißige Gesicht seines Poliers schaute um die Ecke. ➔

„Na Bob, wie geht's dir nach deinem ersten missglückten Flugversuch?"

„Aber die Landung muss mir erst mal einer nachmachen", konterte Heinrich, der schon wieder guter Dinge war, und seinen Polier aufforderte, sich einen Stuhl zu nehmen und sich neben ihn zu setzen.

„Und? Erzähl, wie ist es den anderen Kollegen ergangen?"

„Erzähl du erst mal, wie es dir geht", entgegnete der Polier und betrachtete Heinrichs turbanähnlich umwickelten Kopf. „Mann, die haben dich ja bandagiert wie eine ägyptische Mumie."

„Na ja, es hätte weit schlimmer kommen können. Hab mir nur zwei Rippen gebrochen und 'ne fette Gehirnerschütterung geholt."

„Und was ist damit?" Der Polier deutete auf seine komplett verbundenen Arme.

„Rechte Schulter ausgerenkt, einigen Prellungen und so."

„Mmm, Prellungen und so ... Schmerzen?"

„Geht so. Die geben mir was." Er grinste schief und erklärte: „Kann mir im Moment nur schlecht die Nase jucken."

„Na, wenn das alles ist."

„Ja, aber weißt du, was komisch ist?"

Der Polier sah ihn fragend an. „Was?"

„Also, an den Aufprall in der Baugrube kann ich mich überhaupt nicht mehr erinnern."

„Aber an den Sturz schon?"

„Ja, daran sogar sehr genau und ..."

„Warte mal, warte mal. Da will ich mal was wissen", unterbrach ihn der Polier geheimnisvoll und beugte sich vor. „Man hört doch immer, wenn jemand dem Tod ins Auge sieht, dann läuft in Sekunden noch einmal sein ganzes Leben vor ihm ab. So wie im Film, verstehst du?"

„Ja, und ...?", erwiderte Heinrich trocken.

„Nix, ja und. Was hast du denn in dem Moment erlebt? Stimmt das mit dem Film?"

„Quatsch! Das ist totaler Blödsinn. Aber was anderes, das ist real. Wollte ich dir gerade erzählen."

„Und?"

„Also, wie ich da so bewusstlos lag, hatte ich einen Traum."

„Einen Traum?"

„Ja, aber ich sag dir, der war so verdammt real, so echt ... beinahe beängstigend."

„Jetzt mach's nicht so spannend und red schon."

„Also, ich liege da und träume, ich wäre tot und plötzlich schwebe ich in den Himmel. Ja, jetzt guck nicht so, es war schließlich nur ein Traum. Aber ich hatte wirklich das Gefühl, als würde ich in den Himmel schweben. Ist das nicht irre?"

„Das ist weder irre, Bob, noch war das ein Traum. Die Feuerwehrleute hatten dich mit 'nem Seil unter einen Hubschrauber gebunden und der hat dich dann aus der Baugrube geflogen. Von wegen ab in den Himmel."

Nach dieser ernüchternden Erklärung zog der Kranführer ein ziemlich betretenes Gesicht. Sein schöner Traum schien ihm irgendwie besser gefallen zu haben. Als der Polier ihm dann auch noch vom tragischen Tod seiner beiden Kollegen berichtete, die viel zu jung hatten sterben müssen, hatten zwei gestandene Männer Tränen in den Augen.

Der Brandstifter

Eines Tages werde ich nicht nur Müllcontainer anzünden, eines Tages ...
So hatte er es sich damals geschworen. Damals, das war vor nunmehr über zehn Jahren. Er war ein Einzelkind gewesen und sein Leben hatte ihm so gefallen, wie es war. Etwas anderes als dieses Leben hatte er sich überhaupt nicht vorstellen können. Als dann, für alle völlig überraschend, noch eine kleine Schwester geboren wurde, war er bereits dreizehn Jahre alt. Er hatte diesen verhätschelten und von allen geliebten Nachzügler von Anfang an nie gemocht. In den folgenden Jahren wurde er von der Vorstellung erfüllt, dass seine Eltern ihn, seitdem sie in seine Welt eingedrungen war, nie mehr richtig geliebt hatten. In dieser Zeit entwickelte er seine ersten boshaften Gedanken. Ein dunkler Schatten hatte sich auf seine verletzte Seele gelegt. Er steigerte sich in seine Fantasien, die ihn schließlich nicht mehr losließen. Trotzdem ließ er sich seine Eifersucht niemals anmerken.

Zwei Wochen nachdem die ganze Familie mit riesigem Pomp den dritten Geburtstag seiner kleinen Schwester gefeiert hatte, explodierten seine Gefühle in ihm. Sein zutiefst gekränktes Ego schrie nach Rache für all die vermeintlich entgangenen Liebesbekundungen, die, wie er glaubte, nur noch seiner Schwester zuteil wurden. Heimlich stahl er deren Lieblingspuppe und beschloss, diese an einem geheimen Ort zu verbrennen. Hinter den Garagen glaubte er sich unbeobachtet. Umso größer war sein Erschrecken, als er plötzlich Schritte hörte. Voller Panik suchte er das Feuer mit bloßen Händen zu ersticken. Dabei zog er sich schmerzhafte Verbrennungen zu, die er aber ignorierte. Vor Angst gelähmt verharrte er und lauschte mit pochendem Herzen den näher kommenden Schritten. Schlagartig wurde ihm klar: Es gibt kein Entkommen. Zwei Meter hinter seinem Rücken erhob sich eine hohe Steinmauer. Er saß in seiner eigenen Falle. Bestimmt hatte man den Rauch gesehen. Jeden Moment konnte einer der Hausbewohner, oder, was noch schlimmer wäre, sein Vater, neugierig um die Ecke sehen und dann würde man ihn unweigerlich entdecken. Die Schritte wurden lauter. Er vernahm das Klimpern von Schlüsseln. Ein Garagentor wurde geöffnet. Kurz darauf fuhr ein Auto davon. Immer noch stand er wie gelähmt, wagte kaum zu atmen. Schließlich verebbte das Motorengeräusch in der Ferne. Erst allmählich wurde ihm klar, dass die Gefahr vorüber war. Sein Blick fiel auf die verkohlte Puppe zu seinen Füßen. Wie ferngesteuert streifte er Pullover und T-Shirt aus, bückte sich, wickelte die Puppe in das T-Shirt, zog den Pullover wieder über und schlich in sein Zimmer zurück.

Aus Angst, selbst des Diebstahls verdächtigt zu werden, hatte er der verhassten Schwester von seinem eigenen Geld eine neue Puppe gekauft. Seine Angst war jedoch unbegründet gewesen. Die Eltern waren gerührt von der Anteilnahme ihres *lieben* Jungen für seine kleine Schwester. Jedoch hatte die neue Puppe den Schmerz der kleinen Schwester über den Verlust ihrer geliebten *Püppi* nie ausgleichen können.

Drei Jahre waren vergangen und er erinnerte sich noch genau daran, wie es ihn später umgetrieben hatte. Immer abends, wenn es draußen längst dunkel gewesen war. Der schmale Lichtstreifen der gegenüberliegenden Straßenlaterne war in sein Zimmer gefallen und hatte das alte, abgegriffene Kinderbuch erhellt, das er in den Händen hielt. Das wenige Licht genügte ihm. Er kannte den Text ohnehin in- und auswendig. Langsam glitt sein Zeigefinger Zeile für Zeile über die in Schreibschrift gedruckten Buchstaben. Die Seiten waren vom häufigen Lesen eingerissen, aber auch das störte ihn nicht. Während er langsam las, formten sich seine blassen Lippen zu tonlosen Worten:

Paulinchen, sprach die Frau Mama, ich geh aus und du bleibst da.
Und als er die Stelle erreichte, an der es hieß:
Und Minz und Maunz, die Katzen, erhoben ihre Tatzen.
Miau mio, Miau mio, das ganze Haus brennt lichterloh!,
begannen seine Hände zu zittern. Sein Atem wurde hastig und sein Puls schlug schneller. So erging es ihm jedes Mal, wenn er wie jetzt umblätterte und die kolorierte Federzeichnung betrachtete. Die wohl grausamste Geschichte aus dem Struwwelpeter zeigte das Paulinchen, wie es mit hocherhobenen Händen schreiend am Fenster des brennenden Hauses inmitten der Flammen stand. Obwohl er die Zeichnung sicher schon tausendmal betrachtet hatte, glänzten seine Augen auch jetzt noch wie im Fieberwahn.

Lange starrte er gebannt auf die bunte Zeichnung. Schließlich legte er das Buch zur Seite, erhob sich aus seinem Bett und schlich auf Zehenspitzen quer durch das Zimmer. Geräuschlos öffnete er eine der unteren Türen des alten Kleiderschranks und kramte aus der hintersten Ecke einen hölzernen Kasten hervor. Fast zärtlich strichen seine Hände über das unscheinbare Behältnis mit dem kleinen Vorhängeschloss. Wieder zitterten seine Finger. Umständlich nestelte er einen um seinen Hals hängenden Schlüssel von der Schnur und steckte ihn in das kleine Schloss. Als der silbrig glänzende Metallbügel mit einem leisen Klicken aufsprang, zuckte er zusammen. Ängstlich blickte er sich in dem halbdunklen Zimmer um. Dabei duckte er sich schützend über den Kasten, als müsse er befürchten, dass außer ihm noch jemand das kaum vernehmbare Geräusch hätte hören können und ihn bei seinem heimlichen Tun beobachtete. Nachdem jedoch alles ruhig blieb, öffnete er langsam den Deckel. Sein Gesicht glich einer erstarrten Maske. Scheinbar teilnahmslos richteten sich seine weit gerundeten Pupillen auf die verbrannte Puppe seiner inzwischen sechsjährigen Schwester. Lange betrachtete er die Puppe wie einen seit Jahren sorgsam gehüteten Schatz. Endlich riss er sich von dem Anblick los, verschloss den Kasten wieder und verstaute ihn sorgfältig in seinem Versteck. Kurz darauf verließ er ungesehen das Haus.

Eine knappe Stunde später heulten die Martinshörner der nahe gelegenen Feuerwache 7 durch die Nacht. Die Feuerwehrmänner waren stinksauer. Das war schon der fünfte Müllcontainer in diesem Monat. Und immer brannte es nachts und immer an derselben Stelle.

Es war jedes Mal wie ein Rausch, der ihn überkam. Er sah die hellen, glutroten Flammen auflodern und verspürte tiefe Genugtuung. Nachdem er sein Zimmer wieder unbemerkt erreicht hatte, fiel er erschöpft vor seinem Bett auf die Knie nieder und heulte: „Mächtiger Luzifer, Herr über alle Feuer der Hölle, beschütze mich."

Anschließend warf er sich schwer atmend ins Bett. Niemals kam er aber zur Ruhe. Immer wieder sah er ein riesiges Feuer, hörte verängstigte, schreiende Menschen, die sich brennend aus Fenstern in eine bodenlose Tiefe stürzten.

Eines Tages werde ich nicht nur Müllcontainer anzünden, eines Tages ... Danach hatte er noch allerlei wirres Zeug gemurmelt, bis er schließlich doch noch eingeschlafen war.

Irgendwann hatten sie ihn beim Zündeln erwischt und während des anschließenden Verhörs hatte er sich verplappert. Schließlich hatte er die gelegten Brände gestanden. Weil er noch unter das Jugendstrafrecht fiel und vor Gericht Reue zeigte, war er noch einmal mit einem „blauen Auge" davongekommen. Der Richter hatte ihm lediglich einige Sozialstunden „aufgebrummt" und nach einer eingehenden psychiatrischen Behandlung wurde er als geheilt entlassen.

Wie jeden Tag schloss Gisela Heilmann die Tür zu ihrem Tee- und Geschenkeladen auch an diesem Samstagmorgen pünktlich um halb zehn Uhr auf. Gestern hatte sie eine Lieferung mit neuer Ware erhalten, die sich noch in einem der hinteren Räume stapelte. Nach Ladenschluss, am Samstag hatte sie immer nur bis mittags geöffnet, wollte sie die Sachen einräumen, aber bis dahin musste einiges umsortiert werden. Ihr Laden befand sich in einem älteren, mehrgeschossigen Eckhaus, dessen Wohnungen bis unter das Dach vermietet waren. Frau Heilmanns Laden lag zwar außerhalb der Innenstadt, dennoch besaß sie genügend Kundschaft, sodass sie sich sogar zwei Angestellte leisten konnte. Ihre Kundschaft bestand überwiegend aus Frauen, die auch gerne zu ihr kamen, um in ihrem liebevoll zusammengestellten Sortiment nach einem passenden Geschenk zu suchen. Mal war es eine besondere Tasse oder irgendein hübsches Accessoire, das sie verkaufte, aber manchmal auch ein komplettes Teeservice.

Das Geschäft mit dem Tee bildete ihr eigentliches Standbein. Und Tee wurde auch von Männern sehr gerne gekauft. Einer ihrer männlichen Kunden war der 25-jährige Patrik Prewein. Der schlanke Mann mit dem freundlichen Lächeln kam regelmäßig. Er wohnte im gleichen Haus auf der fünften Etage und betrat ihren Laden meist gegen Feierabend. Bestimmt kam er dann von der Arbeit, vermutete Frau Heilmann, die den jungen Mann in ihr Herz geschlossen hatte, weil er sich oft die Zeit nahm und mit ihr ein paar nette Worte wechselte.

Nachdem vor Kurzem auf der vierten Etage die alte Frau Breuer gestorben war, war noch ein weiterer junger Mann in das Haus eingezogen. Fast einen ganzen Monat hatte die Wohnung zuvor leer gestanden, einen Monat! Ein Umstand, den sie nicht nachvollziehen konnte, nicht in einer Stadt wie Düsseldorf, in der bezahlbarer Wohnraum doch angeblich so knapp sein sollte. Der neue Mieter war ebenfalls alleinstehend, genau wie der nette Herr Prewein. Aber er besaß einen Hund, einen kleinen Mischling. Irgendetwas zwischen Spitz und Pudel oder zwischen Terrier und Dackel vermutete sie. Auf jeden Fall war er sehr klein und, wie sie fand, so richtig zum Knuddeln.

Sein Herrchen, der Herr Tulg, sah das offensichtlich genauso, ja er war geradezu vernarrt in seinen kleinen Liebling, denn er trug ihn ständig mit sich auf dem Arm herum. Als Frau Heilmann den neuen Mieter, natürlich mit Fiffi auf dem Arm, auf der gegenüberliegenden Straßenseite sah, flüsterte sie einer Kundin zu: „Da drüben kommt der Herr Tulg. Also, ich mag ja Tiere auch, aber bei aller Liebe, finden Sie das etwa richtig, den Hund immer auf dem Arm zu tragen?"

Die Kundin, die ebenfalls im Haus wohnte, zog verächtlich ihre Mundwinkel herunter und zuckte mit den Schultern. „Und, haben die beiden auch schon mal was bei Ihnen gekauft?", fragte sie mit einem bezeichnenden Blick auf Herrn Tulg, der jetzt die Straße überquerte und auf den Laden zusteuerte.

„Der?", kicherte Frau Heilmann und deutete mit einer leichten Kopfbewegung zu ihm hin, „der kauft doch höchstens Hundefutter."

Über ihre spöttische Aussage schienen sich beiden Frauen köstlich zu amüsieren, trotzdem waren sie sich einig, dass Herr Tulg, der in diesem Moment am Schaufenster vorüberging, ein überaus attraktiver junger Mann war.

Inzwischen war es Sommer geworden und Wasserschlachten wie die in Feuerwache 1, wo die übermütigen Feuerwehrmänner die Saison, vorsichtig ausgedrückt, reichlich früh „eingeläutet" hatten, standen sicherlich nicht auf der Tagesordnung, fanden angesichts des warmen Wetters jetzt aber trotzdem statt – und zwar in allen Wachen! Das betraf sogar die Feuerwache 4 an der Behrenstraße. Die drohende Schließung ihrer Wache schwebte zwar noch immer wie ein Damoklesschwert über ihren Köpfen, aber an diesem Morgen schien die Wachbesatzung das Thema völlig vergessen zu haben. Die Frühstückspause war gerade vorüber, draußen schien die Sonne vom Himmel und heute war Autowaschtag.

In der Mannschaft herrschte eine ausgelassene Stimmung. Kaum hatten die Maschinisten die Drehleiter und die Löschfahrzeuge zum Waschen aus der Halle auf den Hof gefahren, da ging es auch schon zur Sache. Da schlichen sich erwachsene Männer mit gefüllten Wassereimern an ahnungslose Kollegen heran, da flogen vollgesogene Schwämme durch die Luft, da wurde gerannt und gespritzt, geflucht und gelacht und ... es wurden tatsächlich auch noch die Fahrzeuge gewaschen. Unter den Feuerwehrmännern mischte auch eine Feuerwehrfrau in dieser gnadenlosen Wasserschlacht mit, die es an Verwegenheit und Einfallsreichtum locker mit ihren testosterongesteuerten Kollegen aufnehmen konnte.

„Tz tz tz." Der Wachvorsteher, der das übermütige Treiben von seiner oberen Büroetage aus beobachtete, schüttelte den Kopf. *Und ich hab bis vor Kurzem noch geglaubt, eine Frau würde etwas mehr gesittetes Verhalten in so einen wilden Männerhaufen bringen.*

Prinzipiell stimmte das ja auch. Aber der Wachvorsteher wusste auch, dass Feuerwehrfrauen, genau wie Feuerwehrmänner, oft bis an die Grenzen ihrer Leistungsfähigkeit gehen müssen. Da bildeten solche harmlosen Ablenkungen wie diese Wasserschlachten, die vermutlich einige der so genannten „seriösen" Menschen abfällig belächelt hätten, ein wichtiges Ventil in ihrem anstrengenden Job.

Es gibt immer wieder Tage, an denen gehen auf der Leitstelle in der Hüttenstraße Fehlalarme ein – Anrufe bei denen Menschen behaupten, dass es bei ihnen brennt. Mal ist es die Küche, dann wieder der Keller oder gar das ganze Haus. Einige dieser Anrufer sind einfach nur dumme Kinder oder verrückte Spinner, die ziemlich leicht zu durchschauen sind. Es gibt aber auch andere, die entwickeln ein regelrechtes schauspielerisches Talent. Wenn sie präzise Angaben über verdächtigen Brandrauch machen, der angeblich aus irgendwelchen Gebäuden dringt, oder über Flammen, die schon aus Fenstern schlagen, wenn sie mit Panik in der Stimme von Unfällen berichten, bei denen manchmal sogar Personen in Fahrzeugen eingeklemmt sein sollen, dann klingen sie oft verdammt überzeugend. Solche Anrufer wissen wahrscheinlich nur zu genau, was sie tun. Ob sie aber auch wissen, wie riskant ihr Spiel mit dem Feuer ist, das ist zu bezweifeln.

Es war exakt 4.38 Uhr, als in der Leitstelle auf der Hüttenstraße der erste Notruf einging. Der Disponent spürte sofort, dass es sich hier um einen echten Notfallanruf handelte. Das war keiner von denen, die sich nur einen dummen Scherz erlauben und auch keiner, der die Feuerwehr des Nachts absichtlich auf die Straße scheuchte, um sich an den Blaulichtern aufzugeilen. Nein, der hier war echt!

„In meiner Wohnung brennt es", hatte der männliche Anrufer mit Panik in der Stimme gesagt und mitgeteilt, dass er auf der fünften Etage wohne. Der Disponent hatte ihn als Erstes nach seinem Namen und seiner Adresse gefragt und dann, ob er das Haus noch verlassen und andere Mitbewohner warnen könne.

„Nein!", hatte er daraufhin voller Angst geradezu in sein Telefon geschrien. „Das Treppenhaus steht doch auch schon in Flammen!"

Sekunden später ertönte an den Feuerwachen 1 und 4 der Vierfachgong – Feueralarm! In allen Räumen, auf sämtlichen Fluren und Gängen, vom Keller bis zum Dach war die Alarmierung aus zahllosen Lautsprechern zu hören. Während in den Ruheräumen der Feuerwehrleute die Bettdecken zur Seite flogen, schaltete sich in beiden Wachgebäuden das automatische Alarmlicht ein. Die Feuerwachen, die, von der üblichen Nachtbeleuchtung abgesehen, zuvor in relativer Dunkelheit lagen, waren plötzlich schlagartig erhellt.

Ab jetzt lief die Uhr rückwärts. Sie hatten nur neunzig Sekunden, danach mussten sie den Feuerwehrhof verlassen haben und mit ihren Löschzügen auf der Straße sein! Mehr Zeit gab es nicht – das war Gesetz! Und spätestens acht Minuten nach der Alarmierung mussten sie die Einsatzstelle erreicht haben – auch das war Gesetz!

Sie schafften es in einer kürzeren Zeit. Zum einen, weil es um diese nachtschlafende Zeit fast keinen Verkehr mehr gab, zum anderen, weil sie Profis waren und genau wussten, dass es oft auf jede Sekunde ankam und Schnelligkeit immer und immer wieder trainierten. Aber trotz aller gebotenen Eile und der eingeschalteten Sondersignale rasten die Maschinisten nicht rücksichtslos durch die Straßen. Sie donnerten auch nicht einfach so über die menschenleeren Kreuzungen hinweg, oder missachteten rote Ampeln, sondern vergewisserten sich genau, ob sie freie Fahrt hatten, denn schließlich hatten sie einen Einsatzauftrag zu erfüllen. Ein Unfall wegen leichtfertiger Raserei oder aus Unachtsamkeit verschuldet, hätte ihren gesamten Einsatzauftrag ins Gegenteil verdreht und alle anderen Verkehrsteilnehmer, aber auch sich selbst und ihre Kollegen, nur unnötig in Gefahr gebracht. Also fuhren die Maschinisten zügig und vorausschauend, um ihr Ziel sicher zu erreichen.

Löschzug 1 hatte den kürzeren Anfahrtweg und erreichte die Einsatzstelle daher als Erster. Schon von Weitem bot sich den Rettern ein dramatisches Bild. Aus einigen Fenstern der vierten Etage des fünfstöckigen Wohngebäudes schlugen hellrote Flammen. In den Fenstern der darüberliegenden Etage und des ausgebauten Dachgeschosses sahen sie Menschen um Hilfe winken, die von aufsteigendem Brandrauch eingehüllt wurden. Dieter Seiter, der Zugführer und C-Dienst von Feuerwache 1, gab sofort eine erste Rückmeldung an die Leitstelle.

„Florian Düsseldorf für 7-11-1, kommen."

„Hört, kommen."

„Zug 1 an Einsatzstelle. Brand im vierten OG eines fünfgeschossigen Eckhauses. Menschenleben in Gefahr. Drehleiter wird in Stellung gebracht. Drei Trupps unter PA. Brauchen dringend Unterstützung. Geben Sie Alarmstufenerhöhung, kommen."

„Verstanden 1-11-1. Wir erhöhen auf Alarmstufe 3 und schicken Ihnen Feuerwache 7."

Alarmstufe 3 bedeutete, dass zu den beiden bereits alarmierten Feuerwachen und Rettungsfahrzeugen noch eine weitere Wache sowie der B-Dienst der Feuerwache 1 alarmiert wurden.

Feuerwache 7 passt, dachte Dieter Seiter. Über die innerstädtische Schnellstraße müssten die Kollegen in wenigen Minuten bei ihm sein. Das war auch dringend nötig, denn für viele Menschen ging es jetzt buchstäblich nur noch ums nackte Überleben. Hinter ihnen wüteten bereits die Flammen. Die Drehleiter von Wache 1 wurde in Stellung gebracht und fuhr gerade ihre seitlichen Stützen aus, da brauste der

Löschzug der Feuerwache 4 heran. Genau in diesem Moment schlugen Flammen aus dem Dach. Plötzlich prasselten Dachpfannen auf den Gehweg und die Straße.

Der Gruppenführer der Wache beobachtete einige nur spärlich bekleidete Menschen, die auf die Fensterbrüstungen kletterten. In ihrer Verzweiflung wollten sie lieber den Sprung in den Tod riskieren, als bei lebendigem Leibe zu verbrennen. „Wassertrupp! Sprungpolster vornehmen!", brüllte er und lief selber zum Fahrzeug und riss das entsprechende Fach auf. Während die Männer seinem Befehl mit „fliegenden" Händen nachkamen, hatte der erste Angriffstrupp die Haustüre gewaltsam aufgebrochen und drang mit angeschlossenen Atemschutzgeräten und Wasser am Rohr in das völlig verqualmte Treppenhaus ein. Dieter Seiter hatte natürlich auch gesehen, dass einige der völlig verzweifelten Menschen springen wollten. Eindringlich rief er ihnen über ein Megafon zu: „Bleiben Sie oben! Wir sind schon zu Ihnen unterwegs! Wir werden Sie retten!"

Der Zugführer der eingetroffenen Feuerwache 4 erkannte sofort die Brisanz der Lage. Er benötigte keine langen Erklärungen für seine erfahrenen Gruppenführer. Einige wenige Handzeichen reichten und schon erteilten sie ihre klaren Befehle an die Mannschaft. Jeder wusste, was er zu tun hatte. Am vordringlichsten war die Menschenrettung. Dabei kam der Drehleiter mit dem an ihrer Spitze montierten Rettungskorb die wichtigste Aufgabe zu. Sie musste so schnell wie möglich in Stellung gebracht werden. Allerdings gab es dabei ein großes Problem. Auf der Straße, von der aus sie anleitern mussten, befand sich eine unter Spannung stehende Oberleitung der Straßenbahn.

Das Risiko, dass der Leiterpark beim Ausfahren den 700 Volt führenden Fahrdraht berühren würde, schien nahezu unvermeidbar. Das bedeutete, dass sie zuerst die Fahrdrähte der Straßenbahn in dem gefährdeten Einsatzbereich der Leiter auf beiden Seiten erden mussten. Aber das würde wertvolle Zeit in Anspruch nehmen – Zeit, die sie nicht mehr besaßen. Der Leitermaschinist, der bereitstand, seinen Leiterpark auszufahren zögerte daher und rief seinen Gruppenführer. Mit einer Miene, die seinen ganzen Frust ausdrückte, deutete er auf die Strom führenden Drähte. „Daran komme ich unmöglich vorbei."

„Verdammt!" Der Gruppenführer konnte die tödliche Gefahr natürlich auch nicht ignorieren und suchte den Blickkontakt mit seinem Zugführer. Der hatte schon gemerkt, dass an der Leiter irgendetwas nicht stimmte.

„Wir stoßen an den Fahrdraht!", rief ihm der Gruppenführer zu. „Und jetzt?"

„Könnt ihr die Leiter nicht noch einmal versetzen?"

„Keine Chance! Der Fahrdraht ist immer im Weg und fürs Erden besteht keine Zeit mehr."

Die Situation spitzte sich von Sekunde zu Sekunde zu. Der Zugführer überlegte nur ganz kurz, dann gab er den Befehl: „Leiterpark ausfahren!"

Patrik Prewein knipste seine Nachttischlampe an und blinzelte verschlafen auf die Zeiger seines Weckers. „Oh, Mann! Das durfte doch wohl nicht wahr sein." Es war mitten in der Nacht und der bekloppte Köter in der Wohnung unter ihm kläffte sich die Seele aus dem Leib. Aufstöhnend ließ sich Patrik in sein Kissen zurückfallen. Der Hund bellte weiter. Patrik starrte gegen die Decke. „Mann, gibt die blöde Töle denn nie Ruhe!?"

Aber die blöde Töle war gar nicht blöd – im Gegenteil. Möglicherweise verdankte er dem Hund sogar sein Leben; denn wenn der nicht unentwegt gebellt hätte, wer weiß, vielleicht wäre er dann gar nicht aufgewacht.

Aber jetzt war er wach. Hellwach sogar und stinksauer. Nachdem der Hund immer weiter bellte, wurde es ihm zu bunt. „So, jetzt reicht's!" Patrik schwang sich auf die Bettkante. Man muss sich ja schließlich nicht alles bieten lassen, sagte er zu sich selbst und zog sich eine Jogginghose und einen Pullover über den Pyjama. Fest entschlossen, dem nächtlichen Lärm ein Ende zu machen, zog er seine alten Turnschuhe an, die unter dem Bett standen, und verließ sein Schlafzimmer. Im Flur hielt er schon die Klinke der Wohnungstür in der Hand, da zögerte er. *Soll ich wirklich?*

Während Patrik sich noch fragte, ob er wirklich mitten in in der Nacht bei seinem Nachbarn klingeln wollte, begann der Hund laut zu heulen. *Okay, das reicht, ich gehe!* Energisch öffnete er seine Wohnungstür und prallte erschrocken zurück. Unter der Decke des Treppenhauses waberte ihm beißender dunkler Brandrauch entgegen. Die Treppe, die nach unten führte, war bereits ein Raub der Flammen geworden. Wie hypnotisiert starrte er auf die hellroten, lodernden Flammenzungen und begann zu husten. Die wenigen Sekunden an der offenen Wohnungstür hatten gereicht, um eine Menge des gefährlichen Brandrauchs einzuatmen.

Voller Panik hastete er zurück in seine Wohnung, dabei vergaß er die Wohnungstüre hinter sich zu schließen – ein verhängnisvoller Fehler, denn das Feuer fraß sich mit rasender Geschwindigkeit die hölzernen Stufen zu ihm hinauf. Er musste unbedingt die Feuerwehr anrufen. *Das Handy! Verdammt, wo habe ich nur das Handy hingelegt?* Hustend und fluchend hastete er vom Wohnzimmer in die Küche. *Scheiße, scheiße, wo war das blöde Ding denn nur?* Endlich hatte er das Handy gefunden. Es lag auf dem Schneidebrett neben dem Kühlschrank. Patrik stöhnte erleichtert auf. Als er die 112 eintippte, schlugen die Flammen bereits in seinen Flur. Sekunden später erreichten sie auch sein Wohnzimmer. Patrik hörte hinter sich nur noch das laute Prasseln und Knistern des Feuers und flüchtete auf den rückwärtigen Balkon vor seiner Küche. Hier war Endstation. Ab hier ging es nur noch abwärts und Patrik betete flehentlich, dass die Feuerwehr ihn dort finden würde, bevor das Feuer die Küche erreichte.

Sein Gebet wurde nicht erhört. Mit einem lauten Knall zerbarst die in die Küchentür eingesetzte Glasscheibe. Die heißen Brandgase strömten aus dem Wohnzimmer in die Küche. Mit vor Angst weit aufgerissenen Augen sah Patrik, wie die Kunststofffronten seiner Küchenschränke Blasen warfen, die sich immer weiter aufblähten. Wenn sie platzten, schossen Flammen aus ihnen heraus und dann stand die ganze Küche plötzlich im Vollbrand. Patrik schrie laut um Hilfe, aber niemand hörte ihn. Patrik schaute über das Geländer und erschauderte. Wenn er auf dem Balkon nicht elend verbrennen wollte, gab es nur eine Möglichkeit den Flammen zu entkommen – der Sprung in die Tiefe. Gab es wirklich keine andere Möglichkeit? Fünf Etagen unter ihm führte die steile Steintreppe in den Fahrradkeller. Wenn er hier wirklich hinuntersprang, bedeutete das den sicheren Tod. Aber hier oben würde er auch nicht überleben. Es war nur noch eine Frage der Zeit, bis das Feuer seine Balkontür zerstören würde und dann ...

Plötzlich kam ihm ein Gedanke. In einer Ecke seines Balkons lehnte eine Haushaltsklappleiter an der Wand. Wenn er sie auf die Brüstung des Nachbarbalkons legen und auf ihr hinüberkriechen würde, dann wäre er in Sicherheit. Aber würde die Leiter auch bis dorthin reichen? Sie reichte. Patrik atmete erleichtert auf. Dennoch war sein Vorhaben höchst riskant, zumal er fürchterliche Höhenangst hatte. Egal, er musste es wagen. Mit zitternden Knien und einem flauen Gefühl im Magen stieg er auf die Leiter. *Nur nicht nach unten sehen, nur nicht nach unten sehen.* Trotzdem kostete es ihn viel Überwindung, auf allen vieren zu dem Nachbarbalkon hinüberzuklettern.

Gerade als er die die letzte Sprosse erreichte, gab es in seinem Rücken einen lauten Knall. Die Glasscheibe seiner Balkontür hatte der Hitze des Feuers nicht mehr länger standhalten können. Patrik zuckte zusammen und drehte sich erschrocken um. Fast wäre er dabei in die Tiefe gestürzt. Über die Stelle, an der er vor wenigen Sekunden noch gestanden hatte, schossen lange Flammen hinweg und warfen ihr wild flackerndes Licht in den dunklen Hinterhof. Patrik hatte den Nachbarbalkon gerade noch rechtzeitig erreicht und glaubte sich in Sicherheit. Aber in dieser Wohnung wütete ebenfalls das Feuer. Zu seinem Glück gab es hier aber eine fest installierte Leiter, die zu einer darüberliegenden Loggia führte. Die Feuerwehr hatte diese Leiter als zweiten Fluchtweg gefordert, als vor einigen Jahren das Dach ausgebaut worden war. Patrik konnte sich noch gut daran erinnern, wie der Hausbesitzer gegen diese Auflage des vorbeugenden Brandschutzes gewettert hatte. Genutzt hatte es ihm aber nichts. Ohne diese Leiter kein Dachausbau, hieß es damals. Letztlich hatte der Hauswirt zähneknirschend zugestimmt.

Aus der tödlichen Falle war diese Leiter Patriks einziger Fluchtweg. Über sie konnte er sich auf die Loggia retten, und von da weiter auf das Dach des Nachbarhauses klettern.

Bei zwei Monteuren der Rheinbahn schrillte das Telefon. Die Männer waren für den Notdienst eingeteilt und sofort einsatzbereit. Nur wenige Minuten nachdem man sie angerufen hatte, befanden sie sich auf dem Weg zu ihrer nächtlichen Einsatzstelle. Die beiden waren „alte Hasen" und das Fahrzeug, das sie fuhren, war ein auf ihre speziellen Belange ausgestatteter Lkw. Ein Sonderfahrzeug, ausgestattet mit einem Scherengestell und fest montierter Hebebühne sowie einem zusätzlichen Fahrgestell, mit dem man die Gleise befahren konnte. Den Düsseldorfer Feuerwehrleuten waren die Rheinbahner und ihr Fahrzeug bestens bekannt. Zum einen, weil alle Wachen einmal im Jahr von ihnen im Rheinbahndepot eine Unterweisung erhielten, zum anderen, weil man sich an Unfall- und Einsatzstellen traf, bei denen man ihre fachliche Hilfe benötigte – so wie in dieser Nacht. Ihr Fahrzeug war mit Blaulichtern und Martinshorn ausgestattet. Eine Sondergenehmigung des Innenministers, die die Feuerwehrleute nur gutheißen konnten, denn je früher dieser Rheinbahn-Lkw bei ihnen eintraf, desto schneller konnten Gefahren abgewendet und Menschen gerettet werden.

In dieser Nacht konnten sie jedoch nicht warten. Ja, sie hatten nicht einmal mehr die Zeit, die für solche Situationen notwendige Erdung der Oberleitung vorzunehmen. Diesmal ging es buchstäblich um Sekunden – Sekunden, die über das Leben oder den Tod von vielen Menschen entschieden.

Eine Frau war bereits vor den Flammen in die Tiefe gesprungen. Gott sei Dank war es den Feuerwehrleuten noch rechtzeitig gelungen ihr Sprungpolster unter dem Fenster zu platzieren, sonst wäre die Frau auf den mit Betonplatten belegten Gehweg gestürzt. Trotzdem hatte sie sich bei dem Sprung aus der vierten Etage verletzt. Zwei Rettungsassistenten kamen ihr sofort zur Hilfe und trugen sie in ihren RTW. Inzwischen standen das gesamte Treppenhaus, die vierte und die fünfte Etage sowie der komplette Dachstuhl in Flammen und es war nur eine Frage der Zeit, bis weitere Menschen springen würden, denn niemand wollte bei lebendigem Leib in dieser Feuerhölle verbrennen.

Vor dieser Situation stehend, hatte der Zugführer befohlen, den Leiterpark mit dem Rettungskorb auszufahren, obwohl klar war, dass die Leiter dabei den unter Spannung stehenden Fahrdraht unweigerlich berühren würde. Für die im Rettungskorb hochfahrenden Feuerwehrmänner bestand dabei keine direkte Gefahr, da der Stromschlag über die Leiter ins Erdreich abgeführt werden würde. Allerdings durften die Feuerwehrmänner den Rettungskorb erst dann verlassen, nachdem die Leiter wieder aus der Strom führenden Leitung herausgefahren worden war. Die Sache war also höchst gefährlich und wie die hochsensible Elektronik der Drehleiter auf die 700 Volt Gleichstrom reagieren würde, wusste keiner vorherzusagen.

Für den Maschinisten, der unten auf dem Leiterpodest auf seinem Maschinistenplatz saß, bestand ebenfalls keine Gefahr, dennoch hatte er, als er die Joysticks bediente und die Leiter hydraulisch aufrichtete, ein äußerst ungutes Gefühl. Die Seilwinde drehte sich und die Drahtseile zogen den Leiterpark auseinander. Dann kam der kritische Moment, in dem er den Leiterpark weiter aufrichten musste. Die Feuerwehrleute blickten gebannt nach oben, sahen, wie sich der Abstand zum Fahrdraht immer weiter verringerte. Jetzt waren es nur noch wenige Zentimeter. Plötzlich gab es einen lauten Knall und ein Funkenregen wie von einer Silvesterrakete sprühte über ihren Köpfen – ein Lichtbogen! Die Leiter war von einem Lichtbogen getroffen worden. Wenige Meter vor Erreichen des ersten Fensters geriet der Leiterpark erneut in Kontakt mit dem Fahrdraht. Wieder gab es einen lauten Knall mit Lichtbogen und Funkenregen. Dann stoppte die Fahrt. Bangen, *hoffentlich funktionierte die Steuerung noch*, sonst wären sie gezwungen, die Leiter zeitaufwendig im Notbetrieb per Hand aus der Oberleitung herauszufahren! Dann erleichtertes Aufatmen. Die Leiter ließ sich noch steuern.

Patrik hatte sich auf das Dach des angrenzenden Nachbarhauses geflüchtet. Der Giebel des Eckhauses, in dem er wohnte, war völlig zerstört. Wie aus einer überdimensionalen Fackel schlugen die Flammen hoch auflodernd aus ihm hervor. Plötzlich stürzte eine der Giebelwände laut krachend in sich zusammen. Gott sei Dank stürzten die meisten Trümmer nach innen und nicht auf die Straße, wo die Rettungsaktion der vom Feuer bedrohten Menschen im vollen Gange war. Tief unter sich sah Patrik die blitzenden Blaulichter auf der Straße, sah die ausgefahrenen Drehleitern der Feuerwehr, aber alle gingen nur zu den Fenstern der vierten und fünften Etage. Keine ragte bis zu ihm hinauf. Er hatte Todesangst und fürchtete, dass man ihn hier oben nicht bemerken würde. Er getraute sich aber auch nicht sich aufzurichten, und seine verzweifelten Hilferufe gingen im Lärm des prasselnden Feuers unter.

Als er alle Hoffnung schon fast aufgegeben hatte, entdeckte ihn ein Feuerwehrmann. Kurz darauf kletterten zwei andere zu ihm auf das Dach und geleiteten ihn sicher in den Rettungskorb einer Drehleiter, den sie bis in seine Nähe gebracht hatten. Vollkommen erschöpft aber überglücklich erreichte Patrik Prewein nur Sekunden später den sicheren Boden. Ein paar Meter von ihm entfernt sah er Herrn Tulg mit seinem Hund auf dem Arm. Die beiden waren ebenfalls über eine Drehleiter gerettet worden. Herr Tulg musste wohl einiges abbekommen haben, denn seine Hände und sein Gesicht waren rußgeschwärzt und er hustete ohne Unterlass. Einen Moment war Herr Prewein versucht, zu ihm zu gehen, um sich zu bedanken. Schließlich glaubte er, dass er sein Leben nur dem lauten Bellen seines Hundes zu verdanken hatte. Während er noch darüber nachdachte, was wohl mit ihm geschehen wäre, wenn der Hund nicht so laut gebellt hätte, wurde er von einer Rettungsassistentin angesprochen. „Kommen Sie bitte, dort drüben steht unser Behandlungszelt. Ich würde Sie gerne einmal kurz untersuchen."

„Und was ist mit ihm?", fragte Herr Prewein und zeigte demonstrativ auf seinen Mitbewohner. „Der Mann hustet sich doch die Seele aus dem Leib."

„Keine Sorge, um den kümmert sich auch gleich jemand."

Nachdem die Feuerwehr insgesamt siebzehn akut lebensbedrohte Hausbewohner, darunter auch ein erst wenige Monate altes Mädchen, über ihre Drehleitern gerettet hatten, war der Einsatz für sie aber noch lange nicht zu Ende. Das Feuer, das sich vom Treppenhaus bis in die oberen Etagen und in den Dachstuhl ausgebreitet hatte, drohte jetzt auch noch auf die beiden Nachbarhäuser überzugreifen. Das galt es, mit aller Kraft zu verhindern. Beim Eintreffen des ersten Löschzuges lag der Hauptgefahrenschwerpunkt eindeutig auf der Menschenrettung, daher waren die meisten Einsatzkräfte zunächst gebunden und standen der Brandbekämpfung noch nicht zur Verfügung. Der erste Trupp, der unter Atemschutz in das Treppenhaus eingedrungen war, führte zwar auch einen mit Wasser gefüllten C-Schlauch mit, aber seine vordringlichste Aufgabe bestand darin, das verqualmte Treppenhaus nach Bewohnern abzusuchen. Die beiden Feuerwehrmänner wussten genau, wenn sie hier tatsächlich auf jemanden treffen würden, der noch nicht im Brandrauch erstickt war, dann ging es um jede Sekunde. Aber in dem alten Holztreppenhaus hatte das Feuer reichlich Nahrung gefunden. Immer wieder wurde ihr Vorgehen gestoppt, weil sie zunächst die Flammen löschen mussten. Erschwerend kam hinzu, dass der dichte Brandrauch ihre Sicht erheblich einschränkte.

Als der schwarze Qualm vor ihnen so dicht wurde, dass sie die Stufen nicht mehr erkennen konnten, fluchte der Angriffstruppmann laut unter seiner Atemschutzmaske: „Verdammt!", sie hatten gerade mal das Zwischenpodest zur zweiten Etage erreicht und mussten schon auf alle viere herunter, um mit den Händen die Stufen zu ertasten. Wenn sie wenigstens ihre Lüfter vor der Haustüre einsetzen könnten, um hier bessere Sicht zu bekommen! Aber das ging leider noch nicht. Der starke Luftstrom ihrer benzinbetriebenen Lüfter würde das Feuer nur noch weiter anfachen. Und solange sich noch Menschen im Haus befanden, würden sie diese dadurch nur in größere Gefahr bringen.

Plötzlich erhellten vor ihnen erneut Flammen das Dunkel. Es war fast so schlimm wie bei einem Kellerbrand. Man sah das Flackern des Feuers erst, wenn man sich unmittelbar davor befand. Sofort riss der Angriffstruppmann den Hebel seines Hohlstrahlrohres nach hinten und schwenkte den breit gefächerten Sprühstrahl einmal von rechts nach links. Die Flammen fielen in sich zusammen. Sein Angriffstruppführer klopfte ihm von hinten auf die Schulter. „Okay, weiter!" Mühsam kämpften sie sich Stufe um Stufe höher. Immer wenn sie eine Etage erreicht hatten, gab der Angriffstruppführer eine Funkmeldung an seinen Gruppenführer.

„Gruppenführer 1 für Angriffstrupp 1, kommen."

„Hört, kommen."

„Erste Etage erreicht. Bisher keine Personen im Treppenhaus. Wir gehen weiter."

„Verstanden Angriffstrupp 1."

Bei der zweiten und der dritten Etage erhielt der Gruppenführer die gleiche Rückmeldung, doch dann veränderte sich die Lage schlagartig. Nur wenige Sekunden, nachdem ihm sein Angriffstrupp: „Dritte Etage erreicht", und „Keine Person, wir gehen weiter", durchgegeben hatte, meldete er sich erneut. „Eine erwachsene Person gefunden. Weiblich. Vitalfunktionen schwach. Wir bringen sie nach draußen. Ein Notarzt soll sich bereithalten. Kommen."

„Verstanden Angriffstrupp 1. Ich schicke euch einen Trupp zur Verstärkung."

Während der Angriffstruppführer funkte, kümmerte sich der Angriffstruppmann um die Frau. Sie war bewusstlos und atmete noch. Allzu lange konnte sie hier also noch nicht liegen, sagte er sich, denn sonst wäre sie in dem dichten Brandrauch mit Sicherheit erstickt. Möglicherweise hatte sie gehofft, noch über die Treppe nach unten zu gelangen? So etwas versuchen Menschen immer wieder.

Viele glauben, die Luft lange genug anhalten zu können, bis sie die Haustüre erreichen. Meistens überschätzen sie sich aber und unterschätzen die tödliche Gefahr des Brandrauchs. Wenn sie dann auch noch die Orientierung verlieren, geraten sie in Panik und wollen wieder zurück in ihre Wohnungen flüchten. Aber dann ist es bereits zu spät und sie atmen den giftigen Brandrauch ein. Vielleicht war es bei dieser Frau auch so gewesen, oder sie war aus einer der unteren Wohnungen nach oben geflüchtet und dann hier zusammengebrochen. Auf jeden Fall benötigte sie dringend frischen Sauerstoff, sonst würde sie ihnen hier unweigerlich wegsterben.

Um das zu verhindern, schraubte der Angriffstruppmann kurzerhand seinen Lungenautomaten aus seiner Atemschutzmaske und drückte der Frau das Schraubgewinde zwischen die Lippen. Drei-, viermal ließ er die Luft aus seinen Atemluftflaschen in die Lungen der Frau strömen. Sein Vorgehen war nicht ungefährlich, denn er selbst durfte jetzt natürlich auch nicht atmen.

Er musste also die Luft solange anhalten, bis er den Lungenautomaten wieder in seine Atemschutzmaske eingedreht hatte. Aber sein risikoreicher Einsatz hatte sich gelohnt – der Körper der bewusstlosen Frau hatte reagiert und ihre Lungen hatten die angebotene Luft begierig eingesogen. Aber jetzt galt es, keine Zeit mehr zu verlieren. Sie mussten die Frau so schnell wie möglich nach draußen bringen.

Der Angriffstruppführer, der die Aktion seines Kollegen mit angesehen hatte, riss sofort seine Dose mit der Fluchthaube auf und zog sie der Frau über den Kopf. Die Fluchthaube mit dem integrierten Filter schützte natürlich nur Menschen, die noch selbstständig atmeten.

„Hoffentlich hält sie durch", sagte der Angriffstruppmann, der befürchtete, dass die Frau schon zu viel des hochgiftigen Brandrauchs eingeatmet hatte und unterwegs einen Atemstillstand bekommen könnte. Er mahnte zur Eile. „Los, fass du oben an, ich nehme ihre Beine."

„Nein warte. Wir sind schneller, wenn ich sie allein trage. Die ist nicht groß und wiegt höchstens sechzig Kilo. Das packe ich."

„Na gut", stimmte der Angriffstruppführer zu. Sein Kollege war der Kräftigere und für eine lange Diskussion war hier weder der Ort noch die Zeit.

Als sich der Angriffstrupp mit der Frau auf den Weg nach unten machte, betrat der zweite Trupp das Treppenhaus. Es waren die Höhenretter Jörg und Andreas. Sie hatten die Rückmeldung vom Angriffstrupp 1 über Funk mitgehört und wussten daher bereits, welche Aufgabe sie erwartete. Ihr Gruppenführer erteilte ihnen lediglich noch einige Instruktionen. Ausschließlich zur Menschenrettung eingesetzt, mussten sie keinen sperrigen Feuerwehrschlauch hinter sich herziehen und kamen daher wesentlich schneller voran als ihre Kollegen. Die Sichtverhältnisse waren zwar immer noch katastrophal, trotzdem eilten die beiden so schnell es die Verhältnisse zuließen die Stufen hinauf. Auf dem Zwischenpodest unterhalb der dritten Etage trafen sie auf ihre Kollegen.

Draußen auf der Straße waren längst der B-Dienst und die Feuerwache 7 sowie der zusätzlich alarmierte Ab-Rett. mit einem Löschgruppenfahrzeug von Feuerwache 6 eingetroffen. Sofort wurde für die geretteten Hausbewohner eines der Behandlungszelte aufgebaut. Die meisten zeigten nur leichte Symptome einer Rauchgasvergiftung, die von den Notärzten vor Ort behandelt werden konnten. Lediglich die Frau, die in das Sprungpolster gesprungen war, wurde von einem Rettungswagen in eine nahe gelegene Klinik gefahren. Sie konnte die Klinik aber noch am gleichen Nachmittag wieder verlassen.

Inzwischen hatte sich der B-Dienst ein umfassendes Bild von der Gesamtlage gemacht und stimmte mit den Führungskräften der Wachen die weiteren Maßnahmen zur Brandbekämpfung ab, als sie die Meldung des Angriffstrupps 1 über Funk erreichte: „Eine erwachsene Person gefunden. Weiblich. Vitalfunktionen schwach. Wir bringen sie nach draußen. Der Notarzt soll sich bereithalten."

Die Befragung der bislang geretteten Hausbewohner hatte ergeben, dass noch mindestens drei Personen vermisst wurden. Wobei niemand genau sagen konnte, ob sich die Besagten zum Zeitpunkt des Brandes wirklich im Haus oder irgendwo anders befunden hatten. Nun, eine der vermissten Personen war also gerade gefunden worden. Um die anderen mussten sie noch bangen. Sollten sie sich tatsächlich noch in dem brennenden Haus befinden, so schwanden ihre Chancen zu überleben mit jeder weiteren Minute, zumal den Feuerwehrleuten schon lange der Verdacht gekommen war, dass es sich bei diesem Feuer um Brandstiftung handeln könnte. Wenn das zuträfe, wenn das Feuer also wirklich absichtlich gelegt worden war, wofür einiges sprach, dann erklärte das auch, wieso das gesamte Treppenhaus und die beiden oberen Etagen plus der Dachgeschosswohnung so außergewöhnlich schnell im Vollbrand stehen konnten.

Vermutlich waren hier Brandbeschleuniger eingesetzt worden, was bedeutete, dass es für alle, die sich jetzt noch in dem Haus befanden, sehr eng wurde. Um sie zu finden, musste die Brandbekämpfung jetzt mit allen zur Verfügung stehenden Mitteln vorangetrieben werden.

Das Feuer hatte den Dachstuhl inzwischen vollständig zerstört. Hier oben noch jemanden lebend zu finden, war absolut hoffnungslos. Eine, wenn auch nur verschwindend geringe, Chance bestand höchstens noch in den darunter befindlichen Vollgeschossen. Aber auch hier wütete ein gewaltiges Flammenmeer mit Brandtemperaturen, die den Putz von den Decken und Wänden abplatzen ließ. Unter Atemschutz drangen mehrere Trupps über die Drehleitern mit C-Rohren in die brennenden Wohnungen vor. Aus dem Dach schlugen die Flammen noch immer meterhoch in den nachtschwarzen Himmel.

Unten auf der Straße hatten sich trotz der vorgerückten Stunde viele Schaulustige eingefunden. Teilweise nur mit Bademantel bekleidet, standen sie hinter den Absperrungen der Polizei und starrten gebannt in die Höhe. Irgendwie hatte sich unter ihnen das Gerücht breitgemacht, dass sich noch Menschen in dem Haus befinden sollten. Hoffentlich kamen die Feuerwehrleute nicht zu spät!

In den frühen Morgenstunden hatte die Feuerwehr das Feuer gelöscht. Menschen hatten sie in dem Haus Gott sei Dank nicht mehr gefunden. Da auch das Nachbarhaus durch den Brand stark in Mitleidenschaft gezogen war, hatten sie im Ab-Rett. insgesamt 29 betroffene Personen aus beiden Häusern betreut. Während die Menschen des Nachbarhauses nach dem Einsatz wieder in ihre Wohnungen zurückkehren durften, war das den Bewohnern des Brandhauses leider verwehrt.

Die Statik ihres Hauses war durch den Brand zu stark beschädigt worden. Das Treppenhaus war ausgebrannt, die beiden oberen Etagen und die Dachgeschosswohnungen vom Feuer völlig zerstört. Zwei der jetzt vollkommen frei stehenden Giebelwände waren, genau wie zwei durch den Brand freistehende Kamine, einsturzgefährdet und mussten abgetragen werden. Für diese nicht ungefährliche Arbeit wurde der Bauunfallzug der Feuerwehr Düsseldorf eingesetzt, und der erste technische Zug des

THW mit Bitte um Unterstützung angefordert. Bevor die Spezialkräfte der Feuerwehr und des THW mit diesen Sicherungsarbeiten beginnen konnten, musste aber zunächst der Brandschutt, der sich stellenweise fast einen Meter hoch türmte, mühsam von Hand beseitigt und über Schutt-rutschen nach unten befördert werden. Die Arbeiten waren sehr aufwen-dig und hielten den ganzen Tag an. Gegen Abend kamen die Helfer vom zweiten technischen Zug des THW, um ihre Kameraden abzulösen. Gegen Mitternacht konnten die Arbeiten schließlich als erfolgreich be-endet angesehen werden.

Nachtrag

Die durch die Stromschäden hervorgerufenen Reparaturkosten am Leiterpark und in der Elektronik der Drehleiter waren so gravierend, dass sie von der Feuerwehr Düsseldorf als unwirtschaftlich betrachtet wurden. Beim Kauf der neuen Dreh-leiter nahm der Hersteller das beschädigte Rettungsgerät in Zahlung.

Die während der Brandbekämpfung im Treppenhaus bewusstlos vorgefundene Frau wurde mit einer schweren Rauchgasintoxikation sowie leichteren Verbren-nungen ersten und zweiten Grades mit einem Notarztwagen in die Uniklinik ge-fahren. Sie hatte dank des beherzten Eingreifens des Angriffstrupps der Feuerwache 1 überlebt.

Der Mieter Patrik Prewein äußerte gegenüber einer großen Tageszeitung die Mei-nung, dass er nicht mehr in das Brandhaus zurückkehren werde, selbst wenn das Haus in einem halben Jahr wieder bewohnbar sein sollte.

Die Kriminalpolizei war bei ihren Untersuchungen zur Brandursache und bei der Befragung der Hausbewohner auf deutliche Hinweise gestoßen, die auf Brand-stiftung schließen ließen.

In den folgenden Tagen verstrickte sich Herr Tulg bei eingehenden Verhören in et-liche Ungereimtheiten. Schließlich gestand er, den Brand gelegt zu haben. Ob er voll schuldfähig wäre und für seine Tat ins Gefängnis müsste, oder ob er aufgrund einer krankhaften Neigung in eine psychiatrische Klinik eingewiesen werden würde, darüber würden in einem Prozess Gutachter und ein Richter entscheiden.

Frauenpower

Aufgeweckt vom durchdringenden Heulen der Feuersirene schoss Franziska in ihrem Bett hoch. Verschlafen rieb sich das neunjährige Mädchen die Augen und lauschte in die dunkle Nacht. Nachdem die Sirene ein zweites Mal aufheulte, hörte sie, wie die Tür des Elternschlafzimmers geöffnet wurde. Dann schimmerte ein dünner Lichtstrahl in ihr Zimmer und jemand eilte die hölzernen Treppenstufen hinunter. Franziska war sich sicher, dass das nur ihr Vater sein konnte, denn er war bei der Freiwilligen Feuerwehr. Die Sirene heulte zum dritten Mal. An den schwach leuchtenden Zeigern des Weckers auf ihrem Nachttisch konnte sie sehen, dass es weit nach Mitternacht war. Unten schlug die Haustür zu, kurz darauf startete ein Wagen. Franziska hatte ihre Bettdecke zur Seite geschlagen und huschte auf Zehenspitzen ans Fenster. Sie konnte gerade noch sehen, wie der dunkelblaue Kombi ihres Vaters den Hof verließ. Danach entschwand er ihren Augen.

Ach, wäre ich doch nur schon erwachsen, dachte das Mädchen, das sich nichts sehnlicher wünschte, als eine Feuerwehrfrau zu sein. Dann könnte ich mit meinem Vater zusammen im Löschfahrzeug mit Martinshorn und blitzenden Blaulichtern zum Einsatz fahren. Und ich besäße natürlich meinen eigenen Feuerwehrhelm und eine Uniform wie mein Vater und wir würden gemeinsam Brände bekämpfen und Menschen retten und ... aber das war ja leider nicht möglich, ich bin ja noch ein Kind.

Franzi, wie sie ihre Eltern liebevoll nannten, atmete entsagungsvoll auf.

Während seine Tochter sich wieder unter ihre warme Decke kuschelte, wo sie noch eine Zeit lang ihren kindlichen Wunschträumen nachhing, ehe sie erneut der Schlaf übermannte, steuerte Werner Dorfmeister seinen Wagen durch die menschenleeren Straßen. Als er das Feuerwehrgerätehaus erreichte, waren schon einige Kameraden eingetroffen. Beide Ausfahrttore standen weit offen und das eingeschaltete Deckenlicht der Fahrzeughalle leuchtete weit auf den gepflasterten Feuerwehrhof hinaus. Werner Dorfmeister parkte seinen Wagen gegenüber direkt vor einer Hainbuchenhecke, dann lief er auf die offenen Hallentore zu.

„Da kommt Werner!", rief Heinz. Heinz war einer ihrer Maschinisten. Er bewohnte das Haus hinter der Hainbuchenhecke und war daher fast immer der Erste, der bei Alarm hier aufschloss, das Licht einschaltete und die Ausfahrttore öffnete. Aufgrund seiner massigen Körperfülle war Heinz schon seit Jahren nicht mehr Atemschutz tauglich, aber als Maschinist war er für die Feuerwehr nahezu unverzichtbar, da es außer ihm nur noch drei weitere Kameraden gab, welche die großen Fahrzeuge fahren und bedienen durften.

„Heinz, du musst abnehmen!", rief ihm Werner Dorfmeister zu, als er sah, wie der seinen massigen Körper laut ächzend hinter das Steuer ihres Tanklöschfahrzeugs hievte.

„Weiß ich doch!", keuchte Heinz. Dorfmeister lief an ihm vorbei und Heinz beugte sich aus der geöffneten Tür und rief ihm hinterher: „Hab dafür nur leider keine Zeit! Muss immer essen!"

Werner Dorfmeister hatte den hinteren Bereich der Fahrzeughalle erreicht, wo ihre Kleiderspinde standen und schüttelte den Kopf. „Das ist typisch Heinz", sagte er zu dem Kameraden, der neben ihm stand und gerade seine dicke Feuerwehreinsatzhose hochzog. „Mmm", brummte der. „Wenn der so weiterfuttert, passt der irgendwann nicht mehr hinter das Lenkrad. Du solltest mal ernsthaft mit ihm reden, Werner."

„Ich? Wieso ich?"

„Na, wer denn sonst? Schließlich bist du doch hier im Dorf der Arzt."

„Der dir dringend geraten hat das Rauchen einzustellen. Nicht wahr, Rudi!?" Dorfmeister warf seinem Kameraden einen vorwurfsvollen Blick zu. Da dieser auf seinen Vorwurf nicht reagierte, kritisierte er: „Du bist nämlich um keinen Deut besser als unser Dicker, der ja auch nicht auf mich hören will."

„Doc, du nervst", stöhnte Rudi gereizt und setzte sich seinen Feuerwehrhelm auf.

„Okay, dann erklär *du* mir aber bitte auch nicht, wie ich dem Heinz sein geliebtes Essen verbieten soll."

„Habt ihr's bald!", meldete sich ihr Wehrleiter zu Wort. Er war bereits fertig umgezogen und mahnte zur Eile. „Die Wehr der Nachbargemeinde ist ebenfalls alarmiert. Wenn bei unserem Kameraden Wiesenberger der Reiterhof brennt, will ich da nicht als Zweiter erscheinen. Also, dalli, dalli, Männer!"

Ferdinand Wiesenbergers Reiterhof lag vor den Toren Düsseldorfs im Bergischen Land. Eingebettet zwischen sanften Hügeln und einem angrenzenden lichten Wäldchen, hatte der junge Wiesenberger den ehemaligen Bauernhof nach dem Tod seines Vaters geerbt. Da er selbst nie Interesse an der Landwirtschaft gezeigt hatte, hatte er den größten Teil der zum Hof gehörigen Äcker und Felder kurzerhand an benachbarte Bauern verpachtet und die vorher bäuerlich genutzten Gebäude zu einem Reiterhof umbauen lassen. Die Rechnung war aufgegangen, denn in den Städten im Umland gab es immer mehr Menschen, die sich ein eigenes

Pferd leisteten und bei ihm eine Box mieteten. Inzwischen standen hier schon an die dreißig Reitpferde unter, dazu kamen noch acht Ponys, ein paar kleine Ziegen und zwei Esel, die er vergangenes Jahr von einem befreundeten Bauern aus Österreich gekauft hatte. Wiesenberger war selbst aktives Mitglied in der Freiwilligen Feuerwehr und hatte daher sehr viel Wert auf den Brandschutz auf seinem Hof gelegt. So hatte er nicht nur seine Stallungen mit funkvernetzten Rauchmeldern ausgestattet, sondern auch eine eigens verlegte Ringleitung mit zwei Überflurhydranten installieren lassen. Eine nicht unerhebliche finanzielle Investition, wegen der ihn einige mitleidig belächelt hatten, die ihm in dieser folgenschweren Nacht jedoch noch zugutekommen sollte.

Eine Tradition seines Vaters hatte er allerdings beibehalten – Kindergeburtstagsfeiern. Erst gestern hatte eine sowohl bei Kindern wie bei Eltern überaus beliebte Geburtstagsfeier stattgefunden. Vierzehn Städter hatten ihre Sprösslinge schon um die Mittagszeit mit dem Wagen auf den Hof gebracht. Einige durften sogar die Nacht dort verbringen und würden erst am nächsten Morgen von ihren Eltern wieder abgeholt. Das Tolle daran war, dass die Kinder im Heu schlafen durften. Dazu hatte Wiesenberger extra einen Teil der alten Scheune herrichten lassen. Natürlich ließ man die Kinder dort nicht alleine, sondern sie blieben unter der Obhut von David. David war ein junger Mann aus dem Ort. Er studierte an der Düsseldorfer Heinrich-Heine-Universität und verdiente sich mit diesem Job nebenher etwas Geld zu seinem Studium. Der 22-Jährige konnte gut mit Kindern umgehen und war daher bei den Jungs und Mädels sehr beliebt.

Besonders die Jüngsten hingen an ihm wie die Kletten. Egal, ob Würstchen grillen am offenen Lagerfeuer, Ponyreiten oder Ziegen streicheln, ständig rief eines der Kinder: „David, guck mal, was ich schon kann!" Oder: „David, guck mal, was ich mich traue!" Hin und wieder, wenn die Kinder zu übermütig wurden, kam es auch schon mal zu kleineren Streitereien, dann musste er schlichtend eingreifen oder ein paar Tränen trocknen. Aber meist war der belanglose Streit schnell wieder vergessen, und so hielt das muntere Treiben bis in die frühen Abendstunden an. Wenn er dann sagte: „So, Feierabend, ab ins Heu mit euch", gab es nur selten Widerspruch. Ab ins Heu, das war doch etwas völlig anderes als zu Hause. Da hieß es „ab ins Bett", und da wurden alle Register gezogen, um ja noch länger aufbleiben zu können. Aber hier, ins Heu, das war Abenteuer pur. Da lag man mit seinen Freunden in einer riesigen Scheune, kuschelte sich gemütlich in wollene Decken, unter denen das Heu raschelte und wenn man oben in das Dachgebälk sah, konnte man mit etwas Glück sogar das Eulenpaar entdecken, das sich dort eingenistet hatte.

Und dann las ihnen David auch noch spannende Geschichten vor. Manche waren richtig gruselig, aber Angst hatte keines der Kinder – schließlich schlief David ja ebenfalls hier und blieb die ganze Nacht bei ihnen, bis sie am nächsten Morgen wieder erwachten. Dann wurden sie zum Bedauern der meisten, von ihren Eltern schon wieder abgeholt. In dieser Nacht sollte ihr Schlaf jedoch jäh unterbrochen werden.

David hielt die Augen geöffnet und lag ausgestreckt auf dem Rücken auf seinem Schlafsack. Seine Augen hatten sich längst an die Dunkelheit gewöhnt. Durch eine hoch über ihm befindliche Öffnung konnte er die Sterne am Himmel funkeln sehen. Seit einer halben Stunde herrschte Ruhe in der Scheune. Die Kinder schienen alle eingeschlafen zu sein, denn er vernahm nur noch ihre leisen Atemgeräusche, aber bevor er selber seine Augen schließen wollte, erhob er sich noch einmal leise von seinem Lager und knipste seine Taschenlampe an. Dabei schirmte er den hellen Strahl mit der freien Hand ab und ließ den nunmehr schwachen Lichtschein kurz über die Kinder gleiten. David war auch müde. Den ganzen Tag lang fünfzehn quirlige Kinder zu hüten, das war schon eine Aufgabe. Acht waren am frühen Abend von ihren Eltern wieder abgeholt worden. Die anderen sieben, darunter befand sich auch Anna, das Geburtstagskind, durften die Nacht über bleiben. Nachdem sie den ganzen Tag in der frischen Luft auf dem Hof herumgetollt waren, lagen alle mit entspannten Gesichtern friedlich nebeneinander. Sie schliefen tief und fest.

Etwas später war David ebenfalls eingeschlafen. Irgendwann, es war schon weit nach Mitternacht wurde er jedoch von einem laut auf- und abschwellenden Piepton geweckt. Orientierungslos blickte er zunächst in das Dunkel, dann bemerkte er an den Balken über sich kleine rote Lichtpunkte aufblinken. Nachdem ihm klar wurde, dass das Blinken von den Dioden dort angebrachter Rauchmelder ausging, die auch das durchdringende Piepen von sich gaben, bekam er einen Riesenschreck.

Rasch stemmte er sich auf seine Ellenbogen und sog die Luft tief durch die Nase ein. Gott sei Dank, Brandgeruch lag nicht in der Luft und Feuerschein war auch nirgends zu sehen. Um ihn und die Kinder herum schien alles in Ordnung. Vielleicht war ja auch nur eine der Eulen bei ihren nächtlichen Flügen an einen der Rauchmelder gestoßen, und hatte damit den Feueralarm ausgelöst. Aber dann hörte er plötzlich lautes Wiehern und Stampfen der Pferde vom Stall gegenüber. Die Kinder waren von dem Lärm jetzt auch wach geworden. Einige weinten und hielten sich die Ohren zu. David, der sich inzwischen aus seinem Schlafsack befreit hatte, hatte große Mühe die Kleinen zu beruhigen.

Draußen vor der Scheune waren aufgeregte Stimmen und lautes Rufen zu hören. Wirklich verstehen konnte er jedoch nichts, dafür waren das anhaltende Piepen der funkvernetzten Rauchmelder und das Weinen der Kinder einfach zu laut. Aber ihm war klar, dass es sich nicht um einen Fehlalarm handeln konnte. Irgendwo auf dem Hof musste ein Feuer ausgebrochen sein, vermutlich bei den Stallungen der Pferde, denn deren Lärmen wurde immer lauter.

„Kinder, ihr zieht euch jetzt alle an, ja? Ich bin nur ganz kurz an der Türe und sehe, nach was da los ist. Okay? Also, ihr braucht keine Angst zu haben."

„Ich habe aber Angst", weinte die kleine Anna.

David streichelte ihr sanft über ihr braun gelocktes Köpfchen. „Brauchst du nicht, Anna, ich bin doch bei euch."

„Ja, aber du willst weggehen", schluchzte die Kleine.

„Nein, ich gehe nicht weg. Hört, ihr Kinder, ich gehe nicht weg. Ich bin nur mal an der Tür."

Anna ergriff seine Hand. „Dann will ich aber mit dir gehen."

„Na gut, aber ihr anderen bleibt bitte solange hier und wartet, verstanden?"

„Wenn die Anna mit darf, will ich aber auch mitkommen."

„He, Jonas, jetzt hör mir mal gut zu." David, der inzwischen die an einem Balken hängende Lampe eingeschaltet hatte, ging in die Hocke und sah Jonas in die Augen. „Du bist doch schon zehn, also fast ein Mann. Darum möchte ich, dass du den Kleineren jetzt beim Anziehen hilfst. Machst du das?"

Jonas nickte.

„Prima. Schau, und die Anna geht ja auch nur mit bis zur Tür. Ist das Okay?"

Nein, das war wohl doch nicht okay, denn Jonas schüttelte stumm den Kopf und griff nach Davids freier Hand.

„Also gut", sagte der tief einatmend. „Dann gehen wir eben alle zusammen. Halt, halt, halt, halt, halt! Erst wird sich angezogen. Los Kinder, jetzt zeigt mir mal, wie schnell ihr das könnt."

Ferdinand Wiesenberger war spät zu Bett gegangen, da er zuvor noch die Abrechnungen für seine Angestellten erledigt hatte. Da waren zum einen Karl, der Mann für fast alles, und Luise, Wiesenbergers Haushälterin. Beide hatten schon für seinen Vater gearbeitet und waren weit über fünfzig. Solche Leute entließ man nicht. Neu eingestellt hatte er hingegen einen Pferdewirt, da er selber nicht über die notwendigen Kenntnisse im

Umgang mit diesen Tieren verfügte. Karl und Luise waren ein Paar, jedoch nicht verheiratet. Sie hatten auf dem Hof eine eigene Wohnung. Achim Hiller, sein Pferdewirt, wohnte nicht hier. Für gewöhnlich kam er morgens mit dem Wagen auf den Hof gefahren und fuhr am Abend wieder nach Hause. An manchen Wochenenden, wenn Stammgäste Freunde mit eigenen Pferden mitbrachten, gab es aber oft so viel Arbeit, dass Hiller auch schon mal über Nacht blieb. Für solche Fälle hatte ihm sein Arbeitgeber ein kleines Zimmer eingerichtet. Heute war wieder so ein Tag gewesen, an dem sie einige zusätzliche Gastpferde über Nacht aufgenommen hatten. Das hatte eine Menge mehr Arbeit gegeben. Und dann war da ja auch noch der Kindergeburtstag gewesen.

Es war kurz nach halb zwölf, als Wiesenberger die Lampe auf seinem Schreibtisch ausknipste, um zu Bett zu gehen. Zuvor warf er noch einen kurzen Blick aus dem Fenster zur alten Scheune, in der der Student David mit den Kindern schlief. Alles war dunkel. Wie gut, dass ich den David habe, sagte sich der Reitstallbesitzer, wobei er sich schon darüber im Klaren war, dass ihm sein Student nicht für immer zur Verfügung stand. Ob er, wenn er nicht mehr da war, auch weiterhin noch Kindergeburtstage durchführen wollte, darüber war er sich nicht sicher. Sicher hingegen war, dass er über kurz oder lang noch jemanden einstellen musste, zumindest wenn sich das Geschäft mit den Pferdebesitzern weiterhin so gut entwickelte.

Nach Werner Dorfmeister waren noch vier weitere Feuerwehrkameraden eingetroffen. Sie waren jetzt zu neunt, zwei Frauen und sieben Männer, genug, um das LF und das TLF zu besetzen.

„Aufsitzen! Wir fahren los!", befahl Holger Unger, ihr Wehrleiter. Er wollte nicht mehr länger warten und schwang sich auf den Beifahrersitz des LF. Falls jetzt noch weitere Kameraden eintreffen sollten, müssten sie mit ihrem eigenen Pkw zur Einsatzstelle fahren. Für diese Nachzügler wurde, das war so üblich, auf einer Tafel in der Fahrzeughalle der Einsatzort mit großen Buchstaben notiert.

Ungers Maschinist war Rudi, der Feuerwehrmann mit dem sich Dorfmeister eben noch über sein Rauchverhalten gestritten hatte. Und kaum hatte Rudi das LF aus der Fahrzeughalle gefahren, da steckte auch schon einer seiner unvermeidlichen Glimmstängel zwischen seinen Lippen.

„He, Rudi, das Rauchen in Feuerwehrfahrzeugen ist nicht erlaubt?", kritisierte Unger, wobei er das eigentlich jedes Mal sagte, wenn Rudi sein Maschinist war. Anscheinend gehörte das kleine Wortgefecht bei den beiden schon zum Ritual einer Alarmfahrt.

„Ist klar, Holger." Rudi grinste seinen Wehrleiter an und stieß genüsslich ein Qualmwölkchen aus. Dabei meinte er trocken. „Reitställe abfa-
ckeln ist eigentlich auch nicht erlaubt, oder?"

Unger, der es längst aufgegeben hatte, ernsthaft mit Rudi über dessen
Rauchen zu streiten, warf ihm einen fragenden Blick zu. „Wie kommst
du darauf, dass jemand den Hof angezündet haben könnte?"

„Nur so."

„Nur so?"

„Na ja, vor zwei Monaten hat doch erst jemand im Nachbarort ein
Pony mit 'nem Messer verletzt. Und letzte Woche sind bei uns in der
Nacht vier Schafe brutal abgestochen worden. Vielleicht reicht dem Irren
das jetzt nicht mehr und ..." Rudi, der beide Hände am Lenkrad hielt,
zuckte vielsagend mit den Schultern.

Unger atmete tief durch und blickte nachdenklich aus dem Seitenfenster. „Wollen hoffen, dass du damit nicht recht hast."

Sie fuhren jetzt mit eingeschalteten Blaulichtern und heulendem Martinshorn die Dorfstraße hinunter. Niemand war ihnen bisher begegnet.
Erst als sie die Landstraße erreichten, kamen ihnen vereinzelt Autofahrer
entgegen. Nach etwa vier Kilometern streckte Unger seinen Arm aus.
„Dahinten rechts!"

„Weiß ich doch", entgegnete Rudi, setzte den Blinker, schaltete einen
Gang tiefer und bog in einen asphaltierten Fahrweg, der sich etwa eineinhalb Kilometer durch eine grüne hügelige Landschaft schlängelte. Im
Rückspiegel blitzten die Blaulichter des nachfolgenden TLF auf. Das Fahrzeug war ein TLF 16/25 mit fest eingebauter Heckpumpe und einem
Löschwasserbehälter von 2.500 Litern Fassungsvermögen. Sie hatten es
erst vor knapp einem Jahr erhalten und bisher nur damit geübt. Möglicherweise musste es heute seine erste wirkliche Bewährungsprobe bestehen.
Das Fahrzeug, das Rudi fuhr, war ein betagtes LF 16, das nur über einen
800-Liter-Löschwassertank verfügte. Zusammen hatten sie also 3.300 Liter
Löschwasser, das ihnen sofort zur Verfügung stand. Damit waren sie selbst
bei einem größeren Brand in der Lage, zumindest einen ersten soliden
Löschangriff vorzutragen. Trotzdem herrschte unter den Feuerwehrleuten
diesmal eine besonders angespannte Stimmung, denn das war keiner ihrer
„normalen" Einsätze. Da sie zu einem ihrer eigenen Kameraden fuhren,
waren sie emotional vorbelastet und als sie mit ihren Löschfahrzeugen in
den asphaltierten Fahrweg einbogen, stieg bei den meisten der ohnehin
schon erhöhte Adrenalinspiegel noch stärker an.

Wehrleiter Unger zog den Funkhörer aus seiner Halterung und gab
den Befehl: „Martinshörner ausschalten!" Sofort verstummte das weit

schallende Tatütata. Nur die Blaulichter auf den Dächern zuckten weiterhin durch die Nacht und erzeugten bizarre Schatten über den jetzt von Büschen eingesäumten Fahrweg.

„Du weißt, warum wir die Martinshörner abgeschaltet haben?", fragte Dorfmeister seine Kameradin, die mit ihm im Wassertrupp des LF saß.

„Klar weiß ich das. Damit die Pferde nicht durchdrehen bei dem Lärm. Aber wieso fragst du?"

„Na ja, ich dachte nur ... ach vergiss es. War auf jeden Fall nicht böse gemeint."

„Weil ich aus der Stadt komme und noch nicht so lange bei euch bin, wolltest du wohl sagen", ergänzte Jutta. „Aber mach dir darüber mal keine Sorgen. Ich bin mit Pferden aufgewachsen. Kenne mich also gut aus und weiß mit denen umzugehen."

Gut zu wissen, dachte Dorfmeister, der selbst einen gehörigen Respekt vor diesen Tieren besaß.

Den beiden gegenüber saß fertig ausgerüstet der Angriffstrupp. Die Gesichter von Klaus und Timo waren unter ihren schwarzen Atemschutzmasken nicht mehr zu erkennen. Die Atemschutzgeräte, die quasi die Rückenlehnen ihrer Sitzplätze bildeten, hatten sie sich mit den daran befestigten Gurtbändern wie einen Rucksack festgeschnallt. Die mit den Armaturen der Pressluftflaschen verbundenen Lungenautomaten baumelten an der dazugehörigen Leitung vor ihrer Brust. Sie würden sie erst in die Atemschutzmaske eindrehen, wenn sie in einen verqualmten Bereich vordringen müssten. Solange galt es den wertvollen Luftvorrat der Doppelflaschen noch zu schonen, da die Einsatzdauer unter diesem Pressluftatmer eng begrenzt war.

Dreißig Minuten würde der Luftvorrat reichen. So die offizielle Version. Allerdings musste man für den realen Einsatz auch immer noch die Zeit für den Anmarschweg zum Feuer und, zur eigenen Sicherheit, die doppelte Zeit für den Rückweg einkalkulieren. Und je nachdem, wie hoch die körperliche Belastung werden würde, blieben zur eigentlichen Brandbekämpfung real oft nur fünfzehn bis zwanzig Minuten. In einer unbekannten, von Brandrauch völlig undurchsichtigen Einsatzstelle, war es daher für jeden Atemschutzgeräteträger lebensnotwendig, sich exakt an diese engen Zeitvorgaben zu halten.

Aus diesem Grund wurde draußen auch eine Atemschutzüberwachung durchgeführt und der Truppführer war während des Einsatzes angehalten, immer wieder die Druckmanometer ihrer Geräte zu kontrollierten. Eine Aufgabe, die oft nur sehr schwierig durchführbar ist, da bei Bränden in geschlossenen Gebäuden, und das sind die meisten, die Sicht durch dunklen Brandrauch oft gegen null geht. Das ändert sich erst, nachdem ausreichend quergelüftet wurde. Allerdings musste man als Feuerwehr mit dieser Maßnahme sehr professionell vorgehen, da jeder frisch zugeführte Sauerstoff ein Feuer zusätzlich anfachen kann, was unter Umständen verheerende Folgen nach sich ziehen könnte. Trotzdem war man natürlich bestrebt, so schnell als eben möglich für einigermaßen gute Sicht zu sorgen, denn der undurchdringliche Brandrauch stellte oft eine wesentlich größere Gefahr für die betroffenen Menschen dar als das eigentliche Feuer. So kommen in Deutschland jedes Jahr etwa sechshundert Menschen bei Bränden ums Leben. Die meisten ersticken schon an der Brandstelle oder sterben an den Folgen des mit Giftstoffen belasteten Brandrauchs.

Für Pferde und andere Tiere war dieser Brandrauch natürlich genauso gefährlich, und auf dem Reiterhof ihres Kameraden gab es davon eine ganze Menge.

Das durchdringende Piepen der funkvernetzten Rauchmelder hatte alle Bewohner des Reiterhofes aus dem Schlaf gerissen. Wiesenhofer schoss in seinem Bett hoch. Vom Stall her hörte er das ängstliche Wiehern und aufgeregte Stampfen der Pferde. Trotzdem galt sein erster Gedanke den Kindern. Wiesenhofers Puls schnellte in die Höhe. Hoffentlich brannte es nicht in der Scheune. Am liebsten wäre er sofort, so wie er war, barfuß und nur im Schlafanzug losgestürmt um nachzusehen, aber als Feuerwehrmann reagierte er besonnener. Erst nachdem er sich seine Hose, die neben dem Bett auf einem Stuhl lag angezogen hatte, eilte er die Treppe hinunter. Im Flur vor der Haustür hatte er immer ein paar alte Schaftstiefel stehen, die er meist bei Arbeiten auf dem Hof trug und an dem Haken darüber hingen seine Jacke und seine ledernen Arbeitshandschuhe. Schnell hatte er auch diese Sachen angezogen, erst dann lief er nach draußen. In einem der Nebengebäude wurde das Licht eingeschaltet. Unmittelbar darauf kam Karl, nur in Unterwäsche bekleidet, aus der Tür gestürmt. Er schien völlig durch den Wind. Die halblangen ergrauten Haare hingen ihm wirr ins Gesicht. „Es brennt Chef! Es brennt!", rief er aufgebracht, sich nach allen Seiten hin umblickend. „Was ist, soll ich die Feuerwehr anrufen?"

„Ganz ruhig, Karl!", rief ihm Wiesenberger zu. „Noch steht nicht fest, ob es überhaupt brennt. Ist vielleicht auch nur ein Fehlalarm."

„Aber die Pferde, Chef, die Pferde! Ich gehe sofort zu ihnen!"

„Das mache ich schon!" Achim Hiller war jetzt auch auf dem Hof erschienen. Im Gegensatz zu Karl war er vollständig angekleidet.

„Okay!", rief Wiesenberger. Sie sehen nach den Pferden und ich gehe zu den Kindern in der Scheune. Und du, Karl, zieh dir erst mal was über und dann kontrollierst du die anderen Gebäude. Nehmt eure Handys mit. Falls es wirklich brennt, ruft sofort die Feuerwehr an und gebt mir Bescheid. Alles klar!?"

Während die Männer Wiesenbergers Anordnungen Folge leisteten, hatte sich dessen Haushälterin, die natürlich auch wach geworden war, angezogen und zunächst aus dem Fenster in den Hof geschaut. Nachdem sie dort nichts Verdächtiges bemerkt hatte, hatte sie eines der rückwärtigen Fenster geöffnet. Von hier fiel ihr Blick auf die angrenzenden Weiden und auf die hintere Wand des Pferdestalls. Jemand hatte dort mehrere Strohballen aufgeschichtet, die da nicht hingehörten und die am Abend auch noch nicht dort gelegen hatten. Aus ihnen schlugen helle Flammen hervor, die schon gierig an der hölzernen Wand des Pferdestalles emporleckten. Luise erschrak heftig und dachte sofort an Brandstiftung. Trotz ihres ersten Schrecks behielt sie aber einen kühlen Kopf und rief unverzüglich die Feuerwehr an.

Der Himmel hatte sich in den Nachtstunden bewölkt und ein aufkommender Wind den Brandrauch von den Gebäuden weggetrieben, sodass die drei Männer auf dem Hof das Feuer noch nicht bemerkt hatten. Als sie sich aufteilten, um nach der Ursache der nächtlichen Ruhestörung zu sehen, wussten sie auch noch nicht, dass Luise die Feuerwehr schon alarmiert hatte. Hiller war der Erste, der die dramatische Situation mitbekam. Als er den Stall betrat, befanden sich die Pferde in höchster Aufregung. Hiller schaltete die Deckenbeleuchtung ein und redete beruhigend auf die Tiere ein, aber das nervige Piepen der Rauchmelder und der unverkennbare Brandgeruch machte die Tiere zunehmend nervöser.

Eine dunkle Wolke waberte unter der Decke entlang. Das sah verdammt bedrohlich aus. Hiller eilte von Box zu Box, konnte aber kein Feuer entdecken. Dann fiel sein Blick nach oben. Durch die Zwangsentlüftungen unter dem Dach drang immer mehr dunkler Rauch in das Innere des Pferdestalls. Hiller konnte die Tiere nicht mehr beruhigen. Einige traten jetzt schnaubend und wiehernd mit ihren harten Hufen gegen die hölzernen Trennwände ihrer Boxen, was die, die bisher noch halbwegs ruhig geblieben waren veranlasste, ebenfalls wild auszuschlagen. Verdammt, irgendwo da draußen musste es brennen, sagte sich Hiller.

Er konnte das Feuer zwar nicht sehen und wusste daher auch nicht, wie groß und wie gefährlich die Situation bereits war. Ihm war nur eines klar, wenn sie nicht riskieren wollten, dass hier im Stall das totale Chaos ausbräche, mussten sie das Feuer in den nächsten Minuten gelöscht haben oder so schnell wie irgend möglich alle Pferde aus dem Stall schaffen. Besser noch beides, sagte er sich, und am besten sofort, denn einige der aufgeregten Tiere waren jetzt schon kaum mehr zu bändigen.

Wiesenberger betrat mit bangen Gefühlen die Scheune. David stand bereits angezogen vor ihm und hatte die Kinder um sich versammelt. *Gott sei Dank*, Wiesenberger atmete erleichtert auf, hier schien alles in Ordnung. „David, alles klar?"

„Ja, aber was ist denn überhaupt los? Brennt es irgendwo?"

„Weiß ich selbst noch nicht. Aber die Pferde im Stall machen einen Heidenlärm. Und ich halte es für das Beste, wenn du mit den Kindern ins Haupthaus gehst. Zumindest solange bis wir Klarheit haben."

David sah in das besorgte Gesicht seines Chefs und nickte. „Okay, Kinder. Ihr habt gehört, was der Herr Wiesenberger gesagt hat. Also, wir fassen uns jetzt alle an den Händen und dann gehen wir zusammen los." Gerade als David mit den Kindern die Mitte des Hofes erreicht hatte, flackerte heller Feuerschein über dem Pferdestall zu ihnen hinüber.

„Da drüben brennt es!", rief der kleine Lukas und streckte sein Ärmchen aus. Sofort blickten alle Augen gebannt auf die Flammen. Der Wind hatte sich gedreht und das Feuer angefacht, das sich jetzt rasend schnell über der gesamten Länge des Pferdestalles ausbreitete. Mit dem wechselnden Wind war auch der Himmel aufgerissen. Wiesenberger, David und die Kinder konnten deutlich den dunklen Brandrauch erkennen.

Plötzlich erschien Luise auf dem Hof. Sie sah zunächst David mit den Kindern und rief aufgebracht: „David, David! Schnell, bring die Kinder ins Haupthaus. Jemand hat Strohballen hinter dem Pferdestall aufgeschichtet. Die ganze Rückwand steht schon in Flammen!" Die Haushälterin war so aufgeregt, dass sie ihren Chef zunächst nicht bemerkt hatte. Erst als der in höchster Erregung rief: „Zu den Hydranten! Los kommt mit, wir müssen sofort zu den Hydranten und das Feuer löschen!", sah sie ihn und rief ihm zu: „Aber ich hab die Feuerwehr doch schon alarmiert!"

„Sehr gut, Luise, aber so lange dürfen wir nicht warten. Wir müssen sofort selbst ... Karl! Karl! Verdammt, wo bleibt denn nur dein Mann?!"

Mitten in sein Rufen stürmte Karl aus der Tür. Nachdem ihm sein Chef gesagt hatte, er solle sich erst einmal was überziehen, war er sofort in sein Haus gelaufen. Oben in der Wohnung hatte er von seiner Frau erfahren, dass es hinter dem Pferdestall brennen würde.

„Hast du schon die Feuerwehr angerufen?"

„Ja, hab ich."

„Gut, dann lauf schnell nach unten und sag das auch den anderen. Ich zieh mir nur schnell was über und komm dann nach."

Während Luise tat, was Karl ihr gesagt hatte, zog der sich Hose, Jacke und Schuhe an. Und weil es schnell gehen musste, hatte er seinen Schlafanzug einfach darunter angelassen.

Wieder auf der Treppe hörte er seinen Chef: „Karl! Wo bleibt denn nur der Karl?!", rufen. Seine Stimme klang im höchsten Grade erregt.

„Bin schon da, Chef!" Karl schien wie ausgewechselt. Seine vorhin noch aufgeregte Verwirrtheit war gewichen. „Wo ist Hiller?"

„Der ist im Stall bei den Pferden. Und wir sollten jetzt unverzüglich das Feuer bekämpfen."

Karl sah von Wiesenberger zu seiner Frau, die bei den Kindern stand und sagte mit fester Stimme: „Luise, du übernimmst die Kinder und gehst mit ihnen ins Haus, dann kann David dem Chef helfen."

Wiesenberger war sofort einverstanden. Er streckte den Arm aus. „Okay, wir nehmen den Hydranten da hinten an der Ecke. Los, komm schon, David!"

„Dann nehme ich den am Ende vom Stall!", rief Karl und rannte ebenfalls los. „Ich komme euch von der anderen Seite entgegen! So nehmen wir das Feuer in die Zange!"

Nachdem die Wolken aufgerissen waren, konnten die Feuerwehrleute erstmalig die große dunkle Rauchwolke erkennen, die in einiger Entfernung in den nächtlichen Himmel stieg. „Ach du Scheiße", sagte Unger. Sein Maschinist, der den Brandrauch natürlich auch gesehen hatte, biss mit verkniffener Miene auf seine Unterlippe und trat das Gaspedal noch tiefer durch. „Hinter der nächsten Kurve ist es", sagte Unger. „Hoffentlich kommen wir nicht zu spät. Sie hatten den Reiterhof fast erreicht, da galoppierte plötzlich ein Pferd mitten auf dem Fahrweg auf sie zu.

„Vorsicht!", schrie Unger und hielt erschrocken beide Arme schützend vor sein Gesicht.

Geistesgegenwärtig riss Rudi das Lenkrad seines LF herum und trat Kupplung und Bremse zugleich durch.

Aus den Augenwinkeln sah Unger, wie das Pferd, einem großen dunklen Schatten gleich, haarscharf an ihnen vorbeiraste.

„Verdammt, was war das denn!?"

Rudi hatte keine Zeit, seinem Wehrleiter eine Antwort auf seine sowieso rhetorische Frage zu geben, denn kaum hatte er den ersten Schreck verdaut, da sah er, wie ihnen noch ein zweites Pferd entgegenkam.

„Mach das Fahrlicht aus! Mach das Fahrlicht aus!", rief Jutta von hinten.

„Wieso? Wir sind doch noch nicht ...“

„Die Tiere rennen ins Licht. Jetzt mach schon!“

„Aber ...“

„Sie hat Recht, Rudi“, sagte Unger, der ebenfalls erkannt hatte, dass sie die Gefahr eines Zusammenstoßes nur verringern konnten, wenn sie die Scheinwerfer ihrer Fahrzeuge abblendeten.

Rudi schaltete sofort das Fahrlicht aus. Das Pferd brach seitlich durch die Büsche und verschwand in der Dunkelheit.

„Ab jetzt nur noch Schritttempo fahren!“, befahl Unger und funkte das hinter ihnen fahrende TLF an: „Heinz, bei euch alles in Ordnung?“

„Alles klar, Holger“, meldete sich die Stimme des Maschinisten. „War aber verdammt knapp. Hätte leicht ins Auge gehen können.“

Hätte ja, dachte Unger, der heilfroh war, dass nichts passiert war.

Während Rudi schon wieder Gas gab, aber betont langsam in die Kurve fuhr, plapperte Heinz immer noch am Funk. „Wäre bestimmt nicht gesund mit so 'nem ausgewachsenen Gaul zusammenzustoßen, was Chef?“

„Ja ja. Aber jetzt halt mal den Schnabel und gib mir den Bernd.“

„Hier“, Heinz reichte seinem Nebenmann den Hörer. „Für dich, der Chef.“

Hiller wusste, dass er die Pferde eigentlich einzeln aus ihren Boxen aus dem Stall hätte führen müssen. Aber dafür gab es keine Zeit mehr, denn vom Wind angefacht, hatte das Feuer bereits zwei Drittel der hinteren Stallwand erfasst und sich von dort rasend schnell über das mit Teerpappe eingedeckte Dach ausgebreitet. Ihm blieb nur noch eine Möglichkeit. Er musste die Boxen, eine nach der anderen, von vorne beginnend öffnen und die verängstigt aufgebrachten Tiere aus dem Stall jagen. Das barg zwar auch ein hohes Risiko, aber sie hier drin eingesperrt lassen? Nein, unmöglich sagte er sich, als er sah, wie erste kleine Flämmchen an einigen Stellen schon durch die Bretterwand in den Stall drangen.

Wiesenberger hatte einen gewaltigen Fehler begangen. Als Feuerwehrmann und Sicherheitsfanatiker hatte er sich zwar die beiden Überflurhydranten auf einer eigens verlegten Ringleitung installieren lassen, dabei aber nicht daran gedacht, die entsprechenden Schläuche so zu platzieren, dass er auch jederzeit auf sie zugreifen konnte. Und jetzt, da er sie so dringend benötigte, lagen sie aufgerollt irgendwo weiter hinten im Pferdestall. Es war zum Verzweifeln. Zähneknirschend musste er mit ansehen, wie die Pferde, wie von Furien gehetzt, aus dem Stall stürmten. Er hatte keine Chance an den wild ausschlagenden Tieren vorbeizugelangen. Wiesenberger fluchte, dann schimpfte er mit David, obwohl der arme Kerl schließlich nichts für das

Dilemma konnte. Während die beiden Männer untätig zusehen mussten, wie der Stall mehr und mehr ein Raub der Flammen wurde, war Karl am anderen Ende erfolgreicher. Durch einen rückwärtigen Nebeneingang war er in den Stall gelangt. Weiter vorne sah er Hiller, der die Boxen öffnete und die Pferde nach draußen scheuchte. So aufgeregt und wild hatte Karl die Tiere noch nie erlebt.

Er sah sich um. In einer der freien, hinteren Boxen lagen die Schläuche. Doch als er sie aufheben wollte, zögerte er. Vielleicht wäre es besser, zunächst Hiller bei den Pferden zu helfen. Schon wollte er einen der Riegel öffnen, da wurde ihm gerade noch rechtzeitig klar, wie gefährlich sein Vorhaben für Hiller werden könnte, der vor ihm in der Mitte des Stalls stand. Wenn er die Pferde hinter seinem Rücken freiließ und sie an ihm vorbeistürmten ...

Karl nahm seine Hand vom Riegel und sah in ängstlich geweitete Pferdeaugen. Sie gehörten Rieke, einer vierjährigen Fuchsstute, die er selbst schon geritten hatte. Sie schnaubte und wieherte unruhig. Plötzlich trat sie mit beiden Hinterhufen gegen die Stallwand, dass es krachte. Karl hätte Rieke am liebsten mitgenommen, aber er konnte nichts für sie tun. Die Tür, durch die er in den Stall gelangt war, war zu klein für solch ein großes Pferd. Karl war den Tränen nah und wandte sich ab. Schnell bückte er sich und raffte die am Boden liegenden Schläuche auf. Draußen kuppelte er die Schläuche aneinander und schloss sie an den Hydranten an. Das Ganze hatte höchstens drei Minuten in Anspruch genommen, aber in dieser Zeit hatte das Feuer bereits endgültig die Herrschaft über den Stall übernommen.

Als kurz danach die Feuerwehr auf dem Hof eintraf, stand der Reitstall in hellen Flammen. Hiller war es gelungen, alle Pferde noch rechtzeitig nach draußen zu scheuchen. Mit rußgeschwärztem Gesicht lehnte er hustend und nach Luft ringend an der Wand des gegenüberliegenden Haupthauses. „Sie müssen unbedingt darauf achten, dass die Tiere nicht wieder in den Stall rennen", erklärte er keuchend dem Feuerwehrmann, der ihm ein Inhalationsspray in die Hand gedrückt hatte.

„Ich glaube nicht, dass da noch ein Tier hineinrennen wird", entgegnete dieser und deutete auf den im Vollbrand stehenden Stall. Dann mahnte er Hiller an, unbedingt das Spray zu nehmen. „Ist gegen ihre Rauchgasvergiftung."

Unger hatte erkannt, dass der Stall für die Reitpferde nicht mehr zu halten war. Nachdem feststand, dass sich in dem Stall keine Pferde und keine Men-

schen mehr befanden, galt sein Hauptaugenmerk der Rettung des Haupt-
hauses und der Nebengebäude, die durch die enorme Strahlungswärme des
Brandes im höchsten Grade gefährdet waren. Zudem trieb ein gefährlicher
Funkenflug auf die benachbarte Scheune zu.

Der Reitstall war unrettbar verloren. Trotzdem ließ Unger die Brandbekämpfung zunächst mit den beiden vom LF vorgenommenen C-Rohren
weiter laufen. B-Rohre wären zwar effektiver gewesen, aber solange die
Wasserversorgung noch nicht stand, konnten seine Trupps nur aus dem eigenen Tank arbeiten. B-Rohre hätten da zu viel verbraucht und den Was-
servorrat ihres TLF musste er unbedingt für eine Riegelstellung nutzen.

„Heinz! Schnell, den Düsenschlauch! Werner, Jutta, den Schlauch hier
quer vor das Haupthaus!" Ungers Stimme übertönte das Prasseln und
Fauchen des Feuers. „Und dann seht zu, dass wir endlich Wasser aus den
Hydranten bekommen. Aber speist zuerst die TLF-Pumpe, sonst lutscht
uns der Düsenschlauch den Tank noch leer!"

Heinz lief an die rechte Seite seines TLF, schob das mittlere Rollo in
die Höhe und zog den mit speziellen Düsen ausgestatteten B-Schlauch
aus seinem Fach. Jutta stand bereits neben ihm. Heinz reichte ihr den in
leuchtendem Gelb gehaltenen Schlauch. Alles musste jetzt sehr schnell
gehen, denn laufend riss der Wind brennende Teile aus den Flammen und
wirbelte sie gegen das Haupthaus. Die Feuerwehrfrau rannte zu der
Stelle, an der Werner schon auf sie wartete. Ein Kupplungsende mit ihrer
linken Hand festhaltend ließ sie den aufgerollten Schlauch aus der rechten
Armbeuge mit einem gezielten Schwung abrollen.

„Hier!" Heinz stand hinter ihr und drückte ihr den Verteiler in die
Hand. „Kuppel an. Ich roll euch noch 'ne B-Länge dazwischen. Gib mir
Bescheid, wenn ihr soweit seid, dann gebe ich Druck drauf."

Sekunden später erzeugte der Düsenschlauch einen zwanzig Meter
langen und über zwölf Meter hohen, nach oben hin V-förmigen, schüt-
zenden Wasserschleier. Damit war zwar das Haupthaus zunächst gerettet,
aber die Scheune und das kleinere Haus, in dem Karl und Luise wohnten,
waren nach wie vor akut gefährdet.

Karl hatte verzweifelt versucht, das an der Rückwand entstandene Feuer
zu löschen. Aber all sein Bemühen war vergeblich gewesen. Viel zu
schnell hatten die Flammen Besitz von dem lang gestreckten, ganz aus
Holz gebauten Reitstall ergriffen. Beim Eintreffen der Feuerwehr hatte
er sich dann endgültig zurückziehen müssen. Zu groß war die Strahlungswärme geworden – zu groß für einen Mann, der nicht wie die Feuerwehrleute über eine besondere Schutzbekleidung verfügte, sondern nur mit

einer normalen Jacke und Hose gegen ein Feuer ankämpfte, gegen das er keine Chance besaß. Jetzt stand er mit David neben seinem Arbeitgeber und schaute traurig in das prasselnde Feuer. Obwohl inzwischen auch die Wehr aus dem Nachbarort mit zwei Löschfahrzeugen angerückt war und eine Saugleitung zu einem nahe gelegenen Teich gelegt hatte, um die Wasserversorgung zu sichern, schlugen die Flammen aus dem Reitstall immer noch haushoch.

„Wir sollten versuchen die Pferde wieder einzufangen", schlug Karl Wiesenberger vor. „Hier können wir doch nichts mehr tun."

„Und die Kinder?", fragte David. „Glauben Sie, ich kann den Rest der Nacht noch einmal mit ihnen in der Scheune verbringen, oder meinen Sie nicht, dass es besser wäre, wenn wir ihre Eltern anrufen, damit sie sie abholen?"

Wiesenberger schüttelte den Kopf. „Auf keinen Fall."

„Was, auf keinen Fall?"

„Auf keinen Fall jetzt kommen lassen. Was meinst du, was hier los ist, wenn die Eltern jetzt hierher kommen würden. Ist so schon alles schlimm genug. Aber jetzt noch mehr Autos auf dem Hof, wo alles voller Feuerwehrfahrzeuge steht. Außerdem besteht für die Kinder ja keine Gefahr. Nee, nee, wenn die morgen früh kommen, reicht das allemal."

„Also kümmern wir uns jetzt um die Pferde?"

„Ja, macht das. Aber ich kann hier nicht weg."

„Verstehe", nickte Karl. „Vielleicht können uns ja ein paar von deinen Feuerwehrkameraden helfen, die Pferde einzufangen. Kannst du den Chef nicht mal fragen?"

„Meinetwegen, aber versprich dir nicht zu viel, Karl."

„Zwei drei Leute würden uns ja schon reichen. Jetzt, wo der Hiller nicht mehr da ist."

Der Pferdewirt, von dem Karl sprach, war, nachdem er von Werner Dorfmeister untersucht worden war, auf dessen Anraten von einem angeforderten Rettungswagen in die Klinik gefahren worden."

Wiesenberger sprach mit Unger, seinem Feuerwehrchef. „Also, wenn du zwei drei Kameraden entbehren könntest ... vielleicht die Jutta und den Wolfgang, die kennen sich doch ganz gut mit Pferden aus."

„Meinetwegen. Aber fragen musst du sie schon selbst. Deine ausgebüxten Gäule einzufangen ist schließlich was anderes als Feuer zu löschen, du verstehst?"

Der frühe Morgen dämmerte bereits, als die Feuerwehrleute ihre nassen Schläuche zusammenrollten. „Werft sie einfach auf den offenen Anhänger da drüben", sagte Wiesenberger. „Nachdem die Kinder abgeholt worden sind, bringen der Karl oder ich sie euch mit dem Unimog zur Wache."

Unger, dessen Stiefel genauso mit Schlamm überkrustet waren wie die seiner Kameraden, kam zu Wiesenberger. „Ist 'ne schlimme Nacht gewesen, Uli. Nur gut, dass du die funkvernetzten Rauchmelder installiert hast. Durch ihre frühzeitige Alarmierung konnte das Schlimmste gerade noch einmal verhindert werden. Der Brand, den du erlitten hast, ist zwar immens, aber es hätte auch noch weit schlimmer kommen können."

„Weiß ich, Holger, weiß ich. Und ich bin euch allen auch sehr zu Dank verpflichtet. Ihr habt mein Haus und meinen Hof gerettet und ohne euch ...“

„Lass gut sein, Uli", sagte Unger und legte seinem Kameraden die Hand auf die Schulter. „Du bist doch einer von uns. Meinst du etwa, wir würden bei dir weniger tun als bei anderen?"

„Ja schon, aber die Pferde. Dass ihr mir auch noch geholfen habt, meine Tiere ...“

„Da musst du dich bei der Jutta und dem Wolfgang bedanken. Damit hab ich nix zu tun. So Uli, wir müssen. Der Klaus und der Timo bleiben noch als Brandwache bei dir. Hast ja deine zwei Hydranten und sogar deine eigenen Schläuche für den Fall, dass doch noch mal was aufflammen sollte."

Bei dem Gedanken an die Schläuche packte den Reitstallbesitzer das schlechte Gewissen. Hätte er sie an einem besseren Ort gelagert, wer weiß, vielleicht hätte Hiller, sein Pferdewirt, dann nicht mit einer Rauchgasvergiftung ins Krankenhaus gebracht werden müssen.

Als der Tag endgültig anbrach und die Eltern ihre Kinder abholen kamen, durchfuhr sie beim Anblick der verkohlten Reste des Reitstalls zunächst ein großer Schreck. Die Kinder hingegen hatten das Ereignis gut verdaut und redeten noch tagelang von dem aufregenden Abenteuer und der Feuerwehr, der sie bei den Löscharbeiten aus sicherer Entfernung hatten zusehen können. Achim Hiller musste nur die Nacht über zur Beobachtung im Krankenhaus bleiben. Am nächsten Morgen fuhr er wieder zum Hof, um als Erstes zu sehen, wie es dort um „seine" Pferde stand. Er traf dort zusammen mit der Kriminalpolizei ein, die ihre Untersuchungen aufnahm, weil man bei dem Brand eindeutig von Brandstiftung ausgehen musste.

Sein Chef, Wiesenberger, war zum Glück gut versichert gewesen. Einige Tage später, nachdem auch die letzten Brandschuttreste beseitigt worden waren, ließ er den Reitstall an derselben Stelle wieder neu aufbauen.

Franziska Dorfmeister, die neunjährige Tochter des Dorfarztes und Feuerwehrmannes Werner Dorfmeister, hatte gehört, wie ihr Vater nach dem Brand zurückgekommen war und den Wagen in die Garage fuhr. In Windeseile hatte sie sich angezogen und lief ihrem Vater aufgeregt entgegen. „Papa, Papa! Erzähl, wo hat es gebrannt."

„Später meine kleine Franzi", wehrte ihr Vater ab. „Zunächst muss ich dringend unter die Dusche." Und nachdem er ausgiebig geduscht hatte, schlappte er, sehr zum Missfallen seiner Tochter, noch einmal in sein Bett, worin er bis in die Mittagsstunden schlief. Danach gab es für ihn jedoch kein Entkommen mehr. Haarklein musste er seiner Tochter alles erzählen, die gebannt an seinen Lippen hing. „Papa, wenn ich groß bin, gehe ich auch zur Feuerwehr."

„Ja sicher, meine Kleine", sagte ihr Vater und strich seiner Tochter liebevoll über den Kopf.

Franzi warf einen kurzen Blick auf ihre Armbanduhr und stellte befriedigt fest, dass sie gut in der Zeit lag. Einige Mitläufer hatte die sportliche junge Frau längst abgehängt, aber etliche ihrer Konkurrenten liefen immer noch vor ihr. Begleitet wurde diese Spitzengruppe von Rüdiger Hopp, dem dreifachen Weltmeister der World Firefighter Games. Der Düsseldorfer Feuerwehrausbilder leitete und bewertete diesen sportlichen Einstellungstest. Ihn und die anderen würde Franzi vermutlich nicht mehr einholen, doch das war ihr inzwischen auch nicht mehr wichtig. Ein erneuter Blick auf die Uhr zeigte ihr, sie würde es packen, und nur das zählte.

Als sie vor gut zehn Minuten an den Start gegangen waren, hatte ihre Gruppe aus 28 Teilnehmern bestanden. Überwiegend waren es Männer, von denen einige aber schon so weit abgeschlagen waren, dass sie keine Chance mehr besaßen, das Ziel in der vorgegebenen Zeit zu erreichen. Die beiden anderen Frauen, die sich ebenfalls für diesen Einstellungstest beworben hatten, lagen hingegen noch immer gut im Rennen. Eine hörte Franzi näher kommen. Die junge Frau atmete schwer.

Es war schon mehr ein Schnaufen zu nennen und dieses Geräusch spornte Franzi gewaltig an. Auf keinen Fall wollte sie sich von einer ihrer weiblichen Mitbewerberinnen überholen lassen. Sie forcierte ihr Tempo. Das Schnaufen wurde leiser. Anscheinend konnte die andere ihr verschärftes Tempo nicht mehr mithalten. Eigentlich war es auch nicht ihr Tempo, aber der heutige Lauf war auch keiner ihrer üblichen Trainingsläufe, mit denen sich die junge Frau in den letzten Wochen und Monaten auf diesen Tag vorbereitet hatte. Heute galt es – wenn sie hier bestehen wollte, musste sie bei jeder Disziplin alles geben, und Franzi war fest entschlossen, wenn es nötig sein würde, auch über ihre Grenzen zu gehen.

Trotz der vermehrten Kraftanstrengung ging ihr Atem immer noch ruhig und gleichmäßig, sodass sie das Tempo beibehalten konnte und einer vorauslaufenden Dreiergruppe mit weit ausholenden, federnden Schritten näher kam. Noch hatte sie niemand bemerkt. Erst, als sie nur noch wenige Meter voneinander trennten, drehte sich plötzlich einer der Läufer um. Grenzenloses Erstaunen zeichnete sich auf seinem Gesicht ab, als er sah, wie die Frau hinter ihm zum Überholen ansetzte. Davon unbeeindruckt zog Franzi an ihm und den beiden anderen vorbei, beflügelt von dem Hochgefühl, heute eine persönliche Bestzeit über diese 3.000 Meter hinzulegen.

Nach dem Lauf fand sich die Gruppe für die nächste Übung erneut auf dem Hof der Feuerwache 6 ein.

„Sind wieder ein paar weniger", raunte ihr ein drahtiger junger Mann ins Ohr.

Franzi nickte nur.

„Einige sollen sogar gekotzt haben", wusste er zu berichten. „Waren garantiert alles Raucher."

„Kann sein", flüsterte sie zurück, „muss aber nicht. Ich kenne 'ne Menge Leute, die auch rauchen und trotzdem fit sind."

„Na, wenn du's sagst", entgegnete der junge Mann, aber es klang irgendwie abfällig.

„Achtung, alle mal herhören!", rief ihr Prüfungsleiter. „Wir beginnen jetzt mit dem Leitersteigen. Dazu werde ich immer zwei Personen aufrufen. Der oder die Erstgenannte zieht sich einen Feuerwehrhelm auf und geht rüber an die Drehleiter. Dort bekommen Sie von unseren Höhenrettern ein Sicherungsgeschirr angelegt und erhalten ein Paar Feuerwehrhandschuhe. Während der Erste durch ein Seil gesichert den Leiterpark bis zur Spitze hinaufklettert, kann sich der Nächste schon einmal fertigmachen. Haben Sie das soweit verstanden?"

Allgemein bestätigendes Nicken.

„Gut, dann gebe ich Ihnen hier noch einige Hinweise. Steigen Sie zügig und möglichst ohne Pausen bis zur Leiterspitze. Steigen Sie immer nur eine Sprosse und achten Sie dabei besonders auf die Übergänge der Leiterteile. Sollten Sie unterwegs Höhenangst oder irgendein anderes Problem bekommen – keine Sorge, passieren kann Ihnen nichts, da Sie ja gesichert sind. Sollte der Fall eintreten, dass einer von Ihnen nicht mehr weiterklettern kann, dann kommt einer meiner Kollegen nachgestiegen und führt Sie wieder sicher nach unten. Lachen Sie nicht, so etwas ist alles schon da gewesen und es ist auch keine Schande, wenn jemandem auf unserer voll ausgefahrenen Leiter die Nerven versagen." Rüdiger Hopp warf einen Blick auf das Klemmbrett in seiner Hand. „Ich rufe jetzt die beiden ersten Namen auf. Hagen Kemman! Franziska Dorfmeister!"

Als ihr Name fiel, zuckte Franzi leicht zusammen. Sie hatte nicht damit gerechnet, sofort dranzukommen. Aber dann sagte sie sich, je eher ich es hinter mir habe, desto besser.

Neben der Drehleiter, einer Mercedes DLK 23-12 Econic, deren seitlich ausgefahrene Pratzen sich fest auf den gepflasterten Betonboden pressten, sodass sie jetzt starr und unbeweglich einsatzbereit war, standen zwei Feuerwehrmänner und erwarteten die Aspiranten, um ihnen das Höhenrettergeschirr anzulegen. Ohne diese Sicherungsmaßnahme durfte kein Feuerwehrfremder die Drehleiter besteigen. Das Sicherungsseil, das sie bereits mit einem doppelten Achtknoten eingebunden hatten, lief durch den gesamten Leiterpark hinauf zu Spitze, von wo es frei hängend bis weit auf den Boden reichte. Hier war es von zwei weiteren Feuerwehrmännern in ein Grigri eingebunden worden und als zusätzliche Seilsicherung an einem eigens dafür bereitgestellten LF gesichert.

Nachdem ihr Vorgänger mit zittrigen Knien, erleichtert wieder festen Boden unter den Füßen zu verspüren, aus dem Sicherungsgeschirr gebunden wurde, kam Franzi an die Reihe. Die junge Frau warf einen letzten Blick in die schwindelerregende Höhe – der Leiterpark, dreißig Meter auf fünfundsiebzig Grad frei aufgerichtet, erwartete sie. Entschlossen setzte Franzi ihren rechten Fuß auf die kurze Aufstiegsleiter und ergriff beherzt die unterste Sprosse des Leiterparks, dann stieg sie zügig und ohne Pausen dem wolkenlosen blauen Himmel entgegen.

Info des Autors

Die Person der Franziska Dorfmeister (genannt Franzi) wurde von mir frei erfundenen. Eine mögliche Ähnlichkeit mit einer real existierenden Feuerwehrfrau der Berufsfeuerwehr Düsseldorf ist von mir jedoch (nicht ganz) unbeabsichtigt.

Vermisst

von Gastautorin Nina Hann

Rupert A. wollte allem ein Ende setzen. Es war Mitte November. Dunkel und kühl trat ihm die Nacht entgegen, als er sein Haus verließ. Fröstelnd zog er den braunen Mantel eng um seine schmalen Schultern. Fest davon überzeugt, dass sein Entschluss richtig sei, steckte er den Schlüssel ins Zündschloss, startete den Motor seines alten Mercedes und fuhr auf einen Waldparkplatz bei Oberelchingen. Geräuschlos ließ er seinen Wagen auf dem feuchten Waldboden ausrollen.

Rupert A. litt unter starken Depressionen und hatte schon oft angedroht sich umzubringen. Er wusste, dass seine Frau sofort die Polizei anrufen würde, sobald sie seinen Abschiedsbrief fände.

Als er ausstieg, schaute er sich unsicher um. Dunkelheit und Stille umfingen ihn. Keine Menschenseele war zu sehen und das Einzige, was er in diesem Moment wahrnahm, war sein laut pochender Herzschlag.

Um die unheimliche Stille zu durchbrechen und weil er ahnte, dass man ihn bald suchen würde, öffnete er den Kofferraum und nahm ein Seil heraus, das er zuvor hineingelegt hatte.

Nachdem er den Wagen sorgfältig abgeschlossen hatte, ging er in den Wald. Das Seil fest umklammert, stolperte er mit traurigen Augen in die Dunkelheit. Dabei riet ihm etwas tief in seinem Inneren, dass es besser wäre umzukehren.

Nachdem ich den Fernseher eingeschaltet hatte, ließ ich mich mit einem Seufzer zu meinem Freund aufs Bett fallen. Das war exakt um 19.45 Uhr. Unsere beiden Funkmeldeempfänger lagen auf dem Nachttisch. Wir kuschelten uns unter die Bettdecke und ich zappte gelangweilt die Programme durch, bis wir einen interessanten Film gefunden hatten. Plötzlich beendete das laute Piepsen unserer Funkmelde-Empfänger den kuscheligen Fernsehabend. Ab jetzt zählte jede Sekunde. Eilig sprangen wir aus dem Bett, rein in Jogginghosen und Pullover und runter ins Erdgeschoss. Auf der Treppe hörte ich die Stimme, des Leitstellendisponenten: „Personensuche – Suizidgefahr!"

Als wir kurz darauf zum Auto rannten, schlug uns eine eisige Kälte ins Gesicht und ich befürchtete, dass das eine lange Nacht werden könnte. Zum Glück war nicht viel los auf der Straße, und obwohl wir sehr schnell am Feuerwehrhaus eintrafen, war uns der relativ kurze und wohlbekannte Weg verdammt lang vorgekommen.

Im Feuerwehrhaus zogen wir sofort unsere Einsatzbekleidung an, griffen nach dem Feuerwehrhelm und sprangen in das Hilfeleistungslöschgruppenfahrzeug. Seit unserem Eintreffen waren nicht einmal zwei Minuten vergangen.

Während ich den Helm anzog, öffnete sich das große Rolltor der Fahrzeughalle und die Signallampe an der linken Wand schaltete von Rot auf Grün. Mit eingeschalteten Sondersignalen fuhren wir vom Hof. Die Blaulichter zuckten durch die dunkle Nacht und unsere Martinshörner beendeten die Stille.

An diesem Abend hatte es geregnet und im nassen Pflaster der Straßen spiegelten sich das Mondlicht und die tanzenden Blaulichter unserer Fahrzeuge wider.

Ich erwischte mich, wie ich nervös auf meiner Unterlippe kaute. Reiß dich zusammen, sagte ich mir, aber je länger die Fahrt dauerte, desto mehr stieg mein Puls in die Höhe. Ich atmete tief durch und versuchte, mich so ein wenig zu beruhigen, doch es wollte einfach nicht funktionieren. Die Meldung der Leitstelle beunruhigte mich. War die Person, die sich umbringen wollte, möglicherweise schon gar nicht mehr am Leben? Kamen wir vielleicht zu spät? Und wie sollten wir sie in diesem riesigen Waldgebiet finden?

Während der Fahrt versuchte ich, an meinem Kollegen vorbei, aus dem Fenster zu schauen, doch außer der tiefschwarzen Nacht und dem Zucken der Blaulichter konnte ich absolut nichts erkennen. Die Gegend lag in völliger Dunkelheit und ich wusste nicht, wo wir uns im Moment befanden. Doch plötzlich stoppten wir und es ertönte der laute Befehl: „Absitzen, Männer!" Bei den Worten meines Gruppenführers musste ich trotz des Stresses schmunzeln. Die Jungs hatten sich immer noch nicht daran gewöhnt, dass sie seit Kurzem auch eine Kameradin an Bord hatten. Nachdem wir ausgestiegen waren, versammelten wir uns vor den Fahrzeugen und wurden in Vierergruppen und eine Fünfergruppe aufgeteilt. Jede Gruppe bekam einen Waldabschnitt zugeteilt.

Plötzlich tippte mir jemand von hinten auf die Schulter. Ich drehte mich um und blickte in die besorgten Augen eines meiner Kameraden. Er schaute mich eindringlich an und meinte: „Es ist völlig o. k., wenn du hier am Fahrzeug auf uns wartest!" Ich schluckte, schaute kurz verlegen auf den Boden und schüttelte dann den Kopf „Ich werde auch mitgehen und suchen!" Mein Kamerad nickte und nahm mich mit in seine Gruppe.

„Wer trägt den First-Responder-Rucksack!"

Ich meldete mich.

„Du? Ist der dir nicht zu schwer? Das sind immerhin 25 kg!"

Ich verneinte und lud mir den Rucksack auf. Ein anderer Kamerad drückte mir eine Taschenlampe in die Hand und dann marschierten wir los.

Die Sterne funkelten klar am Nachthimmel und keine Wolke war da, um den Anblick auf sie zur verdecken. Der große runde Mond leuchtete auf die Erde und sein geheimnisvolles Licht erfasste jeden Baum, jeden Strauch und jeden Grashalm, der in diesem Wald zu finden war.

Ein leichter aber eisiger Wind wehte durch die Äste und Zweige der hohen laubbehangenen Bäume und ließ ein leises Säuseln entstehen, ansonsten herrschte Stille. Nur die nachtaktiven Tiere gaben ab und zu Geräusche von sich und das Laub raschelte unter unseren Feuerwehr-stiefeln.

Früher, als Kind, hatte ich oft mit meinen Freundinnen im Wald ge-spielt. Ich weiß, wie es sich anfühlt, wie der Wald atmet, wie er lebt, wie selbst die Luft eigenständig zu sein scheint. Ich kannte also seinen Ge-ruch, seine Geräusche. Doch in dieser Nacht zeigte mir der Wald seine andere, angsteinflößende Seite.

Die schwere Last des Rettungsrucksacks drückte inzwischen bei jedem Schritt auf meine Schultern, aber ich ließ mir nichts anmerken und hielt mit den anderen mit.

Manchmal, wenn der Strahl meiner Taschenlampe in ein Gebüsch leuchtete, hatte ich das Gefühl, als würde ich die gesuchte Person direkt sehen können und mir lief ein Schauer eiskalt über den Rücken. Bei jedem kleinsten Knacken im Geäst schnellte mein Puls unwillkürlich nach oben. Mein Mund fühlte sich verdammt trocken an. Was hätte ich jetzt alles für einen Schluck Wasser gegeben. Immer wieder fragte einer meiner Kameraden, ob er mir den Rucksack nicht einmal abnehmen sollte. Bei dem Gedanken daran, dass ich diese schwere Last noch wer weiß wie viele weitere Kilometer durch den Wald tragen müsste, gebe ich freimütig zu, dass ich das Ding schon gerne losgeworden wäre. Doch ich wollte vor meinen Feuerwehrkameraden keine Schwäche zei-gen. Als Frau hatte ich es in dieser Männerdomäne sowieso schon schwer genug. Es galt daher zu beweisen, dass ich, auch wenn ich eine Frau bin, stark sein konnte.

Wir suchten nicht nur auf den Waldwegen, sondern durchquerten auch das Gestrüpp, dabei bildete ich den Schluss unserer Fünfergruppe. Hier und da wuchsen tiefer hängende Zweige über den Weg. Geschickt wich mein Vordermann ihnen aus.

Dann erreichten wir eine Lichtung, an deren Rand uns die Oberfläche eines kleinen Sees entgegenschimmerte. Durch die dichten Äste des Forstes malte der Mondschein gespenstische Schatten auf die Lichtung und warf ein fahles blaues Licht auf das Wasser.

Die Natur schien den Atem anzuhalten. Ich merkte, wie sich auf meinem Körper eine Gänsehaut ausbreitete. Ein Uhu rief durch die Nacht und sein Schatten flog an uns vorbei. Das Licht unserer Scheinwerferkegel tanzte zwischen den Bäumen auf und ab.

Meine Knie zitterten nicht nur vor Kälte. Keiner sagte ein Wort, und als ein lautes Knacken direkt neben mir die gespenstische Stille durchbrach, schoss mein Puls nach oben, sodass ich glaubte, der Wald müsse meinen Herzschlag hören.

Dann raschelte es im Gebüsch und ich wurde von einem grellen Licht geblendet.

Plötzlich sprang etwas mit einem Satz aus dem Gestrüpp auf mich zu. In Panik wollte ich davonrennen, doch meine Beine versagten ihren Dienst. Wie angewurzelt starrte ich in den Lichtkegel, der mir direkt in die Augen leuchtete. Ich hatte Angst, so sehr, dass mir die Luft weg blieb. „War doch nix!", seufzte das jemand. Gott sei Dank, es war nur einer meiner Kameraden, den ich wegen des Lichts, das mich blendete, immer noch nicht erkennen konnte. Er klopfte sich das Laub von seinen Schultern und sagte: „Dachte, ich hätte was gesehen und bin nachschauen gegangen."

Vor Erleichterung wurde mir fast schwarz vor Augen.

„Alles klar bei dir?" Er schaute mich besorgt an. „Du siehst so blass aus."

„Ja, passt schon. Du hast mich nur gerade total erschreckt." Verlegen strich ich mir eine Locke aus dem Gesicht und schaute auf den Boden.

„Tut mir leid, war keine Absicht. Ich dachte nur, ich hätte was gesehen." Entschuldigend legte er einen Arm um meine Schultern.

Die anderen waren schon weiter gegangen und wir eilten ihnen hinterher.

Die Zeit verstrich. Inzwischen stapften wir müde und frierend durch das Laub, das sich wie ein Teppich auf dem feuchten Waldboden erstreckte. Der Weg schien sich endlos durch den Wald zu winden. Nach nunmehr fast zwei Stunden klapperten meine Zähne vor Kälte und mein Rücken schmerzte immer mehr, doch ich biss die Zähne zusammen.

Inzwischen waren auch die Feuerwehren Thalfingen und Unterelchingen nachalarmiert worden. Das gab mir wieder neuen Mut.

Der Weg, den wir nun gingen, verlief direkt an der Donau entlang. Das Mondlicht schimmerte auch hier auf dem Wasser. Aus der Ferne hörte ich ein Motorengeräusch, das näherzukommen schien. Zwei Schwäne flogen, geweckt durch den Lärm, erschrocken über unsere Köpfe hinweg. Kurz darauf konnte ich ein Boot der Wasserwacht erkennen. Es bewegte sich flussabwärts auf uns zu. Ich starrte angestrengt in die Dunkelheit und fragte verwundert: „Ist die Wasserwacht etwa auch alarmiert?"

Ein Kamerad, der sich angesprochen fühlte, drehte sich zu mir um und nickte bestätigend: „Es könnte ja sein, dass der Mann sich in die Donau gestürzt hat! Wir müssen auch diesem Verdacht nachgehen!" Meine Gruppe blieb stehen, um das Boot zu beobachten. Diese kleine Pause nutzte ich, stellte den schweren Rucksack ins nasse Gras und seufzte leise vor Erleichterung. Dafür spürte ich umso mehr, wie meine Füße schmerzten, weil ich in der Aufregung zu Hause vergessen hatte, Socken anzuziehen. Ein fatales Missgeschick, denn dadurch waren meine Feuerwehrstiefel um einiges zu groß und rutschten bei jedem Schritt auf und ab. Den Schmerz hatte ich bis jetzt erfolgreich verdrängt, aber ich wollte mir gar nicht vorstellen, wie meine Füße aussehen würden, wenn dieser Einsatz heute Nacht beendet war. Allerdings blieb mir für solche Gedanken auch keine Zeit mehr, denn plötzlich kam Unruhe bei einigen meiner Kameraden auf. Gab es Neuigkeiten? Hatte vielleicht eine der Suchmannschaften die vermisste Person gefunden? Ich wünschte es mir.

Unser Gruppenführer hielt die Wärmebildkamera Richtung gegenüberliegendes Ufer und deutete mit dem Finger dorthin. Angestrengt starrte ich über das Wasser, konnte aber nichts Auffälliges erkennen. Dann erhaschte ich einen kurzen Blick auf den Bildschirm der Kamera und sah einen verdächtigen, warmen Fleck direkt am gegenüberliegenden Uferrand. War es der Gesuchte, oder war es vielleicht nur ein Schwan? Um das zu erkunden, wurden zwei Mann von unserer Gruppe bestimmt, über eine nahegelegene Brücke ans andere Ufer zu laufen und nachzuschauen. Keiner riss sich freiwillig um diesen Job. Gebannt verfolgten wir die beiden mit den Augen.

Als sie an der betroffenen Stelle angekommen waren, hielten wir den Atem an. Keiner sagte mehr ein Wort. Jeder wartete auf die Funkmeldung. Ich spürte in dem Moment eine solche Aufregung, als wäre ich gerade selbst dort drüben und hoffte inständig, dass die beiden dort keinen grausigen Fund machen würden.

Endlich knackte das Funkgerät, dann die erlösende Nachricht: „Negativ! Wir können hier nichts finden!"

„In Ordnung kommt wieder zu uns. Ende"

Erleichterung machte sich breit. Was wir auf der Wärmebildkamera gesehen hatten, war vermutlich eine wärmere Stelle in der Donau, denn die beiden Kollegen hatten auch keinen Schwan oder ein anderes Tier gefunden. Nachdem die beiden wieder auf unsere Seite gelangt waren, beschlossen wir, weiter den Wald abzusuchen. Die Suche auf der Donau war ja auch mehr die Aufgabe der Wasserwacht. In Gedanken versunken beobachtete ich die welken, am Uferrand auf und ab tanzenden, Blätter, die schließlich in der Donau landeten, um von der Strömung mitgetrieben zu werden. Ich hievte mir den 25-kg-Rucksack auf die Schultern und ging mit den anderen wieder in den Wald hinein. Nachdem wir uns zehn Minuten lang durch teils mannshohes Gestrüpp gekämpft hatten, erhielten wir eine Funkmeldung: Alle Einsatzkräfte sollten sich auf dem Parkplatz bei den Fahrzeugen zu einer Lagebesprechung treffen. Als wir müde und kraftlos an unserem Ausgangspunkt eintrafen, bildeten Polizei, ASB, Rettungshundestaffel und Feuerwehren einen Kreis um den Einsatzleiter der Polizei. Der räusperte sich vernehmlich und erklärte: „Folgende Lage: Bis jetzt wurde die gesuchte Person noch nicht gefunden. Laut Auskunft seiner Frau hatte ihr Mann schon vor einigen Wochen immer wieder damit gedroht, sich umzubringen. Heute Abend hat sie einen Abschiedsbrief gefunden, aus dem aber nur vage hervorgeht, wo er seinem Leben ein Ende setzen wollte. Daraufhin hat sie uns um Hilfe gerufen. Da wir den Wagen haben, werden wir jetzt verstärkt auf die Suchhunde setzen und einige weitere Areale absuchen."

Wie auf ein Zeichen steuerte in diesem Moment ein weiteres Fahrzeug der Rettungshundestaffel auf den Parkplatz zu. Seine Reifen gruben sich tief in den feuchten Waldboden. Als der Kofferraum geöffnet wurde, sprang einer der Vierbeiner freudig bellend heraus. Er hatte offensichtlich Gefallen an dem nächtlichen Spaziergang. Plötzlich spürte ich ein leichtes Stupsen an meinem Oberschenkel. Verwundert schaute ich hinunter und blickte in die freundlich funkelnden Augen eines schwarzen Labradors. Ich ging in die Hocke und streichelte ihm zärtlich über den Kopf. Dann legte ich meine eiskalten Finger auf sein warmes Fell und genoss dessen angenehme Wärme. Als ich mich wieder erhob, sah ich die Besitzerin. Wir schenkten uns ein kurzes Lächeln, dann leinte sie ihren Vierbeiner an und lief zurück zum Auto. Anscheinend hatte sie noch einen weiteren Hund dabei.

„Kanntest du den Hund?", erkundigte sich einer meiner Kameraden. Ich schüttelte den Kopf: „Nein. Aber war echt ein süßer Kerl."

Etwas später befanden wir uns in einem uns neu zugeteilten Waldstück.

In der Ferne hörte man immer wieder die Vierbeiner der Rettungshundestaffel bellen. Wieder raschelte das Laub unter unseren Stiefeln und ab und zu sahen wir die Taschenlampen eines anderen Suchtrupps im Gebüsch aufblitzen. Inzwischen suchten wir schon seit fast drei Stunden. Wir waren müde und die nächtliche Kälte setzte uns ganz schön zu. Niemand redete.

Einige Taschenlampen hatten längst ihren Geist aufgegeben, sodass wir höllisch aufpassen mussten, damit wir nicht über Wurzeln stolperten oder mit dem Fuß in irgendwelchen Mulden umknicken.

Ich weiß nicht, wie viele Kilometer wir in dieser Nacht durch den Wald schon zurückgelegt hatten, aber es waren sehr, sehr viele. Mein Rücken schmerzte, meine Füße taten weh und waren schwer wie Blei und von der ständigen Anspannung hatte ich stechende Kopfschmerzen bekommen. Aber ich war nicht die Einzige, die müde und erschöpft war. Es ging allen so, nur ließ ich mir vor meinen Kameraden nichts anmerken.

Auf einmal kam die erlösende Nachricht: „Vermisste Person lebend gefunden."

Erleichtert kehrten wir daraufhin zu unseren Fahrzeugen zurück.

Der Einsatzleiter klärte uns auf: „Die gesuchte Person hatte zwar ihren Wagen hier am Waldrand abgestellt, war dann aber zu Fuß zurück in eine Kneipe gegangen. Wie es zu diesem Sinneswandel gekommen war, wissen wir noch nicht. Der Mann ist ziemlich betrunken und kaum vernehmungsfähig. Aber ansonsten geht es ihm gut." Nach diesen Worten waren wir erst einmal sprachlos.

Trotzdem waren alle erleichtert, dass wir keinen Toten finden mussten.

Nach dieser wundersamen Erkenntnis rückten alle Einsatzkräfte ab und der Wald leerte sich wieder.

Auch wir fuhren wieder zurück in unser Feuerwehrhaus. Als ich dort meine Stiefel auszog, sah ich die offenen Blasen an meinen Füßen. Um weitere unnötige Schmerzen zu verhindern, lief ich barfuß bis zu unserem Auto. Den nasskalten Asphalt empfand ich in diesem Moment sogar als angenehm.

Zu Hause angekommen, ließ ich mich nach einer Dusche erschöpft aufs Bett fallen und fand doch keinen Schlaf, da mein Körper noch voller Adrenalin war. Erst in den frühen Morgenstunden schlief ich schließlich doch noch ein.

Anhang

„Die Kuh ist vom Eis"

Helga Stulgies, die Beigeordnete und Dezernatsleiterin für das Amt 37, wobei die Zahl 37 für die amtliche Nummer der Feuerwehr der Stadt Düsseldorf steht, atmete erleichtert auf – die Kuh war vom Eis. So pflegte man in der Region umgangssprachlich zu sagen, wenn es gelungen war, eine besonders knifflige Situation zu bewältigen. Wobei „knifflig" und „Kuh vom Eis" wohl kaum der passende Ausdruck für das seit Jahren immer wieder heiß diskutierte Bauprojekt der neuen Feuerwache im Düsseldorfer Norden war. Zuletzt hatte sich Frau Charlotte Nieß-Mache, ihre Vorgängerin im Amt, vehement für den Bau dieser dringend notwendigen Wache eingesetzt, aber ständig hatten sich neue Hindernisse in den Weg gestellt und so wurde das Projekt Feuerwache 5 ein über das andere Jahr „auf Eis" gelegt.

Nachdem sich alle Verantwortlichen in einem sich über Jahre hinziehenden Prozess schließlich doch noch einig geworden waren, lautete die Frage nicht mehr, ob die Wache gebaut werden sollte, sondern „nur" noch wo sie gebaut werden sollte. Doch auch dazu gab es im Rat der Stadt kontroverse Stellungnahmen.

Einig waren sich die für das Bauvorhaben zuständigen Gremien lediglich darin, dass die Feuerwache im Düsseldorfer Norden gebaut werden musste. Nur, städtische Grundstücke waren rar, und von den vorhandenen waren längst nicht alle geeignet. Schließlich hatte man sich nach langem Hin und Her auf einen Bauplatz geeinigt, doch kaum wurde bekannt, wo die neue Feuerwache gebaut werden sollte, formierte sich Widerstand von bislang unbekannter Seite.

Besorgte Bürger, die um ihre Ruhe fürchteten, falls diese Feuerwache in ihrer unmittelbaren Nachbarschaft entstehen sollte, gründeten eine Bürgerinitiative gegen den Bau. Gemäß des Florian-Prinzips – *Heiliger St. Florian, verschon mein Haus, zünd andre an* – erschien es geradezu als eine Ironie, dass exakt diejenigen, zu deren Schutz diese Wache gebaut werden sollte, dagegen protestierten. Die Sorge und Aufgeregtheit innerhalb der Bürgerinitiative hatten sich dann aber schnell von selbst erledigt, nachdem ein potenzieller Steuerzahler sein Interesse an diesem Grundstück bekundete und den Zuschlag erhielt.

Dafür taten sich mit einem Mal gänzlich andere Probleme auf, die aus Sicht der Feuerwehr wesentlich kritischer zu bewerten waren als die wieder beginnende Suche nach einem erneuten Bauplatz. Unter der Überschrift – Stadt will 2,4 Millionen sparen – berichtete im Januar 1991 die Bildzeitung: Die Feuerwache auf der Behrenstraße wird dichtgemacht.

So wollen die Politiker 2,4 Millionen Mark jährlich einsparen, um die schlimme Haushaltslage in den Griff zu bekommen. Als der Schließungsplan erstmals bekannt wurde, hatte der Personalrat der Feuerwehr dringend vor solch einem Schritt gewarnt.

Noch im selben Monat druckte die Rheinische Post einen Bericht, in der die Verwaltung die Feuerwache an der Behrenstraße nun doch nicht schließen wolle, jedenfalls nicht ohne einen entsprechenden Ratsbeschluss. Die kontroversen Streitigkeiten der Parteien um die Schließung der Wache rissen nicht ab. Ständig kursierten neue Gerüchte. Unter den politischen Parteien war längst ein heftiger Streit entbrannt.

Eine Ratsfraktion wollte den Neubau der nördlichen Feuerwache an die Schließung der alten Feuerwache 4 an der Behrenstraße koppeln und die bisherige Zugwache 3 an der Münsterstraße auf Gruppenstärke zurückstufen. Es schien, als sei das Schicksal der Feuerwache 4 endgültig besiegelt. Nachdem diese aus Sicht der Feuerwehr gefährlichen Gedankenspiele öffentlich publiziert wurden, war es nur allzu verständlich, dass besonders unter den unmittelbar betroffenen Feuerwehrleuten eine gereizte Spannung herrschte, die nicht gerade geeignet war, ihnen ihren sowieso schon schweren 24-stündigen Wachalltag zu erleichtern.

Gott sei Dank ist das seit heute Vergangenheit, dachte Helga Stulgies erleichtert, denn ab heute war wie gesagt „die Kuh vom Eis". Über die damit aufkommende Freude konnte sie sämtliche Querelen und Schwierigkeiten der letzten Jahre vergessen und ad acta legen. Die Dezernentin hatte eines ihrer wichtigsten Ziele erreicht. Die Feuerwache 5 hatte ihren Standort bekommen und würde gebaut werden und das leidige Thema um die Schließung der Wache 4 und die Zurückstufung der bisherigen Zugwache 3 auf Gruppenstärke waren ebenfalls vom Tisch. Das war jetzt amtlich und der Termin für den Baubeginn stand fest.

Einer, der sich mindestens genauso darüber freute wie die Dezernentin, war der Branddirektor der Düsseldorfer Feuerwehr. Wie sein Vorgänger, hatte auch er sich von Beginn an für den Bau einer neuen Feuerwache im Norden eingesetzt. Diese überaus wichtige Wache war für ihn nie ein Prestigeobjekt gewesen, wie einige seiner Gegner es zu wissen glaubten. Nein, diese Wache war eine absolute Notwendigkeit, die logische Konsequenz zur Erfüllung der gesetzlichen Auflage, jeden Ort im Stadtgebiet binnen acht Minuten zu erreichen. Eine Zeit, die vom Standort Münsterstraße beim besten Willen nicht zu erreichen war, insbesondere nachdem der städtische Norden immer weiter expandierte. Wie oft hatte er in den letzten Jahren für diese Wache gekämpft und gerungen, denn es hatte ja leider nicht nur Befürworter gegeben. Aber heute, heute durfte er endlich einen freudigen Schlussstrich unter dieses nervenaufreibende Kapitel ziehen.

Mit starken Verbündeten wie dem Oberbürgermeister Dirk Elbers und der Beigeordneten Helga Stulgies an seiner Seite war der Durchbruch gelungen. Besonders freute ihn, dass die neue Feuerwache nicht nur einen hervorragenden Standort erhalten, sondern sogar nach modernsten umwelttechnischen Gesichtspunkten gebaut werden würde, was nicht zuletzt ein Verdienst des Leiters des städtischen Umweltamtes Dr. Werner Görtz war.

Der Branddirektor lehnte sich in seinem Schreibtischstuhl zurück und ließ in Gedanken noch einmal die Jahre Revue passieren. Dabei ging ihm so manch kritischer Einsatz durch den Kopf, bei dem die ebenfalls heiß umkämpfte Feuerwache 3 von der Münsterstraße bis weit in den Düsseldorfer Norden ausrücken musste. Hätte es dort nicht, wie in den anderen Stadtteilen auch, die Freiwilligen Löschgruppen gegeben ... wer weiß, wie böse mancher dieser Einsätze sonst ausgegangen wäre.

Der Gedanke, über so viele hervorragende Freiwillige Feuerwehren zu verfügen, hatte etwas Versöhnliches und ließ ihn den Stress der vergangenen Jahre vergessen. Nach einer Weile riss er sich aus seinen Gedanken und blätterte in seinem Terminkalender. Der Tag des Baubeginns für die neue Feuerwache war dick rot markiert. Branddirektor Albers rieb sich zufrieden die Hände und machte sich einige Notizen.

Anschließend bat er seine Sekretärin, mehrere leitende Feuerwehrbeamte für den übernächsten Vormittag in den großen Sitzungssaal zu bestellen. Unter ihnen befanden sich auch Valentin Thielen und Hans-Peter Valdor, denen eine besondere Aufgabe zugedacht wurde. Sie sollten in den kommenden Wochen alle Düsseldorfer Wachen auf beiden Touren besuchen, um zu erfragen, welche Kollegen Interesse hätten, demnächst auf der neuen Wache im Norden ihren Dienst zu verrichten. Überall, wo die beiden auch erschienen, löste ihre Fragestellung zunächst große Verwunderung aus.

Das war neu. Bisher wurden Versetzungen, es sei denn, man bat ausdrücklich darum, immer nur als dienstliche Anordnung bestimmt. Aber dass jemand zu ihnen auf die Wache kam und sie gefragt wurden, ob sie Lust hätten, auf einer neuen Feuerwache Dienst zu tun, das hatte es bisher noch nie gegeben. Entsprechend positiv fiel die Resonanz in der Mannschaft aus und es meldeten sich mehr Kollegen als benötigt wurden. Und dem Branddirektor brachte diese ungewöhnliche Entscheidung einen weiteren Pluspunkt in seiner Beliebtheitsskala ein.

Am 25. August 2009 war es dann endlich so weit. Im Beisein des Brand-direktors, der Dezernentin und weiterer maßgeblicher Persönlichkeiten der Stadt, legte Düsseldorfs Oberbürgermeister Dirk Elbers den Grundstein für die neue Feuerwache 5. Mit berechtigtem Stolz betonte er in seiner Rede, dass der Norden der Stadt mit diesem Neubau nicht nur eine der modernsten Feuerwachen Deutschlands erhalte, sondern auch ein Wachgebäude, das höchsten energetischen Standards genüge. Das Wachgebäude selbst sollte in dreigeschossiger Massivbauweise errichtet werden und eine Nutzfläche von 3.721 Quadratmetern aufweisen. Neben der großen Fahrzeughalle, die aus Stahlbetonfertigteilen errichtet werden sollte und Stellplätze für sieben Feuerwehrfahrzeuge bieten würde, sollte sich eine zweite, kleinere Halle für den Rettungsdienst mit Platz für fünf Rettungsfahrzeuge anschließen. Weiterhin sollten sich ebenerdig eine Waschhalle, eine Werkstatt und, da das Gebäude nicht unterkellert wurde, Räume für diverse Lagerkapazitäten befinden.

Auf der ersten Etage sollten die Küche, ein Speiseraum sowie Räume für die Schulung und Fortbildung der eigenen Leute und ein Sportraum untergebracht werden. Auf der darüberliegenden Etage waren die Ruheräume, die Sanitärräume und die Umkleideräume für die hier diensttuenden Mitarbeiter vorgesehen.

Der Außenbereich gliederte sich in einen Parkplatz für die Mitarbeiter und einen Feuerwehrhof, der, so sah es die Planung vor, mit einer speziellen Wand zum Anleitern und Abseilen, auch zu Übungszwecken genutzt werden konnte.

Am 19. Juli 2010 konnte die Feuerwache 5 nach nur 11-monatiger Bauzeit in Betrieb genommen werden. Mit einem Gesamtvolumen von 11,3 Millionen Euro war die eingeplante Bausumme nicht nur eingehalten, sondern sogar noch unterschritten worden! Trotzdem hatte die Stadt alle ihre Bauziele erreichen können.

„Bei der Planung der neuen Feuerwache 5 in Lohausen hat die Stadt Düsseldorf den Fokus nicht nur darauf gelegt, dass sie feuerwehrtauglich ist, sondern auch darauf, dass modernste technische Lösungen für einen energieeffizienten Bau ausgewählt worden sind", erklärte Feuerwehr- und Umweltdezernentin Helga Stulgies bei der feierlichen Eröffnung.

„Das Gebäude erfüllt dabei die Anforderungen der Richtlinie der Europäischen Union zur Energieeffizienz von Gebäuden. Dem Neubau liegt ein energetisches Konzept nach Energieeinsparverordnung (EnEV 2009) minus 15 Prozent zugrunde. Die neue Wache leistet somit einen Beitrag zum Klimaschutz.

Eine Besonderheit des Hauses ist zum Beispiel, dass auf den Flachdächern der Fahrzeughallen eine Photovoltaikanlage installiert worden ist. Die Firma Naturstrom AG mit Sitz in Düsseldorf hat diese Anlage errichtet. Die Dachfläche dafür hat das Umweltamt Interessenten an Solarenergie zur Verfügung gestellt.

Die Leistung der Photovoltaikanlage liegt bei rund 51 Kilowatt, die durch 278 PV-Module mit einer Modulfläche von etwa 375 Quadratmetern in das öffentliche Stromnetz eingespeist werden. Die Anlage wird jährlich rund 46.000 Kilowattstunden für das öffentliche Stromnetz zur Verfügung stellen. Das entspricht einem jährlichen Stromverbrauch von 13 Durchschnittshaushalten. Mit einer Lebensdauer von mindestens 30 Jahren wird die Investition durch die Naturstrom-AG mit rund 1,38 Millionen-Kilowattstunden einen erfreulichen Beitrag zum Klimaschutz der Landeshauptstadt Düsseldorf leisten. Durch die reibungslose Zusammenarbeit zwischen der Firma Naturstrom AG und der Stadt Düsseldorf mit Umweltamt, Amt für Immobilienmanagement und der Feuerwehr konnte das Projekt innerhalb von nur vier Monaten von der ersten Ansprache bis zum Netzanschluss realisiert werden.

Schon vor längerer Zeit hatte sich die Landeshauptstadt das Ziel gesetzt, die Energieeffizienz von Gebäuden zu steigern. Damit soll die Umwelt aktiv entlastet werden, denn weit über 50 Prozent des Energieverbrauchs gehen über eine schlecht oder gar nicht gedämmte Außenhülle verloren."

Weiterhin erklärte Helga Stulgies: „Zum Energiekonzept der Feuerwache gehören eine gute Fassadendämmung, Isolierverglasung, Gründächer und eine elektrisch angetriebene Wärmepumpe mit geothermischer Energiequelle (Erdwärme). Die Räume des Neubaus werden mittels zentraler Lüftungsgeräte mit Wärmerückgewinnung be- und entlüftet. Alle Räume verfügen über eine Fußbodenheizung mit niedriger Vorlauftemperatur. Aufenthaltsräume sind zusätzlich mit einer Deckenkühlung ausgestattet. Die Beheizung der Fahrzeughallen erfolgt durch eine Industriefußbodenheizung. Dort sind Lampen mit LED-Technologie installiert. Im Inneren der Feuerwache wird die Beleuchtung durch Präsenzmelder geregelt."

Angesichts dieser eindrucksvollen Informationen ließen viele der geladenen Gäste Worte der Anerkennung fallen und waren gespannt auf den nun folgenden Rundgang, bei dem sie die technischen Innovationen dieser neuen Feuerwache höchstpersönlich in Augenschein nehmen konnten.

Die Wachbesatzung, die in den kommenden Jahren hier ihren 24-stündigen Dienst verrichten würde, hatte sich schon Tage vorher mit ihrem neuen Arbeitsplatz vertraut gemacht.

Valentin Thielen, der Wachvorsteher und Hans-Peter Valdor, sein Stellvertreter, hatten ihre Mannschaften für die erste und die zweite Tour zusammengestellt. Es war eine gemischte Gruppe von Feuerwehrmännern unterschiedlichen Alters und unterschiedlicher Dienstgrade. Die meisten hatten sich freiwillig für die Arbeit in dieser Wache gemeldet und dem Tag entgegengefiebert, an dem es hier endlich losgehen würde. Unter ihnen befanden sich auch Dieter Siegers, der Drehleiterführer und Carsten Heine, der Mann aus dem Angriffstrupp. Dieter Siegers hatte den Posten eines Dienstgruppenleiters auf der zweiten Wachbereitschaft erhalten und Carsten Heine war inzwischen zum Hauptbrandmeister befördert worden. Er verrichtete seinen Dienst auf der ersten Wachbereitschaft, wo er auf Franziska Dorfmeister traf, die hier als erste Frau an der Feuerwache 5 ihr Löschzug- und Rettungsdienstpraktikum absolvieren sollte.

Franzi hatte ihre Ausbildung an der Feuerwehrschule erfolgreich abgeschlossen. Ab jetzt würden Retten, Bergen, Löschen und Schützen nicht mehr nur Theorie und Übung sein, sondern zu ihrem täglichen Arbeitsalltag gehören.

All, das, was man ihr beigebracht und was sie gelernt hatte, würde sie nun in der Realität erleben – eine Realität, die sie mit ihren männlichen Kollegen teilen und bewältigen musste. Und schon in naher Zukunft sollten sie einige Einsätze im feuerwehrtechnischen, wie auch im Rettungsdienst an ihre physischen und psychischen Grenzen bringen.

Technische Daten der Feuerwache 5

- Das gesamte Wachgebäude hat einen Bruttorauminhalt von 16.886 Kubikmetern. Die Grundstücksgröße beträgt rund 14.430 Quadratmeter (die Zufahrtsstraße nicht eingerechnet).

- Die Heizungsanlage besteht aus einer Erdwärmepumpe. Deren Sondenfeld besitzt 26 Erdwärmesonden mit einer Länge von jeweils 145 Metern mit einer Heizleistung von 260 Kilowatt und einer Kühlleistung von 95 Kilowatt.

- Die beiden Fahrzeughallen sind zusammen 720 Quadratmeter groß und für sieben Feuerwehrfahrzeuge und fünf Rettungsdienstfahrzeuge ausgelegt.

- Insgesamt 2.530 Quadratmeter wurden für Werkstätten, Waschhalle, Lager, Sozialräume, Schulungsraum und andere Betriebsräume veranschlagt.

- Auf dem Hof befindet sich eine Dieseltankstelle mit einer Bevorratung von 50.000 Litern Dieselkraftstoff; eine Übungsfläche für das wachinterne Training und eine ausreichende Anzahl von Pkw-Stellplätzen für die Feuerwehrangehörigen.

Quellenangaben

Die Angaben zur Grundsteinlegung und Inbetriebnahme sowie die technischen Daten der Feuerwache 5 entstammen der Internetseite:

www.duesseldorf.de/feuerwehr/feuerwehr/feuerw/feuerw_nord.shtml

sowie der Zeitschrift *Feuermelder* der Feuerwehr Düsseldorf, Ausgabe 54, Das Jahr 2009, Juni 2010, 17. Jahrgang.

Erklärung von Fachbegriffen

AB – Sammelbegriff für Abrollbehälter
Es handelt es sich um Container für unterschiedliche Einsatzzwecke, welche auf einem Trägerfahrzeug, dem Wechsellader, zur Einsatzstelle gefahren und dort bei Bedarf abgesattelt werden.

AB-Rett. – Abrollcontainer Rettungsdienst
Ein Sonderfahrzeug Feuerwehr. In Düsseldorf bestehend aus einem Trägerfahrzeug und einem aufgesattelten Container mit umfassender medizinischer und medizintechnischer Beladung. Wird meist in Verbindung mit einem LF oder HLF und einer entsprechend ausgebildeten Mannschaft vor Ort eingesetzt. Mithilfe der im Container verlasteten Zelte bildet er ein mobiles Notversorgungszentrum.

A-Dienst
Bei der BF-Düsseldorf, Beamter im höheren feuerwehrtechnischen Dienst mit eigenem Fahrzeug und Fahrer. Bei Großschadenlagen und an großen Einsatzstellen höchster Einsatzleiter vor Ort.

Aspiration
Aspirieren – das Einatmen von Fremdkörpern, auch Blut oder Erbrochenem. Häufige Todesursache bei Bewusstlosigkeit, da der natürliche Schutzreflex (Abhusten) in diesem Zustand erloschen ist.

B-Dienst
Bei der BF-Düsseldorf, Beamter im gehobenen feuerwehrtechnischen Dienst mit eigenem Fahrzeug und Fahrer, der an größeren Einsatzstellen die Einsatzleitung oder einen Brandabschnitt übernimmt.

B-Schlauch
Druckschlauch von 75 mm Durchmesser und 20 m Länge. An beiden Enden befinden sich Kupplungen. Dient der Wasserfortleitung und kann mit anderen Schläuchen und Geräten aneinandergekuppelt werden.

BF – Berufsfeuerwehr

C-Schlauch
Druckschlauch von meist 55 mm Durchmesser und 15 m Länge.
(siehe auch: B-Schlauch)

C-Dienst
Bei der BF-Düsseldorf, Beamter im gehobenen feuerwehrtechnischen Dienst mit eigenem Fahrzeug und Fahrer. Der C-Dienst ist auch der Zugführer der Feuerwache, an der er als Wachvorsteher fungiert.

Defi
medizinisch umgangssprachlich für Defibrillator, ein medizinisches Gerät zur Defibrillation

Defibrillation – defibrillieren
Der Versuch an einem geschädigten Herzen (z. B. bei Kammerflimmern) mithilfe eines elektrischen Impulses wieder einen Sinusrhythmus herzustellen.

DGL – Dienstgruppenleiter
Bei der BF-Düsseldorf, Beamter im mittleren feuerwehrtechnischen Dienst. Leitet die 24-Stunden-Schicht einer Feuerwache. In Abwesenheit des C-Dienstes ist er der Zugführer, ansonsten ist er höchster Gruppenführer vor Ort.

DL – Drehleiter
Feuerwehrfahrzeug mit einem mechanisch/hydraulisch betriebenen, drehbaren und ausfahrbarem Leiterpark. Die meistverwendete Drehleiter mit der Bezeichnung DLK 23/12 besitzt einen Leiterpark von 30 Metern, an deren Spitze ein Rettungskorb montiert ist.

ELW – Einsatzleitwagen
Eine mobile Einsatzzentrale, aus der heraus vor Ort ein Stab von Führungskräften die Einsatzmaßnahmen festlegt und koordiniert.

EKG – Elektrokardiogramm
Ein medizinisches Gerät zur Funktionsüberprüfung des Herzens durch (hier) aufgeklebte Elektroden und (hier) zusätzlicher Überwachung durch Monitoring (Beobachtung des Herzrhythmus über einen im EKG-Gerät eingebauten Bildschirm).

Endotrachealtubus
Kunststoffschlauch (Tubus), der in die Luftröhre eingeführt wird. An seinem oberem Ende (dem Konnektor) wird zum Zweck der künstlichen Beatmung ein Beatmungsbeutel oder ein Beatmungsgerät angeschlossen.

FF oder auch FFw – Freiwillige Feuerwehr

Florentine
In Anlehnung an den Heiligen Florian, den Schutzpatron der Feuerwehrleute, die Bezeichnung für ein Handsprechfunkgerät.

Grigri
Ein etwa handgroßes Seilsicherungsgerät aus dem alpinen Bergsport, welches auch zu Grundausstattung der Höhenretter gehörte.

GKTW – Großkrankentransportwagen
Ein speziell ausgestatteter Feuerwehrbus, der zur Aufnahme und zum Transport von Sitzend- und Liegendpatienten wie auch zur vorübergehenden Unterbringung und Evakuierung von Menschen bei Großschadenlagen eingesetzt werden kann.

HLF – Hilfeleistungslöschfahrzeug
ähnlich LF, aber mit erweiterter technischer Beladung.

Hohlstrahlrohr
Modernes Strahlrohr zur Wasserabgabe mit vielseitiger Einsatzfunktion, z. B. bei der Brandbekämpfung; dann meist angeschlossen an einen C- oder B-Schlauch

Intoxikation
von (griechisch) toxiose = Vergiftung. Hier: eine Vergiftung (bei gleichzeitiger Sauerstoffverdrängung) durch Brandgase.

Intubation – intubieren
Das Einführen eines Tubus (hier ein Endotrachealtubus) durch den Mund-Rachenraum in die Luftröhre zum Zweck der künstlichen Beatmung.

Löschzug
Bezeichnung für den Fahrzeugverband einer Feuerwache. Meist bestehend aus einer Drehleiter, aus einem oder zwei LF oder HLF. Oft in Kombination mit einem Rettungswagen (RTW)

LF – Löschgruppenfahrzeug
Das meistgenutzte Fahrzeug der Feuerwehren. Ausgestattet mit einer umfangreichen technischen Beladung, tragbaren Leitern, einem fest eingebauten Löschwassertank mit einer Feuerlöschkreiselpumpe und einer Schnellangriffseinrichtung. Besatzung: 1/8, d. h. ein Gruppenführer und acht Mann.

Lutten – Faltenschläuche
Die ziehharmonikaähnlich in die Länge gezogenen Schläuche besitzen meist große Durchmesser und dienen dem Transport von Leichtschaum oder wie hier der Zuführung von erwärmter Luft.

PA – Pressluftatmer
Ein umluftunabhängiges Atemschutzgerät der Feuerwehren. Wird bei fast allen Brändeinsätzen in Verbindung mit einer Atemschutzmaske getragen. Die Ein- oder Zweiflaschengeräte sind mit Pressluft gefüllt und besitzen einen Druckminderer sowie einen Lungenautomaten und ermöglichen es dem Geräteträger, sich für eine bestimmte Zeit in einer sauerstoffarmen oder giftigen Umgebungsluft (wie sie bei fast allen Bränden vorkommt) aufzuhalten.

ORGL-Rett. – Organisationsleiter Rettungsdienst
In Düsseldorf meist ein Beamter des gehobenen Dienstes. Koordiniert an Großunfallstellen die Arbeit der Notärzte und der Rettungsdienste.

Pneumothorax
Von Englisch: Pneu = luftgefüllter Raum (auch Bezeichnung für Reifen). Hier: der medizinische Begriff für unzulässige Luft im Brustraum, bei dem ein oder beide, oder Teile der Lungenflügel kollabieren. Oft ausgelöst durch eine äußere oder innere Verletzung des Brustfells (z. B. Einspießen einer gebrochenen Rippe in die Lunge).

Radiusfraktur
Radius = Speiche; der Knochen, der zusammen mit der Elle den Unterarm bildet. Fraktur = Bruch

RTH – Rettungstransporthubschrauber
Hier: Christoph 5, ein Helikopter mit medizinisch technischer Beladung für vorwiegend primäre Rettungseinsätze und einer Transportkapazität für einen Liegendpatienten. Besatzung: ein Berufspilot; ein Notfallmediziner; ein Rettungsassistent

Sinusrhythmus
Die für die Lebenserhaltung notwendige regelmäßige Herzschlagfolge.

TLF – Tanklöschfahrzeug
Häufig ein TFF 24/50. Diese Bezeichnung steht für ein TLF mit einer Feuerlöschkreiselpumpe, die 2.400 Liter Wasser pro Minute fördern kann und über einen fest eingebauten Löschwassertank von 5.000 Litern Wasser plus 500 Liter Schaummittel verfügt.